DAS KREUZ AM DEICH

Hannes Nygaard ist das Pseudonym von Rainer Dissars-Nygaard. 1949 in Hamburg geboren, hat er sein halbes Leben in Schleswig-Holstein verbracht. Er studierte Betriebswirtschaft und war viele Jahre als Unternehmensberater tätig. Hannes Nygaard lebt auf der Insel Nordstrand. www.hannes-nygaard.de

Dieses Buch ist ein Roman. Handlungen und Personen sind frei erfunden. Ähnlichkeiten mit lebenden oder toten Personen sind nicht gewollt und rein zufällig.

HANNES NYGAARD

DAS KREUZ AM DEICH

Hinterm Deich Krimi

emons:

Bibliografische Information der Deutschen Nationalbibliothek
Die Deutsche Nationalbibliothek verzeichnet diese Publikation
in der Deutschen Nationalbibliografie; detaillierte bibliografische
Daten sind im Internet über http://dnb.d-nb.de abrufbar.

© Emons Verlag GmbH
Alle Rechte vorbehalten
Umschlagmotiv: shutterstock.com/Olga Nikonova
Umschlaggestaltung: Nina Schäfer, nach einem Konzept
von Leonardo Magrelli und Nina Schäfer
Umsetzung: Tobias Doetsch
Gestaltung Innenteil: César Satz & Grafik GmbH, Köln
Lektorat: Dr. Marion Heister
Druck und Bindung: CPI – Clausen & Bosse, Leck
Printed in Germany 2018
ISBN 978-3-7408-0393-3
Hinterm Deich Krimi
Originalausgabe

Unser Newsletter informiert Sie
regelmäßig über Neues von emons:
Kostenlos bestellen unter
www.emons-verlag.de

Dieses Werk wurde vermittelt durch die Agentur Editio Dialog,
Dr. Michael Wenzel (www.editio-dialog.com).

Für Helga und Bruno

Wer nichts weiß, muss alles glauben.
Marie von Ebner-Eschenbach

EINS

Helmut Schmidt ging es gut. Nein! Mit Politik hatte er nichts am Hut. Schmidt ist nun mal der häufigste deutsche Familienname. Und in seiner Generation hießen viele Jungen Helmut. Als er vor dreiundsiebzig Jahren geboren wurde, kannte noch niemand in der Öffentlichkeit den späteren Bundeskanzler. Auch seine Eltern nicht, obwohl sie beide aus Hamburg stammten.

Statt Politik hatte Helmut Schmidt etwas Solides gelernt. Er war Herrenfriseur geworden, hatte den Meister gemacht und im Schanzenviertel einen kleinen Salon betrieben. Reich war er nicht geworden. Seine Ehefrau Margot hatte, nachdem die drei Kinder aus dem Gröbsten heraus waren, mit hinzuverdient. Zunächst als »Schlecker-Frau«. Nach der Pleite der Drogeriekette hatte sie Glück gehabt und war bei Edeka an der Kasse untergekommen. Vor neun Jahren ging es nicht mehr. Mit ihm. Die Gesundheit spielte nicht mehr mit. Außerdem lief der Salon nicht mehr so gut. Die treue Kundschaft zog weg oder starb. Statt ihrer zogen Alternative und Fremde ins Viertel. Die ließen sich die Haare nicht von einem alteingesessenen Friseurmeister schneiden. So hatte er nicht lange gezögert, als eines Tages Caner Ozbayrakli in seinem Souterrain auftauchte und ihm das Angebot unterbreitete, den Friseursalon zu übernehmen.

Ozbayrakli war fleißig und hatte auch durch die neuen Bewohner des Schanzenviertels mehr Zulauf als Schmidt in den letzten Jahren seiner Tätigkeit. Deshalb tat es Schmidt auch leid, dass dem türkischen Friseur bei den Krawallen während des G20-Gipfels das Geschäft ruiniert wurde. Und niemand fühlte sich für die Regulierung des Schadens verantwortlich. Auch Margot Schmidts früherer Arbeitsplatz, der Edeka-Markt, war vom kriminellen Mob während der Ausschreitungen zerstört und geplündert worden. Trump, Erdoğan oder wie sie heißen mögen ... Die interessierte es nicht, dass den kleinen

Leuten die Existenz vernichtet wurde. Schmidt wurde sauer, wenn jemand dieses Thema ansprach, auch wenn er selbst nicht betroffen war.

Neben seinem Beruf pflegte er zeitlebens eine zweite Leidenschaft: Er sang. In der Liedertafel, im Shantychor ... Helmut Schmidt war mit Begeisterung dabei. Vor drei Jahren erfüllte sich ein Lebenstraum für ihn. Er durfte im Chor der Eutiner Festspiele, eines der traditionsreichsten deutschen Opernfestivals, mitsingen. Ganz hinten – aber er war dabei. Welche Wonne war es, bei der Aufführung von »Aida« mit dem Chor auf der Freilichtbühne am Ufer des Großen Eutiner Sees im alten herzoglichen Schlossgarten zu stehen. Und noch heute lief ihm ein Schauder über den Rücken, wenn er an den stimmgewaltigen Jägerchor aus dem »Freischütz« dachte. In diesem Jahr hatte die rührige Intendantin mit der »Fledermaus« etwas Leichteres auf die Bühne gebracht. Schmidt sollte es recht sein. Er würde auch Kinderlieder singen – Hauptsache, er durfte mitwirken.

Heute würde er wieder ganz hinten stehen, in seinem prächtigen Kostüm, und versuchen, seine Margot unter den nicht ganz zweitausend Zuschauern zu entdecken. Ob sie ihn erkennen würde?

Die Schmidts wohnten während der Festspiele in einem bescheidenen Privatquartier nahe dem Kleinen Eutiner See. Von dort fuhren sie mit dem Auto zum Stadtgraben, querten das Zentrum durch die kleinen Gässchen und über den historischen Marktplatz und schlüpften durch ein schmales Tor in den Schlossgarten. Von hier waren es nur noch wenige Schritte bis zur Bühne. Schmidt verabschiedete sich von seiner Ehefrau mit einem kurzen Kopfnicken und folgte den anderen Mitwirkenden in die Garderobe der Opernscheune. Es folgten die allgemeine Begrüßung, das Ankleiden und das Einsingen. Die nervöse Spannung stieg an.

Die Intendantin gab vor der Veranstaltung eine Einführung ins Werk. Die interessierten Zuschauer standen mit ihren Gläsern in der Hand vor der Scheune und lauschten den Worten.

Dann begab sich die Menge den schmalen Pfad zum See hinunter, schlüpfte durch den Einlass ins Theater und nahm die Plätze ein.

Schmidt und die anderen Mitglieder des Chors waren in einer seltenen Anspannung. Bei dieser Inszenierung würden sie erst nach der Pause auftreten. Als die Dirigentin die Bühne betrat, brandete Applaus auf. Dann konnte Schmidt die kraftvolle Ouvertüre hören.

Seine Nervosität legte sich ein wenig. Er plauderte mit anderen Chormitgliedern, bis die Pause erreicht war und sich ein halbstündiger Umbau des Bühnenbildes anschloss.

Wie an den Abenden zuvor trottete er mit den anderen zum ersten Auftritt. Nacheinander erschienen die Chormitglieder am oberen Ende der Freitreppe und nahmen ihre Plätze ein. Für diese Augenblicke lebte er. Aus den Mitgliedern des Chors rekrutierten sich auch die Statisten. So sang er nicht nur, sondern erfüllte auch andere Aufgaben. Die mitreißenden Melodien von Johann Strauß jagten ihm jedes Mal erneut einen Schauder über den Rücken. Das Publikum zeigte sich begeistert und sparte nicht mit tosendem Zwischenapplaus.

Endlich war es so weit. Der Chor konnte sein ganzes Können präsentieren. Das schwungvolle »Stoßt an« war eines seiner Lieblingsstücke. Schmidt stand in der letzten Reihe vor den Nischen im Bühnenbild, die in der Pause durch bemalte Platten zugestellt worden waren. Auf der Rückseite war ein Gestell angebracht, das die Dekoration hielt. Schmidt trug einen Frack und spielte einen der vornehmen Gäste auf der Soiree des Prinzen Orlofsky.

Er hatte die Augen halb geschlossen, um voller Inbrunst mitzusingen, als er einen leichten Druck im Rücken verspürte. Die Platte hinter ihm war in Bewegung geraten und drückte gegen ihn. Er legte die Hände auf den Rücken und versuchte, sie zu halten. Aber der Druck verstärkte sich. Verstohlen sah er sich um. Etwas drückte von der Innenseite. Das gehörte nicht zur Aufführung, jedenfalls hatten sie es nicht geprobt. Die Bewegung im Bühnenbild war auch dem Publikum nicht verborgen geblieben. Vereinzelnd erscholl ein paar Lacher. Die Zuschauer meinten, es wäre ein Gag der Inszenierung. Schmidt drehte sich um und erschrak über den schlechten Scherz. Irgendjemand hatte dort eine nackte Schaufensterpuppe platziert, die wie eine Horrorgestalt geschminkt war. Kurz entschlossen bückte sich Schmidt, packte den seltsam kalten und starren Arm, der sich im Spalt zwischen Platte und Rahmen verfangen hatte, und schob ihn in die Kulisse zurück. Es war das erste Mal, dass Helmut Schmidt einen eigenen Beifall bekam. Es war wie ein Stich ins Herz. In diesem Moment wünschte er sich, dass der Regieeinfall bei der nächsten Aufführung wiederholt würde.

»Welcher Trottel hat die Platte so hingestellt, dass sie wackelt?«, brüllte der Inspizient und sah seine Bühnenarbeiter der Reihe nach an. Die Gruppe stand etwas abseits hinter der Bühne und rauchte. Alle setzten eine unschuldige Miene auf. »So was darf nicht vorkommen«, fluchte der Mann und beeilte sich, in die Nische zu kommen. Er blieb wie angewurzelt stehen, fasste sich ans Herz und hielt sich anschießend an der Seitenwand fest. Sein Kreislauf drohte zu versagen.

Da lag ein Mensch.

Ein Mensch? Der Inspizient schauderte unwillkürlich beim Anblick der Gestalt. Es handelte sich offenbar um einen älteren Mann. Er war splitternackt, das Gesicht zu einer Fratze verzerrt. Das verkrustete Blut hatte einen Schleier über die tiefe Schnittwunde gebreitet, die von links nach rechts quer über den Hals lief. Der ganze blasse Körper wirkte wie eine leere Hülle.

»Psst«, mahnte der Inspizient hinter der Bühne, nachdem er seinen ersten Schock halbwegs überwunden hatte. »Niemand da draußen darf etwas mitkriegen.«

Er beriet sich mit der Intendantin, die beschloss, die Polizei zu informieren. Kurz darauf traf der erste Streifenwagen des Eutiner Reviers ein. Die beiden Beamten riefen die Kollegen von der Kriminalpolizeistelle hinzu, die ein Fremdverschulden erkannten und die Bezirkskriminalinspektion Lübeck verständigten.

Es verging eine Stunde, bis alle zuständigen Stellen vor Ort waren. Hauptkommissar Peter Ehrlichmann besah sich den Toten nachdenklich.

»Das ist keine gewöhnliche Vorgehensweise«, stellte er fest. »Die Tatausführung hat etwas Rituelles. Wie heißt er?« Ehrlichmann wandte sich seinem Mitarbeiter, Kommissar Beugert, zu, der die Brieftasche des Opfers durchblätterte.

»Merkwürdig. Das Opfer ist nackt, aber man hat seine Kleidung hinter der Bühne abgelegt. Was hat das zu bedeuten? Josef Kellermann, neunundfünfzig Jahre. Wohnhaft in Hamburg-St. Georg, Ferdinand-Beit-Straße. In der Brieftasche befinden sich noch der Führerschein für Pkw, eine Girocard der Hamburger Sparkasse, eine weitere der Pax-Bank ...«

»Der – was?«, unterbrach ihn Ehrlichmann.

»Pax-Bank«, wiederholte Beugert. »Aus Köln. Hier sind noch zwei Kreditkarten, einmal Visa-, die andere MasterCard. Alle Karten tragen seinen Namen. Das gilt auch für die Mitgliedskarte einer privaten Krankenversicherung.«

»Und sonst?« Ehrlichmann unternahm gar nicht erst den Versuch, seine Ungeduld zu unterdrücken.

»Im Portemonnaie sind knapp einhundert Euro. Die Armbanduhr ist vorhanden. Sonst trägt er keinen Schmuck.«

»Autoschlüssel? Wohnungsschlüssel?«

»Nix. Im Sakko sind ein paar Tabletten. Für ...« Beugert drehte die Schachtel ein wenig. »Ah. Da steht's. Gegen Sodbrennen und Säurebildung.«

Ehrlichmann kratzte sich am Hinterkopf. Der Bürstenhaarschnitt wies die ersten grauen Stellen auf. Das Gesicht wirkte klobig, die Nase war ein wenig zu breit. Insgesamt machte der Mann einen gutmütigen Eindruck. Fremde hätten in der kräftigen Gestalt nicht den Leiter des Kommissariats 1, das der Laie Mordkommission nennt, der Lübecker Bezirkskriminalinspektion vermutet.

»Was macht ein Hamburger in Eutin? Und warum lässt er sich

hier ermorden?« Der Hauptkommissar trat zum Rechtsmediziner, der sich über den Toten gebeugt hatte.»Können Sie schon etwas sagen?«
Der Arzt sah nicht auf, sondern lachte in sich hinein.»Wo haben Sie diesen Text her? Einfallslose Drehbuchautoren schreiben ihn in fast jeden Fernsehkrimi. Es sieht so aus, als hätte man ihn kopfüber aufgehängt und mit einem Schnitt die beiden Halsschlagadern durchtrennt.« Der Arzt sah sich um.»Das ist aber nicht hier passiert. Das Opfer ist dann regelrecht ausgeblutet. Ich möchte nicht missverstanden werden, schon gar nicht pietätlos sein, aber es erinnert mich ein wenig an das rituelle Schächten von Tieren.« Der Arzt schüttelte sich leicht.

Kommissar Beugert wartete geduldig, bis der Rechtsmediziner zu Ende gesprochen hatte.»Ich sehe mich einmal um, wie man den Leichnam hergebracht hat.« Kurz darauf kam er zurück.»Auf der Rückseite der Freilichtbühne führt ein mit Gummimatten gepflasterter Weg …«

»Gummimatten?«, unterbrach Ehrlichmann seinen Mitarbeiter.

»Ja. Die Mitwirkenden haben ihre Garderoben in der lang gestreckten Opernscheune. Von dort müssen sie zu Fuß über die vom üblichen norddeutschen Regen aufgeweichten Wege über eine Wiese – deshalb die Gummimatten – zur Rückseite der Freilichtbühne. Dort gibt es einen bunt bemalten Lattenzaun, in den eine Pforte eingelassen ist. Die ist während der Vorstellung offen, damit die Mitwirkenden ungehindert hindurchschlüpfen können. Es gibt dort keine Aufpasser. Lediglich ein Schild weist darauf hin, dass der Zugang verboten ist. Wer Leute umbringt, lässt sich durch eine solche Tafel nicht aufhalten. Die Täter müssen diesen Weg benutzt haben. Wir haben hinter der Bühne eine Schubkarre und ein Tuch gefunden, das daneben im Dreck lag. Vermutlich hat man den Leichnam damit transportiert und mit dem Tuch abgedeckt. Hinter der Bühnendekoration ist Wald. Dort stehen auch ein paar Stühle. Die Täter haben sich einen günstigen Moment ausgesucht. Als der Chor seinen Auftritt hatte, war es dahinten menschenleer. Sie waren unbeobachtet. Die Dämmerung hatte zudem schon begonnen, da die Vorstellung erst um zwanzig Uhr anfing und wir im zweiten Akt waren. Das ist der erste Anhaltspunkt für uns. Die Täter kannten das Stück, den Zeitplan und auch die Örtlichkeiten.« Ehrlichmann wies die Beamten an, die Umgebung nach Spuren abzusuchen. »Irgendwie muss der Tote hierhergekommen sein.« Während die Polizisten ausschwärmten, berichtete Beugert Ehrlichmann, dass er versucht habe, jemanden unter dem Hamburger Anschluss zu erreichen. Dort war er nach einer Bandansage, dass Kellermann nicht anwesend sei, weitergeleitet worden. Eine Frau habe sich mit »Schwester Benedikta« gemeldet und war überrascht, dass die Polizei anrief. Beugert hatte ihr auch nach mehrmaligem Nachfragen nichts von den Ereignissen in Eutin berichtet, aber erfahren, dass Kellermann Dompropst im Erzbistum Hamburg war. Sie hatte lediglich noch bestätigt, dass Prälat Kellermann derzeit im Urlaub in Bad Malente sei. Darauf verwies auch der Messinganhänger mit eingeprägter Zimmernummer und einem Schlüssel. Es bedurfte einiger Telefonate, bis sie das Hotel an der Diekseepromenade in Bad Malente ermittelt hatten.

Es waren nur wenige Kilometer von der Kreisstadt nach Bad Malente, wohin sie direkt am nächsten Morgen fuhren. Die kurvenreiche Straße führte durch eine hügelige Gegend.
»Deshalb heißt es hier wohl Holsteinische Schweiz. Und das im sonst platten Schleswig-Holstein«, sagte Ehrlichmann unterwegs. Sie fuhren über eine Nebenstraße bis zum Bahnhof und bogen dann in den ruhigen Ortsteil Gremsmühlen ab. Es war eine der sonderbarsten Straßen, die Ehrlichmann je gesehen hatte. Direkt am Ufer des Diekseees reihte sich ein Hotel ans nächste. Die Unterkünfte waren durch eine schön gestaltete Promenade vom Seeufer getrennt. Versetzt angeordnete Blumeninseln und Bänke luden zum gemächlichen Schlendern oder zum Verweilen ein. Dazwischen bahnten sich die Autos den Weg.

Kellermanns Urlaubsquartier befand sich in einem modern gestalteten Klinkerhaus mit großzügigen Glasfronten und einladenden Balkonen.

»Hier lässt es sich aushalten«, meinte Ehrlichmann. »Tolles Hotel. Der Mann hatte Geschmack.«

Eine schmale Durchfahrt führte zu den Parkplätzen hinter dem Haus.

»Guten Tag. Wir sind von der Polizei und würden gern mit dem Geschäftsführer sprechen«, sagte Ehrlichmann zu einer jungen Frau an der Rezeption.

»Polizei?« Sie schenkte ihm einen erstaunten Blick, fing sich aber sofort. »Kleinen Augenblick«, bat sie, verschwand ins Backoffice und kehrte kurz darauf mit einem Mann mit grau melierten Haaren zurück, der seine dunkle Hornbrille abgenommen hatte, die beiden Polizisten mit einem fragenden Blick musterte und sich mit »Jakobs« vorstellte. Ehrlichmann zeigte ihm seinen Dienstausweis.

»Kommen Sie bitte.« Der Hotelmanager führte sie in ein kleines Büro hinter dem Empfangstresen und schloss die Tür. Dann hob er fragend eine Augenbraue.

»Es geht um Ihren Gast Josef Kellermann.«

Jakobs nickte beiläufig zur Bestätigung, dass ihm der Name bekannt sei.

»Ist Herr Kellermann länger bei Ihnen gewesen?«

Der Hotelmanager musste nicht nachsehen. »Er kommt seit einigen Jahren für ein paar Tage im Frühjahr und regelmäßig im Sommer. Dann bleibt er circa zwei Wochen. Nicht ganz. Er reist am Montag an und fährt in der folgenden Woche am Sonnabend zurück.«

»Sie betonen das. Weshalb?«

Jakobs spitzte die Lippen. »Nun – ja. In der Regel bleiben die Gäste eine oder zwei Wochen. Herr Kellermann hat offenbar gezielt das Wochenende ausgeblendet.«

»Weshalb hat er Ihr Haus und Malente als Urlaubsziel ausgewählt?«

»Bad Malente ist ein Kurort im Herzen der ausgedehnten Seenlandschaft der Holsteinischen Schweiz. Die ist der größte Naturpark des Landes. Wir freuen uns in unserem Hotel über zahlreiche Gäste, die die Annehmlichkeiten unseres Hauses genießen.«
»Gab es andere Gründe für Herrn Kellermann?«
»Ist das nicht ausreichend?«
»Ist er wandern gegangen? Rad gefahren? Gesegelt? Hat er geangelt? War er Freund der Eutiner Festspiele?«
Jakobs überlegte einen Moment. »Das kann ich Ihnen nicht beantworten. Ich habe ihn nie auf dem Fahrrad oder mit einer Angelausrüstung gesehen. Sonst bin ich nicht über seine Vorlieben oder seine Freizeitgestaltung informiert.«
»Wie war sein Tagesablauf?«
»Er kam regelmäßig zum Frühstück und ließ sich Zeit damit. Dann verließ er das Haus. Manchmal kehrte er um die Mittagszeit zurück. Abends war er oft unterwegs.« Jakobs zuckte mit den Schultern. »Ich kann Ihnen nicht sagen, ob er ein bestimmtes Restaurant bevorzugt hat.«
»Kam er mit dem Auto?«
»Ja. Sein Wagen steht auf dem Hotelparkplatz. Ein dunkelblauer Volvo V 40. Den hat er aber selten benutzt.«
»Ich entnehme Ihren Worten, dass Herr Kellermann seinen Aufenthalt sehr zurückgezogen verbrachte. Ist er nicht mit anderen Gästen oder mit Ihrem Personal ins Gespräch gekommen?«
»Er ist ein ruhiger und zurückhaltender Gast. Wir respektieren den Wunsch, wenn jemand für sich allein sein möchte.«
»Hat er nie Kontakt zu anderen Menschen gepflegt?«
»Eigentlich nicht.«
Ehrlichmann war der Unterton nicht entgangen.
»Was heißt ›eigentlich‹?«
»Ich weiß nicht, ob es eine Indiskretion ist«, zeigte sich Jakobs unsicher.
»Das gilt nicht gegenüber der Polizei«, versicherte ihm der Hauptkommissar.

»Malente ist in einer angenehmen Art überschaubar. So blieb es nicht verborgen, dass Herr Kellermann sich mit einer Dame traf. Mehr kann ich dazu auch nicht sagen«, betonte der Hotelier.
»Ein Gast?«
»Nein. Die Frau ist eine Einheimische.«
»Und die beiden kamen zusammen ins Hotel?«
»Nein, hier war sie nie.«
»Sie kennen die Frau?«
Jakobs nickte. »Sie ist die Witwe eines Arztes, der lange im Ort praktizierte.«
»Wie heißt sie?«
Der Hotelmanager zögerte mit der Antwort. »Ist das von Bedeutung?«
»Unbedingt.«
»Frau Holzapfel. Ihr Mann war eine Reihe von Jahren älter als sie. Es war tragisch. Er ist, kurz nachdem er seine Praxis aufgegeben hat, plötzlich verstorben.«
Ehrlichmann ließ sich die Adresse geben.
»Sagen Sie«, fiel dem Hotelmanager ein, »weshalb sind Sie eigentlich gekommen?« Sein Gesicht nahm einen besorgten Ausdruck an. »Herr Kellermann ist seit Sonntag nicht ins Hotel zurückgekehrt. Gut – das ist früher auch schon vorgekommen. Aber jetzt … Die Polizei … Ihm ist doch hoffentlich nichts passiert?«
»Leider doch«, erwiderte Ehrlichmann. »Josef Kellermann ist tot.«
»Ein Unfall?«
»Wir gehen von einem Tötungsdelikt aus.«
»Tötungsdel…? Was heißt das? Er ist doch nicht etwa …?« Jakobs wirkte fassungslos.
»Haben Sie vom Toten auf den Eutiner Festspielen gehört?«
»Sie meinen den, den man dort gestern gefunden hat? Während der Abendvorstellung?«
Ehrlichmann nickte. »Das war Herr Kellermann.«

Jakobs war blass geworden. »Unfassbar«, murmelte er. »Das kann doch nicht wahr sein.«
Er erklärte sich sofort bereit, den Beamten das Zimmer zu zeigen.

»Bitte nicht betreten«, bat der Hauptkommissar und sah sich in dem hellen und freundlichen Raum um, der sich nicht durch die bedrückende Enge mancher Hotelunterkünfte auszeichnete. Ein bequemes Sofa, Tisch und Stühle – dazu ein großer Balkon mit einem phantastischen Blick auf den Dieksee. Das breite Doppelbett war gemacht worden. Kellermann hatte sich die Fensterseite ausgesucht. Die zweite Hälfte des Doppelbetts war unberührt. Unter der Bettdecke fanden sie einen sorgfältig zurechtgelegten Pyjama. Auf dem Nachttisch lagen zwei Bücher des Bestsellerautors Andreas Englisch: »Der Kämpfer im Vatikan« und »Franziskus«.

»Merkwürdige Lektüre«, murmelte Ehrlichmann, der sich ebenso wie Beugert Einmalhandschuhe übergestreift hatte. »Was ist daran interessant? Als Insider sollte er es doch wissen.« Eine Lesebrille komplettierte die Gegenstände auf der Ablage. Der Hauptkommissar zog die Schublade auf. »Ob ihn das gestört hat? Kein Neues Testament.« Dafür lag dort das Ladegerät für ein Smartphone.

Im Schrank fanden sie sorgfältig gestapelte Unterwäsche, Socken, zwei Pullover, zwei dezente Kombinationen, eine Edeljeans sowie mehrere gebügelte Hemden. Im untersten Fach hatte Kellermann die benutzte Wäsche untergebracht.

Auch das kleine Bad ergab keine Auffälligkeiten. Alles entsprach dem, was von einem Mann seines Alters erwartet werden konnte.

»Lassen Sie die Spurensicherung kommen«, wies Ehrlichmann seinen Mitarbeiter an. »Die sollen sich auch das Auto vornehmen.«

Dem Hotelmanager schärfte er ein, dass in der Zwischenzeit niemand das Zimmer betreten dürfte. »Wir benötigen auch noch die Fingerabdrücke der Zimmermädchen«, ergänzte er.

»Was haben unsere Mitarbeiter damit zu tun? Sie verdächtigen doch nicht etwa …?«

»Nein«, beruhigte ihn Ehrlichmann. »Wir bedienen uns des Ausschlussverfahrens. Wir müssen wissen, ob sich jemand unbefugt in diesem Zimmer aufgehalten hat, um beispielsweise etwas zu stehlen.«

»Doch nicht unser Personal. Nicht in unserem Haus.«

»Wir haben zum Beispiel kein Notebook oder Tablet gefunden. Entweder hat Herr Kellermann solche Dinge nicht benutzt, oder jemand hatte Interesse daran, es verschwinden zu lassen.«

»Ah«, sagte Jakobs und nahm den Zimmerschlüssel an sich, nachdem die Beamten den Raum verschlossen hatten.

Vom Hotel war es nicht weit bis zu der Adresse, die ihnen der Hotelmanager genannt hatte. Sie mussten am Bahnhof eine Weile an den geschlossenen Schranken warten, bis der Triebwagen, der die beiden größten Städte Schleswig-Holsteins verband, passierte. Hinter den Bäumen zur Rechten verbarg sich der Kurpark. Zu Beginn der lebhaften Bahnhofstraße mit den vielen bunten Geschäften bogen sie in die Lindenallee ab. Das Haus auf dem etwas verwildert wirkenden Grundstück war eine der prachtvollen Villen, die zu Beginn des letzten Jahrhunderts entstanden waren. Architekten und Bauherren hatten damals viel Wert auf eine opulente Fassadenverzierung gelegt.

Eine schlanke Frau mit weiblicher Ausstrahlung öffnete ihnen. Sie trug eine beigefarbene Hose und eine dazu passende cremefarbene Bluse. Die Brille hatte sie in die blonden Haare gesteckt, die sie am Hinterkopf hochgebunden hatte. Ins Gesicht hatten sich Falten eingegraben, die ihr aber gut standen. Die Kette mit den Holzperlen lag auf ihrem ausladenden Busen auf. Die nackten Unterarme, an denen mehrere Armreifen baumelten, waren ebenso wie der Teint leicht gebräunt. Die beiden Ringfinger waren durch Ringe geschmückt.

»Bitte?«, fragte sie mit einer angenehm tiefen Stimme.

»Frau Holzapfel?«

»Wer möchte das wissen?«
Ehrlichmann nannte die Namen der Beamten. »Wir sind von der Lübecker Polizei. Dürfen wir hereinkommen?«
Die Frau wirkte skeptisch. »Polizei? Gibt es einen Grund?«
Der Hauptkommissar zeigte ihr seinen Dienstausweis, den sie aufmerksam studierte. Überzeugt schien sie nicht. »Um was geht es?«
»Sie kennen Josef Kellermann?«
Frau Holzapfel antwortete nicht. Ehrlichmann nahm ihr Schweigen als Zustimmung.
»Wir haben eine traurige Nachricht für Sie.«
Jetzt zuckten ihre Mundwinkel. »Wie kommen Sie auf mich?«, wollte sie wissen.
»Polizeiliche Ermittlungen«, wich der Hauptkommissar aus.
»Traurige Nachricht«, wiederholte sie tonlos, als müsse sie selbst die Worte sprechen, um ihren Sinn zu verstehen.
»Herr Kellermann ist verstorben. Er ist vermutlich einer Straftat zum Opfer gefallen.«
»Josef … tot … Straftat …«
Die Beamten ließen ihr Zeit. Schließlich trat sie einen Schritt zurück und öffnete die Tür ganz.
»Kommen Sie.«
Frau Holzapfel ging voran in das Wohnzimmer, das mit massiven Holzmöbeln aus Eiche ausgestattet war. Schwere Teppiche lagen auf dem Boden. Das Sideboard und der Tisch waren mit kleinen Deckchen belegt. Vasen und andere Accessoires standen überall herum. Das große Fenster führte zum Garten hinaus.
Ehrlichmann hatte sich im Vorhinein informiert. Karin Holzapfel war zweiundsechzig Jahre alt. Er hatte keine moderne oder gar futuristische Einrichtung erwartet, aber hier wirkte alles sehr altbacken. Wenn der verstorbene Ehemann zehn oder mehr Jahre älter gewesen war, mochte er in den jungen Jahren der Ehe bestimmenden Einfluss auf die Ausstattung genommen haben. Die Möbel waren qualitativ hochwertig. Und diese Generation lebte

womöglich noch mit dem Grundsatz, dass das Mobiliar ein Leben lang halten müsse.

Karin Holzapfel wies auf das Sofa mit dem Seidenbezug. Sie selbst nahm auf einem der klobigen Sessel Platz und ließ sich von den Beamten über den Kenntnisstand der Polizei informieren. Sie sah dabei Ehrlichmann an und verhielt sich erstaunlich gefasst. Lediglich die weißen Knöchel ihrer schlanken gepflegten Hände und der auf- und abspringende Adamsapfel verrieten ihre innere Anspannung. Als der Hauptkommissar geendet hatte, wiegte sie kaum merklich den Kopf.

»Unfassbar«, murmelte sie. »Wer macht so etwas? Und warum? Josef. Ausgerechnet Josef. Es gibt keinen Grund für eine solche Tat.«

»Wie standen Sie zu Herrn Kellermann?«, fragte Ehrlichmann. »Wie war Ihr Verhältnis?«

Sie ließ sich Zeit mit der Antwort.

»Verhältnis! Wie das klingt. Dieses Wort hat einen negativen Klang. Verhältnis! Das klingt nach Boheme. Ich pflege zu Herrn Kellermann ein kulturell und intellektuell inspiriertes Verhä... Wir haben uns angeregt und tief über unsere Welt ausgetauscht, vor allem über Themen, die von der Mehrheit der Menschen nicht einmal gestreift werden.«

»Wie haben Sie sich kennengelernt?«

In ihren Augen blitzte es kurz auf. »Ist das von Bewandtnis?«

»Bei Mordermittlungen sind auch kleine Details von Bedeutung.«

»Den Grund vermag ich nicht zu erkennen«, sagte sie nasal. »Aber bitte. Da ist nichts Geheimnisvolles hineinzuinterpretieren. Ich habe eine erfüllte und glückliche Ehe mit einem wunderbaren Mann geführt. Er hat sich für die Praxis und seine Patienten aufgeopfert, konnte für sich selbst aber nichts mehr tun. Wir haben viele schöne Dinge gemeinsam unternommen, Opern und Konzertveranstaltungen an den bedeutendsten Plätzen der Welt besucht, die großen Museen erobert und vieles mehr. Mein Mann war einer der nur noch selten anzutreffenden Menschen, die mit Fug und Recht als gebildet bezeichnet werden konnten. Wir hatten ein paar wenige Freunde, hm …«, zögerte sie kurz, »vielleicht beschreibt man sie besser als gute *Bekannte*. Das waren vielseitig interessierte Leute, aber ihnen fehlte doch das letzte gewisse Etwas. So war mein Leben nach Rudolfs Tod leer. Profane Gespräche mit Dritten erfüllten es nicht. Ich zog es vor, für mich zu bleiben.« Ihr Blick wanderte gedankenverloren an der gegenüberliegenden Zimmerwand entlang. »Ich erinnere mich genau an unsere erste Begegnung. Es war an einem traumhaften Sommernachmittag. Ich war an der Diekseepromenade spazieren und hatte mich für eine Weile auf einer Bank niedergelassen, als ein gepflegt erscheinender Herr herantrat und fragte, ob er sich setzen dürfte. Allein das barg eine Überraschung für mich. Heute scheint es üblich zu sein, ungefragt in die persönliche Aura eines Mitmenschen einzutauchen und jede höfliche Distanz missen zu lassen.« Erneut wanderte ihr Blick durch das Zimmer.

»Wir saßen eine Weile stumm nebeneinander, bis er eine Bemerkung zu den Wolkengebilden machte. ›Den Wolken wird vielleicht einstmals eine besondere Verehrung gezollt werden; als der einzigen sichtbaren Schranke, die den Menschen vom unendlichen Raum trennt, als der gnädige Vorhang vor der offenen vierten Wand unserer Erdenbühne.‹ Ich war sprachlos. Es war nicht nur der philosophische Hauch, der seinem Zitat innewohnte, sondern auch der Klang seiner wohlartikulierten Stimme. Er konnte sich ausdrücken, seine Gedanken in das Bewusstsein des Gegenübers transportieren. Als er mich überrascht sah, ergänzte er mit einem charmanten Lächeln, dass diese Worte von Christian Morgenstern stammten. So kamen wir ins Gespräch. Ich war von seinem Auftreten, seiner Bildung und seiner kultivierten Art fasziniert. Unsere anregende Plauderei währte länger als geplant. Für mich schien die Zeit gleichzeitig stehen zu bleiben und davonzurasen. Bewegt trat ich meinen Heimweg an. Meine Seele war durch diese unverhoffte Begegnung berührt. Dennoch war es ein purer Zufall, dass wir zwei Tage später einander erneut begegneten. Wir setzten unseren Austausch fort.

Das dritte Treffen war dann kein Zufall mehr.« Sie atmete hörbar durch. »Ja. So haben wir uns vor vielen Jahren kennengelernt.« Ihr Blick suchte Ehrlichmann. »Und nun überbringen Sie die Botschaft, dass diese großartige und außergewöhnliche Persönlichkeit abberufen wurde?«

Der Hauptkommissar räusperte sich. »Es tut mir leid, dass wir Ihnen diese Nachricht überbringen mussten. Sie wussten, welchen Beruf Herr Kellermann ausübte?«

»Beruf! Warum sagen Sie nicht ›Job‹? So wie Sie es formulieren. Er hat für seine Überzeugung gelebt. Für ihn gab es nichts anderes. Er konnte überzeugend darlegen, weshalb Gott auch in der heutigen Welt seinen Platz hat, weshalb die Menschen ohne einen Glauben nicht existieren können. Die Betonung liegt dabei auf ›heutigen‹. Herr Kellermann war kein weltabgewandter Spiritueller. Wir haben oft darüber gesprochen, was die Kirche falsch macht, weshalb sie die Menschen nicht mehr erreicht. Es hat ihn traurig gemacht, dass das Heute und Gott für viele nicht kompatibel sind. Leider scheint es nahezu unmöglich, die Menschen zu vernunftbegabten Wesen zu erziehen, die sich aufklären lassen, dass das Konträre doch kein Widerspruch ist.«

Karin Holzapfel sackte in sich zusammen. Es war ihr anzusehen, wie sie ihren Gedanken, aber auch ihren Erinnerungen freien Lauf ließ.

»Er war ein vielseitig gebildeter und interessierter Mann. Wir haben uns im wahrsten Sinne des Wortes über Gott und die Welt unterhalten.« Sie lächelte leicht in sich hinein. »Ein unbeteiligter Beobachter hätte gestaunt, wie konstruktiv der streng katholische Priester und die preußisch-protestantische Arztfrau diskutieren konnten.« Sie wischte sich verstohlen eine Träne aus den Augenwinkeln. »Ich möchte jetzt gern allein sein«, erklärte sie und begleitete die beiden Polzisten zur Tür.

ZWEI

Dr. Lüder Lüders traf mit Verspätung an seinem Arbeitsplatz ein. Ein leichtes Lächeln umspielte seine Lippen, als er noch einmal an den Grund für die Verzögerung dachte. Das vorangegangene Wochenende war ein wenig getrübt durch den Brief der Schule gewesen, die um seinen Besuch bat. Jonas! Es war nicht das erste Mal, dass Lüder zu einem Gespräch gebeten wurde.

Mit konstanter Regelmäßigkeit suchte er das Kieler Gymnasium auf, um mit dem Direktor über seinen Sohn aus seiner geschiedenen Ehe zu sprechen. Der Zwanzigjährige war das Enfant terrible der Patchworkfamilie. Margit, seine langjährige Lebenspartnerin, hatte die Kinder Thorolf und Viveka mitgebracht. Die gemeinsame Tochter Sinje vervollständigte das Sextett. Die Kleine besuchte seit zwei Jahren ebenfalls das Gymnasium und bereitete mit ihrem Lerneifer und den guten Zensuren den Eltern viel Freude.

»Jonas stört den Schulfrieden«, stand im blauen Brief der Schule. Natürlich war Jonas volljährig und für sein Tun eigenverantwortlich. Es bestand aber eine stille Übereinkunft, dass Lüder dennoch von der Schule informiert wurde. Mit dieser Hypothek war das Wochenende nicht ganz so zwanglos verlaufen, wie Lüder es sich gewünscht hätte. Während des Vortrags des Direktors hatte sich Lüders düstere Stimmung allerdings gebessert. Es war lediglich Jonas' früherer Verfehlung zu verdanken, dass Lüder den Schulleiter nicht fragte, ob es nicht Wichtigeres gäbe.

Jonas hatte ein Referat über den Walfang gehalten. Inhaltlich war es nicht zu beanstanden, hatte der Direktor versichert. Die massive Störung des Unterrichts bestand darin, dass Jonas vor der Klasse gestanden und seine Ausführungen statt mit Gestik mit der Merkel-Raute begleitet hatte. Damit nicht genug. Auch zu Hause konnte Jonas die Familie damit begeistern, dass er die Kanzlerin treffend imitierte. Trotz der Aufforderung der Lehrerin, das zu unterlassen, hatte er das Referat in dieser Weise fortgesetzt. Seine Missetat bestand darin, dass es der Pädagogin für den Rest der Stunde nicht mehr gelungen war, die erheiterte Klasse »wieder einzufangen«, wie es der Direktor umschrieben hatte.

Lüder fand das Verhalten seines Sohnes nicht ermahnungswürdig. Er hatte gegenüber der Schule verschwiegen, dass ihm das gelegentliche Kiffen viel mehr Sorge bereitete.

»Das machen doch alle«, hatte Jonas auf die Vorhaltungen seines Vaters entgegnet.

Lüder seufzte. Es gab einfachere Berufe als den des Vaters. Zum Beispiel den des Kriminalrats in der Abteilung 3 des Kieler Landeskriminalamts, dem Polizeilichen Staatsschutz.

Bevor er seinen Rechner hochfuhr, besorgte er sich einen Kaffee im Geschäftszimmer. Edith Beyer begrüßte ihn freundlich und fragte, wie er das Wochenende verbracht habe. Sie selbst habe schöne Tage verlebt.

Was soll man da auch sagen?, dachte Lüder. Niemand wird seinen Kollegen erzählen, er habe an den freien Tagen Knatsch mit dem Partner gehabt, sich aus Ärger am Sonnabend betrunken und den Sonntag damit zugebracht, den schmerzenden Kopf wieder ins Lot zu rücken. Nein! Das traf auf ihn nicht zu, auch wenn die unbeschwerten Zeiten in seiner Familie Vergangenheit waren, seit Islamisten ihn und Margit überfallen und als Geisel genommen hatten. Margit litt immer noch unter diesem Trauma und hatte ihre Unbekümmertheit noch nicht wiedererlangt.

An seinen Schreibtisch zurückgekehrt, sichtete er den elektronischen Posteingang. Die morgendliche Lagebesprechung hatte er versäumt. Lüder wandte sich der Tagesroutine zu, als Edith Beyer anrief und ihn zum Abteilungsleiter bat.

»Bitte sofort«, setzte sie hinzu.

Der Abteilungsleiter saß in seinem Büro und sah auf, als Lüder eintrat.

»Guten Morgen, Lüder«, begrüßte ihn Dr. Starke. Der Kriminaldirektor zeigte sich wie immer mit einer vom Solarium unterstützten Gesichtsbräune. Er war mit einem zartblauen Hemd und einer perfekt dazu passenden Krawatte bekleidet. Den dunkelblauen Blazer hatte er ebenfalls nicht abgelegt. »Wie war das Wochenende?«

»Zu kurz«, erwiderte Lüder knapp.

Auf einen Händedruck verzichteten sie. Die abgrundtiefe Abneigung der vergangenen Tage war einer neutralen Distanziertheit gewichen. Dr. Starke hatte ihm nach der Befreiung aus der Geiselhaft sogar das Du angeboten.

»Wir sollen zum Chef kommen«, erklärte Dr. Starke und stand auf.

Der »Chef« war Jochen Nathusius, der stellvertretende Leiter des LKA.

Jochen Nathusius empfing sie mit freundlichen Worten, drückte beiden die Hand und bat sie, Platz zu nehmen.

»Wir hatten gestern einen ungewöhnlichen Mord in Eutin während der Aufführung der ›Fledermaus‹.« Nathusius berichtete von den bisher bekannten Einzelheiten. »Der Fall wird von der Lübecker BKI bearbeitet. Beim Opfer handelt es sich um Josef Kellermann, Dompropst des Erzbistums Hamburg. Der Generalvikar hat sich heute Morgen direkt an das Innenministerium gewandt. Von dort sind wir als LKA gebeten worden, parallel zu den laufenden Ermittlungen der Lübecker einen Blick darauf zu werfen. Das Innenministerium möchte einen Zwischenbericht von uns und wird den dann an den Erzbischof in Hamburg weitergeben. Ich würde Sie, Herr Dr. Lüders, bitten, sich der Sache anzunehmen und mich dann in Kenntnis zu setzen. Wir sollten den Fall diskret behandeln. Die Öffentlichkeit, insbesondere die Medien, sollen außen vor bleiben.«

Lüder und Dr. Starke versicherten, dass dies eine Selbstverständlichkeit sei. Seitdem in Kiel eine neue Landesregierung im Amt war, waren Lüders persönliche Kontakte zum Innenminister gekappt worden.

»Gut«, sagte Nathusius. »Mehr ist meinerseits nicht anzumerken.«

»Was hat das zu bedeuten?«, fragte Dr. Starke auf dem Rückweg.

Lüder zuckte mit den Schultern. »Ich werde mich erkundigen«, versprach er und suchte zunächst von seinem Arbeitsplatz aus nach Informationen über das Opfer.

Josef Kellermann war neunundfünfzig Jahre alt und wohnte in Hamburg.

»Ledig«, sagte Lüder schmunzelnd. »Kein Wunder. Der ist Priester.«

Lüder nahm telefonischen Kontakt mit dem Generalvikariat auf und wurde mit einem der Stimme nach älteren Mann verbunden, der auch nach Rückfrage seinen Namen nicht nennen wollte. Immerhin war sein Gesprächspartner bereit, etwas über Kellermann zu berichten. Lüder vermutete, diese Bereitschaft basierte auf einer Anordnung der Bistumsspitze, den Behörden bei den Ermittlungen behilflich zu sein. Das Opfer war im westfälischen Coesfeld geboren und in der Kleinstadt Gescher aufgewachsen, hatte das St.-Pius-Gymnasium in Coesfeld besucht und an der Katholisch-Theologischen Fakultät der Westfälischen Wilhelms-Universität Münster Theologie studiert. Daneben hatte Kellermann ein paar Semester Philosophie und Kunstgeschichte absolviert und das Philosophiestudium an der Otto-Friedrich-Universität Bamberg abgeschlossen.

»Ein gebildeter Mann«, murmelte Lüder unhörbar. Parallel zum Studium hatte Kellermann seine Priesterausbildung am Bischöflichen Priesterseminar Borromaeum absolviert. »In Sichtweite des Hohen Doms zu Münster«, hatte der Gesprächspartner angefügt. Nach dem Diakonat war Kellermann in seiner Heimatdiözese zum Priester geweiht worden, war drei Jahre als Kaplan in der Kirchengemeinde St. Andreas in Velen tätig gewesen und dann zu weiteren Studien nach Rom abgeordnet worden. Nach seiner Rückkehr hatte Kellermann das Amt des Regens an seiner Ausbildungsstätte übernommen. Von dort aus hatte man ihn in sein jetziges Amt im Erzbistum Hamburg berufen.

»Hat Herr Kellermann nie eine Pfarrei geleitet?«, unterbrach Lüder seinen Gesprächspartner.

»An seinem Werdegang erkennen Sie, dass er zu Höherem berufen war«, erwiderte der Mann ein wenig schnippisch.

»Was macht ein Dompropst?«, wollte Lüder wissen.

»Das wissen Sie nicht?« Es klang nasal, von oben herab. »Der Dompropst ist eine Dignität ...«

»Das kommt aus dem Lateinischen – *dignitas* – und heißt Würde«, unterbrach Lüder den Mann.

Sein Gesprächspartner stockte in seinen Ausführungen und schien überrascht. »Der Dompropst leitet das Domkapitel und vertritt es nach außen. Ist die Bischofskirche Sitz eines Erzbischofs oder Metropoliten, bezeichnet man das Domkapitel auch als Metropolitankapitel. Es ist das leitende Gremium an einer katholischen Bischofskirche und unterstützt den Bischof bei der Leitung und Verwaltung des Bistums. Eine wichtige Aufgabe des *capitulum* ist es auch, nach dem Tod oder dem Amtsverzicht des Bischofs einen neuen zu wählen.«

»Ich gehöre nicht Ihrer Fakultät an«, sagte Lüder. »Deshalb sehen Sie mir meine Unwissenheit nach. Ich bin der Meinung gewesen, der Weihbischof vertritt den Erzbischof.«

Sein Gesprächspartner holte tief Luft. »Wenn der Diözesanbischof aufgrund der Größe des Bistums die bischöflichen Aufgaben nicht allein wahrnehmen kann, vertritt ihn der Weihbischof vor allem bei Weihehandlungen wie der Kirch- oder Diakonweihe oder beim Spenden des Sakraments der Firmung. Er führt auch noch andere oberhirtliche Aufgaben durch. Der Vertreter des residierenden Bischofs, also des Diözesanbischofs, in Sachen Verwaltung und Jurisdiktion ist der Generalvikar.«

»Das ist der Verwaltungschef, also eine Art kaufmännischer Direktor«, fuhr Lüder dazwischen.

»Das ist eine etwas unpassende Formulierung«, tadelte ihn der Mann am anderen Ende der Leitung.

»Und wo steht nun der Dompropst?«

»Ich hatte es Ihnen schon gesagt: Er steht dem Metropolitankapitel vor. Dessen Aufgaben sind in einer Satzung festgeschrieben. Das Kapitel ist übrigens eine öffentliche kollegiale juristische Person kanonischen Rechts und eine Körperschaft des öffentlichen Rechts. Aber es würde zu weit führen, einem Laien die rechtlichen Aspekte zu erklären.«

»Du mich auch«, murmelte Lüder unhörbar. »Du sprichst mit Dr. jur. Lüder Lüders.« Laut sagte er: »Also war Josef Kellermann ein leitender Mitarbeiter im Bistum, er gehörte mit zur Führungsmannschaft.«

»Sie bedienen sich Termini, die für mich fremd klingen«, erwiderte der Mann schnippisch. »Im übertragenen Sinne trifft es aber zu. Das Domkap... das Metropolitankapitel«, verbesserte sich der Gesprächspartner, den Lüder irritiert zu haben schien, »hat die vornehme Aufgabe, sich um die Feier der Gottesdienste in der Domkirche St. Marien und um die Verkündigung des Wortes Gottes zu sorgen. So vertritt der Dompropst den Bischof bei der Feier der heiligen Messe bei dessen Abwesenheit.«

»Das sind alle Aufgaben?«

»Nein. Ich sagte schon, dass dem Kapitel bei Tod oder Amtsverzicht des Bischofs eine wichtige Aufgabe zufällt.«

»Sonst nichts weiter?«, blieb Lüder hartnäckig.

Die Stimme senkte sich ein wenig, wurde leiser.

»Die Finanz- und Vermögensverwaltung des Kapitels nimmt in dessen Auftrag der Dompropst wahr.«

Lüder konnte mit Mühe einen Überraschungspfiff unterdrücken. »Da geht es um viel Geld, um große Vermögen«, sagte er.

»Das kann nicht Gegenstand unseres Gespräches sein«, belehrte ihn der Mann am anderen Ende der Leitung und beendete mit einem kurzen »Auf Wiedersehen« das Telefonat.

Ein Mord ist immer ein schlimmes Ereignis, dachte Lüder. Häufig finden sich die Täter im Umfeld des Opfers. Dort ist auch das Motiv zu suchen. Hass. Habgier. Sexuelle Straftaten. Mord im Affekt. Das sind die häufigsten Gründe.

Auf den ersten Blick schieden sie bei einem katholischen

Geistlichen alle aus. Es gab keine Familie. Kein Ehedrama. Anzeichen für einen Raub lagen auch nicht vor. Hatte Kellermann Feinde? Sicher gab es Neider. Missgunst ist auch in einer Kirche verbreitet. Aber reichte das als Mordmotiv? Eifersucht? Schwer vorstellbar. Rache? Dazu müsste man in Kellermanns Vergangenheit forschen.

Habgier – welches Gebot war das noch gleich? Das neunte? Oder das zehnte? Beides, fiel ihm ein. Die Katholiken und die Lutheraner hatten eine abweichende Aufteilung. Er würde sich auf jeden Fall für Kellermanns Verantwortungsbereich in Sachen Vermögens- und Finanzverwaltung interessieren müssen.

Nach dem Telefonat sah Lüder auf seine Aufzeichnungen. Er hatte sich noch nie damit beschäftigt, wie man Priester wurde. Es ist ein langer Weg, dachte er. Aber warum wird jemand mit diesem Werdegang ermordet? Konnte man Feinde haben? Gab es im persönlichen Umfeld Motive für Mord? Rache? Wenn ja – wofür?

Spontan fiel Lüder ein, dass in den Medien immer wieder Berichte über straffällig gewordene Geistliche auftauchten. Meistens ging es um sexuellen Missbrauch. Natürlich gab es Berufsgruppen, die bei diesem Straftatbestand besonders in den Fokus der Öffentlichkeit rückten. Solche Ausnahmen schürten in manchen Kreisen das Vorurteil, eine Vielzahl von Geistlichen sei pädophil veranlagt, der Rest neige zur Homosexualität. Lüder empfand es als widerwärtig, wenn solche Behauptungen kolportiert wurden. Kinder und andere Schutzbefohlene mussten vor jeder Art von Übergriffen oder Missbrauch beschützt werden. Das galt aber auch für Pädagogen und alle Leute, denen Kinder anvertraut waren. Daran gab es keinen Zweifel. Wie jemand seine persönlichen sexuellen Neigungen auslebte, sollte hingegen keinen Dritten interessieren, unabhängig vom Wirkungskreis des Betroffenen.

Lüder rief in der Lübecker Bezirkskriminalinspektion an. Hauptkommissar Ehrlichmann zeigte sich überrascht und wollte wissen, weshalb sich das LKA für den Fall interessierte. Lüder wich aus, erklärte, dass der Mord an einem hohen kirchlichen Würdenträger etwas Besonderes sei und ein Informationsbedarf der oberen Stellen im Land bestehe.

Der Hauptkommissar mochte das nicht einsehen. »Wenn jemand aus den oberen Etagen etwas wissen möchte, soll er sich an mich wenden.«

Es bedurfte noch einer längeren Diskussion, bis sich Ehrlichmann bereit erklärte, Lüder die gewünschten Informationen zukommen zu lassen. Sicher trug dazu auch bei, dass Lüder dem Lübecker seine bisherigen Ergebnisse mitteilte.

Wenig später traf Ehrlichmanns Bericht ein. Lüder las ihn durch und rief den Hauptkommissar zurück.

»Sie haben in Ihrem – übrigens mit Akribie verfassten – Bericht geschrieben, dass man im Hotel in einem Nebensatz angemerkt hat, Kellermann sei gelegentlich über Nacht fortgeblieben. Wir können davon ausgehen, dass er sich weder in Discos noch in Bars herumgetrieben hat.«

Ehrlichmann zögerte für einen Moment mit der Antwort. »Dieser Zwischenton ist Ihnen aufgefallen? Tatsächlich habe ich mich auch darüber gewundert. Man könnte vermuten, dass er bei Frau Holzapfel übernachtet hat.«

»Die beiden werden kaum die ganze Nacht an einem geistigen Gedankenaustausch festgehalten haben.«

»Er war katholischer Geistlicher. Und Karin Holzapfel ist nach eigenem Bekunden seit dem Tod ihres Mannes in Sachen Männer abstinent.«

»Tja«, erwiderte Lüder gedehnt. »Sie wird kaum damit hausieren gehen, dass sie ein intimes Verhältnis zu einem katholischen Würdenträger gepflegt hat. Beiden war daran gelegen, es unter dem Mantel der Verschwiegenheit zu belassen. Hat die Frau eigentlich Angehörige? Kinder?«

Der Lübecker Hauptkommissar konnte die Fragen nicht beantworten. »Gut. Ich werde das prüfen. Wir werden auch noch einmal die Nachbarn befragen, ob ihnen hinsichtlich Männerbesuch etwas aufgefallen ist.«

»Wir ermitteln rein sachlich«, erklärte Lüder. »Es ist weder unsere Aufgabe, ein moralisches Urteil über die Beziehung zweier Menschen zu fällen, gleich welche Lebensgeschichte sie aufweisen, noch, was die Öffentlichkeit in Anbetracht des Amtes Kellermanns dazu sagen würde. Mich würde aber interessieren, ob man im Domkapitel über Kellermanns Aktivitäten während seiner Aufenthalte in Bad Malente informiert war oder ob die beiden es wirklich geheim halten konnten.«

»Natürlich haben wir uns diese Frage auch gestellt«, erwiderte Ehrlichmann ungnädig. »Aber mehr als zwei Arme und zwei Beine hat keiner von uns. Wir arbeiten unsere Punkte der Reihe nach ab. Und das Festlegen der Priorität behalte ich mir vor.«

Lüder versicherte ihm, dass er keinen Zweifel an der Qualifikation der Lübecker Beamten habe und sich auch nicht in deren Arbeit einmischen wolle.

Der Lübecker verabschiedete sich mit einem Knurrlaut.

Lüder wählte die Rufnummer des Instituts für Rechtsmedizin an und ließ sich mit dem Oberarzt verbinden.

»Moin, Herr Dr. Diether«, sagte er, als sich der Arzt am Telefon meldete.

»Ah, Sie schon wieder. Habe ich etwas übersehen? In unserem Gefrierschrank liegt doch keine Anlieferung von Ihnen?«

»Es geht um einen älteren Fall.«

»Ich verstehe. Da kennen Sie sich aus. Ich gehöre noch nicht Ihrem Jahrgang an. Geht es um Winnetou? Oder noch älter? Tutanchamun? Der starb einen unerwartet plötzlichen Tod, vermutlich ein Unfall«, erklärte der Rechtsmediziner.

»Hier handelt es sich um einen abgeschlossenen Fall«, sagte Lüder. »Vermutlich aus einer Zeit, als Sie sich noch auf Ihren Beruf vorbereitet haben.«

»Lästern Sie ruhig. Der war mir vorbestimmt. Wir wohnten damals in Friedhofsnähe. Nach der Kita bin ich mit meiner Plastikschaufel los und habe auf dem Gräberfeld geübt. Haben Sie mit Ihrem Beruf auch so früh angefangen? Ich weiß«, gab sich Dr. Diether selbst die Antwort. »Jurist und Polizist. Sie haben die

Großeltern belogen und auf dem Spielplatz die anderen Kinder verprügelt.«

»Schöne Vorstellung«, bestätigte Lüder. »Es geht um den Vorgang Hans Kramarczyk, den Ihre Kollegen vom Campus Lübeck bearbeitet haben. In diesem Zusammenhang taucht der Name Josef Kellermann als belanglos erscheinende Randnotiz auf. Mich macht es stutzig, dass hier ein möglicher religiöser Exzess stattgefunden haben könnte.«

»Da müsste ich mir den Vorgang ansehen«, erwiderte der Rechtsmediziner. »Ich melde mich.«

Es dauerte zwei Stunden, bis der Rückruf eintraf.

»Heiße Sache«, begann Dr. Diether. »Ich habe den komplexen Vorgang in der Kürze der Zeit nur überflogen. In Groß Zecher, das ist ein Ortsteil von Seedorf, damals ganz am Rande der Republik am Schaalsee, lebte eine Familie Kramarczyk. Wissen Sie, dass der Name slawisch ist und in der deutschen Entsprechung ›Krämer‹ oder ›Kleinhändler‹ bedeutet? Natürlich wissen Sie das nicht«, gab der Arzt wieder selbst die Antwort. »Die Eltern waren einfache Landarbeiter, deren Vorfahren nach dem Krieg aus Schlesien geflüchtet waren. Damals hat sich Schleswig-Holsteins Bevölkerung fast verdoppelt.«

»Können Sie sich den Geschichtsunterricht sparen und zur Sache kommen?«, bat Lüder.

»Ein wenig Allgemeinbildung könnte Ihnen nicht schaden«, entgegnete Dr. Diether. »Aber in diesem Fall gehört es zum Verständnis. Also – die Eltern haben auf einem großen Bauernhof gearbeitet und wohnten in einem einfachen Haus, wie es früher nicht unüblich war. Das größere ihrer Kinder, Hans, ist als Dreijähriger eine steinerne Kellertreppe hinabgestürzt. Dabei hat sich das Kind schwere Kopfverletzungen zugezogen, genau genommen ist es zu Hirnblutungen gekommen. Dadurch ist ein Areal im Gehirn ausgefallen. Drücke ich es einfach genug aus, damit auch Sie es verstehen?«, fragte Dr. Diether zwischendurch.

»Ich bemühe mich«, versicherte Lüder.

»Gut. Als Folge des Unfalls war das Kind dauerhaft behindert.

Es hatte Sprachstörungen. Auch die Motorik war beeinträchtigt, ganz abgesehen von der geistigen Behinderung. Eine weitere Folge des Unglücks war, dass der kleine Hans zu periodischen Krampfanfällen neigte, die durch die regelmäßige Einnahme von Medikamenten, Antiepileptika, gedämpft wurden. Die müssen regelmäßig eingenommen werden. Der Junge war zeitlebens ein Pflegefall und hat die – ich will niemandem zu nahe treten – einfach gestrickten Eltern überfordert. Hinzu kam, dass sie sich zeitlebens Vorwürfe gemacht haben und sich schuldig am Schicksal des Sohnes fühlten. Die Einzelheiten des weiteren Geschehens müssen Sie anderen Quellen entnehmen. Jedenfalls erfolgten Behandlungen durch Dritte, Nichtmediziner, in deren Verlauf Hans Kramarczyk nicht mehr die regelmäßig erforderlichen Medikamente verabreicht wurden. So kam es zu einem Status epilepticus. Der kann ohne geeignete Hilfsmaßnahmen lange dauern. Bei jedem Krampfanfall werden Gehirnzellen zerstört. Der Patient krampft und krampft. Im schlimmsten Fall kann das zum Tode führen. Das ist hier leider geschehen.« Dr. Diether hatte bei den letzten Sätzen die Stimme gesenkt.

»Epileptiker werden doch öfter von Krämpfen befallen«, warf Lüder ein.

»Das ist leider so. Der gefürchtete Status epilepticus tritt meistens bei einem länger als fünf Minuten dauernden Anfall oder einer Serie von Anfällen auf. Es könnte sich auch um einen Anfall in Form von Absencen handeln. Das gilt auch, wenn ein fokaler Anfall länger als zwanzig bis dreißig Minuten dauert. Das führt zu einer fortschreitenden Bewusstseinsstörung. Der Status, wie die Neurologen verkürzt sagen, ist lebensbedrohlich. Das liegt an der enormen körperlichen Belastung, aber auch an der Beeinträchtigung des zentralen Nervensystems. Wichtige Körperfunktionen wie Blutdruck und Atmung können ausfallen. Die Letalität des Status beträgt etwa zehn Prozent. Aber was besagen schon Statistiken?«

»Also hatte Hans Kramarczyk kaum eine Chance«, sagte Lüder.

»Hier unterscheiden sich die Ansichten von Ärzten und Juristen. Die Mediziner versuchen ihr Bestes und setzen ihr ganzes Wissen und ihre Erfahrung ein. Wir können aber nicht Gott spielen. Die Juristen suchen stets einen Schuldigen.«

»Heißt das, Hans Kramarczyk war nicht zu helfen gewesen?«

»Doch. Vielleicht hätte er gerettet werden können. Ein Notarzt hätte eine intravenöse Erstbehandlung durchgeführt und den Patienten zügig in eine Klinik bringen lassen. Das ist hier unterblieben. Dass Laien nicht direkt helfen können, versteht jeder. Aber unterlassene Hilfeleistung ist etwas anderes.«

Lüder bedankte sich bei Dr. Diether und forderte die Ermittlungsakte zum Vorgang an. Kurze Zeit später brachte sie Friedjof, der mehrfach behinderte Bürobote, vorbei.

»Na, Herr Ratspräsident«, begrüßte ihn der junge Mann fröhlich. »Bist du unter die Historiker gegangen und fragst nach alten Akten? Oder hast du den ... den ... Wie heißt der dänische Krimischriftsteller mit dem Vogelnamen noch gleich?«

»Du meinst Jussi Adler-Olsen?«

»Kann sein. Ist der das, dessen Held im Keller sitzt und alte Akten aufarbeitet?«

»Das war jetzt sehr verkürzt, Friedhof«, meinte Lüder.

Friedjof wedelte mit der Akte. »Was ist das für ein Vorgang?«

»Ein schlimmer. Das Opfer ist als Kind verunglückt, eine Treppe hinabgestürzt und hat sich schwere Kopfverletzungen zugezogen, die ihn zu einem dauerhaften Pflegefall gemacht haben. Seine Eltern haben ihm irgendwann die medizinisch notwendige Hilfe versagt. Daran ist er gestorben.«

»Und was hast du damit zu tun?«, wollte Friedjof wissen.

Lüder streckte den Arm aus und nahm die Akte entgegen.

»Das will ich gerade herausfinden. Wenn ich einen Blick hineingeworfen habe und nicht weiterkomme, frage ich dich um Rat.«

Friedjof lachte. »Wenn ich dir weiterhelfen kann ... Gern. Aber es dauert ein wenig. Ich muss zuvor noch dem Amtsleiter beratend zur Seite stehen.«

»Okay«, sagte Lüder. Als der Bürobote fast die Tür erreicht hatte, rief ihm Lüder hinterher: »Friedhof?«

»Ja?« Der junge Mann drehte sich um und zog blitzartig den Kopf ein, als Lüder ihm eine Handvoll Büroklammern hinterherwarf.

»Nimm das mit zum Boss. Damit kann er auch komplizierte Zusammenhänge festmachen.«

Dann blätterte er durch die Akte. Er las den Teil, den Dr. Diether schon berichtet hatte, quer. Lüder konzentrierte sich auf die starke religiöse Ausrichtung der Eltern. Sie waren streng katholisch und lebten ihren Glauben intensiv. Ob das durch ihre ebenfalls katholischen Arbeitgeber, die Familie von Schwichow, beeinflusst worden war, konnte Lüder den Akten nicht entnehmen. Ebenso wenig hatte das Gericht herausfinden können, wessen Idee es war, den örtlichen Pfarrer einzuschalten und um göttlichen Beistand zu bitten, nachdem die Ärzte versichert hatten, mit ihren Möglichkeiten am Ende zu sein. Hans Kramarczyk würde stets ein Pflegefall bleiben, hatten die Ärzte gesagt.

Niemand bezweifelte, dass die Eltern sich für ihren Sohn aufopferten. Sie hatten aber Sorge, dass Hans diese Fürsorge nicht mehr zuteilwerden könnte, wenn Vater und Mutter altersbedingt die Pflege nicht mehr ausüben konnten. Deshalb suchten sie Rat bei der Kirche. Hier tauchte der Ortspfarrer auf, dessen Name mit Egbert Zorn angegeben war. Möglicherweise hatte er mit dem Erzbistum in Hamburg gesprochen. Als Kontaktperson wurde der ermordete Josef Kellermann genannt. Zorn und Kellermann hatten vor Gericht von ihrem Zeugnisverweigerungsrecht Gebrauch gemacht. Die Eltern, einfache Leute, schienen ebenfalls massiv beeinflusst gewesen zu sein. Auch sie hatten jede Mitwirkung an der Aufklärung verweigert.

Die Ermittlungsbehörden und das Gericht konnten lediglich feststellen, dass zwei Repräsentanten der Kirche bei der Familie Kramarczyk auftauchten und Hans einem Exorzismus unterzogen, um den Teufel, von dem der Unglückliche angeblich besessen gewesen sein sollte, auszutreiben. In diesem Zusammenhang wurde Hans Kramarczyk die wichtige Medikamentenzufuhr verweigert, und es kam zum tödlichen Status epilepticus. Man wusste lediglich, dass der Kirchenvertreter, der vermutlich der Exorzist war, mit Pater Roman angesprochen worden war. Seine Identität konnte damals nicht ermittelt werden.

Lüder suchte sich die Telefonnummer der Pfarrei St. Ansgar in Seedorf heraus und war erstaunt, dass sich der Pastor selbst meldete.

»Ich untersuche den Tod von Josef Kellermann. Ihr Erzbischof hat sich persönlich dafür eingesetzt, dass diesem Fall die nötige Aufmerksamkeit von höchster Stelle geschenkt wird.«

Blödsinn, dachte Lüder und ließ es unerwähnt, dass sie sich jedem Fall mit der höchsten Konzentration widmen würden. Bei uns macht es keinen Unterschied, wer das Opfer ist.

Egbert Zorn war einverstanden, Lüder trotz der mittlerweile späteren Stunde kurzfristig zu empfangen. Er bestand auf keiner exakten Zeitangabe.

»Wenn Sie da sind, sind Sie da«, sagte der Pfarrer.

Lüder machte sich auf den Weg nach Seedorf, einer idyllisch gelegenen kleinen Gemeinde, die sich vom Küchensee am Priestersee entlang bis zum Ortsteil Groß Zecher am Schaalsee zog. Auch nach der Wiedervereinigung schien in dieser ehemaligen Grenzregion die Zeit stehen geblieben zu sein.

»Sankt Ansgar«, murmelte er unterwegs, »der Apostel des Nordens.«

Die Hauptstraße führte am Ort vorbei. Wer den verborgenen Schatz des Dorfes erkunden wollte, musste in die Dorfstraße abbiegen. Das Schloss Seedorf, das auf einer Insel im Küchensee lag, und die altehrwürdige St.-Clemens-St.-Katharinen-Kirche aus dem 13. Jahrhundert waren die Sehenswürdigkeiten des Ortes. Die katholische St.-Ansgar-Kirche gehörte mit Sicherheit nicht dazu. Der trist wirkende Betonbau aus den fünfziger Jahren wirkte eher wie ein Fremdkörper. Das Pfarrhaus, ein schlichtes Einfamilienhaus auf dem Kirchplatz, war in keinem besseren Zustand. Lediglich der rustikal anmutende, aber bunte Bauerngarten, in dem die Insekten munter summten, verlieh dem Ensemble Heiterkeit.

»Willkommen am Rande der Welt«, begrüßte ihn ein untersetzter Mann mit Bauchansatz. »Sie sind Herr Lüders«, stellte er von sich aus fest. Seinen Namen nannte er nicht. Weshalb auch. Lüder wusste, dass der Geistliche Egbert Zorn hieß.

Eine Knollennase, die Loriot als Vorbild hätte dienen können, buschige Augenbrauen und ein rundes Gesicht verliehen ihm ein freundliches, fast gemütliches Aussehen. Dazu trug sicher auch der graue Haarkranz bei, der den blanken Schädel umschloss. Eine etwas zu weit geratene braune Hose und ein nicht dazu passendes kariertes Hemd sowie der leichte Pullunder, der die Hosenträger nur unzureichend verdeckte, bildeten die Kleidung des Mannes. Lüder lächelte in sich hinein, als er die Füße gewahrte, die in braunen Pantoffeln steckten.

»Kommen Sie mit durch. Bei dem Wetter können wir im Garten sitzen.« Der Geistliche ging voran. Sie durchquerten einen düster wirkenden Flur, von dem eine hölzerne Treppe ins Obergeschoss führte. »Mein privates Reich«, erklärte der Pfarrer, als er Lüders Blick bemerkte.

Der ursprünglich als kombinierter Wohn-/Essraum vorgesehene Bereich war mit Schränken und Bücherregalen vollgestellt. In der Mitte befand sich ein längerer, mitgenommen wirkender Holztisch, um den zwölf Stühle gruppiert waren.

»Das ist unser Gemeindesaal. Der Raum dient auch als Pfarrbüro«, erklärte Zorn.

Auf der Terrasse standen mehrere Gartenstühle aus Holz, von denen die Farbe abblätterte. Zorn bat Lüder an einen Tisch, auf dem eine Thermoskanne und zwei Kaffeetassen standen.

»Nehmen Sie Zucker? Milch?«, erkundigte sich Zorn und ergänzte, nachdem Lüder mit »Danke. Schwarz« geantwortet hatte, er würde den Kaffee genauso trinken.

Der Pfarrer ließ sich Zeit, schenkte ein und wartete, bis sein Gast getrunken hatte.

»Wir haben nicht oft Besuch, schon gar nicht aus der Hauptstadt. Und von der Polizei noch nie. Uns hat man hier vergessen. Die Welt. Mein Bischof. Das Erzbistum.« Zorn lächelte. »Das ist auch gut so. Wir leben hier in der Diaspora. Nur rund sieben Prozent der Einwohner bekennen sich zu unserer Kirche. Ich bedauere meine Amtsbrüder in anderen Gemeinden. Die müssen große Bezirke betreuen und Messen in mehreren Kirchen lesen. Hier geht es vergleichsweise gemütlich zu. Man ist unter sich. Sehen Sie: Ich bin jetzt neunundsechzig und muss noch weitermachen, bis mich der oberste Chef in den endgültigen Ruhestand abberuft. Einen Nachfolger wird es für diese Gemeinde nicht mehr geben. Es herrscht in Deutschland akuter Priestermangel. Man behilft sich mit Geistlichen aus Afrika oder Asien. Die sind sehr engagiert und können die Sakramente spenden. Aber sie verstehen die Sprache der Leute nicht, schon gar nicht die vom Land. Ich möchte nicht missverstanden werden, aber ...«, ließ Zorn das Ende des Satzes offen. »Um mit den Worten der sogenannten aufgeklärten Menschen zu sprechen: Das Christentum ist heute überholt. Gott passt nicht mehr in unsere Welt.«

Zorn rieb sich gedankenverloren die Nasenspitze. »Natürlich dürfen Sie den Leuten nicht mehr die Geschichten des Mittelalters erzählen. Es ist ein Problem, mit dem ich mich schon länger beschäftigte. Rom hat lange geleugnet, dass die Erde eine Kugel ist. Wie soll man heute begründen, dass Gott die Welt in sechs Tagen geschaffen hat? Und zunächst gab es Adam, Eva und die beiden Söhne. Na ja. Dann war es nur noch einer, als Kain übrig blieb. Superschlauberger leiten daraus ab, dass der seine Mutter missbraucht haben muss. Wie sonst hat sich die Menschheit entwickeln können? So können Sie die Aufzählung munter fortsetzen.« Der Pfarrer seufzte. »Was uns fehlt, ist ein Martin Luther der Neuzeit, der das Evangelium und die anderen Schriften, die die Basis unseres Glaubens sind, an das Heute anpasst, damit die Menschen es verstehen.«

»Ich staune über Ihre Offenheit. Teilte Josef Kellermann Ihre Gedanken?«, fragte Lüder.

Zorn wandte den Blick ab. Lüder schloss daraus, dass der Pfarrer nicht antworten wollte. Es wäre auch zu viel erwartet, dass der Geistliche sich kritisch gegenüber Dritten äußern würde.

»Papst Franziskus erweckt auch bei Nichtkatholiken wie mir die Hoffnung, dass die Christen aufeinander zugehen können. Sicher gibt es noch zahlreiche Barrieren, aber der Vorgänger, Papst Benedikt, hat in dieser Hinsicht eher neue Hürden aufgebaut als progressive Schritte unternommen. Kein Lutheraner hat es gern gehört, von ihm als Angehöriger einer Sekte bezeichnet zu werden.«

»Lassen wir das«, sagte Zorn matt.

»Sie gehören jetzt zum Erzbistum Hamburg.«

»Sie wundern sich ein wenig über unsere kleine Gemeinde? Wir sind hier wirklich nur eine Handvoll Katholiken. Unsere Kirche, die äußerlich kein Schmuckstück ist, wurde Ende der fünfziger Jahre erbaut. Es handelt sich um die Spende eines Gutsherrn aus Groß Zecher, das heißt, da hat er früher gewohnt, der in der jungen Bundesrepublik relativ schnell wieder zu etwas gekommen ist, wie der Volksmund es nennt. Die von Schwichows wohnen jetzt in Krembz. Das ist ein Ort im Landkreis Nordwestmecklenburg unweit Gadebuschs. Aus Dankbarkeit, so sagt man, haben sie die Kirche und das Pfarrhaus gespendet.«

»Von Schwichow?«, unterbrach Lüder den Pfarrer. »Der Name taucht in Verbindung mit dem Exorzismus auf.«

»Die Familie hat Kontakte in allerhöchste Kreise.«

»Auch zum Erzbistum?«

Zorn nickte kaum merklich. »Sehen Sie. Die katholische Kirche ist hierarchisch aufgestellt. Bei der Priesterweihe geloben Sie Gehorsam. Man sieht es nicht gern, wenn kritische Fragen gestellt werden. Die progressiven deutschen Katholiken sind nicht sonderlich beliebt, schon gar nicht in der römischen Kurie. Was zählt da ein kleiner Landpfarrer, der Zorn heißt? *Nomen est omen?* Don Camillo gibt es nur in der Literatur.«

»Unterliegt die Kirche nicht auch einem Wandel?«

Der Pfarrer wiegte lange den Kopf.

Lüder merkte ihm an, dass er gern mehr seiner Gedanken kundgetan und mit Lüder diskutiert hätte. Zorn war aber kein Revolutionär, sondern seiner Kirche gegenüber loyal. Deshalb schwieg er lieber.

»Bei der Neugründung des Erzbistums Hamburg im Jahr 1994 wurde den Bistümern Osnabrück und Hildesheim nicht nur ein Teil ihres Gebietes genommen, sie wurden auch der Kirchenprovinz Hamburg zugeschlagen. Natürlich hören Sie keinen öffentlichen Protest, aber Bischöfe sind nicht nur geistliche Würdenträger, sondern auch Manager. Aus der Wirtschaft kennen wir den Begriff ›A berichtet an B‹. Das bedeutet, ›A‹ ist ›B‹ unterstellt. Nehmen wir an, ›A‹ gehörte bisher einer Führungsebene direkt unter dem Vorstand an und hat direkt an diesen berichtet. Nun wird eine Zwischenebene eingezogen, und ›A‹ verliert den direkten Kontakt nach oben. Er ist ›B‹ untergeordnet. Da ist es verständlich, dass stiller Frust aufkommt. So könnte – könnte! – man es sich auch in diesem Fall vorstellen. Im Unterschied zur eher demokratisch ausgerichteten evangelischen Kirche gibt es bei uns Katholiken aber eine strenge Hierarchie von oben nach unten. Lassen Sie es mich ein wenig salopp formulieren: Es geht nach Befehl und Gehorsam. Der Hauptmann und Kompaniechef kann sich auch nicht seinen Oberst und Regimentskommandeur aussuchen. Der wird ihm vorgesetzt. Widerspruch gibt es nicht.«

»Ist das nicht sehr weit hergeholt?«, fragte Lüder. »Schließlich gehörten die genannten Bistümer zuvor zu einem anderen Erzbistum. Für sie hat sich also nichts geändert.«

Zorn schüttelte heftig den Kopf.

»Wie gesagt – jeder Vergleich hinkt. Aber auch Kirchenfürsten sind Menschen. Papst Franziskus fährt mit einem Kleinwagen durch Rom, während seine Kardinäle in klimatisierten Luxuskarossen durch weites Umfahren die Armensiedlungen meiden. Denken Sie an den Bischof von Limburg, der sich für viele Millionen eine fürstliche Residenz herrichten lassen wollte. Und den Besuch bei den hilfebedürftigen Menschen in der Partnerdiözese in Südostasien hat er in der extravaganten ersten Klasse absolviert – mit dem saublöden Argument, er könne den Armen dort vor Ort nicht unausgeschlafen gegenübertreten. Zurück zu Ihrem Einwand: Ja, es stimmt. Osnabrück und Hildesheim gehörten zur Kirchenprovinz Köln. Lassen Sie es mich mit einem weiteren Vergleich erklären.« Der Pfarrer lächelte milde. »Entschuldigung, aber uns Theologen liegt es im Blut, fast wie Christus in Gleichnissen zu sprechen. Sie haben ein Grundstück. Erbpacht, nicht Eigentum. Das hegen und pflegen Sie, halten es gut in Schuss und bauen darauf erfolgreich Obst und Gemüse an. Plötzlich kommt eine übergeordnete Instanz und nimmt Ihnen die Hälfte Ihres Grundstücks weg. Wie reagieren Sie da?«

Lüder beließ es bei einem »Hm« mit gespitzten Lippen.

»Sehen Sie.« Pfarrer Zorn bewegte den Zeigefinger hin und her. »So ist es dem Bistum Osnabrück ergangen.«

»Und Herr Kellermann war hinter den Kulissen einer der Architekten des neuen Erzbistums?«

Zorn legte beide Hände übereinander aufs Herz. »Ich bin nur ein kleiner Landpfarrer, der weder gefragt noch informiert wird. Ich möchte auch nicht Ihre Gedanken dahin lenken, dass jemand es als Motiv für einen Mord ansehen könnte. Das wäre sehr phantasiereich.«

»Und welche Rolle haben Sie beim Exorzismus an Hans Kramarczyk gespielt?«

Der Pfarrer richtete sich plötzlich kerzengerade auf. »Diese Sache ist abgeschlossen. Darüber möchte ich nicht reden.«

»Irrtum. Die Ermittlungen sind noch nicht beendet«, wandte Lüder ein.

»Der Staat hat sich das Recht angeeignet, über Dinge zu richten, die ihm nicht zustehen.«

»Sie umschreiben etwas, das wir Recht und Gesetz nennen. Das Grundgesetz garantiert Ihnen die Religionsfreiheit und die Ausübung Ihres Glaubens. Das heißt aber nicht, dass man sich über unsere Rechtsnormen hinwegsetzen kann. Ob christliche Kirche oder islamische Fundamentalisten – jeder in diesem

Land ist an unsere Rechtsordnung gebunden. Dazu gehört auch die körperliche Unversehrtheit. Verstöße gegen Leib und Leben werden als Straftaten geahndet.«

Zorn wirkte wie verwandelt. Er streckte Lüder den Zeigefinger entgegen.

»Das ist scheinheilig. Wenn Sie und Ihresgleichen es ernst nehmen würden, ließen Sie nicht die hunderttausendfache Abtreibung zu.«

»Ich spreche von der fahrlässigen Tötung Hans Kramarczyks. Die Eltern sind wegen dieses Tatbestandes rechtskräftig zu Bewährungsstrafen verurteilt worden. Der Hauptbeschuldigte ist noch nicht überführt.«

»Schuldig – schuldig«, ereiferte sich Zorn. »Wie definieren Sie das?«

»Ohne den Exorzismus würde Hans Kramarczyk heute vielleicht noch leben.«

»Leben! Was ist Ihrer Meinung nach Leben? Das Dahinvegetieren in einer Fleischeshülle?« Lüder wollte aufbegehren, aber Zorn schnitt ihm mit einer Handbewegung das Wort ab. »Nur legen Sie mir nicht etwas in den Mund, das ich nicht gesagt habe. Die Euthanasie gehört mit zu den grausamsten Verbrechen, die die Menschen zustande gebracht haben. Es gibt nicht eine Entschuldigung für diese Taten. Kranke Menschen bedürfen unser aller aufopferungsvoller Hilfe, unserer Liebe und Zuneigung. In diesem Fall war es aber etwas anderes. Es ging um den Teufel, der in eine arme Menschenseele gefahren war.«

Lüder lachte zynisch auf. »Ich habe Sie bis eben für einen aufgeschlossenen Menschen gehalten, der mit beiden Beinen im Heute steht. Ich bin erschrocken, jetzt so etwas von Ihnen zu hören. Waren Sie an der Tat beteiligt?«

Zorn stemmte sich in Höhe.

»Gehen Sie«, sagte er und zeigte mit ausgestreckter Hand auf die Straße.

Lüder hatte sich erhoben.

»Diese Frage wird Ihnen immer wieder gestellt werden. Ob

vor Ihrem Gott – das weiß ich nicht. Hier auf Erden werde ich sie stellen. Ihnen. Und allen anderen, die daran beteiligt waren. Immer wieder«, sagte Lüder und versuchte, es drohend klingen zu lassen.

Der Pfarrer wich seinem Blick aus.

»Sie verstehen nichts. Rein gar nichts«, sagte er, packte Lüder am Ellbogen und schob ihn mit sanftem Druck um das Haus herum zum Ausgang.

Zorn wartete nicht ab, dass Lüder zum Auto zurückkehrte. Er wandte sich um und verschwand wortlos.

Warum hatte der Geistliche so eigenartig reagiert, als Lüder ihn auf den Fall Kramarczyk angesprochen hatte? Zorn hatte zuvor Erstaunliches von sich gegeben und sich freimütig, ja sogar kritisch über »seine« Kirche ausgelassen. War er in die Geschehnisse involviert?

In den Akten hatte Lüder gelesen, dass die Ermittler im vergangenen Jahr auch den zuständigen Gemeindepfarrer, Egbert Zorn, vernommen hatten. Zorn hatte zugegeben, die Familie Kramarczyk gut zu kennen, natürlich wusste er auch von der Behinderung des Sohnes. Mehr war von ihm nicht zu erfahren gewesen. Der Pfarrer hatte sich auf das Beichtgeheimnis berufen.

Für heute war es zu spät, Hans Kramarczyks Eltern aufzusuchen. Nachdenklich machte sich Lüder auf den Heimweg nach Kiel.

DREI

Lüder überlegte, ob er sich telefonisch bei den Kramarczyks ankündigen sollte. Er entschied sich dagegen und wollte das Überraschungsmoment nutzen. Sein Weg führte ihn über die Bundesstraße, an Plön und Eutin vorbei, bis er schließlich bei Haffkrug auf die Autobahn abbog. Das Verkehrsaufkommen nahm um Lübeck herum merklich zu. Auf der A 20 hatte er wieder freie Fahrt, auch wenn hier auffallend viele Fahrzeuge mit polnischem Kennzeichen unterwegs waren. In Groß Sarau bog er in Richtung Ratzeburg ab und genoss den Blick über den Ratzeburger See auf den Dom. Nach dem Durchqueren dieser reizvollen Stadt war es nur noch eine überschaubare Distanz auf der mäßig befahrenen Straße bis Groß Zecher. Der kleine Ort entpuppte sich als Idyll. Die Kramarczyks wohnten abseits des Kerns.

Es handelte sich um einen großen Bauernhof mit einer Art Walmdachbungalow. Daneben befanden sich landwirtschaftliche Gebäude. Lüder hörte es muhen. Da musste ein Stall sein. Eine große Tür stand offen. Im Inneren verbargen sich landwirtschaftliche Geräte. Ein Mann in Gummistiefeln und einer Art Drillichanzug blieb stehen und sah ihn fragend an.

Lüder erklärte, dass er die Familie Kramarczyk suche.

Der Mann streckte seinen Arm aus. »Die Richtung. Vierhundert Meter. Ein graues Landarbeiterhaus«, sagte er und erklomm einen großen Trecker, dessen Reifen Lüders BMW überragten.

Lüder fand das Haus am Rand eines Feldes. Der Vorgarten war zwar nicht verwildert, aber eine ordnende Hand fehlte. Zwischen den Stauden und Blumen wucherte das Unkraut. Der graue Putz wirkte düster. Von den Fenstern blätterte die Farbe ab. Lüder parkte am Lattenzaun, dem ein neuer Anstrich auch gutgetan hätte. Ein Namensschild fehlte. Bevor er die Haustür erreichen konnte, öffnete eine verhärmt aussehende Frau in einem dunkel gemusterten Kittel die Tür. Ihre Haare waren blond gefärbt. Der letzte Friseurbesuch musste aber schon eine Weile zurückliegen. Am Mittelscheitel waren weiße Haare nachgewachsen. Sie musterte Lüder misstrauisch.

»Guten Tag. Frau Kramarczyk?«

Er erhielt keine Antwort.

»Mein Name ist Lüders. Ich komme vom Landeskriminalamt und habe ein paar Fragen zu Ihrem Sohn Hans und der möglichen Beteiligung der Geistlichen an seinem Tod.«

Die Frau kniff ihre Augen zu einem schmalen Schlitz zusammen. Dann griff sie hinter die Tür und zog einen groben Straßenbesen hervor.

»Hau ab«, schrie sie mit keifender Stimme. »Euch soll der Teufel holen. Was soll diese Scheiße? Habt ihr noch nicht genug angerichtet?«

Sie nahm den Besenstiel in beide Hände und schwenkte ihn drohend ihn Lüders Richtung.

»Verschwinde. Auf immer und ewig.«

»Frau Kramarczyk«, versuchte Lüder es mit ruhiger Stimme. »Es geht um einen Mord an …«

Weiter kam er nicht.

»Mord? Mord?«, schrie die Frau mit sich überschlagender Stimme. »Die haben unseren Herrn Jesus Christus ermordet. Aber doch nicht meinen Sohn. Der verflixte Teufel ist in ihn gefahren. Und nun hau ab.«

Lüder war stehen geblieben. »So geht es nicht. Sie sind verpflichtet, der Polizei …«

»Niemand kann mich zwingen. Niemand steht über Gott und seinen himmlischen Heerscharen. Mach dich davon, Satan. Ihr seid Teufelsbrut.« Sie kam die zwei Stufen des Eingangspodestes herab und näherte sich Lüder. Dabei schwang sie den Besen über dem Kopf. »Verflucht seid ihr alle. Gotteslästerer. Die Polizei. Das Gericht. Die Ärzte. Alle.« Sie hatte sich Lüder auf Armlänge genähert. »Mach, dass du wegkommst.«

»Wenn Sie sich widersetzen, werde ich eine Zeugenvernehmung über ...« Weiter kam er nicht. Sie holte aus und versuchte, auf ihn einzuschlagen. Lüder war darauf gefasst und riss die Arme hoch. Er versuchte, den Besenstiel zu ergreifen. Es gelang ihm aber nicht. Stattdessen spürte er das Holz schmerzhaft auf dem Unterarm, den er hochgerissen hatte. Als sie zum zweiten Schlag ausholte, gelang es ihm, den Besen zu ergreifen und ihr zu entwinden.

»Sind Sie von allen guten Geistern verlassen?«, fluchte er und warf den Besen mit Schwung in den Vorgarten. »Das ist ein tätlicher Angriff auf einen Vollzugsbeamten. Und Körperverletzung.«

Ihr Gesicht war zu einer Fratze entstellt. Sie fletschte die Zähne wie ein angriffslustiges Raubtier. Die Finger waren zu Krallen gebogen. Sie wirkte wie eine Furie in einem Horrorfilm.

»Satan. Satan, verschwinde.«

Lüder nahm die Hände schützend in Kopfhöhe, als sie ihre Arme bewegte. Aber sie bekreuzigte sich und murmelte dabei.

»Der Teufel soll dich holen. Er soll in dich fahren.«

»So wie in Ihren Sohn?«, wagte Lüder zu fragen.

Urplötzlich sprang sie ihn an. Lüder ahnte, was die Frau plante. Er machte einen Schritt zur Seite und fing sie auf, als sie ins Stolpern geriet.

»Seien Sie vernünftig. Es bringt nichts. Niemand will ...«

»Sei verflucht – verflucht – verflucht«, schrie sie wie von Sinnen.

Es war zwecklos. Er würde mit der Frau kein vernünftiges Wort wechseln können. Sie nicht aus den Augen lassend, trat er den Rückzug an. Dabei achtete er nicht auf die Verwünschungen, die sie unablässig in seine Richtung ausstieß. Er würde Erkundigungen über die Frau einziehen. Normal schien ihm ihr Verhalten nicht zu sein. Ob sie wegen dieser Wahnvorstellungen in ärztlicher Behandlung war?

Lüder hatte sich umgesehen, aber kein Fahrzeug entdeckt. Vom Handy aus zog er Erkundigungen ein. Auf Pankraz Kramarczyk war ein dreizehn Jahre alter Ford Fiesta zugelassen.

Seine Frau besaß keinen Führerschein. Möglicherweise war der Ehemann mit dem Auto unterwegs.

Achselzuckend machte er sich auf den Weg nach Stöllnitz, einem Ortsteil der kleinen Gemeinde Krembz. Die landwirtschaftlich geprägte Gemeinde gehörte zum Landkreis Nordwestmecklenburg, hatte er zuvor erkundet. Sie kuschelte sich fast in das hügelige Gebiet zwischen der Kleinstadt Gadebusch und dem Schaalsee.

Die gesuchte Adresse befand sich außerhalb einer kleinen Siedlung. Ein Betonband führte zur Anlage, von einem Hof konnte man nicht mehr sprechen. Ein länglicher Bau sah wie ein kleines Verwaltungsgebäude aus. Ringsherum waren andere Gebäude gruppiert. Es mochten Stallungen, Lagerräume oder Hallen für Geräte sein, zwischen denen ein Trecker mit einem Hänger und ein Radlader standen. Aus einem der Ställe kam ein Mann mit einem Gabelstapler. Lüder ging ihm entgegen. Auf sein Winken hin hielt der Mann.

»Ich suche Herrn von Schwichow«, brüllte Lüder gegen den Motorlärm an.

»Welchen? Es gibt zwei.«

»Einen von beiden.«

Der Mann sah auf. »Adalbert ist weg. Sah so aus, als würde er länger fortbleiben.« Der Mann legte die Hand an die Stirn, als würde er von der Sonne geblendet werden. »Gerhard ist da. Sein BMW steht vor der Tür. Versuchen Sie es im Büro.«

Lüders Blick fiel auf einen SUV X7, neuestes Modell. Wer sich mit der Sparversion zufriedengab, musste einen sechsstelligen Eurobetrag hinblättern, überlegte er kurz. Und dieser hier wies zahlreiche Extras auf.

Das ganze Anwesen musste im Ursprung eine landwirtschaftliche Produktionsgenossenschaft gewesen sein. Einzelhöfe sahen anders aus. Es war seitdem viel modernisiert worden unter Beibehaltung der baulichen Substanz.

Die Außentür war unverschlossen und führte in einen düster

wirkenden Flur. Eine Bürotür öffnete sich, und ein hochgewachsener Mann mit welligem blonden Haar trat heraus. Er stutzte, als er Lüder sah, und fragte:

»Kann ich Ihnen helfen?«

»Ich suche Herrn von Schwichow.«

»Welchen?«

»Ist egal.«

»Sie haben ihn gefunden. Einen.« Der Mann lächelte und zeigte dabei zwei Reihen ebenmäßiger Zähne, die zu perfekt waren, als dass die Natur sie geschaffen hätte. »Ich bin der Kleine. Gerhard Schwichow.« Das »von« hatte er weggelassen.

»Lüder Lüders. Landeskriminalamt Kiel.«

»Kiel? Schleswig-Holstein? Und gleich das Landeskriminalamt? Ein großes Geschütz.« Es klang nicht unfreundlich. Er reichte Lüder die Hand. Es war ein fester Händedruck. »Was führt Sie zu uns?«

Von Schwichow wartete die Antwort nicht ab, sondern bat Lüder in den Raum, den er gerade verlassen hatte. Es war ein schlichtes Büro, funktional möbliert. Ein Schreibtisch aus Metall mit einer Kunststoffplatte in Normgröße, ein Bürostuhl mit grünem Stoffbezug, dessen einziger Luxus Armlehnen waren, ein schmales, dazu passendes Sideboard und in der Ecke ein schlichter runder Besprechungstisch, der nur Platz für drei Leute bot. Für die standen drei Freischwinger bereit.

»Bitte«, sagte von Schwichow und zeigte auf den Tisch. »Nehmen Sie Platz.«

Er setzte sich erst, nachdem Lüder sich niedergelassen hatte.

Lüder berichtete vom Mord an Josef Kellermann.

»Kenne ich nicht«, murmelte von Schwichow.

»Das Opfer hatte eine hohe Position im Erzbistum Hamburg inne. Bei der Überprüfung der Personalie Kellermanns sind wir auf einen Vorgang gestoßen, der sich auf einem Ihrer Grundstücke ereignet hat.«

»Priester – Vorfall – Grundstück«, wiederholte von Schwichow für sich selbst. Dann hellte sich seine Miene auf. »Sie meinen das

Dingsda«, dabei schnippte er mit dem Finger, »mit Hans Kramarczyk. Da waren ein paar Priester beteiligt, unter anderem Pfarrer Zorn aus unserem ehemaligen Wohnort Seedorf.« Der Mann runzelte die Stirn. »Und wie kommen wir ins Spiel?« Er nagte kurz an der Oberlippe. »Weil unsere Familie das Patronat über die St.-Ansgar-Kirche in Seedorf hat. Das ist eine lange Geschichte.« Er lehnte sich entspannt zurück. »Unsere Familie stammt ursprünglich aus Schlesien, genau genommen aus dem Landkreis Glogau, und dort aus dem Gutsbezirk Carolather Heide. Opa Wilhelm, der noch zu Kaisers Zeiten geboren wurde, hat das dortige Gut geerbt, das lange im Familienbesitz war.«

Schwichow breitete beide Hände aus. »Sie kennen die Geschichte. Tausend Jahre dauerten nur zwölf. Man kann im Nachhinein feststellen, da haben sich einige Leute ordentlich verrechnet. Statt des schlesischen Guts blieb nur ein Bollerwagen übrig, auf dem die verbliebene Habe gen Westen transportiert wurde. Von Opa Wilhelms beiden Kindern war mein Onkel Adolf dabei. Paul, mein Vater, musste bis zuletzt noch Großdeutschland verteidigen. Er war neunzehn, als die Russen ihn schnappten. Statt auf dem Pferderücken durch die eigenen Felder zu reiten, hat er irgendwo im Donbass Eisenerz aus dem Bergwerk gekratzt. Unfreiwillig. Als er zurückkehrte, hatte Opa schon wieder einen kleinen Hof an der damaligen Zonengrenze in Groß Zecher übernommen. Die Schwichows waren immer Leute, die zupacken konnten. Und den Tüchtigen gehört die Welt. Mit Geschick und Fleiß haben Opa und die beiden Söhne es wieder zu etwas gebracht. Als Wilhelm 1975 starb, hinterließ er einen stattlichen Betrieb. Den haben mein Vater und Onkel Adolf ausgebaut. Mein Bruder und ich waren schon dabei, als die Wiedervereinigung kam. Wir haben heruntergewirtschaftete Genossenschaften aufgekauft und modernisiert. Heute gehören uns große Landflächen. Wir betreiben Ackerbau, haben Kartoffeln und etwa sechshundert Stück Milchvieh sowie eine Bullenaufzucht. Um nicht von unbeeinflussbaren Ereignissen, die in der Landwirtschaft immer wieder auftreten können, abhängig zu sein, haben wir viel Wert auf Diversifizierung gelegt und halten auch noch dreißigtausend Legehennen. Dass sich dieses Modell bewährt hat, sehen Sie.« Von Schwichow unternahm gar nicht den Versuch, seinen Stolz zu verbergen. »Die Kramarczyks waren schon seit Generationen als Landarbeiter bei uns tätig. Wie die alten Krupps fühlte sich der Gutsherr immer für das Wohlergehen seiner Leute verantwortlich. Das war nicht mit dem gesetzlichen Mindestlohn und dem Jahresurlaub abgetan.«

Von Schwichow legte eine Pause ein und versuchte, aus Lüders Reaktion herauszulesen, wie seine Geschichte bei dem Polizisten ankam. Als Lüder nicht reagierte, fuhr er fort:

»Die Landbevölkerung in Schlesien war erzkatholisch. Da hätte der Papst noch etwas über Frömmigkeit lernen können. Nachdem mein Opa in Schleswig-Holstein Fuß gefasst hatte, legte er das Gelübde ab, in Seedorf eine Kirche zu bauen, wenn es der Familie wieder gut gehe.« Von Schwichow lachte hell auf und zeigte zum Himmel. »Gott hat sich auf diesen Deal eingelassen. So kam es, dass in Seedorf die Gemeinde St. Ansgar entstand. Es gibt dort kaum Katholiken, aber eine Kirche. Wenn der alte Pfarrer Zorn in Rente geht, wird sie mit Sicherheit aufgelöst. Mein Vater ist jetzt zweiundneunzig. Er ist der Letzte aus der Familie, der diesen überzogenen Hang zur Kirche hat. Mein Bruder Adalbert und ich sehen es viel lockerer.«

»Interessante Geschichte«, stellte Lüder fest. »Und wie kommt Josef Kellermann ins Spiel?«

»Ich sagte, dass die Gutsherren Verantwortung für ihre Landarbeiter und deren Familien übernahmen. Es hat uns nicht unberührt gelassen, als der Unfall mit Hans Kramarczyk geschah. Einfache Leute wie seine Eltern führten die Behinderung des Jungen auf Gottes Willen zurück. Sie bedrängten Pfarrer Zorn, für ihren Sohn zu beten und Fürbitten zu sprechen. Auch mein gläubiger Vater mischte sich ein. Ich bin mir nicht sicher, aber Vater war nicht nur ein strenggläubiger Katholik, sondern auch ein eiskalter Geschäftsmann. Vielleicht hat er Pfarrer Zorn unterschwellig gedroht, den Geldhahn zuzudrehen. Ich hielt das

Ganze für Humbug und kann auch nicht mehr sagen, wer zuerst davon sprach, dass der Teufel in den armen Hans gefahren sei. Das schaukelte sich hoch, bis irgendjemand eine Teufelsaustreibung als letzte Möglichkeit sah. Mein Bruder Adalbert und ich waren entsetzt. Aber die Dinge nahmen hinter unserem Rücken den Verlauf, der Ihnen bekannt ist. Der Landpfarrer Zorn war natürlich überfordert und schaltete das Erzbistum ein. Irgendwann tauchten in Groß Zecher zwei ausländische Priester auf. Das führte zum tragischen Tod von Hans Kramarczyk. Mit der Verurteilung seiner Eltern wegen unterlassener Hilfeleistung hat man – aus meiner Sicht – die Falschen erwischt.«

»Warum schweigen Pankraz und Ludwine Kramarczyk eisern?«, wollte Lüder wissen.

Gerhard von Schwichow zuckte mit den Schultern.

»Das haben wir uns auch gefragt, aber keine Antwort gefunden. Es sind einfache Leute. In jeder Hinsicht. Wenn man sie unter Druck setzt und ihnen seitens der Kirche ein Schweigegelübde auferlegt, werden Sie von den beiden nichts erfahren.« Von Schwichow sah auf seine Armbanduhr. »Mehr kann ich Ihnen im Moment auch nicht erzählen. Leider ruft jetzt wieder die Pflicht. Falls Sie noch Fragen haben sollten ... Sie dürfen sich jederzeit erneut melden.«

Er stand auf und geleitete Lüder auf den Hofplatz zurück. Dort verabschiedete er sich mit einem kräftigen Händedruck.

Von Schwichow hatte auf Lüder den Eindruck gemacht, als wäre er weltoffen und ehrlich. Er hatte die Rolle der Familie, aber auch die Nähe der älteren Generation zur Kirche nicht schöngeredet. Er selbst schien eine angemessene Distanz zu wahren, ohne seine Ansicht ins Gegenteil zu verkehren und sich negativ über den Katholizismus zu äußern. Häufig war die Haltung anzutreffen, dass Kinder, die eine strenge religiöse Erziehung genossen haben, sich später sehr distanziert und kritisch zur Kirche äußern. Nun interessierte ihn die Meinung des Vaters.

Lüder umrundete den Schaalsee südlich und durchquerte die Kleinstadt Zarrentin, in der die Zeit stehen geblieben schien, auch wenn man die gleichen uniformen Läden der bekannten Discounter und Supermärkte erblickte.

Paul von Schwichow wohnte auf der anderen Seite der ehemaligen Grenze in der Nähe von Groß Zecher. Lüder kannte Schlesien nicht, aber der abseits gelegene Hof könnte an dortige Gutshäuser erinnern. Ein Hund kläffte, ohne dass er ihn entdecken konnte, als er auf dem Grundstück inmitten großer Felder und sanfter Hügel ausstieg. In der Nähe stand ein kleines Waldstück. Lüder sah sich um. Hier konnte man es aushalten und den Lebensabend verbringen. Alles wirkte ruhig und friedlich.

Ein melodischer Gong erklang nach der Betätigung des Messingknopfs an der Haustür. Es dauerte eine Weile, bis eine rundliche Frau öffnete.

Sie sagte nichts. Sie fragte nicht nach.

»Guten Tag. Ich hätte gern Herrn von Schwichow gesprochen.«

Die Frau, die einen Wischlappen in der Hand hielt, nickte kaum merklich und schloss wieder die Tür. Es dauerte eine gefühlte Ewigkeit, bis erneut geöffnet wurde und eine etwa fünfzigjährige Frau vor ihm stand. Sie hatte die Haare streng nach hinten gekämmt. Am Hinterkopf waren sie zu einem Dutt zusammengesteckt. Sie hatte herbe Gesichtszüge. Die Brille, an der eine Schnur befestigt war, lag auf ihrem Busen, der sich deutlich unter dem beigefarbenen Pullover abzeichnete. Dazu trug sie einen Rock im Karomuster.

»Sie wollen zu Herrn von Schwichow?«, fragte sie nach statt einer Begrüßung.

»Lüders. Landeskriminalamt. Ich hätte gern mit ihm gesprochen.«

»Das geht nicht«, sagte sie entschieden. Ihre Stimme hatte einen harten Klang. Sie kam aus Osteuropa, entschied Lüder für sich.

»Das ist wichtig. Es wäre schön, wenn wir das auf dem kurzen

Weg erledigen könnten, ohne auf Formalien wie einer Einladung auf eine Polizeidienststelle zu bestehen«, sagte Lüder freundlich, aber mit Nachdruck. »Wer sind Sie?«

»Ich bin die Betreuerin von Herrn von Schwichow.«

»Wie heißen Sie?«

»Ist das wichtig?«

»Ja. Oder soll ich Sie um Ihren Ausweis bitten?«

Sie forderte ihn auf, erst einmal seinen zu zeigen. Sie nahm ihn Lüder aus der Hand und studierte das Dokument sorgfältig. Als sie es ihm zurückgab, sagte sie: »Krystyna Wojciechowska.«

»Sie kommen aus Polen?«, riet Lüder.

Die Frau nickte. »Aus Kędzierzyn-Koźle.«

»Das ist Schlesien?«, fragte Lüder.

Sie schüttelte energisch den Kopf. »Polen. Nicht Schlesien. Woiwodschaft Opole.«

Oppeln. Oberschlesien, dachte Lüder. Natürlich hatte die Frau recht. Die Region gehörte unbestritten zu Polen. Es war dennoch merkwürdig, dass es zahlreiche Verbindungen gab, die zum – ehemaligen – Schlesien führten.

»Frau Wojciech... Woschischi...«, radebrechte Lüder.

»Wojciechowska«, wiederholte sie und lächelte zu seiner Überraschung. »Das können Deutsche nie aussprechen. Herr von Schwichow nennt mich Christine.« Sie gab ihre Reserviertheit auf. »Herr von Schwichow ist alt«, erklärte sie. »Zweiundneunzig. Und gebrechlich. Ich weiß nicht, ob er mit Ihnen sprechen kann. Kommen Sie.«

Sie zog die Tür hinter sich ins Schloss und umrundete das Haus. Ein großzügig angelegter Garten, dem die Pflege durch eine professionelle Hand anzusehen war, überraschte Lüder. Ein buntes Blumenmeer, sorgfältig geschnittene Hecken und Büsche ließen für einen Moment den Alltag vergessen. Einzig das Summen der Insekten war zu hören.

Auf der Terrasse stand unter einem ausladenden Sonnenschirm ein Rollstuhl. Der alte Mann kauerte mehr, als dass er saß. Vom Bauchnabel an war er in ein Plaid gehüllt. Er trug einen leichten, bis zum Hals zugeknöpften Baumwollblouson, aus dem oben der Kragen eines weißen Hemdes hervorlugte. Das Gesicht war faltig und mit Altersflecken übersät. Die pergamentartige Haut spannte sich straff über die Wangenknochen. Die Augen lagen tief in den Höhlen. Die dünnen Haare gaben den Blick auf die Schädeldecke frei. Paul von Schwichow hatte die Hände auf die Armlehnen des Rollstuhls gelegt.

»Gnä' Herr«, sprach ihn Christine zu Lüders Verwunderung an. »Das ist Besuch gekommen. Jemand von der Polizei.«

Von Schwichow sah Lüder an und kniff dabei die Augen zu einem schmalen Schlitz zusammen. Lüder vermutete, dass der Senior Probleme beim Sehen hatte. Hinter seinen Ohren steckten Hörgeräte.

»Was für Polizei?«, fragte er mit dünner Stimme.

Lüder musste sich konzentrieren, um es zu verstehen.

»Kiel«, sagte er.

»Da haben wir nichts mit zu tun«, erklärte der alte Mann.

»Sie sind Patron der St.-Ansgar-Kirche in Seedorf.«

»Was interessiert es die Polizei?« Trotz seiner Gebrechlichkeit konnte der Senior dem Gespräch inhaltlich folgen.

»Es geht um den Tod von Hans Kramarczyk. Wir ermitteln, ob es einen Zusammenhang mit dem Mord an Josef Kellermann geht.«

»Wer ist Josef …?«

»Der Dompropst des Erzbistums Hamburg. Er ist ermordet worden.«

»Ein Priester? Wer macht so etwas Schändliches?«

»Das versuchen wir herauszufinden.«

»Was haben wir damit zu tun?«

»Sie haben einen engen Kontakt zur Kirche. Ihr Vater hat die Kirche in Seedorf gestiftet. Und als die Eltern von Hans Kramarczyk mit der Behinderung ihres Sohnes überfordert waren, haben Sie interveniert und den Ortspfarrer eingeschaltet.«

Von Schwichow hob ganz leicht die rechte Hand und streckte den dünnen Zeigefinger vor.

»Das stimmt so nicht.«

Lüder ging nicht darauf ein. Es war eine Vermutung gewesen. Im Prozess gegen die Eltern war diese Frage auch erörtert worden, konnte aber dank des beharrlichen Schweigens der Beteiligten nicht geklärt werden.

»Mit einer solchen Sache ist ein Landpfarrer wie Egbert Zorn überfordert. Er hat sich an das Bistum gewandt. Wir gehen davon aus, dass sich der Dompropst Josef Kellermann der Sache angenommen hat. Vermutlich war man der Auffassung, der Teufel wäre …«

»Sagen Sie so etwas nicht«, unterbrach ihn der alte Mann. »Versündigen Sie sich nicht.«

»Es geht um den Tod eines hilflosen Menschen. Hans hätte in medizinische Betreuung gehört. Stattdessen sind Leute der aberwitzigen Idee verfallen, der Behinderte wäre vom Teufel besessen.« Den »Teufel« hatte Lüder überbetont ausgesprochen. Er sah, wie von Schwichow zusammenzuckte. »Wer hat einen Exorzismus veranlasst? Wer hat die beiden Teufelsaustreiber zur Familie Kramarczyk geschickt? Pankraz und Ludwine Kramarczyk sind einfache Menschen, die die Konsequenzen nicht abschätzen können. In ihrer religiösen Hörigkeit haben sie den Kirchenmännern blind vertraut. Das hat Hans das Leben gekostet.«

»Sie versündigen sich«, wiederholte der alte Mann. »Sind Sie ein guter Katholik?«

Lüder verneinte es.

»Was verstehen Heiden davon? Was wissen Sie von Gott?«

»Ich bin Christ.«

»Pah.« Speichel tropfte aus von Schwichows Mundwinkel. Es war wohl der Gebrechlichkeit geschuldet. Der alte Mann machte keinen Hehl aus seiner Abneigung gegenüber dem Besucher. »Was sich alles Christ nennt. Sind Sie einer der Abtrünnigen, die diesem Luther hinterherlaufen? Der alles verdreht hat, was der wahren Kirche Jesu Christi heilig ist? Was wissen Sie und Ihresgleichen von Gott, seiner Allmacht und seiner Güte?«

»Ein gütiger Gott hätte den Tod des Opfers nicht zugelassen. Und die Exorzisten haben gewissenlos gehandelt, als sie Hans Kramarczyks Tod billigend in Kauf genommen haben. Das nennen Sie christlich?«

»Hauen Sie ab«, sagte von Schwichow atemlos. »Sie werden einst sehen, was Ihr Leugnen des richtigen Glaubens für Folgen haben wird. Ihr Klagen und Jammern am Tage des Jüngsten Gerichts wird erbärmlich sein.«

»Haben Sie veranlasst, dass man bei Hans Kramarczyk einen Exorzismus durchführt? Haben Sie Einfluss auf das Bistum genommen? Der große Exorzismus darf nur nach Zustimmung durch den Diözesanbischof von einem bestellten Exorzisten vorgenommen werden. Wie haben Sie darauf Einfluss genommen?«

Von Schwichow öffnete mehrfach den Mund, als würde er nach Luft schnappen.

Die polnische Betreuerin packte Lüder entschieden am Ellbogen und zog ihn fort.

»Er ist sehr krank und weiß nicht, was er sagt. Sie müssen es vergessen.« Dabei dirigierte sie Lüder um das Haus herum zu seinem Auto.

»Was wissen Sie über diese Sache?«, wollte Lüder wissen.

»Ich bin katholisch und gehe jeden Sonntag in die Messe. Wenn er es schafft – auch mit dem gnädigen Herrn. Die Messe, die heilige Kommunion und das Gebet schenken ihm mehr als jede Medizin. Es ist sein Lebenselixier.« Als sie das Auto erreicht hatten, sagte Krystyna Wojciechowska zum Abschied: »Gott sei mit Ihnen.«

Die letzten Worte der Betreuerin gingen Lüder nicht aus dem Sinn: Die Messe, die heilige Kommunion und das Gebet schenken ihm mehr als jede Medizin. Es ist sein Lebenselixier.

Lüder wollte sich nicht über die religiösen Gefühle eines Menschen erheben noch darüber urteilen. Aber wenn der alte Mann seine Beziehung zu seinem Gott als »Lebenselixier« verstand und daraus Kraft schöpfte, war es nicht abwegig zu vermuten, dass er diese Haltung auch auf die Familie seines Arbeiters Kramarczyk übertrug. Und von Schwichows Sohn Gerhard hatte davon gesprochen, dass die Kramarczyks seit Generationen in den Diensten der Gutsherren standen und es eine gewachsene Verantwortung über das Arbeitsverhältnis hinaus gab. Lüder war davon überzeugt, dass von Schwichow seinen Einfluss geltend gemacht hatte. Mit Sicherheit hatte er Beziehungen zu wichtigen Persönlichkeiten.

Aber welche Rolle hatte Josef Kellermann gespielt? Als Dompropst war er so etwas wie der spirituelle Vertreter des Bischofs. War es denkbar, dass Kellermann in dessen Auftrag die Voruntersuchungen im Fall Kramarczyk geführt hatte? Aber wer hatte ein Motiv, den Dompropst zu ermorden? Und das rituell? Lüder hatte auch noch keine Antwort auf die Frage gefunden, weshalb man die Auffindesituation vor dem Publikum im Eutiner Freilichttheater gewählt hatte.

Er beschloss, in die Kreisstadt Ostholsteins zu fahren und das Gespräch mit dem zweiten Sohn der Kramarczyks zu führen.

Günter Kramarczyk wohnte in einem Mehrfamilienaus im Hochkamp in Eutin. Niemand öffnete. Von einer Nachbarin erfuhr Lüder, dass Kramarczyk als Gärtner bei der Stadt beschäftigt war. Lüder nahm Kontakt zum Rathaus auf, wurde mit dem Fachdienst Tiefbau und Grünanlagen verbunden und erhielt nach einigem Hin und Her die Auskunft, dass der Mann beim Baubetriebshof zu finden sei. Dort wollte man ihm keine telefonische Auskunft erteilen. Er suchte das südlich der Stadt gelegene Betriebsgelände auf, musste sich mehrfach ausweisen und erfuhr, dass der Mitarbeiter mit dem Mähen des Rasens im Schlossgarten beauftragt war.

»Wo genau? Der ist groß«, erwiderte Lüder.

»Unsere Arbeit ist auch groß«, lautete die brummige Antwort.

Lüder versuchte, sich im Gewirr der Einbahnstraßen des Zentrums zurechtzufinden, und fand einen Parkplatz am Jungfernstieg. Durch ein schmiedeeisernes Tor schlüpfte er in den

Schlossgarten, der vor nicht allzu langer Zeit die Landesgartenschau beherbergte. Er bemühte sich, sich in der weitläufigen Anlage zu orientieren, und bog in eine Allee mit mächtigen Linden ein, die ihn Richtung Schloss führte. Zur Rechten schimmerte das Wasser des Sees durch das Grün. Im Hintergrund war die Rückseite der Seebühne zu erkennen, auf der Josef Kellermann von seinen Mördern präsentiert worden war.

Lüder hörte das Geräusch eines Rasenmähers, bevor er das Gefährt sah. Ein Mann in einer grünen Latzhose steuerte es über die Grünfläche vor dem Schloss.

Lüder versuchte, den Mann auf sich aufmerksam zu machen. Vergeblich. Rufen war auch zwecklos, da er Ohrenschützer trug.

Günter Kramarczyk war der jüngere Bruder des behinderten Hans, siebenunddreißig Jahre alt, ledig. Er hatte keinen Beruf erlernt, war dafür aber schon als Jugendlicher aufgefallen. Er hatte Arrest ableisten müssen, weil er »Randale« gemacht hatte, wie er es selbst umschrieben hatte. Vor drei Jahren war er aus dem Regelvollzug der Justizvollzugsanstalt Lübeck entlassen worden. Kramarczyk hatte eine Freiheitsstrafe von zwei Jahren und acht Monaten wegen gefährlicher Körperverletzung absitzen müssen.

Er hatte sich ein Tattoo am Hals stechen lassen. Es sollte auf der Schulter beginnen und seitlich am Hals aus dem Kragen heraus Richtung Ohr kriechen. Dem unbegabten Tätowierer war das Werk aber misslungen. Seitdem zierte ein hässlicher Tintenfleck Kramarczyks linke Seite und gab den Träger der Lächerlichkeit preis. Es war irreparabel.

In seiner Wut hatte er den Tätowierer halb totgeschlagen. Nur das beherzte Eingreifen Dritter hatte Schlimmeres verhindert. Der im Zivilprozess zugesprochene Schadenersatz für das missglückte Tattoo wurde zur Deckung der Gerichtskosten und als erste Rate für das Schmerzensgeld, das er seinem Opfer zahlen musste, einbehalten. Vermutlich würde Kramarczyk zeit seines Lebens die Schulden abtragen müssen.

Lüder lief neben dem Rasenmäher und gab dem Fahrer Zeichen. Der ignorierte ihn eine Weile. Ein breites Grinsen zeigte, dass er Spaß daran fand. Erst als Lüder sich mit ausgebreiteten Armen vor das Gefährt stellte, bremste Kramarczyk. Lüder musste nicht nach seinem Ausweis fragen. Der »Tintenfleck« am Hals verriet ihn.

Der Mann hob einen Ohrhörer ein wenig an und gab vor, im Lärm des laufenden Mähermotors nichts zu verstehen. Lüder fingerte seinen Dienstausweis hervor und zeigte ihn. Schlagartig veränderte sich die Miene Kramarczyks. Er stellte den Motor ab.

»Was is' denn? Ich bin clean. Lasst mich doch zufrieden. Einmal Bockmist gemacht und schon hängt man drin.«

»Es geht um Ihren Bruder Hans.«

»Hans ist tot. Den hab'n sie eingekuhlt.« Er zeigte zum Himmel. »Is' nix mit Wolke sieben.«

»Darüber möchte ich mit Ihnen reden.«

»Nich' wegen das da?« Er tippte gegen den Tintenfleck.

»Ihr Tattoo interessiert mich nicht.«

»Wegen Hans?« Kramarczyk kratzte sich die Schläfe. »Da fragen Sie man die annern. Die Pfaffen hab'n ihn umgebracht. Und die Alten hab'n mitgemacht.« Seine flache Hand wedelte vor der Stirn hin und her. »Is' doch verrückt, nich'? Mich stecken die in Bau wegen das da.« Er tippte auf das missglückte Tattoo. »Und meine Alten laufen frei herum. Bewährung. Da lach ich doch. Wo soll'n die sich bewähr'n? Sind das gute Menschen, wenn sie ihr'n zweiten Sohn nich' auch umbringen lassen? Die gehör'n doch inne Klapsmühle. Die ham doch nich' mehr alle zusammen. Nee. Die sind für mich gestorben. Wie mein Bruder.«

Er stieg vom Rasenmäher hinunter, zog eine Zigarettenpackung aus der Brusttasche seiner Latzhose und zündete sich einen Glimmstängel an. Dann inhalierte er tief den Rauch. »Is' doch scheiße. Da hat man 'nen großen Bruder und hat ihn doch nich'. Die anderen im Dorf hab'n Fußball gespielt. Und mein Bruder? Der saß am Rand, hat gelallt und gesabbert. Warum hat er da oben das gemacht? Könn'n Sie mir das verklaren? Nee, was? Wie soll 'nen Bulle das wissen, wenn selbst die Pfaffen das nich' könn'n. Meine Alten sind so bescheuert in ihrem Wahn. Jeden Tag beten. Sonntags in die Kirche. Scheißkindheit. War doch genug, dass unsre Sippe als Knechte geboren wurde und im Dreck von den Schwichows suhlte. Mein Alter hat nich' mitgekriegt, dass wir für deren Abfälle gut genug waren. Als er da oben was verteilt hat, hat er die Kramarczyks vergessen. Schon der Name. Inne Schule und im Knast haben sie mich ausgelacht, wenn ich meinen Namen nannte. Wissen Sie, wie oft ich schon gehört habe: ›Wie schreibt man das?‹ Hab'n Sie die Hütte gesehen, in der wir groß geworden sind? Behindertengerecht. Ha! Heute tön'n die rum von wegen Inklus-Dingsbums. Wir ham das nich' gehabt. Zu fressen – ja. Aber das war's auch schon. Die ausse Schule sind inne Ferien weg. Und ich Idiot musste im Garten helfen. Ich hab immer zurückstecken müssen. Und dann war da noch Hans. Warum nur? Nee. Gott ist nich' gerecht. Ich hab so'n Hals«, dabei legte er die flache Hand an die Schlagader über dem Tintenfleck und klopfte gegen die Haut. »Bei all dieser Scheiße sollte ich auch noch beten und sagen: ›Danke, lieber Gott. Für alles.‹ Und meine beknackten Eltern hängen weiterhin in der Kirche. Okay, der alte Pfaffe aus Seedorf ...«

»Sie meinen Pfarrer Zorn«, unterbrach ihn Lüder.

»Genau der. Also. Der is' ganz okay. Aber der kann auch nich' aus seine Haut. Der muss machen, was die Oberpriester sagen. Wissen Sie«, dabei tippte er Lüder gegen die Brust, »Hans war nich' zu helfen. Der hatte 'ne kaputte Birne. Scheiße. Ja. Aber auf seine Art hat er doch gelebt. Und dann taucht da der Zauberer auf. Nee. Wenn ich könnte, würde ich ...«, ließ Kramarczyk das Ende des Satzes offen.

»Was würden Sie?«, fragte Lüder.

Er winkte ab. »Ach, nix.«

»Haben Sie jemals den Namen Josef Kellermann gehört?«

Kramarczyk wich Lüders Bick aus.

»Nee«, sagte er schnell.

»Wer hat den Exorzismus durchgeführt?«

»Was weiß ich denn. Mein'n Sie, ich war dabei? Den hätt' ich den Hals umgedreht.«
»Haben Sie?«
»Bist du doof geblieben? Ich sagte doch, ich war nich' dabei.«
»Auch wenn Ihr Bruder behindert war – Sie haben ihn geliebt.«
»Logo. Is' doch mein Bruder gewes'n.«
»Haben Sie ihn gerächt?«
Kramarczyk tippte sich an die Stirn. »Bist du nich' ganz dicht? Mir hat der Knast wegen das hier gereicht.« Die Finger fuhren jetzt zum Tintenfleck.
»Wo waren Sie am Sonntag?«
»Na hier. Auf Arbeit.«
»Am Sonntag?«
Kramarczyk stutzte. »Ihr seid doch alle besoffen. Die Pfaffen. Die Bullen. Das Gericht. Meine Alten und die Ausbeuter vom Gutshof. Alle in ein großen Sack und dann immer mit 'nen Knüppel drauf. Da machste nix verkehrt.«
»Wo waren Sie am Sonntag?«, fragte Lüder erneut.
»Ich? Sonntag? Ist das so 'ne bescheuerte Frage wie in den Krimis? Bin ich verdächtigt?«
Der Mann drehte sich um, zog sich die Ohrenschützer über, kletterte auf den Rasenmäher, startete den Motor und setzte seine Arbeit fort.
Lüder kehrte zu seinem BMW zurück. Kramarczyk hatte gar nicht den Versuch unternommen, seine Abneigung gegen die Kirche und deren Handlungsweise zu verbergen. Die harten Worte über seinen Bruder durfte man nicht ernst nehmen. Sie waren nicht so gemeint, wie die Formulierungen es vermuten ließen. In ihnen steckte auch der ganze Frust einer verlorenen Kindheit, vielleicht eines ganzen Lebens im Schatten. Reichte das aus, um einen der Verantwortlichen zur Rechenschaft zu ziehen? Der Dorfpfarrer stand ihm emotional zu nahe. Die beiden fremden Geistlichen, die den Exorzismus durchgeführt hatten, waren unbekannt. Wenn deren Namen selbst dem Gericht verborgen

geblieben waren, hatte Günter Kramarczyk sie erst recht nicht erfahren. Welche Rolle hatte Dompropst Kellermann gespielt? Weshalb schwiegen alle Beteiligten?

Nachdenklich fuhr Lüder nach Kiel zurück. Unterwegs erreichte ihn ein Anruf von Hauptkommissar Ehrlichmann aus Lübeck.

»Wir haben die Nachbarn von Karin Holzapfel in Malente befragt. Fast alle haben brüsk zurückgewiesen, sich für das Geschehen im Nebenhaus zu interessieren. Lediglich der direkte Nachbar im Obergeschoss des Nebenhauses gab an, etwas mitbekommen zu haben. Damit wollte er aber nicht hausieren gehen. Frau Holzapfel ist eine grundsolide und anständige Frau, betonte er. Die muss man nicht unnötig ins Gerede bringen. Es war selten, dass ein seriös auftretender Herr, das ›Herr‹ hat er betont, Frau Holzapfel besuchte. Wie oft und seit wann …? Das konnte er nicht exakt beantworten. Gelegentlich. Und auch nur zu bestimmten Zeiten im Jahr. Es könnte gut sein, meinte der Nachbar, dass Karin Holzapfels Bekannter nur zu Besuch in Malente war. Ob zwischen den beiden etwas lief? Das wisse er nicht. Sie haben sich nie in der Öffentlichkeit gezeigt. Zumindest hat er es nicht mitbekommen.«

»Nur in diesem Jahr?«, wollte Lüder wissen.

»Nein, auch schon früher. Wann der Unbekannte das erste Mal zu Besuch kam … Daran konnte sich der Nachbar nicht erinnern.«

»Daraus können wir die Vermutung ableiten, dass Karin Holzapfel und Josef Kellermann ein Verhältnis miteinander hatten.«

»Was nennen Sie Verhältnis?«, fragte Ehrlichmann skeptisch.

»Die Bandbreite möglicher Definitionen ist groß«, wich Lüder einer konkreten Antwort aus. Was hätte er sagen sollen? Er wusste es selbst nicht.

Lüder hatte inzwischen den Ortseingang von Plön erreicht. Kurz entschlossen wendete er und fuhr nach Bad Malente.

Karin Holzapfel öffnete ihm. Er hatte sie nach Ehrlichmanns

Beschreibung erkannt. Sie war eine gepflegte und attraktive Erscheinung. Die Frau zeigte sich erstaunt, als erneut ein Polizist vor ihrer Tür stand. Sie zögerte, bevor sie ihn ins Haus bat.
»Ich habe Ihren Kollegen alles erzählt«, behauptete sie.
»Ich möchte vorwegschicken, dass es mir fernliegt, ein Urteil über Ihr Privatleben zu fällen. Es geht um die Aufklärung eines perfiden Mordes. Da ist jedes Detail von Bedeutung.«
»Sie wollen nicht behaupten, dass das Motiv in der ...«, sie suchte nach einem geeigneten Wort, »Bekanntschaft zwischen Herrn Kellermann und mir zu finden ist?«
»Das können wir erst beurteilen, wenn wir alle Zusammenhänge analysiert und gewürdigt haben. Reden wir nicht um den heißen Brei herum. Sie hatten ein Verhältnis mit Josef Kellermann.« Lüder hob die Hand und gebot ihrem zu erwartenden Einspruch Halt. »Es geht hier nicht um einen Sexualmord. Deshalb bleibt Ihnen auch die Schilderung von Details der geübten Praktiken erspart.«
Eine flammende Röte überzog Karin Holzapfels Gesicht.
»Für die Würdigung der Lebensumstände des Opfers ist es aber wichtig, sein Privatleben aufzudecken. Auch den intimen Teil. Wie lange ging Ihr Verhältnis schon?«
Karin Holzapfel wich seinem Bick aus. Sie starrte angestrengt an Lüder vorbei ins Nichts.
»Schon mehrere Jahre«, sagte sie leise. »Mein Mann war gerade ein Jahr tot. Ich habe mich geschämt. Mein Alter. Witwe. Was sollen die Kinder und die Nachbarn denken? Und dann mit einem katholischen Priester.« Sie hatte leise gesprochen. Es war kaum wahrnehmbar.
Lüder lächelte. »Darüber sind Sie niemandem Rechenschaft schuldig.«
Sie sackte ins sich zusammen. »Ich habe es nicht gewollt oder gesucht. Nach dem Tod meines Mannes war ich einsam. Die Kinder führen ihr eigenes Leben. Zu den Nachbarn haben wir nie Kontakte gepflegt. Und die wenigen Freunde ... Niemand hat es offen ausgesprochen, aber ich kam mir plötzlich wie das fünfte

Rad am Wagen vor. Mir wurde bewusst, dass ich eigentlich immer nur *die Ehefrau* gewesen war. Wo hat man das früher praktiziert? In Indien? Da wurde die Frau nach dem Tod des Mannes mit eingeäschert, weil es für sie kein sinnvolles Leben danach gab. So habe ich mich auch gefühlt. Josef war ein Geschenk des Himmels. Ein kluger, gebildeter und kultivierter Mann.«

»Haben Ihre Kinder von Ihrem Verhältnis gewusst?« Sie protestierte nicht mehr gegen das Wort »Verhältnis«.

»Ich habe versucht, es so lange wie möglich geheim zu halten. Irgendwann hat es nicht mehr funktioniert.«

»Wie haben sie reagiert?«

Es zeigte sich der Anflug eines Lächelns auf ihrem Gesicht. »Mit Verblüffung. Eltern sind in den Augen der Kinder sexlose Wesen. Nach dem ersten Schock – ja, so kann man es nennen – hat meine Tochter es mit Gelassenheit genommen.«

»Und Ihr Sohn?«

Sie knetete nervös ihre Finger. »Der war nicht begeistert.«

»Moralisch entrüstet?«

Karin Holzapfel wiegte den Kopf. »Ja und nein. Es war weniger die Tatsache, dass noch einmal ein Mann in mein Leben getreten ist. Justus hat sich über die verquere Moral Josefs aufgeregt. Von der Kanzel predigen sie Keuschheit und leben offiziell den Zölibat, und hinter geschlossenen Türen treiben sie Unzucht.«

»Sprach er wirklich von Unzucht?«, fragte Lüder überrascht.

Sie nickte bedächtig. »In der Tat. Dabei war es keine auf das Körperliche ausgerichtete Beziehung.«

»Sie sollten die Worte nicht auf die Goldwaage legen«, sagte Lüder.

»Justus hat offen davon gesprochen, dass Josef nur auf mein Geld aus war. Dabei habe ich ihm immer wieder versichert, dass wir nie über solche Dinge gesprochen haben. Justus meint, Kellermann sei ein Erbschleicher.«

»Dann hätten Sie ein Testament zu seinen Gunsten oder dem der Kirche aufsetzen müssen. Eine Heirat wäre kaum möglich gewesen.«

»Heirat?« Karin Holzapfel wirkte wie elektrisiert. »Davon kann doch keine Rede sein. Es ging wirklich nur um gemeinsame Stunden, um Gespräche, um Nähe und menschliche Wärme. Hat jemand in meinem Alter keinen Anspruch mehr darauf?« Sie sah Lüder an und suchte in seinem Blick eine Antwort.

»Das liegt allein in Ihrem Ermessen. Wer wusste noch von Ihrem Verhältnis? Das Bistum?«

»Um Gottes willen. Nein! Das hätte Josef nicht vertreten können. Unsere Liebe ... das gehörte nur uns.«

»Sie haben sicher auch über ganz persönliche und vertrauliche Dinge gesprochen.«

»Nein«, erwiderte sie prompt. »Auch wenn ein Außenstehender es nicht versteht, hat Josef nie an seiner Berufung als Priester gezweifelt. Er stand hinter seiner Überzeugung. Nie hätte er etwas ausgeplaudert, er verschwieg nicht nur Dinge, die unter das Beichtgeheimnis fallen. Er hat auch nie über irgendwelche Sachen aus seiner Tätigkeit erzählt. Wir haben über Gott gesprochen, aber nicht über die Kirche. ›Gott ist überall‹, hat er gesagt. Seiner ist katholisch. Vielleicht gibt es auch andere Möglichkeiten, mit Gott zu sein. Deshalb spricht man ja vom *Glauben* und nicht vom *Wissen*.« Dann begann sie leise zu weinen.

Lüder stand auf. »Seien Sie traurig. Lassen Sie den Tränen freien Lauf«, sagte er zum Abschied. »Das ist hilfreich.«

Haben sich die Kinder am Verhältnis ihrer Mutter zu einem Mann gestört? Das ist manchmal schon ein schwieriges Thema, überlegte Lüder auf der Fahrt. Und wenn der ... Partner? Bekannte? Liebhaber? – ja, was war Josef Kellermann gewesen? – auch noch ein katholischer Geistlicher war, ist die Skepsis aufseiten der Kinder noch größer. Es wäre interessant, sich die Meinung des Sohnes dazu anzuhören. Lüder rief seine Dienststelle an und ließ sich die Adresse durchgeben. Edith Beyer machte ihn darauf aufmerksam, dass Justus Holzapfel Zahntechnikermeister war und ein Labor in Schwentinental betrieb. Auch die Adresse nannte die Abteilungssekretärin. Lüder sah auf die Uhr. Vermutlich würde er den Mann in seinem Betrieb antreffen.

Das Zahntechniklabor war im Anbau eines Einfamilienhauses im Dütschfeldredder im Stadtteil Raisdorf untergebracht.

Eine junge Frau öffnete ihm, hörte sich seinen Wunsch an und bat ihn, im Flur zu warten.

Justus Holzapfel war hochgewachsen und hatte eine sportliche Figur. Er war braun gebrannt. Man konnte sich ihn gut auf einem großformatigen Foto auf einem Surfbrett unter südlicher Sonne vorstellen.

»Holzapfel«, stellte er sich vor und begrüßte Lüder mit einem festen Händedruck.

»Lüders. Landeskriminalamt. Ich ermittle im Mordfall Josef Kellermann«, erwiderte Lüder.

Holzapfel nickte. »Das hat meine Mutter tief getroffen«, sagte er.

»Sie waren mit dieser Verbindung nicht einverstanden?«

Der Mann wippte auf den Zehenspitzen. Er steckte die Hände zur Hälfte in die Jeans und hakte die Daumen außen ein.

»Wie soll ich die Frage beantworten?«, fragte er ausweichend.

»Ehrlich«, erwiderte Lüder.

»Meine Eltern waren ein ganzes Leben lang glücklich verheiratet und haben meiner Schwester und mir eine geborgene Kindheit geschenkt. Für uns war diese Traumverbindung ein Vorbild, das zu erreichen fast unmöglich scheint. Wir haben diese Konstellation mit der Muttermilch eingesogen und registriert, wie Vaters Tod Mama getroffen hat. Unsere Familie, die für alle Holzapfels eine Festung gegen alle Widrigkeiten draußen in der Welt ist, hielt trotzdem zusammen. Unter diesen Umständen war es ein Schock, als plötzlich ein Fremder auftauchte.«

Lüder warf demonstrativ einen Blick über die Schulter. »Sie haben sich hier gut eingerichtet. Wie macht man das als junger Unternehmer?«

»Indem man sich in die Arbeit hineinkniet, sich engagiert und Qualität abliefert.«

»Die Einrichtung eines solchen Labors ist teuer. Sie müssen hohe Finanzierungskosten haben.«

Holzapfel sah ihn an, antwortete aber nicht.

»Nach dem, was Sie über Ihre Familie berichtet haben, waren Ihre Eltern sicher stolz auf Sie.«

»Worauf wollen Sie hinaus?«, fragte Holzapfel mit einem lauernden Unterton.

»Bestimmt war Ihr Vater ein Vorbild. Angesehener Arzt in einem Kurort. Eine gut gehende Praxis. Das zeigt sich auch im Lebensstil.«

»Meine Eltern haben immer angemessen gelebt«, erwiderte Holzapfel, dem anzumerken war, dass er nicht wusste, wohin Lüder das Gespräch lenken wollte.

»Akademikerfamilien finanzieren ihrem Nachwuchs in der Regel das Studium. Sie haben sich für einen anderen beruflichen Werdegang entschieden. Erfolgreich. Ich nehme an, Ihre Eltern haben einiges in diesen Betrieb investiert.«

»Was hat das mit dem Fall zu tun, an dem Sie arbeiten?«

»Da taucht plötzlich jemand auf, wirbt – aus Ihrer Sicht – um die Gunst Ihrer Mutter und stellt fest, dass diese nicht unvermögend ist. Welcher Religion gehören Sie eigentlich an?«

»Ich bin evangelisch, aber nicht praktizierend.«

»Da zeigt sich eine Distanz zu einem katholischen Geistlichen. Uns allen, ich nehme mich da überhaupt nicht aus, ist vieles unbekannt von unserer christlichen Schwesterkirche. Leider halten sich aus dieser Unkenntnis heraus auch zahlreiche Vorurteile.«

»Ich bin tolerant«, behauptete Holzapfel.

»Aber nur, sofern es Sie und Ihre Familie nicht berührt.«

»Kellermann mag ein gebildeter und kultivierter Mensch sein – gewesen sein«, korrigierte sich Holzapfel. »Er befindet sich damit auf einer Wellenlänge zu meiner Mutter. Ich würde verstehen, wenn sich die beiden Herrschaften auf dieser Ebene zum geistigen Austausch gefunden hätten, wenn sie gemeinsam Ausstellungen und Museen besucht hätten, zu Konzerten gegangen wären. Aber damit hat sich Kellermann nicht beschieden. Musste er meine Mutter verführen?«

»Sie meinen, sexuell?«

»Ich mag es mir nicht vorstellen«, sagte Holzapfel. Eine Spur Abscheu schwang in seiner Stimme mit. »Ein Priester – und der zwingt meine Mutter ins Bett. Ordinär.«

»Ich habe Ihre Mutter nicht davon sprechen hören, dass sie genötigt wurde. Könnte es Sympathie oder Zuneigung gewesen sein?«

»Wenn man jemanden sympathisch findet – und dann in dem Alter –, denkt man auch an seine Würde. Die setzt man nicht in einem Schlafzimmer aufs Spiel.«

»Sympathie. Zuneigung«, wiederholte Lüder. »Könnte es nicht auch Liebe gewesen sein?«

Ein Ruck ging durch Holzapfel. Sein Körper straffte sich. »Liebe? Das ist absurd. Liebe war, was meine Eltern miteinander verband. Sie ist mit Vaters Tod erloschen. Das Lebensglück wiederholt sich nicht. Da würde stets die Erinnerung an meinen Vater dazwischenstehen. Nein. Kellermann hat es gezielt auf meine Mutter abgesehen. Ein lohnendes Objekt. Ich weiß nicht, wie er es geschafft hat, sie zu bezirzen.« Holzapfel legte die flache Hand an die Stirn. »Das ist doch irre. Ein Priester, dem Keuschheit abverlangt wird, findet in diesem Alter plötzlich Gefallen daran, Sex mit einer Witwe zu haben.«

»Sie rücken den Sex immer in den Vordergrund. Kann man ihn nicht auch als Vollendung einer tiefen inneren Verbundenheit definieren? Darf man Ihrer Mutter und Josef Kellermann unterstellen, nur aus nackter Begierde intim geworden zu sein?«

Holzapfel stach mit dem Zeigefinger in der Luft herum. »Sehen Sie. Genau das ist es, was ich meine. Es hat lange gedauert, bis Sie auch dahintergekommen sind. Kellermann hat aus niederen Beweggründen gehandelt. Er war sich nicht zu schade, wider seinen Glauben zu handeln und sich mit einer Frau einzulassen, nur um an ihr Geld heranzukommen.«

»Hat Ihre Mutter an Kellermann oder von ihm benannte Einrichtungen Geld gezahlt?«

»Was weiß ich denn«, sagte Holzapfel wutschnaubend. »Das ist Ihr Fachgebiet. Sie wissen doch selbst, wie die Nigeria-Connection einsame Frauen ausnimmt, selbst jene, die gar kein Geld haben und sich für irgendwelche dubiosen Versprechen verschulden.«

Lüder lächelte matt. »Sie wollen die katholische Kirche jetzt aber nicht mit der Nigeria-Connection vergleichen?«

»Es geht um das Ziel. Der Zweck heiligt die Mittel.«

»Haben Sie Angst um Ihr Erbe?«, fragte Lüder. »War Ihnen Josef Kellermann deshalb ein Dorn im Auge?«

»Die Kirche als solche mag reich sein«, erwiderte Holzapfel, »aber wer sagt denn, dass dabei auch genug für ihre Diener abfällt? Nicht jeder widersteht den Versuchungen des guten Lebens bis hin zum Luxus. Nehmen Sie den Fall des protzenden Bischofs aus Limburg.«

»Auch in anderen Bereichen gibt es solche Fälle. Da fahren Umweltminister übermotorisierte PS-Boliden, Manager maroder Konzerne lassen sich mit dem Hubschrauber zum Schreibtisch fliegen und vieles mehr.«

»Das ist doch etwas anderes.« Plötzlich schien ihm bewusst zu werden, was Lüder angedeutet hatte. »Sie glauben doch nicht im Ernst, ich hätte Kellermann aus Sorge um das Vermächtnis meines Vaters umgebracht?«

»Wir haben es hier mit einem kirchlichen Umfeld zu tun«, entgegnete Lüder. »Die Kirche ist für den Glauben zuständig. Für mich zählt nur reales Wissen. Fakten. Wo waren Sie am Sonntag?«

»Ich? Am Sonntag? Das wird ja immer schöner. Sie meinen das nicht im Ernst. Ich weigere mich, Ihnen diese Frage zu beantworten. Das ist mehr als ehrenrührig. Das ist eine Unverschämtheit, der Gedanke, der hinter dieser Frage steckt.« Holzapfel streckte den Arm aus und zeigte Richtung Tür. »Raus. Aber fix«, schrie er mit sich überschlagender Stimme.

Mehrere Türen öffneten sich, und neugierige Mitarbeiter sahen in den Flur.
»Alles in Ordnung?«, fragte ein älterer Mann in einem weißen Kittel. »Brauchen Sie Hilfe, Chef?«
»Ja«, sagte Lüder. »Ganz dringend.«
Dann drehte er sich um und ging.

Vom Auto aus rief Lüder Hauptkommissar Ehrlichmann an und berichtete von seinen Ermittlungen. Außerdem bat er den Lübecker, die – möglichen – Alibis von Günter Kramarczyk und Justus Holzapfel zu verifizieren.
»Was haben die beiden denn angegeben?«, fragte der Hauptkommissar.
»Da wollte ich Ihnen nicht vorgreifen«, wich Lüder aus. »Es ist besser, wenn Sie und Ihre Mitarbeiter diese Fragen stellen. Das vereinfacht die Prüfung.«
Ehrlichmann brummte etwas, das wie »blöde Ausrede« klang.
Recht hat er, dachte Lüder.
Nachdem er ins Büro zurückgekehrt war, suchte er Informationen heraus, wie es um die persönlichen Einkommensverhältnisse von weltlichen Priestern bestellt war. Für Ordensgeistliche galten andere Maßstäbe.
Er war überrascht, dass man Pfarrern Dienstbezüge zubilligte, die einem Kriminaloberrat, Oberregierungsrat, Oberstudienrat oder Oberstleutnant entsprachen.
»Der bekommt eine Besoldungsstufe höher als ich«, murmelte Lüder.
Natürlich trugen Pfarrer eine weltliche Verantwortung für ihre Pfarrei, waren Manager und hatten Personalverantwortung. Außerdem hatten sie ein aufwendiges Studium und eine lange Ausbildung absolviert. Noch besser war Josef Kellermann entlohnt worden. Seine Gehaltsgruppe entsprach der eines Ministerialrats. So viel konnte man bei der Landespolizei nicht verdienen.
Nein, schloss Lüder für sich. Kellermann war mit Sicherheit nicht darauf aus gewesen, sich durch sein Verhältnis zu Karin

Holzapfel persönlich zu bereichern. Ob er sich im Interesse seiner Kirche als möglicher Erbschleicher betätigt hatte? Lüder mochte es nicht glauben. Diese Spur, sofern es überhaupt eine war, wollte er nicht weiterverfolgen.

Gerhard von Schwichow hatte angedeutet, dass sein Vater möglicherweise mit dem Sperren der Zuwendungen für die Gemeinde St. Ansgar gedroht haben könnte, um etwas im Bistum zu bewegen. Hatte er eine Spende in Aussicht gestellt, wenn man von dort den Exorzismus betrieb?

Der Ablasshandel des Dominikaners Johann Tetzel war für Luther einer der Gründe gewesen, seine Thesen an die Wittenberger Kirche zu schlagen. Der Mönch hatte die Ablasspredigten überzogen. Bis heute sind seine Parolen »Sobald das Geld im Kasten klingt, die Seele in den Himmel springt!« in aller Munde. Mit der Spende sollten angeblich die Sünden erlassen werden. Damals diente die Hälfte der Einnahmen dem Bau des Petersdoms in Rom, die andere Hälfte teilten sich Tetzel und der Erzbischof von Brandenburg.

»Nein«, sagte Lüder zu sich selbst. »Das gibt es heute nicht mehr. Die Kirche ist nicht bestechlich.«

Lüder suchte das Büro des Abteilungsleiters auf. Dr. Starke saß an seinem Schreibtisch und war in einen Aktenberg vertieft.

»Was kann ich für dich tun?«, fragte er.

Lüder drehte seinen Kaffeebecher in der Hand, den er sich im Vorzimmer bei Edith Beyer aufgefüllt hatte. Das Getränk war so heiß, dass er das Trinkgefäß ständig bewegen musste. Er berichtete von seinen bisherigen Ermittlungen.

»Ich möchte wissen, ob vonseiten der Familie von Schwichow Geld geflossen ist. Hierzu benötige ich einen richterlichen Beschluss, dass wir uns für den fraglichen Zeitraum vor dem Exorzismus die Konten der beiden Senioren ansehen können.«

»Auch die Geschäftskonten?«

Lüder schüttelte den Kopf. »Ich glaube nicht, dass die Zuwendungen, sofern es sie überhaupt gab, über den Betrieb gelaufen sind. Da hätten die Söhne nicht mitgespielt.«

»Das ist ein gewagtes Unterfangen«, meinte der Kriminaldirektor. »Geht aus den Akten der damaligen Verhandlung gegen die Eltern nichts hervor?«

»Ich habe nichts gefunden. Möglicherweise hat man nicht daran gedacht. Die Ermittlungen konzentrierten sich auf die Eltern und die beiden unbekannt gebliebenen Priester, die den Exorzismus ausgeführt haben. Dem Ortspfarrer Zorn und Josef Kellermann konnte keine Beteiligung nachgewiesen werden. Das Gericht ging davon aus, dass irgendjemand den Kontakt hergestellt haben musste. Pankraz und Ludwine Kramarczyk wären damit überfordert gewesen. Ich behaupte auch, dass die Idee mit dem Exorzismus nicht durch die Eltern geboren wurde.«

Dr. Starke wiegte den Kopf. »Was willst du mit dieser Auskunft erreichen?«

»Wir würden wissen, wer die treibende Kraft hinter der Tat war. Bei einem Auftragsmord suchen wir nicht nur den Killer, sondern wollen auch, dass der Auftraggeber zur Rechenschaft gezogen wird.«

»Wir sollten mit unseren Formulierungen vorsichtig sein«, mahnte der Kriminaldirektor. »Das ist ein sensibles Thema. Wenn es in der Öffentlichkeit ruchbar wird, dass wir intern beim Tod von Hans Kramarczyk von Mord sprechen, dürfte es einen Sturmlauf der Entrüstung geben, ganz abgesehen davon, dass die Kirche auf allerhöchster Ebene gegen solche Unterstellungen protestieren würde.«

»Unter uns Juristen: Niemand wird von Mord oder Totschlag ausgehen. Mit Sicherheit war der Tod des Behinderten nicht das Ziel der Exorzisten. Es war unterlassene Hilfeleistung. Und mit der Verurteilung der Eltern hat man die Falschen getroffen. Die haben sich nach allem, was wir bisher wissen, für ihren Sohn aufgeopfert. Nein, Jens. Dahinter stecken andere. Artikel 4 unseres Grundgesetzes erklärt die Freiheit des Glaubens, des Gewissens und die Freiheit des religiösen und weltanschaulichen Bekenntnisses für unverletzlich und gewährleistet die ungestörte Religionsausübung. Aber ist Exorzismus, wenn es dabei um Leib und

Leben eines hilflosen Menschen geht, noch durch diesen Passus gedeckt? Wir würden es doch auch nicht akzeptieren, wenn sich heute eine Sekte fände, die dem religiösen Treiben der Azteken huldigt und Menschenopfer bringt.«

Dr. Starke lehnte sich zurück. »Das ist sehr weit hergeholt. Die Geschichtsschreibung ist sich auch nicht mehr sicher, ob aztekische Menschenopfer wirklich in dem Maße stattgefunden haben, wie es spanische Konquistadoren und Missionare geschildert haben. Die hatten sicher ein fundamentales Interesse daran, die Azteken und ihre Kultur in schwärzesten Farben zu schildern.«

Lüder schüttelte den Kopf. »Aus unserer heutigen Sicht im Zeitalter der Aufklärung würden wir die religiösen Sitten der Azteken barbarisch nennen. Ist Exorzismus etwas anderes, nur weil dort ein christliches Siegel draufsteht?«

Dr. Starke drehte die Hand im Gelenk. »Es ist ein heikles Thema. Wir sollten mit Bedacht vorgehen. Ich werde versuchen, einen richterlichen Beschluss zur Einsichtnahme in die Konten der von Schwichows zu erwirken«, sagte er und beendete damit das Gespräch.

Lüder beschloss, Feierabend zu machen. Er räumte seinen Schreibtisch auf und fuhr den Rechner herunter, als sein Telefon klingelte.

»Dornseif«, meldete sich eine frische, jugendlich klingende Stimme. »Ich suche den Ermittlungsleiter im Mordfall Kellermann.«

»Das ist der Hauptkommissar Ehrlichmann von der Bezirkskriminalinspektion Lübeck«, erwiderte Lüder.

»Das ist eine nachgeordnete Dienststelle«, behauptete der Anrufer.

»Nein. Ermittlungen bei Straftaten gegen Leib und Leben werden vom zuständigen Kommissariat 1 bearbeitet. Dort sind hoch qualifizierte Beamte tätig.«

»Es geht hier mehr um die politische Dimension. Das Generalvikariat des Erzbistums hat sich direkt an das Kieler Innenministerium gewandt. Dort hat man das Landeskriminalamt eingeschaltet. Also, sind Sie der zuständige Beamte?«

»Um was geht es?«, fragte Lüder und schob hinterher, dass er zu laufenden Ermittlungen keine Auskünfte erteile. »Wer sind Sie überhaupt?«

»Michael Dornseif.«

»Schön. Ihr Name sagt mir nichts.«

Der Anrufer holte tief Luft. »Ich bin Landtagsabgeordneter.«

»Ja und?«

»Nicht nur das. Außerdem bin ich Bundesvorsitzender der Vereinigung Progressiver Katholiken. Sie haben sicher von uns gehört.«

»Nein«, gestand Lüder ein und vernahm, dass der Mann enttäuscht war. »Ich würde gern mit Ihnen über den Fall Josef Kellermann sprechen.«

Lüders Interesse war geweckt. »Morgen früh?«

»Geht es noch heute Abend?«

Lüder bedauerte und behauptete, noch einen auswärtigen Termin wahrnehmen zu müssen. War Kiel-Hassee, wo sein Familiensitz war, auswärtig?, überlegte er im Stillen.

»Gut«, zeigte sich Dornseif kompromissbreit. »Im Landtag.« Das klang nicht wie ein Vorschlag. Es war eine Feststellung.

»Um acht Uhr«, sagte Lüder.

»Um zehn Uhr«, erwiderte der Abgeordnete.

Lüder willigte ein. Dann fuhr er nach Hause.

VIER

Nach dem Frühstück war Lüder zur Dienststelle aufgebrochen, hatte an der morgendlichen Lagebesprechung teilgenommen und war anschließend einmal quer durch die Stadt an die Förde gefahren. Der schleswig-holsteinische Landtag hat seinen Sitz im Landeshaus, der ehemaligen Akademie der Kaiserlichen Marine. Trotz Dienstausweis musste er sich der strengen Zugangskontrolle unterwerfen und warten, bis ihn ein junger Mann in legerer Kleidung abholte und sich als Assistent des Abgeordneten Dornseif zu erkennen gab. Sie benutzten den Paternoster, der schon einmal Gegenstand einer Posse war. Nach jahrzehntelangem Betrieb sollte er aus Sicherheitsgründen stillgelegt werden. Man einigte sich auf einen Kompromiss: Er durfte nur von Personen benutzt werden, die einen »Paternosterführerschein« hatten.

Wie gut geht es dem Land, wenn man keine anderen Sorgen hat, dachte Lüder auf dem Weg nach oben. Er folgte dem Assistenten bis zum Büro des Abgeordneten, das er sich mit einem Kollegen teilte.

Michael Dornseif war eine sportliche Erscheinung. Mit seinen neununddreißig Jahren gehörte er zu den Jüngeren in seiner Fraktion. Man konnte ihn als »Berufspolitiker« bezeichnen. In seiner zweiten Legislaturperiode im Parlament war er Mitglied in zwei bedeutenden Ausschüssen und in seinem Wahlkreis stellvertretender Kreisvorsitzender.

Dornseif stand auf, reichte Lüder die Hand und bot ihm mit einem Fingerzeig den Besucherstuhl am Schreibtisch an. Dann schloss er die zuvor offen stehende Bürotür.

Lüder wollte wissen, in welcher Eigenschaft Dornseif das Gespräch suchte. »Als Parlamentarier oder als Funktionär einer katholischen Interessengruppe?«

»Das hört sich negativ an«, erwiderte Dornseif mit spitzer Zunge. »Funktionär. Es ist ja *in*, sich herablassend über Religion und Kirche zu äußern. Es scheint fast so, dass die Menschen, die sich zu ihrer Kirche bekennen, als rückständig belächelt werden. Die Weisheit haben immer nur die anderen gefressen. Merkwürdig, dass die alles *wissen*, während wir Christen nur vom *Glauben* sprechen. Ich stehe dazu, katholisch zu sein. Wie gut, dass die Zeiten vorüber sind, in denen Menschen nur nach ihrer Religionszugehörigkeit beurteilt wurden. Sonst hätten wir im protestantischen Schleswig-Holstein keinen katholischen Ministerpräsidenten.«

»Damit haben Sie aber nicht meine Frage beantwortet«, sagte Lüder.

»Als Abgeordneter wünsche ich mir, dass es in unserem Land ruhig zugeht. Wir haben genug Probleme mit gewaltbereiten Links- und Rechtsextremisten und dem Bodensatz krimineller Leute mit Migrationshintergrund, nicht zu vergessen der militante Teil des Islamismus. Da brauchen wir keine zusätzliche Baustelle, indem man sich in der Öffentlichkeit das Maul über kircheninterne Vorgänge zerreißt.«

»Kircheninterne Vorgänge?«, wiederholte Lüder überrascht. »Spielen Sie auf die Ermordung des Dompropstes an?«

»Deshalb suche ich das Gespräch mit Ihnen.«

»Wollen Sie andeuten, dass man Josef Kellermann getötet hat, um etwas zu verbergen, das in der Kirche passiert ist?«

»Nein, natürlich nicht«, wehrte Dornseif ab. »Es gibt keinen neuen geheimnisumrankten Skandal, keine Aufdeckung eines bisher unbekannten Missbrauchs oder Ähnliches.« Dornseif legte die Hände vor sich auf die Schreibtischplatte und faltete sie. »In der katholischen Kirche gibt es verschiedene Strömungen, zum Beispiel den kritischen Katholizismus. Dazu gab es zwischen 1968 und 1974 sogar eine eigene Monatszeitung, die aus dem auf dem Katholikentag 1968 gegründeten Aktionskomitee hervorging und einen kirchenkritischen Reformkatholizismus vertrat. Die Hoffnung war, eine Demokratisierung der kirchlichen Amtsstrukturen herbeizuführen, die Sexualmoral zu liberalisieren, den Zölibat aufzuheben und die Frauenordination zuzulassen. 1968. Da müsste es bei Ihnen klingeln. Es war das Jahr des großen Aufbruchs. Der große Widerspruch wurde mit der ›Enzyklika Humanae Vitae‹ offenkundig, mit der Papst Paul VI. die Anwendung künstlicher Verhütungsmittel beim ehelichen Geschlechtsverkehr verbot.«

»Das brachte ihm den Spottnamen *Pillen-Paul* ein«, unterbrach ihn Lüder.

Dornseif ignorierte den Einwurf. »Logisch, dass eine kleine, aber aktive Gruppe junger Katholiken darüber sehr enttäuscht war und versuchte, eine andere Ansicht zu artikulieren und zu kanalisieren. Man warf dem Papst vor, die sexuelle Selbstbestimmung der Eheleute und der Priester zu missachten und den gesellschaftlichen Strukturwandel nicht zu erkennen. In zahlreichen Resolutionen wurde an die Verantwortung der Kirche für die Dritte Welt gemahnt. Die spektakulärste Resolution forderte den Papst sogar zum Rücktritt auf. Im Unterschied dazu steht der Reformkatholizismus. Er möchte die römisch-katholische Kirche reformieren, aber ohne reformatorische oder gar revolutionäre Aktionen. Man möchte den Katholizismus aus dem kulturellen Ghetto herausholen, in das er sich zurückgezogen hat. Die Ursache dafür war, zumindest bei uns, ein Kulturkampf zwischen Kirche und Staat. Aber auch Kirchenspaltungen haben dazu geführt. Nun könnte man meinen, ökumenische Tendenzen würden die Kirche wieder in die richtige Richtung bringen. Es hängt aber davon ab, wer diese Bewegung antreibt. Es besteht die Gefahr einer Manipulation von außen, zum Beispiel durch politische Gruppierungen oder Bewegungen mit anderer Interessenlage.«

»Um es zusammenzufassen«, sagte Lüder nachdenklich, »es geht um einen stillen Machtkampf innerhalb der katholischen Kirche.«

Dornseif schwieg eine Weile und sah Lüder nachdenklich an. »Wenn Sie so wollen ... Ja!«

»Und welche Rolle spielte Josef Kellermann?«

»Der Dompropst war der Idee zugeneigt.«

»War das mit seiner Position im Bistum vereinbar?«, fragte Lüder.

»Es gibt Fragen, die nicht einfach mit Ja oder Nein beantwortet werden können. Die katholische Kirche wird patriarchalisch geführt, das heißt von oben. An der Spitze steht der Papst. Jede Stufe hat die, wenn Sie so wollen, absolute Herrschaftsgewalt über die nächste. Es gibt keine Demokratie, nicht einmal auf Gemeindeebene. Das sieht bei Ihnen in der evangelischen Kirche anders aus. Diese Struktur hat aber auch ihr Gutes. Der Papst hält die Kirche zusammen.«

»Nicht immer zu deren Vorteil«, gab Lüder zu bedenken. »Die Päpste der jüngsten Vergangenheit haben zu sehr am Spirituellen festgehalten und dabei die Welt um sich herum vergessen. Der deutsche Papst war ganz bestimmt ein brillanter Kopf und ein herausragender Kirchenführer. Er hat aber nichts unternommen, um seine Kirche ins 21. Jahrhundert zu führen. Dazu bedurfte es erst des Engagements von Papst Franziskus.«

Dornseif bewegte aufgeregt die Hand hin und her. »Sie verallgemeinern etwas. Das ist Ihre Auffassung. Die Sicht eines Außenstehenden.«

»Welche Rolle spielen Sie?«

Der Abgeordnete wischte sich mit Daumen und Zeigefinger die Mundwinkel. »Durch die Tätigkeit in der Politik habe ich Verständnis dafür, dass man sich weiterentwickeln muss. Der Volksmund behauptet, Stillstand sei Rückschritt. Meine Mitstreiter und ich stehen zu unserer Kirche. Wir sind keine Revolutionäre. Wir möchten nur, dass die Kirche im Heute ankommt.«

»Und Josef Kellermann? Sie deuteten an, dass er sich auch diesem Gedanken anschließen konnte.«

»Er war ein kluger Kopf, der mit beiden Füßen im Leben stand.«

Nicht nur mit den Füßen, dachte Lüder, als seine Gedanken kurz zu Karin Holzapfel abschweiften. Laut sagte er: »In einer Kirche wie der katholischen muss man vorsichtig sein, besonders wenn man im Management sitzt.«

»*Management.*« Dornseif hatte verächtlich das Gesicht verzogen.

»Für mich ist der Begriff nicht negativ besetzt«, erklärte Lüder. »Auch wenn das Erzbistum Hamburg eines der kleinsten in Deutschland ist – die Zahl der Gläubigen betreffend –, gilt es, über vierhunderttausend Katholiken in der Diözese zu betreuen, aber auch zu administrieren.«

»Wenn Sie die Sozialeinrichtungen einbeziehen, kommen Sie auf eine fünfstellige Anzahl von Mitarbeitern«, stimmte Dornseif ihm zu. »Dabei dürfen Sie die Liegenschaften nicht vergessen.«

»Ein richtiges Großunternehmen«, stellte Lüder fest. »Da darf man getrost von Management sprechen.«

Dieses Mal protestierte der Abgeordnete nicht.

»Kellermann stand zwischen den Fronten«, fuhr Lüder fort. »Auf der einen Seite war er reformorientiert, andererseits aber in die Struktur der Kirche eingebunden. Das muss doch zu Konflikten geführt haben.«

»Hat es auch. Ich habe keinen persönlichen Draht zum Dompropst gehabt, aber hinter vorgehaltener Hand wurde gemunkelt, dass man nicht mit allem einverstanden war, was Josef Kellermann an Gedanken hervorgebracht hat.«

»Hat man ihm mit Sanktionen gedroht?«

Dornseif ließ einen Zischlaut durch die Zähne heraus. »Sie verwenden ein merkwürdiges Vokabular. Der Erzbischof ...«

»Dr. Hubert Malcherek«, fügte Lüder ein.

»... ist ein weltoffener Kirchenführer.«

»Er kann trotzdem nicht dem engen Korsett entfliehen, das ihm Rom überstülpt.«

»Wir wissen aus den Medien, dass es unter den deutschen Bischöfen durchaus unterschiedliche Auffassungen gibt. Dort stehen erzkonservative Meinungen den ... den ...« Dornseif suchte nach der richtigen Vokabel. »Man ist nicht unbedingt immer einer Meinung.«

»Und wie groß sind die Auseinandersetzungen hinter den Kulissen?«

Dornseif zuckte mit den Schultern. »Innerkirchlich? Da dringt nichts nach außen. Aber die gibt es bestimmt. Ich weiß es nicht. Aber sehen Sie doch nach Rom. Man wird es uns nicht erzählen, welcher Machtkampf dort ausgetragen wird. Man erfährt es nur nebenbei, wenn Papst Franziskus einen hochrangigen Kardinal entlassen hat.«

»Wissen Sie etwas von Flügelkämpfen im Bistum? Oder gar von Drohungen, die gegen Josef Kellermann ausgestoßen wurden?«

»Ich gehöre nicht zum inneren Zirkel, schon gar nicht mit meinen Aktivitäten zur etwas progressiveren Ausrichtung des Katholizismus.«

»Haben Sie schon einmal etwas über praktizierten Exorzismus im Erzbistum Hamburg gehört?«

»Darüber wird nicht gesprochen, wenn es so etwas überhaupt geben sollte.«

»Über welche Stellen liefe so etwas im Bistum? Der Generalvikar ist mit der administrativen Führung betraut. Und da der Bischof nicht alles selbst machen kann, wäre sein spiritueller Stellvertreter einer der Ansprechpartner. Das ist der Dompropst, also Josef Kellermann.«

Dornseif neigte leicht den Kopf, als würde er nachdenken. »Nein«, sagte er entschieden. »Natürlich kann ich die Frage nicht beantworten, aber ich kann mir nicht vorstellen, dass Prälat Kellermann bei so etwas mitgemacht hat. Hamburg ist ein aufgeklärtes Bistum, auch wenn es natürlich in die Gesamtkonstellation der katholischen Kirche eingebettet ist. Das liegt im zentralistischen Aufbau der Kirche begründet.«

»Die katholische Kirche hält bis heute unbeirrt am Exorzismus fest.«

»Das ist nicht mein Gebiet. Ich habe zwar ein wenig Theologie studiert – im Nebenfach –, aber Exorzismus? Das sehe ich eher bei den Ordenspriestern angesiedelt. Die weltlichen Priester haben, zumindest in Deutschland, eine kritische Distanz zu diesen Dingen.«

»Und Pfarrer Egbert Zorn aus Seedorf? Würden Sie ihm so etwas zutrauen?«

»Der Name sagt mir nichts. Den kenne ich nicht.«

»Malcherek – Malcherek«, wiederholte Lüder leise. »Der Name klingt schlesisch. Moment.« Er zog sein Smartphone hervor und tippte etwas ein. »Das ist slawischen Ursprungs und entspricht dem deutschen ›Melcher‹ oder ›Melchior‹. Hat der Bischof schlesische Vorfahren?«

»Ich glaube, so etwas einmal gehört zu haben. Der Erzbischof bezog sich auf den gläubigen Katholizismus in Schlesien und dem heutigen Polen und verwies dabei auch auf Papst Johannes Paul II., der stets seine polnische Herkunft betonte.«

Merkwürdig, dachte Lüder. Natürlich waren nach dem Zweiten Weltkrieg Millionen Menschen aus den Ostgebieten westwärts geflohen. Schleswig-Holstein hatte damals seine Einwohnerzahl fast verdoppelt. In diesem Fall gab es auffallend viele Bezüge nach Schlesien. Die Familien von Schwichow und Kramarczyk hatten dort ebenfalls ihre Wurzeln. War das ein Zufall?

Lüder bedankte sich für das Gespräch. »Ich finde allein hinaus«, sagte er und verabschiedete sich von Michael Dornseif.

Nach der Rückkehr ins Landeskriminalamt fand Lüder eine Nachricht von Edith Beyer vor. Der Abteilungsleiter erwarte ihn. Dringend.

Dr. Starke sah auf, als er das Büro betrat.

»Wo warst du?«, fragte er mit einem leichten Vorwurf in der Stimme.

»Joggen«, erwiderte Lüder lapidar und nickte Kommissar Witte zu.

Der jugendlich wirkende Kollege mit dem frischen Gesicht des Jungen auf der Zwiebackpackung hatte nur noch spärliche rotblonde Haare auf dem Kopf.

»Herr Witte hat sich um die Kontenabfrage von Schwichow gekümmert«, erklärte Dr. Starke.

Lüder sah ihn erstaunt an. »Liegt die schon vor? Wie hast du so schnell die richterliche Genehmigung erhalten?«
Statt einer Antwort lächelte Jens Starke hintergründig. Das sah man selten bei ihm. Früher waren sie sich in tiefer gegenseitiger Abneigung verbunden gewesen. Die war einem konstruktiven kollegialen Miteinander gewichen.
»Hast du Beziehungen?«, wollte Lüder wissen.
»Das ist eher dein Metier«, erwiderte der Kriminaldirektor.
Nur bedingt, dachte Lüder.
Das Wesen der Demokratie basierte auf dem Wählervotum. Und das war bei der letzten Landtagswahl anders ausgefallen, sodass *sein* Innenminister das Amt an einen anderen Politiker übergeben musste. Aber das macht nichts, beruhigte er sich im Stillen. Ich habe einen guten Draht zu Jochen Nathusius, dem stellvertretenden Leiter des Landeskriminalamts. Und in den letzten Jahren habe ich gelernt, auf mich allein gestellt zu arbeiten. Oberflächlich betrachtet würde man mich einen Einzelkämpfer nennen.
Patrick Witte hüstelte nervös. Der Kriminaldirektor zeigte ihm durch einen Wink mit der Hand an, zu berichten.
»Die Bank war sehr kooperationsbereit«, erklärte der junge Kommissar. »Deshalb haben wir die gewünschten Informationen so zügig erhalten.« Er wedelte mit einem Ausdruck, der vor ihm lag. »Im fraglichen Zeitraum sind mehrere Überweisungen vom Privatkonto Paul von Schwichows zu dem uns interessierenden Empfängerkreis getätigt worden.«
»Das ist der Senior, mit dem ich gesprochen habe«, erklärte Lüder.
»Da gab es eine Zahlung zugunsten einer Gemeinde namens St. Ansgar.«
»Die katholische Kirchengemeinde in Seedorf. Für die nimmt der alte von Schwichow eine Art Patronatsstellung ein. Der Großvater, Wilhelm von Schwichow, hat die Kirche nach dem Krieg bauen lassen. Er hat damit seinen Dank ausdrücken wollen, dass die Familie, nachdem sie in Schlesien alles verloren

hatte, im Herzogtum Lauenburg wieder relativ schnell zu Wohlstand gekommen ist.«

»Ja, danke«, sagte Dr. Starke. Es klang unwirsch, weil ihn Lüders eingefügte Kommentare störten. Dann hob er die Hand und bedeutete Witte, fortzufahren.

Der Kommissar verschluckte sich, hustete sich frei und sagte: »An die Kirchengemeinde St. Ansgar sind fünftausend Euro geflossen.«

»Eine Menge Geld. Jetzt wissen wir, was ein Exorzismus kostet. Der Teufel ist preiswert.«

»Lüder!«, ermahnte ihn Dr. Starke.

»Das ist aber nicht alles. Das Erzbistum hat eine Spende von fünfundzwanzigtausend Euro erhalten.«

Lüder holte Luft und sah, dass der Abteilungsleiter leicht den Kopf schüttelte. Trotzdem ließ er sich nicht von seinem nächsten Einwurf abhalten.

»Donnerwetter. Dafür muss das Bäuerlein von Schwichow eine Menge Kohlköpfe vom Acker holen.«

»Zwei Wochen später folgte eine weitere Zahlung über zehntausend Euro«, ergänzte Witte, nachdem er sich durch einen Blick auf den Kriminaldirektor vergewissert hatte, dass er seinen Vortrag fortsetzen durfte.

»Hm«, meinte Lüder. »Das macht in der Summe vierzigtausend. Ein stolzer Preis dafür, dass ein Mensch sein Leben lassen musste.« Er grinste in Dr. Starkes Richtung. »Auf dem Kiez bekommt man einen Auftragsmörder für weniger.«

Der Kriminaldirektor sog hörbar die Luft ein. Bevor er seinen Unmut äußern konnte, wiegelte Lüder ab.

»Wir sprechen hier nicht von Mord. Aber dubios ist die Sache schon.«

»Strafrechtlich werden wir keinen Zusammenhang zwischen den Zahlungen und dem Exorzismus herstellen können«, sagte der Kriminaldirektor.

»Leider«, bestätigte Lüder. »Paul von Schwichow hat die Kirche oft gefördert. Es dürfte uns schwerfallen, zu beweisen, dass seine Zahlungen sonst nicht an das Bistum, sondern an die örtliche Gemeinde geflossen sind.«

Witte war dem Gedankenaustausch der beiden schweigend gefolgt. Jetzt hob er vorsichtig den Zeigefinger, um sich zu Wort zu melden.

»Ich habe mich mit dem Thema beschäftigt. Es gibt nicht nur *einen* Haushalt beim Bistum. Natürlich werden dort zahlreiche Konten bei diversen Kreditinstituten unterhalten.«

»Das ist nicht verwunderlich«, sagte Lüder.

»Es gibt den öffentlichen Haushalt. Darüber laufen die Kirchensteuern und andere staatliche Leistungen. Dieser Haushalt wird vom Bistum veröffentlicht. Er wird von einem Gremium kontrolliert, in dem auch katholische Laien mitwirken. Etwas anderes ist der Vermögenshaushalt des Bistums. Das ist eine Körperschaft des öffentlichen Rechts ...«

»... so etwas wie die Allgemeine Ortskrankenkasse«, warf Lüder ein. Als er Wittes fragenden Blick bemerkte, ergänzte er: »Nur die Rechtsform betreffend.«

»Der Vermögenshaushalt wird vom Kirchensteuerrat beaufsichtigt. In der Praxis wird es aber meistens an den Diözesanverwaltungsrat delegiert. Die Vermögenswerte werden streng geheim gehalten. Es besteht keine Auskunftspflicht gegenüber staatlichen Institutionen. Auch die Steuerpflicht ist eingeschränkt.«

»Manche Bistümer haben in der jüngsten Zeit Teile ihres Vermögens offengelegt«, ergänzte Lüder.

»Dann hätten wir noch den Bischöflichen Stuhl«, referierte Witte. »Darunter versteht man die Werte des Eigentums, die nahezu steuerfrei sind. Diese verwaltet und kontrolliert der Bischof selbst, oder er bedient sich vertraulicher bischöflicher Institutionen. Das Vermögen wurde durch Schenkungen, Erbschaften oder Stiftungen erworben. Oder durch Erträge aus den Immobilien, Ländereien, Wälder, Unternehmen wie Brauereien, Banken, Akademien und vieles mehr. Jeder weiß, dass die Kirche in vielfältiger Weise unternehmerisch tätig ist. Der Bischöfliche

Stuhl ist ebenfalls eine Körperschaft des öffentlichen Rechts und niemandem gegenüber auskunftspflichtig.«

»Das ist verwirrend«, stellte Lüder fest. Mit einem Seitenblick auf Dr. Starke fügte er an: »Das sind undurchsichtige Strukturen, wie wir sie auch von internationalen Finanzjongleuren und von der Maf...«

»Jetzt reicht es!«, sagte Dr. Starke scharf.

»Und welcher dieser Institutionen sind nun von Schwichows Zahlungen zugeflossen?«, fragte Lüder.

Witte war verunsichert. »Keiner der bisher genannten. Es gibt noch den Vermögenshaushalt des Domkapitels.«

»Der natürlich auch eine nicht auskunftspflichtige Körperschaft ist«, warf Lüder ein. »Auch steuerfrei?«

»Eingeschränkt steuerpflichtig«, entgegnete Witte. »Ich weiß nicht, wie seriös die Schätzungen sind, aber man vermutet, dass einige deutsche Bistümer mit ihren Ländereien und Immobilien über ein Milliardenvermögen verfügen. Da sind die Dome und Kirchen noch nicht mit einbezogen.«

»Und hier kommt Josef Kellermann ins Spiel«, mischte sich Lüder erneut ein. »Als Dompropst stand er dem Domkapitel vor. Damit ist er nicht nur eingeweiht in die wirtschaftlichen Verhältnisse, sondern kennt auch die Transaktionen. Da alles im Verborgenen abläuft, werden wir nicht erfahren, ob im Dekanat das Vier-Augen-Prinzip gilt oder ob Kellermann allein verfügungsberechtigt war. Ich will nicht von schwarzen Kassen sprechen, aber merkwürdig ist es schon.«

Lüder ließ seinen Gedanken freien Lauf. Der Prälat wurde gut entlohnt. Er dürfte keine wirtschaftliche Not gelitten haben. Justus Holzapfel hatte die Befürchtung geäußert, dass Kellermann es auf das Geld seiner Mutter abgesehen haben könnte. Dabei spielte auch mit, dass der Zahntechniker um sein Erbe fürchtete. Wenn der untadelige Priester Kellermann durch die nicht geplante Begegnung mit Karin Holzapfel aus seinem zölibatären Leben herausgerissen wurde und plötzlich die Liebe zwischen Mann und Frau entdeckt hatte? Wenn er der Frau, der er seine verborgene Liebe bekunden wollte, teure Geschenke gemacht hatte, die seine eigenen finanziellen Verhältnisse überstiegen? Dann hätte er sich möglicherweise aus der Kasse des Domkapitols bedient. Und niemandem wäre es aufgefallen. Anscheinend gab es keine effektive Kontrolle. Die Tätigkeit des Dompropstes war ein verantwortungsvolles Spitzenamt, das viel Einsatz und Energie erforderte. Davon war Lüder überzeugt. Der Urlaub diente der Regeneration. Sie wussten zu wenig über den Menschen Kellermann. Wie war sein Lebensstil? Gab es zwei Gesichter des Josef Kellermann? Man hörte hinter vorgehaltener Hand, dass es in Rom hohe geistliche Würdenträger gab, die einen wahren Luxus pflegten. In Deutschland hatten die Medien das unrühmliche Beispiel vom Limburger Bischof ausgewalzt.

Dem stand die sprichwörtliche Bescheidenheit des Papstes entgegen, der sich nicht scheute, in einem Kleinwagen durch die Heilige Stadt Rom zu fahren, aus den päpstlichen Gemächern in eine bescheidene Unterkunft im vatikanischen Gästehaus, der Casa Santa Marta, umzog und die Prunksucht mancher Kardinäle geißelte.

»Lüder?«, vernahm er Dr. Starkes Stimme. »Bist du noch bei uns?«

»Entschuldigung. Mir ging nur durch den Kopf, dass das Motiv für den Mord auch im finanziellen Bereich liegen könnte. Als Dompropst trug Kellermann die Verantwortung für große Vermögenswerte und Transaktionen. Das wird er nicht allein bewerkstelligt haben. Was ist, wenn er Unregelmäßigkeiten auf die Spur gekommen ist? Wir erinnern uns an die Skandale um die Vatikanbank. Da tauchte die Frage auf, ob sich die Kirche mit Geldwäsche, Beihilfe zur Steuerhinterziehung, verdeckter Parteienfinanzierung beschäftigt. All das hat man der Vatikanbank nachgewiesen. In diesem Zusammenhang ist Silvio Berlusconi wegen Meineids verurteilt worden. Der sogenannte Bankier Calvi wurde ermordet, ebenso Michele Sindona und der Journalist Pecorelli. Ein Monsignore wurde verhaftet, mehrere Direktoren entlassen. Wir sind mit unseren Überlegungen durchaus nicht in Absurdistan. Ich weiß«, fügte Lüder an, »dieser ganze Sumpf wird sehr zum Missfallen mancher Vatikangrößen durch Papst Franziskus trockengelegt. Ich habe ja ein Jahr lang im Personenschutz Dienst getan. Ich würde meine Erfahrungen gern zugunsten des Papstes einbringen, denn ich halte ihn für gefährdet. Wie sich bis heute hartnäckig das – zugegeben unbestätigte – Gerücht hält, dass Papst Johannes Paul I. nach nur dreiunddreißigtägigem Pontifikat ermordet wurde.«

»Worauf willst du hinaus?«, fragte Dr. Starke.

»Wir sind auf der Suche nach dem Motiv. Die Art der Tatausführung hat etwas Rituelles. Der Mord wurde dadurch öffentlich gemacht. Die Täter ...«

»Mehrzahl?«, unterbrach ihn der Kriminaldirektor.

»Davon ist auszugehen. Ein Einzeltäter kann das nicht bewerkstelligen. Den Tätern war daran gelegen, den Ermordeten aller Welt vorzuführen. Warum wurde Jesus Christus gekreuzigt? Alle sollten es mitbekommen. Das scheint auch hier der Fall zu sein. Eine der Fragen, die wir uns stellen müssen, lautet: Wer möchte Kellermann durch die Präsentation des Leichnams bloßstellen? Welche Geheimnisse gab es im Leben des Dompropstes, die es für die Täter sinnvoll erscheinen ließen, seine Ermordung auf diese Weise noch mehr ins Licht der Medien zu rücken? Unter diesen Umständen würde ich einen Mord aus Gründen, wie wir es oft im familiären Umfeld vorfinden, ausschließen.«

»Du vermutest, Josef Kellermann wurde nicht getötet, weil er Josef Kellermann war?«, fragte der Kriminaldirektor.

»Ich glaube, er musste sterben, weil er ein hohes kirchliches Amt bekleidet hat. Und jetzt widerspreche ich mir selbst damit.« Dann berichtete er von seinem – möglichen – Verdacht gegen Justus Holzapfel.

Dr. Starke sah ihn ratlos an. »Das verstehe ich nicht. Ich meine, den Widerspruch.«

»Ich auch nicht«, erwiderte Lüder. »Das zeigt unser Dilemma. Es gibt kein Bekennerschreiben. Wenn eine Gruppierung ein Exempel statuieren möchte und dabei medienwirksam die Öffentlichkeit sucht, bekennt sie sich zu der Tat. Sie will sich damit brüsten und sagen: ›Seht, wozu wir fähig sind.‹ Wenn irgendwo auf der Welt ein Attentat geschieht, meldet sich der sogenannte IS zu Wort und behauptet, dieses Verbrechen wäre durch ihn ausgeführt worden. Das ist hier nicht der Fall. Man könnte daraus natürlich die Vermutung ableiten, dass die Mordausführung schon eine Breitenwirkung erzielen sollte. Es reichte den Hintermännern aber, dass es bestimmten eingeweihten Kreisen – oder sollte ich lieber von *geweihten* Kreisen sprechen? – als Warnung dient.«

Der Kriminaldirektor schüttelte den Kopf. »Dieser Ansatz geht mir zu weit. Wir sollten nicht davon ausgehen, dass sich bei uns in Schleswig-Holstein eine groß angelegte Verschwörung auftut.«

»Natürlich ist der Kirche daran gelegen, dass nichts an die Öffentlichkeit dringt. Diese Art von Publicity ist unpopulär.«

»Darf ich mal etwas sagen ...« Witte flüsterte fast. Der Kommissar tat Lüder leid. Er fühlte sich zwischen dem Kriminaldirektor und dem Kriminalrat sichtlich unbehaglich.

»Mir fehlen die Hintergrundinformationen, um an dieser Stelle Grundsätzliches beitragen zu können. Vielleicht ist es deshalb hilfreich, Persönliches anzusprechen. Also ... ähm ... ich bin katholisch.«

Dieses »Bekenntnis« kam zögernd hervor. Es war schlimm, wenn Menschen sich scheuten, sich zu ihrer Religion zu bekennen.

»Herr Witte«, unterbrach Lüder den Kommissar. »In Deutschland gibt es nicht nur eine theoretische Religionsfreiheit. Es ist gut, wenn wir in unserer Gesellschaft eine Vielschichtigkeit vorfinden. Politisch, kulturell, aber auch im Glauben. Die katholische Kirche ist eine Weltkirche. Ohne sie würde das Leben auf unserem Planeten anders aussehen. Ich möchte mir, trotz aller

Fehler, die in den letzten zwei Jahrtausenden von Christen begangen wurden, nicht ausmalen, wie wir ohne sie dastehen würden. Auch außerhalb der katholischen Kirche ist der Papst eine anerkannte moralische Instanz – und gerade dieser Papst.«

Es war Witte anzumerken, dass ihm diese Ermunterung guttat.

»Ich wollte ja nur sagen, dass bei allem, was stets an Negativem über den Katholizismus verbreitet wird, das Gute unberücksichtigt bleibt. Katholisch sein ist nicht zur Beichte rennen und hinterher wieder munter sündigen. Unsere Familie hat katholisch gelebt, ohne dabei ins Extreme abzutauchen. Wir sind häufig, aber nicht immer sonntags zur Messe gegangen. Ich habe die Kommunion empfangen und bin gefirmt. Ich war auch Messdiener.«

Lüder sah Witte an. Der junge Kommissar hatte schon Hemmungen gehabt, sich in das Gespräch der Dienstälteren einzumischen. Wie viel Mut gehörte dazu, jetzt ganz persönliche Erlebnisse aus dem eigenen Leben vorzutragen.

»Es war eine tolle Erfahrung«, fuhr Witte fort, »vor der Gemeinde beim Gottesdienst mitwirken zu dürfen. Gerade in der Diaspora, wenn man eine Minderheit ist, stärkt so etwas das Zusammengehörigkeitsgefühl. Das alles haben wir unserem Pfarrer zu verdanken. Er war immer für die Menschen da. Übrigens nicht nur für die Katholiken. Zur Jugendarbeit kamen auch die anderen, weil sie vorbildlich war. Andere Einrichtungen haben sich nicht um die jungen Menschen gekümmert. Wenn wir Fußball gespielt haben, hat der Pfarrer als Schiedsrichter mitgemischt. Beim Tischtennis hat er uns alle geschlagen. Ich habe von ihm Schach gelernt.«

Witte hielt inne. Es sah aus, als würde er innere Einkehr halten, sich an eine schöne Zeit erinnern, an einen Menschen, der ihm in seiner Jugend viel geschenkt hatte.

»Und nie hat er seine Tätigkeit mit Missionieren verbunden. Er war einfach für uns da. Ebenso wie für die Erwachsenen, wenn sie in schwierigen Situationen einen Ansprechpartner suchten. Bei Tod, Krankheit, Scheidungen, wenn jemand Rat suchte, weil er eine Dummheit begangen hatte, und bei vielem mehr. Unser Pfarrer war, wenn ich es einmal so umschreiben darf, nicht Geistlicher, sondern Seelsorger. Im wahrsten Sinne des Wortes. Ich wollte es nur anbringen, weil wir in dieser Runde immer nur die Kirche von oben betrachtet haben, sie aber im Alltag ganz unten, draußen bei den Menschen, stattfindet. Das sollte bei allen Überlegungen nicht vergessen werden.« Witte ließ seinen Ausführungen einen tiefen Seufzer folgen.

Lüder dankte dem Kommissar für seine offenen und ganz persönlichen Worte. Beim Hinausgehen legte er ihm kameradschaftlich die Hand auf die Schulter und schob ihn sanft vor sich her ins Vorzimmer.

Als er, mit einem weiteren Becher Kaffee versorgt, in sein Büro zurückkehrte, sah er, dass Ehrlichmann sich gemeldet hatte. Lüder rief den Hauptkommissar zurück.

»Wir haben Ihre Arbeit verrichtet«, erklärte er. »Zunächst haben wir mit Justus Holzapfel gesprochen. Meine Mitarbeiter hatten den Eindruck, dass das Verhältnis zu seiner Mutter gestört ist. Sicher hat der Knabe maßlos übertrieben, als er vom ausschweifenden Liebesleben seiner Mutter schwadronierte. Er ließ immer wieder einfließen, dass es ihn nichts anginge. Dafür hat er sich aber zu sehr aufgeregt. Zum fraglichen Zeitpunkt, also am vergangenen Sonntag, will er zwischen Kalifornien und Brasilien gesurft haben.«

Lüder ließ sich durch die Ortsangaben nicht irritieren. Die beiden Ferienorte lagen nebeneinander an der Ostsee, nahe dem Schönberger Strand.

»Er war allein unterwegs und will niemandem begegnet sein. Zumindest keinem Bekannten. Es ist sinnlos, während der Ferienzeit dort nachzuforschen. Meine Kollegen haben aber Holzapfels Nachbarn befragt. Denen ist nicht aufgefallen, dass er am letzten Wochenende mit seinem Surfbrett unterwegs war. Sie können aber auch nicht sicher behaupten, dass er seine Wohnung ohne Surfbrett verlassen hat. Die Nachbarin meint … sie glaubt … ohne es beschwören zu wollen … es könnte sein, dass er mit dem Motorrad unterwegs war. Das könnte aber vielleicht auch das Wochenende zuvor gewesen sein. Dafür hatten wir in Eutin Glück. Wir haben Zeugen gefunden, die Günter Kramarczyk am Sonntagnachmittag im Schlossgarten gesehen haben.«

»Er arbeitet dort«, sagte Lüder.

»Schon. Aber gerade das macht mich stutzig. Wer sucht am freien Tag seinen Arbeitsplatz auf? Viele Menschen gehen dort mit Begeisterung spazieren, aber doch nicht, wenn man sich die ganze Woche dort aufhält. Wir kennen auch noch nicht den Ort, an dem Kellermann ermordet wurde. Das muss in der Nähe gewesen sein. Ich habe für Montag eine Hundertschaft angefordert, die einmal den Umkreis um das Freilichttheater durchkämmen soll. Diese Tötungsart kann nicht ohne Hinterlassen von Spuren verübt worden sein. Ich schließe eine Wohnung oder ein Auto ebenfalls aus.«

»Ein guter Ansatz«, lobte Lüder den Lübecker. »Kramarczyk hätte durchaus ein Motiv. Und er kennt sich in Eutin und dem Schlossgarten exzellent aus.«

»Das könnte allerdings auch für seine Unschuld sprechen. Er muss sich ausrechnen können, dass wir auf diese Verbindung stoßen.«

»Ich will dem Mann nicht unrecht tun«, erwiderte Lüder, »aber ich halte ihn nicht für so intelligent, dass er – falls er der Täter ist – an solche Dinge denkt.«

»Hoffen wir das Beste«, verabschiedete sich Ehrlichmann.

Lüder nahm Kontakt zum Generalvikariat in Hamburg auf. Er hatte den Eindruck, sein Gesprächspartner, der sich mit »Tschoppe« vorgestellt hatte, würde ihn auslachen, als er um einen Termin beim Erzbischof nachfragte.

»Seine Exzellenz ist in den nächsten Wochen komplett ausgebucht. Ein Termin – das dürfte sich in diesem Jahr kaum noch ermöglichen lassen.«

»Wir haben August«, sagte Lüder.

»Ich weiß«, entgegnete Tschoppe schnippisch. »Sie übersehen anscheinend, mit wem Sie sprechen möchten.«

»Bei seinem Chef bekomme ich sofort einen Termin«, entgegnete Lüder und erntete dafür ein lang gezogenes »Biiiitte?«.

»Ich muss nur eine Kirche aufsuchen. Dort kann ich jederzeit beten.«

»Für solche Scherze bin ich nicht zu haben. Um was geht es überhaupt?«

»Um den Mord an Ihrem Dompropst.«

»Dazu können wir nichts sagen. Das ist Aufgabe der Polizei.«

»*Ich* bin die Polizei«, sagte Lüder scharf.

»Dann sind Sie bestens informiert.«

»Allerdings. Arrangieren Sie mir Anfang der kommenden Woche einen Termin bei Dr. Malcherek.«

Als Schleswig-Holsteiner widerstrebte es Lüder, Personen mit ihrer Berufsbezeichnung oder einem Titel anzusprechen. Niemand käme auf die Idee, Justus Holzapfel als »Herr Zahntechnikermeister« oder Günter Kramarczyk als »Herr Gärtnereigehilfe« anzureden.

»Ich sagte Ihnen bereits, das ist unmöglich. Auf Wiedersehen.«

Dann hatte Tschoppe aufgelegt.

Den Rest des Tages recherchierte Lüder zur Mordmethode. Er fand etwas annähernd Vergleichbares im Jahr 1928. Damals war einem Neunzehnjährigen der Hals durchgeschnitten worden. Man vermutete, dass er homosexuelle Kontakte gehabt hatte. Das schloss Lüder im vorliegenden Fall aus. Früher hatte man auch Juden unterstellt, dass sie sich dieser Mordmethode bedienten, um Christen ins Jenseits zu befördern. Diese Behauptungen wertete Lüder allerdings als klassisches Stereotyp des Antisemitismus.

Sein Versuch, einen Gesprächspartner in der Lübecker Rechtsmedizin zu finden, scheiterte. Deutschland hatte sich angewöhnt, am Freitagmittag ins Wochenende zu verschwinden. Ein englischer Kollege hatte Lüder auf einer internationalen Tagung einmal vorgeworfen: »Die Deutschen arbeiten hart und gut, aber zu selten.«

Lag hier ein Ritualmord vor? Darunter verstand man die Tötung eines Menschen als rituelle Handlung. Die Auffindesituation war merkwürdig. Aber wer bringt ein Menschenopfer dar? Gab es eine bisher öffentlich nicht aufgetretene Sekte, die im religiösen Wahn Jagd auf katholische Geistliche machte? Diese Möglichkeit durfte nicht ausgeschlossen werden.

Er fragte im Hause nach, ob es Hinweise, mögen sie noch so vage sein, auf eine solche Gruppierung gebe. Fehlanzeige. Lüder fand einen evangelischen Pastor, der im Kirchenkreis Altholstein für Fragen zu Sekten und Weltanschauungen zuständig war und sich als kompetent zu Themen wie religiösen Sondergemeinschaften erwies. Nein. Bisher war so etwas öffentlich nicht in Erscheinung getreten.

Es war frustrierend. Lüder suchte verzweifelt nach dem Faden, an dem er die Spur aufnehmen konnte. Als er beschloss, Feierabend zu machen, lächelte er. Ob der englische Kollege doch recht hatte? Von mir aus, dachte Lüder und fuhr nach Hause.

Er seufzte tief, als er die Zufahrt zur Garage des älteren Einfamilienhauses am Hedenholz versperrt vorfand. Seit vielen Jahren predigte er, dass die Mitglieder seiner Patchworkfamilie ihre Fortbewegungsmittel, seien es Fahrräder, Mopeds, Skateboards oder Ähnliches, bitte ordentlich an die Seite stellen sollten. Mit der gleichen Energie hätte er auch einem Meerschweinchen das Singen beibringen können. Lüder stieg aus und räumte alles zur Seite. Das Lüder'sche Haus hatte sich seit Langem zu einem Treffpunkt der jungen Leute des Viertels entwickelt. Vermutlich herrschte auf dem Parkplatz des nahen Einkaufszentrums CITTI-PARK nicht viel mehr Chaos.

»Hallo, Lüders«, wurde er von hinten angesprochen.

Ohne sich umzudrehen, antwortete er: »Für Sie immer noch

Herr Dr. Lüders, Dittert.« Lüder hatte den Journalisten des Boulevardblattes an der Stimme erkannt.

»Und weshalb lassen Sie bei mir das ›Herr‹ weg?«

»Weil ich mich keiner Falschaussage schuldig machen möchte. Sie sind kein *Herr*.«

»Lassen wir doch die Förmlichkeiten«, meinte LSD. Das stand für Leif Stefan Dittert.

»Weshalb lauern Sie mir vor meinem Haus auf?«

»Es geht um die Ermordung des Priesters. Das war ja ein richtiges Highlight beim Open Air in Eutin. Der Regiseur überlegt, ob er die Szene mit der Leiche, die aus der Nische fällt, in das Stück einbauen sollte.«

»Sie sind geschmacklos, Dittert.«

»Sachte. Ich versuche nur, auf Ihrem Level zu sprechen.«

»Woher haben Sie meine Adresse? Und was wissen Sie über den Mord an Josef Kellermann?«

LSD legte den Zeigefinger auf die Lippen. »Pressegeheimnis. Schon mal was davon gehört?«

»Da hat jemand etwas durchgesteckt. Bleiben Sie doch bei Ihrer Quelle. Sie haben doch ein Rad ab. Von mir wollen Sie Auskünfte, berufen sich selbst aber auf das Pressegeheimnis.«

Dittert nahm ihm die Wortwahl nicht übel. »Mensch, Lüders, aus alter Freundschaft ... Sie wissen doch: Ohne Presse als vierte Gewalt im Staat läuft nix.«

»Gewalt. Das ist Ihre Lieblingsvokabel?«

LSD kam ein wenig näher, als hätte er eine vertrauliche Information vorzutragen.

»Wissen Sie, dass das Katholische Büro Schleswig-Holstein die Ständige Vertretung des Erzbischofs am Sitz der Landesregierung und damit die Verbindungsstelle zwischen Kirche und Politik ist? Hierüber tritt der Erzbischof mit der Landesregierung, aber auch mit Parteien und Verbänden in Kontakt. Die Hauptaufgabe besteht darin, eine einheitliche Auffassung der katholischen Kirche nach außen darzustellen.«

»Aha. Die pflegen natürlich auch Kontakte zur Presse.«

»So ist es«, bestätigte LSD. »Ich habe gehört, dass der tote Kellermann hier maßgeblichen Einfluss ausgeübt hat.«

»Also klassische Lobbyarbeit. Wie wir es auch von Verbänden und Gewerkschaften kennen.«

»Da ist nichts Verwerfliches dran.«

»Was interessiert Sie an diesem Fall?«

»Es wird nicht an jedem Tag ein Dompropst in den Himmel geschickt. Steht eigentlich schon fest, dass er auch wirklich zum Chef gekommen ist? Oder hat er Dreck am Stecken und muss nun die Nuntiatur des Himmels in der Hölle verwalten?«

»Mensch, Dittert. Ich bin erstaunt, dass Sie wissen, was eine Nuntiatur ist«, lästerte Lüder. »Es wäre hilfreicher, wenn Sie sich erinnern würden, dass wir eine gut arbeitende Pressestelle haben.«

»Die halten sich immer sehr bedeckt«, maulte der Journalist.

»Dann gibt es wohl auch keine Informationen für die Öffentlichkeit.«

Dittert zeigte auf die Haustür. »Kann ich mit reinkommen?«

Lüder schüttelte amüsiert den Kopf. »Für eine Homestory? Nix da. Die Familie ist Privatsache.«

»Ich gucke auch weg, falls nicht aufgeräumt ist.«

Lüder ahnte, dass Dittert Witterung aufgenommen hatte. Der Journalist war nicht dumm, aber durchtrieben. Lüder hütete sich, den möglichen Zusammenhang zum Exorzismus zu erwähnen. Offenbar war LSD noch nicht auf diese Spur gestoßen. Lüder vermied es auch, über die Verwaltung des Vermögens des Domkapitels zu sprechen.

»Wollen wir irgendwo ein Bier trinken?«, schlug LSD vor.

»Das sollten Sie den Kollegen Große Jäger aus Husum fragen.«

»Bloß nicht. Da bin ich schon einmal reingefallen. Wir haben zusammen gesoffen. Dann hat Große Jäger die Greifer von der Streife benachrichtigt, und ich bin meinen Führerschein für ein Jahr losgeworden.«

»Das ist doch ein vortreffliches Beispiel für effiziente Polizeiarbeit«, sagte Lüder. »Und nun wünsche ich Ihnen ein schönes Wochenende.«

»Eh, Lüders«, rief ihm LSD hinterher. »Ich habe noch etwas für Sie. Sprechen Sie mal mit Professor Martiny.«

Lüder ließ den irritiert dreinblickenden Journalisten stehen und ging ins Haus, wo ihn Margit mit einer festen Umarmung empfing.

FÜNF

Woran merkt man, dass man älter wird? Nicht daran, dass die Knie wehtun, der Zahnarzt größere Restaurierungen vorschlägt oder das Glas Wein auf der Terrasse verlockender erscheint als die wilde Partynacht. Lüder würde es anders definieren: Man verbringt das Wochenende wieder in trauter Zweisamkeit, weil die Kinder eigenen Zielen nachgehen.

Es schien ihm noch gar nicht so lange her zu sein, dass er am Sonnabendmorgen Sinje auf dem Arm zum Bäcker mitgenommen hatte, um Brötchen für die ganze Familie einzukaufen. Sinje, das Nesthäkchen, war auch schon elf Jahre alt. Sie hatte am Wochenende bei einer Freundin geschlafen. Wie gut, dass es eine *-in* war. Wie alle Väter von Töchtern würde sicher auch für Lüder der Zeitpunkt kommen, an dem er bei Einbruch der Dunkelheit mit einer Schrotflinte bewaffnet am Gartenzaun patrouillierte, um junge Männer zu vertreiben, die es auf seine Tochter abgesehen hatten.

Was würde es nützen? Es war schon lange her, dass er selbst einer dieser Jungen gewesen war. Nun hatten sie vier Kinder, deren Wortschatz sich auf »Ich brauche noch …« und »Du musst mal eben …« zu beschränken schien. Das »Bitte« gehörte nicht dazu.

»Wie war Ihr Wochenende?«, hatte Edith Beyer ihn gefragt. Gedankenverloren hatte er »Bitte?« geantwortet. Die Mitarbeiterin im Schreibzimmer, die Dr. Starke gern als seine persönliche Sekretärin vereinnahmte, hatte die Frage wiederholt.

»Danke. Gut. Und Ihres?«

Auch wenn sie kaum noch zu sechst etwas unternahmen, genoss er das Beisammensein. Früher waren sie manchmal zu ihrem Lieblingsitaliener gegangen und hatten Tische zusammenstellen müssen. Als Lüder es am Freitag vorschlug, hatte Jonas geantwortet, dass sein Vater ihm lieber das Geld geben sollte. Jonas würde auch zum Italiener gehen, aber sich in Begleitung »seiner Kumpels« wohler fühlen.

Solche Sorgen hatte Pater Konrad sicher nicht.

»Darf ich nach Ihrem Zunamen fragen?«, hatte Lüder gebeten, nachdem er mit dem Leiter des katholischen Verbindungsbüros in Kiel verbunden worden war.

»Wir pflegen uns mit dem Ordensnamen vorzustellen«, hatte die sonore Stimme geantwortet.

Lüder beschloss, es bei einem schlichten »Sie« zu belassen, auch wenn die Ordensnamen wie die Künstlernamen in den Personalausweis eingetragen wurden. Damit verlor aber niemand seine bürgerliche Identität.

Pater Konrad erklärte, dass er heute auch Kontakt zu den Ermittlungsbehörden aufgenommen und sich nach dem Stand erkundigt hätte. Er ziehe es aber vor, ein persönliches Gespräch zu führen. Am Telefon wollte er keine Auskünfte erteilen. In einer Stunde würde er im Landeskriminalamt vorsprechen.

Lüder nutzte die Zeit, um noch einmal mit Ehrlichmann zu sprechen. Er erreichte den Hauptkommissar auf dem Mobiltelefon. Der Lübecker leitete den Einsatz der Hundertschaft, die in Eutin die Umgebung um den Schlossgarten absuchte. Lüder wollte wissen, ob es bereits Ergebnisse gebe, aber Ehrlichmann ließ ihn abblitzen.

Noch vor der vereinbarten Zeit traf Pater Konrad ein. Der Mann mit den roten Haaren, wie sie als typisch für Iren galten, war untersetzt, mochte gerade die fünfzig erreicht haben und war schon auf den ersten Blick als Kleriker zu erkennen. Er trug schwarze Kleidung. Am Hals schloss das Kollar, der weiße ringförmige Stehkragen, den dunklen Pullover ab.

»Grüß Gott«, sagte Pater Konrad, als er Lüder mit einem festen Händedruck begrüßte. Über die Schulter bedankte er sich bei Edith Beyer, die ihn zu Lüder geführt hatte.

»Gern«, sagte er, als er Platz genommen und Lüder ihn gefragt hatte, ob er einen Kaffee wünsche. Das gleiche Wort hörte Lüder von Edith Beyer, als er sie um zwei Becher Kaffee bat.

»Ich bin Kaffeejunkie«, bekannte der Geistliche.

Lüder entnahm dem Dialekt, dass Pater Konrad aus Süddeutschland stammen musste. Er wurde kurz durch eine Meldung auf dem Bildschirm unterbrochen. Der Empfang teilte ihm mit, dass der Besucher Konrad Bissinger hieß. Er hatte seinen Personalausweis vorlegen müssen.

»Uns ist an einer ebenso schnellen wie diskreten Aufklärung gelegen«, begann Pater Konrad ohne Umschweife. »Ich bin beauftragt, den Kontakt zu Ihnen zu halten. Wir wollen alles dazu beitragen, um diese Sache aus der Welt zu schaffen.«

Lüder wunderte sich im Stillen über die Formulierung. Jeder andere hätte gesagt: »Um den Täter zu fassen.«

»Wir wissen zu wenig über das Opfer«, begann Lüder.

Pater Konrad zählte die persönlichen Daten auf: Alter, Wohnort, Stellung.

Lüder winkte ab. »Das ist uns bekannt. Wir kennen auch seinen beruflichen Werdegang, vom St.-Pius-Gymnasium im westfälischen Coesfeld bis zu seiner Ernennung zum Dompropst in Hamburg.« Er bemerkte, wie Pater Konrad für einen kurzen Moment überrascht war.

»Dann muss ich Ihnen nichts weiter erzählen«, merkte der Geistliche an.

»Hat Josef Kellermann Verwandte?«

»Es gibt die weitverzweigte Familie. Geschwister. Basen und Vettern. Wir haben die engsten Angehörigen verständigt. Nach unserem Wissen gab es familiäre Kontakte, die aber aufgrund der räumlichen Entfernung und der beruflichen Anforderungen an Prälat Kellermann im Erzbistum nicht sehr intensiv gepflegt werden konnten. Die Angehörigen leben noch heute im westlichen Münsterland.«

»Freunde?«

»Möglicherweise rekurriert sich der begrenzte Freundeskreis aus Studienkollegen. Von Jugendfreunden ist uns nichts bekannt.«

Lüder zog eine Augenbraue in die Höhe. »Dafür, dass Sie Ihre Wirkungsstätte in Kiel haben, sind Sie erstaunlich gut über Josef Kellermann informiert.«

»Der Prälat war nicht irgendjemand, sondern der Dompropst«, erwiderte Pater Konrad. »Natürlich haben wir von uns aus Erkundigungen eingeholt.«

»Dann wissen Sie auch, ob es Feinde gab.«

»Feinde. Das hört sich martialisch an. Auch in unserer aufgeklärten Welt wird man schräg angesehen, wenn man mit religiösen Symbolen in der Öffentlichkeit auftritt.« Er zupfte leicht am Römerkragen. »Ich kenne das. Ob Sie als Kleriker erkennbar sind oder eine Kippa tragen ... Die Aufmerksamkeit ist Ihnen gewiss.«

Lüder erinnerte sich an den orthodoxen jüdischen Jugendlichen, den man in Kiel-Gaarden geköpft hatte, unter anderem, weil er angeblich durch sein Erscheinungsbild provoziert hatte.

»Ist das wirklich so?«

»Ja. Es gab schon einmal liberalere Zeiten«, erklärte Pater Konrad. »Sie dürfen aus religiösen Gründen einen Bart oder ein Kopftuch tragen, aber in einer Soutane läuft kein Kleriker mehr herum. Selbst wir Ordenspriester haben uns angepasst.«

»Also gab es Feinde«, kam Lüder auf seine Frage zurück.

»Feinde – so würde ich es nicht nennen. Als Dompropst war Prälat Kellermann natürlich ein Aushängeschild des Katholizismus im Norden. Er war einer der bedeutsamsten Repräsentanten unserer Kirche.«

»Gab es Drohungen?«

»Uns erreichen immer wieder Schmähungen, die allgemein gegen unsere Kirche oder noch weiter gefasst gegen die Christen gerichtet sind. Wir messen dem im Allgemeinen keine Bedeutung bei.«

»Schmähungen sind keine Drohungen. Und was heißt ›im Allgemeinen‹?«

»Es gab keine personalisierten Drohungen gegen den Prälaten.«

»Aber gegen die katholische Kirche.«

»Keine, die mit dieser Tat im Zusammenhang steht.«

»Überlassen Sie die Wertung bitte der Polizei.«

»Dann muss ich feststellen, dass es keine Drohungen gab.«
»Sie verschweigen mir etwas.«
Statt einer Antwort schüttelte Pater Konrad den Kopf.
»Das könnte einen Hinweis auf die Mörder geben.«
»Die Drohungen sind nicht spezifiziert. Sie richten sich an die Christen allgemein. Sie kennen Phrasen wie ›Tod den Ungläubigen‹ und Ähnliches. Und nichts, überhaupt nichts davon war an Prälat Kellermann adressiert. Er hat lediglich kirchenintern in seiner Eigenschaft als Dompropst Kopien dieser Briefe erhalten. Hauptempfänger ist das Generalvikariat.«
»Und der Bischof?«
»Seine Exzellenz wird über so etwas informiert.«
»Was für ein Mensch war Josef Kellermann?«
Pater Konrad legte die Hände wie zu einem Gebet zusammen. Für einen kurzen Moment spitzte er die Lippen und drehte die Augen zur Zimmerdecke, als müsse er nachdenken.
»Der Prälat war ein außerordentlich gebildeter und intelligenter Mensch. Sie konnten sich mit ihm über fast alle Themen unterhalten, nicht nur theologische, sondern auch Kultur, Geschichte und vieles mehr. Man kann ohne Übertreibung behaupten, er hatte Weltwissen.«
»Wie ist er mit anderen zurechtgekommen?«
»Trotz seiner herausragenden Stellung und seiner Bildung war er sehr zugänglich und beliebt. Er konnte zuhören, sein Rat war stets gefragt. Was ihm anvertraut wurde, blieb in seinem Herzen.«
»Mit anderen Worten: Er war diskret.«
»Wenn Sie es so formulieren wollen …«
»Galt das auch für sein Privatleben?«
Pater Konrad beugte sich ein wenig vor.
»Ich verstehe Ihre Frage nicht.«
»Wussten die führenden Persönlichkeiten des Bistums etwas über sein Privatleben?«
»Wenn Sie eine so exponierte Position innehaben, gibt es kein Privatleben. Alles ist öffentlich.«

»Das nehme ich Ihnen nicht ab. Wie hat er seinen Urlaub verbracht?«

»Also. Das führt jetzt zu weit. Diese Zeit im Jahr diente der Regeneration. Ich glaube nicht, dass sich jemand dafür interessiert. Er hat seine Ferien in einem ruhigen Ort in der Nähe verbracht.«

»In Bad Malente-Gremsmühlen«, sagte Lüder.

»Na und?«

»Dort hat er seit mehreren Jahren ein Verhältnis zu einer Frau unterhalten.«

Pater Konrad fuhr wie von der Tarantel gestochen in die Höhe.

»Das ist unmöglich. Prälat Kellermann war ein Geistlicher ohne Fehl und Tadel. Er war Priester aus Überzeugung. Daran gab es nie etwas zu bemängeln. Zu keiner Zeit hat er gegen seinen Glauben verstoßen.«

»Niemand hat Josef Kellermann vorgeworfen, gegen irgendwelche Gesetze verstoßen zu haben.«

»Ich spreche nicht von *Gesetzen*, sondern von den Regeln der katholischen Kirche.«

»Den Zölibat hat nicht Jesus gefordert, sondern er kam erst wesentlich später.«

»Der Enthaltsamkeitszölibat wurde erstmals auf der Elvira als Gesetz festgeschrieben. Das war etwa im Jahre dreihundert nach Christus«, zeigte sich Pater Konrad gut informiert.

»Na bitte. Da haben sich irgendwelche Oberen etwas ausgedacht, das nicht von allen Nachfolgern eingehalten wurde. Die Geschichte hat uns das Kurtisanenwesen in Rom überliefert. Im Lateinischen kennen wir *Roma caput mundi*, zu Deutsch ›Rom, Haupt der Welt‹. Das hat man spöttisch in *Roma cauda mundi* abgewandelt, was so viel wie ›Rom, Schwanz der Welt‹ bedeutet.«

»Das ist nicht der Stil, in dem ich zu kommunizieren pflege«, erwiderte Pater Konrad scharf.

»Es gehört zur Sache«, entgegnete Lüder ungerührt. »In der Renaissance herrschte in Rom eine ausgesprochene Liberalität im sexuellen Bereich. Manche Frauen schafften einen gesellschaftlichen Aufstieg zur Kurtisane, und viele führende Persönlichkeiten, darunter auch Prälaten, Bischöfe und Kardinäle, suchten und fanden Abwechslung bei den exklusiveren Kurtisanen.«

»Sie scheinen falsche und unvollkommene Kenntnisse der Geschichte zu haben«, stellte Pater Konrad fest.

»Man kann auch außerhalb der Kirche eine humanistische Bildung genossen haben.«

»Recht ungewöhnlich für einen Polizisten.«

Lüder ging nicht darauf ein. »Es ist überliefert, dass es Päpste gab, auch nach dem Zölibatsgesetz von ... von ...«

»1139«, half Pater Konrad aus.

»... die uneheliche Kinder gezeugt hatten.«

»Von den Gegnern ...«

»Wollen wir nicht lieber von Kritikern sprechen?«, schlug Lüder vor.

»Von den Gegnern der Kirche werden viele Unwahrheiten verbreitet. Nichts ist historisch belegbar.«

»Unbestritten ist, dass Josef Kellermann ein Verhältnis mit einer verwitweten Frau unterhielt. Ich gehe davon aus, dass es eher eine Beziehung war, die auf Liebe und Zuneigung basierte als auf der reinen Befriedigung sexueller Bedürfnisse.«

Pater Konrad bekam einen knallroten Kopf.

»Wer so etwas behauptet oder solche Gerüchte im Umlauf bringt, muss davon ausgehen, dass wir streng dagegen vorgehen werden. Wir werden diese Verleumdung verfolgen lassen. Gegenüber jedermann ohne Ansehen der Person.«

»Ist das eine Drohung? Eine Aufforderung, dass die Ermittlungsbehörden Fakten unterschlagen sollen?«, erwiderte Lüder im gleichen scharfen Tonfall, in dem Pater Konrad zuvor gesprochen hatte.

Der Geistliche ging nicht darauf ein, zog ein blütenweißes Leinentuch aus der Tasche und schnäuzte sich.

»Ich urteile nicht über Ihre Vorstellungen von Moral. Das bleibt Ihnen überlassen. Es ist auch nicht unser Ansinnen, Dinge in die Öffentlichkeit zu tragen, die dem Ansehen der Kirche schaden könnten. Deshalb bleiben Fakten aber immer noch Fakten. Dazu zählt auch, dass Josef Kellermann ein Liebesverhältnis hatte. Außerdem waren ihm treuhänderisch erhebliche Vermögenswerte anvertraut.«

»Das hört sich an, als würden Sie behaupten, er hätte damit jongliert.«

Eine neue Variante, dachte Lüder. Es gab schon andere, die hohe Summen verspekuliert hatten, ohne sich persönlich daran zu bereichern. Darunter waren Stadtkämmerer deutscher Großstädte, die sich mit spekulativen Anlagen verzockt hatten. Natürlich würde so etwas in diesem Fall nie an die Öffentlichkeit dringen. Geschädigt wäre das Domkapitel. Lüder schloss aus, dass Kellermann wegen eines solchen Fehlverhaltens ermordet worden war.

»Erzählen Sie mir etwas zu den Finanzgeschäften, die Herr Kellermann getätigt hat.«

»Das ist auf den Vermögenshaushalt des Domkapitels beschränkt«, erklärte Pater Konrad.

»Ich weiß. Lassen Sie Einzelheiten hören.«

Pater Konrad schüttelte energisch den Kopf. »Sie wissen, dass diese Dinge vertraulich sind.«

»Ich komme nicht von der Presse. Diese Informationen könnten für die Aufklärung des Verbrechens hilfreich sein.«

»Das kann ich nicht erkennen.«

Lüder lächelte. »Jeder hat sein Fachgebiet. Sie wissen, wie man in den Himmel, ich, wie man Mördern auf die Schliche kommt.«

»Es gibt gute Gründe, dass dieses Thema nicht öffentlich ist. Auch gegenüber Behörden.«

»Sogar das Finanzamt, dem sonst nichts verborgen bleibt, ist ausgesperrt. Das versteht kein Bürger im Land. Selbst die Prüdesten müssen sich vor dem Finanzamt entkleiden.«

»Es gibt immer wieder Versuche, die Kirche zu diskreditieren. Würden diese Daten publik werden, könnte das zu Missverständnissen führen. In diesem Zusammenhang hören

Sie immer wieder vom angeblichen Prunk der Kirchen. Dabei wird übersehen, dass die Kirche ein im Unterhalt sehr teures kulturelles Erbe verwaltet. Die sakralen Bauten werden gern als touristisches Highlight angenommen. Stellen Sie sich Köln ohne Dom vor. Der Unterhalt dieses Weltkulturerbes verschlingt Unsummen. Darüber denken die Massen, die sich dort mit Kamera und Fast Food hineindrängen, nicht nach. Haben Sie das schon einmal beobachtet? Niemand nimmt die Kopfbedeckung ab. Und trotz Hinweisschildern in vielen Sprachen stürmen die Touristen den Raum der Stille, der den Menschen vorbehalten ist, die im Gebet verharren möchten. Zur Kultur gehört auch die Kirchenmusik einschließlich der zum Teil historischen Orgeln. Wir nehmen vielfältige soziale Aufgaben wahr. Kindergärten. Schulen. Krankenhäuser. Altersheime. Friedhöfe, deren Verwaltung von den staatlichen Gemeinden gern vermieden wird. Niemand spricht darüber, dass die Kirche Ansprechpartner in fast allen Lebenslagen ist. Sie finden dort Rat und Trost. Natürlich gehören dazu auch religiöse Aufgaben. Das alles müsste sonst der Staat leisten, und die Allgemeinheit müsste dafür aufkommen. Die Kirche ist eine große Organisation. Nehmen Sie die Zahl der Gläubigen, die zu einem Bistum gehören. Niemand regt sich auf, wenn Vereine wie Bayern München mit Millionen jonglieren und atemberaubende Summen für Transfers ausgeben, ganz zu schweigen von den aberwitzigen Spielergehältern. Wissen Sie, was eine Eintrittskarte ins Stadion kostet?«

Lüder unterdrückte zu antworten, dass sicher eine Mehrheit der Sportbegeisterten ein Fußballspiel spannender als einen Gottesdienst fände. In vielen Punkten hatte Konrad Bissinger allerdings recht.

»Durch Ihre Verweigerungshaltung erschweren Sie massiv unsere Ermittlungsarbeit«, sagte Lüder. »Ob sich das mit Ihrem Auftrag verträgt, Druck auf die Behörden auszuüben?«

»Ich habe Ihnen alles gesagt, was Sie wissen müssen«, behauptete Pater Konrad.

Es war sinnlos, weiterzupalavern. Der Kirchenmann würde keine zusätzlichen Informationen preisgeben. Als Lüder ihm das vorhielt, zuckte der Pater nur mit den Schultern.

»Wir haben über Kellermanns Intimleben und über seine Rolle als Verwalter eines großen Vermögens gesprochen. Der Dompropst nimmt auch eine bedeutende Position im spirituellen Bereich ein. So vertritt er den Bischof bei den Gottesdiensten und ist für deren Abhaltung im Dom verantwortlich.«

»Das ist sehr vereinfacht dargestellt.«

»Ein Exorzismus muss nach vorheriger Prüfung durch den Diözesanbischof genehmigt werden. Der Erzbischof wird sich kaum selbst mit den Details befassen. Überträgt er das seinem engen Vertrauten, dem Dompropst?«

Pater Konrad holte tief Luft, schluckte die Antwort hinunter, wich Lüders Blick aus und suchte erkennbar nach der richtigen Antwort.

»Die Teufelsaustreibung ist ein theologisch höchst schwieriges Thema und so komplex, dass Laien es nicht verstehen würden.«

»Erklären Sie es mir.«

»Nein.«

»Immerhin ist ein Mensch bei einem Exorzismus ums Leben gekommen.«

»Das ist eine falsche Darstellung. Der Mann hatte massive gesundheitliche Probleme, die nichts mit der sakralen Handlung zu tun haben.«

»Das hat das Gericht anders gesehen. Weshalb weigern Sie sich, die Namen der Exorzisten zu nennen?«

»Ein weltliches Gericht kann darüber nicht befinden. Es ist voreingenommen.«

»Wir haben eine Rechtsordnung, der auch Sie sich unterwerfen müssen. Die Priester hätten vor dem Gericht die Chance gehabt, ihre Sicht darzulegen. Sie wollen doch nicht unterstellen, dass vor einem unabhängigen Gericht nicht fair verhandelt wird.«

»Fair – fair. Es gibt höhere Mächte als jene selbst ernannten im weltlichen Gewand.«

»Bleiben wir im Diesseits und auf Erden. Da würde Hans Kramarczyk sicher auch gern noch weilen.«

»Gottes Wege können wir nicht nachvollziehen. Er hat seinen Sohn Hans zu sich gerufen.«

»Wir kommen zu keinem Konsens.« Lüder bewegte den Zeigefinger, als würde er einem unartigen Kind drohen. »Ich verspreche Ihnen, dass ich so lange weiterbohren werde, bis die Wahrheit ans Licht kommt. Die *irdische* Wahrheit. Ich bin mir sicher, dass es Gott gefallen wird, wenn wir Unrecht aufklären und die Schuldigen dem weltlichen Richter zuführen.«

»Es gibt eine höhere Gerechtigkeit«, behauptete Pater Konrad.

Die Diskussion würde sie nicht weiterführen.

»Ich möchte gern mit dem Bischof sprechen«, sagte Lüder.

»Mit Seiner Exzellenz, dem Erzbischof?« Pater Konrad sah ihn ungläubig an. »Ausgeschlossen. Der wird keine Zeit für Sie haben. Was könnte er Ihnen erzählen, das für Sie von Wert wäre?«

»Er könnte mir berichten, aufgrund welcher Erkenntnis er die Einwilligung zum Exorzismus erteilt hat. Der Bischof ist meines Wissens der Vorsteher der Diözese und verfügt somit über die oberste Lehr- und Rechtsvollmacht in seinem Bistum. Priester- und Laiengremien haben nur beratende Funktion.«

»Ausgeschlossen«, sagte Pater Konrad und erhob sich. »Ich gehe davon aus, dass Sie alles in Ihrer Macht Stehende unternehmen werden, um den Fall diskret und würdevoll aufzuklären.«

»War Josef Kellermann an der Entscheidung pro Exorzismus beteiligt? Wurde er ermordet, weil es Menschen gibt, die die Teufelsaustreibung anders beurteilen als Sie?«

»Sie bewegen sich auf einer falschen Fährte«, sagte Pater Konrad. »Ich werde meine Verbindungen spielen lassen, damit Sie mit Ihren Vorurteilen von diesem Fall abgelöst werden.«

»Ich wünsche Ihnen viel Erfolg«, rief ihm Lüder hinterher, als Pater Konrad die Tür erreicht hatte.

Inzwischen war der Obduktionsbericht von der Lübecker Rechtsmedizin eingetroffen. Lüder beschränkte sich darauf, ihn zu lesen. Wenn er von der Kieler Rechtsmedizin gekommen wäre, hätte Lüder sich den Spaß erlaubt und Dr. Diether angerufen. Das Geplänkel mit dem Oberarzt, der für seinen Zynismus bekannt war, bereitete ihm jedes Mal erneut Vergnügen.

Josef Kellermann war von mindestens zwei Tätern an den Oberarmen gepackt worden. Davon zeugten Druckstellen. Man hatte ihm ein Beruhigungsmittel – Midazolam – verabreicht. Das Präparat hatte eine sedierende, angstlösende und muskelrelaxierende Wirkung. Es wurde nicht nur in der Anästhesiologie und im Rettungsdienst eingesetzt, sondern auch Epilepsiepatienten verabreicht.

Lüder erinnerte sich. Auch bei Hans Kramarczyk war es angewandt worden. Ob die Täter um die Verbindung zu den Hinrichtungen in den Vereinigten Staaten wussten? Dort gab man es Todeskandidaten. Öffentlich war das geworden, weil sich mehrere Hinrichtungen barbarisch in die Länge gezogen und der Todeskampf in einem Fall zwei Stunden gedauert hatte. Eine andere Hinrichtung wurde abgebrochen.

Dann hatte man den Dompropst entkleidet, ihm einen Strick um die Füße gebunden und ihn kopfüber an einem Balken hochgezogen. Aus dem Bericht ging nicht hervor, ob Kellermann mitbekommen hatte, dass man ihm mit einem einzigen Schnitt den Hals von der linken bis zur rechten Seite mit einem scharfen Messer aufgeschnitten hatte. Dabei waren die Täter so vorgegangen, dass sie die Luftröhre unbeschadet ließen. Kellermann sollte nicht ersticken, sondern ausbluten.

Schächten, dachte Lüder, nennt man das Töten von Tieren im Judentum und im Islam. Es ist kein einfaches Schlachten, um das Tier als Nahrung zu nutzen, sondern ein ritueller Akt. Mit einem speziellen Messer wird ein einziger Schnitt angesetzt, der am

Hals die großen Blutgefäße sowie die Luft- und die Speiseröhre durchtrennt. Auf diese Weise soll das rückstandslose Ausbluten des Tieres erfolgen, da in den beiden Religionen der Verzehr von Blut verboten ist.

Lüder schüttelte sich. Das rituelle Schächten erfolgte ohne Betäubung des Tieres. Und das war nach einem Urteil des Bundesverfassungsgerichts sogar zulässig, wenn es aus religiösen Gründen geschah. Die Art zu töten wies speziell auf diese beiden Religionen hin.

Hatte man hier an einem Christen ein Exempel statuieren wollen? Aber warum ausgerechnet der Dompropst? Er war ein führender Repräsentant der Kirche. Ein ritueller Mord steigerte sogar noch die Aufmerksamkeit der Öffentlichkeit, die aufgrund des Status des Opfers ohnehin groß war. Wenn die Täter aus diesen Kreisen kamen, könnte man von einem Märtyrertod sprechen.

Lüder fasste es nicht. Wir leben im 21. Jahrhundert. In Europa. Im liberalen Schleswig-Holstein, wo sich niemand für die Religion seines Nachbarn interessiert. Nein, er war überzeugt, der Mord war nicht aus persönlichen Gründen erfolgt. Auch wenn Justus Holzapfel vehement gegen die neue Liebe seiner Mutter gewettert hatte, das traute er dem Mann nicht zu. Der Mord war zudem von mehr als einem Täter begangen worden. Und Holzapfel, der in einer bürgerlichen Umgebung lebte, würde weder Kontakt zu solchen Kreisen haben noch einen Helfer aus dem Freundeskreis für ein solch barbarisches Verbrechen rekrutieren können. Für Lüder war der erste Verdächtige ausgeschieden.

Günter Kramarczyk hätte sicher ein Motiv. Der Bruder des Exorzismusopfers hatte keinen Hehl aus seinem Hass auf den Klerus gemacht. Der Mann hatte auch schon unter Beweis gestellt, dass er wütend werden konnte und in einem solchen Zustand die Kontrolle über sich verlor. Andererseits hielt ihn Lüder intellektuell für nicht so bewandert, dass er ihm einen Ritualmord zutraute. Wie sollte Kramarczyk auf die Idee des Schächtens gekommen sein?

Außerdem gab es in seinem Arbeits- oder persönlichen Umfeld sicher Leute, die aus Kulturkreisen stammten, in denen diese Art des Schlachtens anders beurteilt wurde als in Mitteleuropa. Wenn Kramarczyk dort über seinen Ärger gesprochen und seinem Hass gegen Vertreter der Kirche freien Lauf gelassen hatte, könnte sich die Stimmung hochgeschaukelt haben. Irgendjemand hätte den Vorschlag unterbreiten können, sich an der Kirche zu rächen. Aber warum Kellermann? Alle schwiegen sich über dessen Rolle aus.

War Kellermann einer der Exorzisten gewesen? Sein Name war im Prozess um die unterlassene Hilfeleistung gefallen, aber das Kartell des Schweigens hatte dichtgehalten. Wenn Kramarczyk mehr wusste, könnte sich sein Hass auf den Dompropst konzentriert haben. Und mit einer solchen Wut ließen sich möglicherweise Mittäter finden.

Lüder rief Hauptkommissar Ehrlichmann an. Der zeigte sich wenig begeistert von der Störung.

»Ich sagte Ihnen doch, dass wir mit einer Hundertschaft auf Spurensuche rund um das Freilichttheater sind.«

»Ich habe eine Anregung hinsichtlich des Verdächtigen Günter Kramarczyk«, sagte Lüder.

»Noch eine?«, erwiderte Ehrlichmann. »Wir sind weder dumm noch hilflos. Kramarczyk kennt sich rund um den Eutiner Schlossgarten aus. Malente, der Urlaubsort des Opfers, liegt in der Nachbarschaft zu Eutin. Kramarczyk wohnt in Eutin. Uuund …«, dehnte der Hauptkommissar das letzte Wort und ließ das Ende offen.

»Welche Idee haben Sie noch?«, forderte Lüder ihn zum Weitersprechen auf.

»Keine Idee, sondern einen zielführenden Beweis.«

»Sie sind fündig geworden?«

»Auf dem Gelände des Schlossgartens, das auch für die Landesgartenbauausstellung genutzt wurde, gibt es unweit der Freilichtbühne die sogenannte Opernscheune.«

»Ich weiß«, bestätigte Lüder.
»Quer dazu gibt es zwei reetgedeckte Fachwerkscheunen.«
Auch daran konnte sich Lüder erinnern.
»Die werden vom Baubetriebshof zum Unterstellen von Arbeitsgeräten genutzt.«
»Donnerwetter«, unterbrach Lüder den Hauptkommissar.
»Kramarczyk ist dort beschäftigt. Er kennt die Scheunen …«
»… und hat einen Schlüssel dafür«, setzte Ehrlichmann den Satz fort. »In einer haben wir die Schubkarre gefunden, mit der das Opfer möglicherweise von dort zum rückwärtigen Bühneneingang transportiert wurde. Zu der Zeit ist die Dämmerung schon hereingebrochen. Alle mit der Aufführung befassten Leute sind anderweitig beschäftigt. Und Spaziergänger sind kaum noch unterwegs. Die Täter mussten also nicht befürchten, entdeckt zu werden. Das ist aber noch nicht alles. In dieser Scheune ist Kellermann auch ermordet worden. An einem Holzbalken fanden sich Abriebspuren eines Kunststoffseils. Die Spurensicherung hat sie zum LKA geschickt. Dort sollte es möglich sein, die Übereinstimmung mit den Faserresten an Kellermanns Fußgelenken festzustellen. Wir wissen inzwischen, dass man dem Opfer ein Seil um die Füße gebunden und es daran zum Ausbluten kopfüber hochgezogen hat. Nun kennen wir auch den Ort. Ich lasse das ›mutmaßlich‹ einmal weg. Die Lache eingetrockneten Blutes spricht dafür. Man hat sich nicht einmal der Mühe unterzogen, ein Gefäß unterzustellen. Verschütten Sie mal ein Glas Rotwein. Der Fleck ist gefühlt riesig. Umso gewaltiger sind die sieben Liter Blut, die ein Mensch hat.«

»Was sind das für Menschen?«, fragte Lüder, »die so etwas machen?«

»Das werden wir wissen, wenn wir sie haben«, entgegnete Ehrlichmann.

»Gute Arbeit«, lobte Lüder den Lübecker und trug seine Idee vom möglichen Christenhass vor. »Ein Ansatz wäre, festzustellen, ob es in Kramarczyks Umfeld Juden oder Muslime gibt. Das ist aber in keiner Weise mit einer Vorverurteilung verbunden, schon gar nicht gegen diese Religionen«, betonte Lüder, »sondern lediglich einer von zahlreichen Ermittlungsansätzen.«

Das sehe er genauso, erwiderte Ehrlichmann und verabschiedete sich. »Wir haben noch eine Menge vor Ort zu erledigen.«

Lüder versuchte, Professor Dr. Martiny zu erreichen, und erfuhr, dass der Theologe nicht mehr an der Kieler Christian-Albrechts-Universität lehrte. Er hatte den Lehrstuhl für Systematische Theologie mit Schwerpunkt Dogmatik an der Theologischen Fakultät innegehabt. Es klang so, als wäre man im Unfrieden auseinandergegangen.

Es kostete Lüder zusätzlichen Rechercheaufwand, bis er wusste, dass Martiny ein brillanter Wissenschaftler war, seine Ansichten darüber, ob man an der Theologischen Fakultät alles Religiöse in Frage stellen durfte, aber nicht den Vorstellungen der Uni entsprachen. Jetzt war Professor Martiny ein gefragter Talkshowgast, veröffentlichte Bücher und hielt Vorträge. Wer einen Referenten suchte, der gegen die Kirche zu Felde zog, fand in dem Theologen die Idealbesetzung.

Der Professor nahm selbst den Hörer ab, als Lüder die Nummer anwählte. »Wie kommen Sie zu meinem Anschluss?«, fragte er. »Ich stehe nicht im Telefonbuch.«

»In unserem schon«, erwiderte Lüder.

»In welchem?«

»Polizei.«

Es folgte eine Tirade auf den Überwachungsstaat und die Unfreiheit der Bürger. Martiny nannte Lüder einen »Johnny Controlletti«. Lüder ließ ihn gewähren. Nach einer halben Ewigkeit fragte Martiny: »Hallo? Sind Sie noch da?« Es schien ihm unheimlich, dass der Gesprächspartner am anderen Ende der Leitung ihm nicht ins Wort fiel und alle Anschuldigungen kommentarlos schluckte.

»Ja«, versicherte Lüder. »Ich war mir sicher, dass Sie irgendwann einmal Luft holen müssen. Wollen Sie noch weitere zehn Minuten gegen alles wettern? Dann würde ich die Zeit nutzen, um mir einen Kaffee zu holen.«

Martiny lachte. »Das gefällt mir. Sie sind kein Hitzkopf. Norddeutscher?«
»Mittelholstein. Genau genommen Kellinghusen. Aber seit Langem angelernter Kieler.«
»Aber kein Philosoph.«
»Ich bin kein Akademiker, sondern Jurist. Und im Nebenberuf Polizist.«
»Halbjurist?«, stichelte Martiny.
Lüder bestätigte es. »Promovierter Halbjurist.«
»Was habe ich verbrochen?«
»Sie sind verurteilt, mir ein paar Fragen zur katholischen Kirche zu beantworten.«
»Das ist mein Hobby. Haben Sie Lust, mich zu besuchen? Sie werden wissen, wo ich wohne.«
»In einer halben Stunde«, schlug Lüder vor und machte sich auf den Weg nach Fleckeby, das etwa auf halber Strecke zwischen Schleswig und Eckernförde an der Schlei lag.

Im Hykamp standen kuschelige Einfamilienhäuser. Professor Martiny, der sich gern als aufbrausender Revolutionär gebärdete, genoss offenbar im Stillen durchaus die Annehmlichkeiten eines bürgerlichen Lebens. Das galt auch für den Audi, der vor der Tür stand.

Martiny öffnete selbst. Er war Anfang fünfzig, trug einen gepflegten Dreitagebart und eine runde Brille mit dunklem Horngestell. Die Jeans war zerfetzt, das T-Shirt spannte sich über der Brustmuskulatur.

»Kommen Sie rein«, begrüßte er Lüder und verzichtete auf den Handschlag. »Kaffee ist fertig. Es gibt ihn aber nur schwarz. Wer ihn so nicht mag, hat Pech gehabt.«

Lüder musste über allerlei Gegenstände hinwegsteigen, bis sie das Arbeitszimmer erreichten. Hier lagen nicht nur aufgeschlagene Bücher und Auszüge der internationalen Presse herum, sondern es standen auch mehrere Rechner im Raum verteilt.

»Sie sehen, weshalb ich keine Frau habe, zumindest keine

ständige«, erklärte der Professor. »Suchen Sie sich eine Sitzgelegenheit.«

Lüder nahm zwei Bücher aus einem Freischwinger, legte sie auf den Fußboden und drehte den Stuhl so, dass er in Martinys Richtung blickte. Der Professor hatte sich am Schreibtisch niedergelassen. Er zeigte auf eine Thermoskanne, die auf der Ecke des Tisches stand. Daneben sah Lüder einen Becher.

»Selbstbedienung«, erklärte der Hausherr. »Ich würde meinen Prinzipien untreu werden, wenn ich für die Polizei einen Finger rühren würde.«

Lüder bediente sich. Der Kaffee war heiß und stark.

»Weshalb?«, fragte Martiny und musterte Lüder über den Brillenrand hinweg.

»Wir ermitteln in einem Mordfall. Das Opfer ist ein hoher katholischer Geistlicher.«

»Sie meinen Kellermann, den Oberpfaffen aus Hamburg.«

»Ich habe von Ihren Ressentiments gegenüber der Kirche gehört«, erwiderte Lüder. »Für einen Altachtundsechziger sind Sie eigentlich zu jung. Können wir uns einer Sprache bedienen, wie sie unter zivilisierten Menschen üblich ist?«

»Kellermann war Dompropst«, zeigte sich Martiny gut informiert, ohne auf Lüders Ermahnung einzugehen. »Er hat sein Leben Gott gewidmet. Nun ist er am Ziel. Bewundernswert. Er ist am Thron Gottes angekommen.« Martiny ließ ein meckerndes Lachen hören. »Oder ist es gar kein Thron, sondern ein Grabstein?«

»Friedrich Wilhelm Nietzsche: ›Gott ist tot‹«, sagte Lüder.

Martiny zog eine Augenbraue in die Höhe. »Sie kennen das? Nietzsche war wohl der brillanteste Denker unserer Zunft.«

»Meinen Sie«, sagte Lüder.

Professor Martiny lehnte sich zurück, verschränkte die Arme vor der Brust und schlug einen belehrenden Ton an, als würde er im Seminar dozieren.

»Nietzsche war zunächst von der Philosophie Schopenhauers beeindruckt.«

»Der alles pessimistisch sah«, warf Lüder ein. »Wäre Noah nicht schon gewesen – Schopenhauer hätte die Arche gebaut. Schopenhauer trank nur aus halb leeren Gläsern.«

»Na, na. Nun übertreiben Sie aber nicht«, sagte Martiny.

»Nietzsche war kein fröhlicher Rheinländer, sondern gebürtiger Sachsen-Anhaltiner«, sagte Lüder.

Martiny grinste. »Ein Ossi. Das erklärt seinen anfänglichen Pessimismus, der später einer radikalen Lebensbejahung wich. Nietzsche hat alles in Frage gestellt. Moral, Religion, Philosophie, Wissenschaft und die Kunst.«

»Heute würden wir so etwas einen notorischen Meckerbüddel nennen.«

»Lassen Sie eventuell unberücksichtigt, dass Nietzsche weiter gedacht hat als andere? Dass er einen klareren Blick hatte? Die zeitgenössische Kultur war – Originalzitat – lebensschwächer als die der alten Griechen. Immer wieder hat er die christliche Moral und die christliche und platonistische Metaphysik angegriffen. Nietzsche wäre ein unbequemer Gesprächspartner für Sie gewesen, da er die Wahrheit anzweifelte. Ihm verdanken wir die postmodernen philosophischen Ansätze. Noch heute diskutieren und deuten wir seine Konzepte des ›Übermenschen‹, des ›Willens zur Macht‹ oder der ›ewigen Wiederkunft‹.«

Lüder lächelte. »Nietzsche muss Nietzsche gelesen haben. Wie sonst ist es zu erklären, dass er in einer Irrenanstalt, wie man es damals nannte, starb? Ich frage mich, ob nicht mancher Priester gewünscht hätte, dem Philosophen den Teufel auszutreiben, statt ihn von Ärzten nach dem damaligen Stand der Wissenschaft behandeln zu lassen.«

»Sehen Sie – das ist es doch.« Martiny leckte sich über die Lippen. Ihm war anzusehen, dass er Feuer gefangen hatte. Das Gespräch schien ihm Spaß zu machen. »Wenn doch das Christentum eine Religion der Nächstenliebe ist, wieso konnten Christen dann mit gutem Gewissen in großer Zahl sogenannte Ketzer verbrennen? Wieso konnten sie in noch größerer Zahl sogenannte Hexen verbrennen? Und wieso haben deutsche Soldaten anno Wilhelmi auf ihrem Koppelschloss die Worte ›Gott mit uns‹ getragen? Wissen Sie, von wem diese Fragen stammen? Von Helmut Schmidt aus seiner Zeit als Elder Statesman.«

»Ein anderer deutscher Nachkriegspolitiker hat gesagt: ›Nichts kann mich daran hindern, heute klüger zu sein als gestern.‹«

»Konrad Adenauer«, antwortete Professor Martiny.

»Wir müssen doch auch der Kirche zugestehen, dass sie im Laufe der Jahrtausende weiser geworden ist.«

»Das ist es, was ich ihr vorwerfe«, protestierte der Professor. »Sie ist nicht im Hier und Heute angekommen und geht an der Lebenswirklichkeit der Menschen vorbei. Hexenspuk und Spökenkiekerei. Kennen Sie Wilsnack? Der Ort war einst in der ganzen Christenheit berühmt. Als die Kirche im 14. Jahrhundert abbrannte, was damals öfter vorkam, wurde der Priester durch eine Vision aufgefordert, in den Ruinen eine Messe zu lesen.«

»Ich sehe nicht, was diese Geschichte mit meinem Anliegen zu tun hat«, unterbrach Lüder Martiny.

»Warten Sie es ab«, ließ sich der Professor nicht beeindrucken. »Besagter Priester fand den unzerstörten Altar samt den Kerzen und ein blutbeflecktes Tuch mit geweihten Hostien. Lassen wir einmal unberücksichtigt, was Katholiken darunter verstehen. Alle Welt sprach von einem Wunder, das durch den zuständigen Bischof auch bestätigt wurde. Das entwickelte sich zu einem lukrativen Geschäft. Es trafen kostbare Geschenke von Königen und Fürsten ein, und Papst Urban VI. flüsterte den Gläubigen, die nach Wilsnack pilgerten, ein, ihnen würde Ablass von ihren Sünden erteilt. Es war damals wie heute – wer widersprach der Kirche? Nur mit dem Unterschied, dass es früher lebensgefährlich war, der Kirche nicht zu folgen. Bei so viel Geschäftssinn entstand natürlich der Neid jener Gemeinden, die auch Reliquien hatten und deren Touristenströme, denn nichts anderes war es, nach Wilsnack umgeleitet wurden. Man schickte einen Gutachter dorthin. Ausgerechnet Johann Hus war es. Der entlarvte den Betrug aus Habgier. Das gab eine Strafpredigt gegen den Prälaten, der das deckte, weil er am Profit beteiligt war. Bis hierher könnte man meinen, es seien Verfehlungen Einzelner, vor denen auch die Kirche nicht gefeit ist. Nix da. Der Bischof verteidigte das Wunder, aus Rom wurde die päpstliche Bestätigung erneuert, und die Konzile in Konstanz und Basel bestätigten die Glaubwürdigkeit des heiligen Blutes.«

»Was wollen Sie mir damit erklären?«, fragte Lüder.

»Wie Kirche funktioniert. Vieles passt nicht mehr in unsere Zeit. Sehen Sie«, dabei klopfte sich der Professor an die Brust, »ich selbst glaube an keinen Gott. Wenn es einen gäbe, müsste die Welt anders aussehen. Aber wir sprechen vom *Glauben*. Ich vergönne jedem seinen Hang nach etwas Überirdischem, nach einem, der alles lenkt und dem man auch die Verantwortung in die Schuhe schieben kann, wenn etwas nicht funktioniert. Menschen fühlen sich sicherer, wenn sie sich an den Übervater wenden können, so wie kleine Kinder behütet einschlafen, wenn die Oma am Bettrand sitzt oder zumindest der Schutzengel. Ist ja alles okay. Aber warum dieser Zauber?« Martiny fasste sich an die Stirn. »Es gibt bestimmt bedeutende und große Kirchenführer, die über die katholische Kirche hinaus für die Menschheit gewirkt haben. Papst Johannes XXIII. oder Johannes Paul II. waren solche Persönlichkeiten. Weshalb reicht nicht die Anerkennung, dass jemand ein außergewöhnliches Leben geführt hat? Weshalb an den Haaren herbeigezogene Zauberei? Da werden irgendwelche angeblichen Wunder geschaffen, nur damit man den Polenpapst zügig zum Heiligen machen kann. Das klingt für mich nach Marketing.«

»Ihre Ansichten, von wissenschaftlicher Erkenntnis kann man kaum sprechen, sind nicht diskussionswürdig. Worüber sollte ich mit Ihnen streiten? In manchen Punkten mögen Sie rein sachlich recht haben.«

Professor Martiny musterte Lüder aus leicht zusammengekniffenen Augen. Dann fuhr er sich über den kahl rasierten Schädel.

»Die katholische Kirche ist eine Kirche von oben. Trotzdem

gibt es in ihr Querdenker und verschiedene Strömungen. Ich habe sie von außen beobachtet. Es ist ungemein spannend, zu sehen, welche Machtkämpfe sich dort abspielen. Nehmen Sie den deutschen Kardinal Müller, den der Papst als Präfekten der Glaubenskongregation abgesetzt hat. Die Glaubenskongregation ist die Nachfolgerin der heiligen Inquisition und soll den Glauben vor Irrlehren und Häresie schützen. Man erfährt nicht, wie viele konservative Katholiken Briefe nach Rom schicken, um andere anzuschwärzen. Der Papst mag dieses Denunziantentum nicht. Er baut die Kurie nach seinen Vorstellungen um. Das missfällt manchem Kirchenfürsten. Dort ist noch nicht angekommen, was in vielen Gemeinden an der Basis schon Alltag ist. Franziskus möchte, dass der Geist des Evangeliums wieder mehr zählt als die Buchstaben der kirchlichen Gesetze, dass die Kirche wieder mehr für Arme, Ausgeschlossene und Entrechtete eintritt und sie seelsorgerisch betreut, statt inquisitorisch über sie zu urteilen.«

Lüder fragte sich, ob Martiny mit seiner Kritik nicht irgendwo recht hatte. Der Professor war kein gnadenloser Kirchenhasser. Er legte den Finger in die Wunden, wo es wehtat. Bestimmt gab es eine starke innerkirchliche Opposition gegen den Papst. All das hatte fast nichts mehr mit dem Glauben zu tun, mit Gott. Es gab Politiker, die Mitglied einer bestimmten Partei waren, weil sie sich dadurch den Sprung auf einen Karrierezug versprachen und nicht aus Idealismus oder Sympathie für eine bestimmte politische oder gesellschaftliche Strömung. Man konnte sich allerdings nicht vorstellen, dass innerkirchliche Machtkämpfe blutig abliefen. Zeigte sich der Vorgänger von Papst Franziskus in vielen Dingen zögerlich und erweckte den Eindruck, man könne die Dinge allein durch das Gebet lösen, packte sein Nachfolger die Probleme bei den Hörnern. Einflussreiche Kirchenfürsten verloren ihre Ämter. Ob der Papst sich eine eigene Hausmacht aufbaute? Aber wofür stand Josef Kellermann? Der Dompropst hatte eine einflussreiche Position im Erzbistum. Aber darüber hinaus war er unbedeutend. Vermutlich kannten ihn nicht einmal die Gläubigen in seinem Heimatbistum. Sicher war er nur Eingeweihten ein Begriff.

Lüder gestand sich ein, dass er zu wenig über das Geheimnis Kirche wusste. Ihm taten sich Parallelen zum Fall mit den Freimaurern auf. Auch die waren eine verschwiegene Gemeinschaft. Das hielt auch die katholische Kirche so, zum Beispiel bei der Geheimniskrämerei um ihre Finanzen. Schloss sich hier der Kreis? Ging es doch – ganz profan – um Vermögenswerte? Um Geld? Oder um Macht? Er schüttelte für sich selbst den Kopf und registrierte, dass Martiny ihn beobachtete. Ein leicht spöttischer Zug zeigte sich um die Mundwinkel des Professors.

»Habe ich Sie zum Nachdenken angeregt? Sehen Sie – das ist eines der Ziele der Philosophen.«

»Was wissen Sie noch über Josef Kellermann?«

Martiny nickte. »Die graue Eminenz.«

»Er zog hinter den Kulissen die Fäden?«

Der Professor lachte laut auf.

»Ich habe Sie offenbar überschätzt. Oder wollen Sie die hierarchische Struktur der katholischen Kirche nicht verstehen? Weshalb müssen die Kandidaten bei der Priesterweihe unbedingten Gehorsam schwören? Nibelungentreue. Kellermann war ein kluger Kopf. Gebildet. Intelligent. Ich bin ihm einige Male bei Podiumsdiskussionen begegnet. Wir waren auch gemeinsam zu Gast bei einer Talkshow im Fernsehen. Er war ein ruhiger und angenehmer Zeitgenosse. Deshalb habe ich nie verstanden, weshalb er seinen Intellekt nicht für Produktiveres als das Priesterdasein eingesetzt hat. Ich habe ihn danach gefragt. Und wissen Sie, was er geantwortet hat? Für ihn sei es Berufung. Mit ganzem Herzen erfülle er den Dienst an Gott und den Menschen.«

»Haben Sie Anzeichen bei ihm festgestellt, dass er sich dennoch persönliche Freiräume geschaffen hat?«

Martiny nagte an der Unterlippe. »Wie meinen Sie das?«

»Man kann seinen Beruf mit Hingabe ausfüllen, aber dennoch privat ein anderer Mensch sein.«

Der Professor lächelte. »Sie meinen, das Keuschheitsgebot

predigen und sich in der Sakristei an den Messdienern vergehen? Ich lege meine Hand dafür ins Feuer, dass Josef Kellermann frei von solchen Gelüsten war.«

Jetzt lächelte Lüder auch. Instinktiv sah er auf Martinys Hände. Du müsstest jetzt »Autsch« rufen, dachte Lüder, als seine Gedanken zu Karin Holzapfel abschweiften. Offensichtlich war es Kellermann gelungen, sein Privatleben abzuschirmen und vor der Öffentlichkeit zu verbergen. Deshalb erübrigte sich auch die Frage, ob Martiny von der Liaison wusste.

»Kellermann war von Grund auf katholisch. Mit der ganzen Seele. Das mag an seinem Elternhaus liegen«, erklärte der Professor. »Er kam aus dem tiefsten Münsterland.« Martiny faltete die Hände wie zum Gebet und verdrehte die Augen. »Gott sprach, es werde Licht, doch es funktionierte nicht. In Gescher, Paderborn und Münster blieb es finster. Da haben Sie nur zwei Lebensperspektiven: Klerus oder Bauer.« Dann winkte er ab. »Das ist symbolisch gemeint.«

»Haben Sie etwas über praktizierten Exorzismus gehört?«

Martiny lachte laut auf. »Sie meinen, diesen Blödsinn mit der Teufelsaustreibung? Das ist der größte Humbug, an dem die Kirche bis heute festhält. Ich habe Ihnen vorhin erzählt, wie man das Volk für dumm verkauft. Am Beispiel des angeblichen Wunders von Wilsnack. Oder der Suche nach einem Wunder, das Johannes Paul II. vollbracht haben soll, damit man ihn heiligsprechen kann.« Der Professor unterstrich seine Worte mit lebhaften Gesten. »Wie wollen Sie da widersprechen? Ich habe gestern Abend ein Glas Wasser getrunken und behaupte, zur selben Zeit ist in New York eine Frau schwanger geworden. Sehen Sie da einen Zusammenhang? Aber zurück zu Ihrer Frage. Wir ahnen beide, dass es diesen Blödsinn immer noch gibt. Man behauptet, in Menschen, die nach medizinischen Maßstäben krank sind, sei der Teufel gefahren. Wir hören immer wieder von Scharlatanen, die behaupten, mit der Gabe von Vitaminen könne man Krebs heilen, man kann durch Handauflegen, das Sortieren von Steinen bei Vollmond oder anderen Quatsch dieses oder jenes bewirken. In diese Kategorie gehört der Exorzismus. Wir lachen über bestimmte Naturreligionen oder wenn der Schamane Hühnerknochen in die Luft wirft und aus ihrer anschließenden Position etwas herauslesen will. Und dann kommt einer daher und veranstaltet den Budenzauber mit dem Exorzismus.«

»Trauen Sie Josef Kellermann zu, dass er an solchen Handlungen beteiligt war?«

Martiny spitzte die Lippen. »Schwer zu sagen. Aufgrund seines Intellektes müsste er so etwas abgelehnt haben. Aber da sind die zwei Seelen in seiner Brust. Er war auch ein gläubiger Katholik, und das nicht nur, weil es sein Job war, sondern aus innerer Überzeugung. Nein!« Der Professor schüttelte den Kopf. »Diese Frage kann ich Ihnen nicht beantworten. Sie sprechen konkret von jenem Spektakel im Herzogtum Lauenburg, in … in …

»Seedorf«, half Lüder aus.

»Mag sein. Ja, so etwas wie die Folgen des Exorzismus, das kann vorkommen. Die Kirche hat es zum Prinzip erhoben, über solche Dinge den Mantel des Schweigens auszubreiten. Die Missbrauchsopfer der fünfziger und sechziger Jahre warten bis heute auf eine öffentliche Entschuldigung. Stattdessen treten Bischöfe auf und verweigern die Anerkennung, auch wenn sie selbst als Täter entlarvt werden wie der ehemalige Augsburger Bischof.«

»Können Sie sich vorstellen, dass Kellermann kirchenintern für mehr Transparenz eingetreten ist?«

»Davon habe ich nichts gehört. Falls ja, wird man ihn schleunigst zurückgepfiffen haben.«

»In welcher Hinsicht?«

»In jeder. Als Dompropst hatte er große Vermögenswerte zu verantworten. Und in Sachen Exorzismus … Zu beiden Themenkomplexen gibt es sicher Fragen, auf die wir aber keine Antwort bekommen werden. Da dringt nichts nach außen.«

Das hatte Lüder auch schon feststellen müssen. Noch war er der Antwort nicht nähergekommen.

»Woher stammen Ihre Ressentiments gegenüber der Kirche?«, fragte Lüder zum Abschluss.

»Sie irren sich. Es sind keine Vorurteile. Ich habe lediglich ein wenig nachgedacht.«

»Neben dem Verstand haben wir Menschen auch noch eine Seele«, entgegnete Lüder.

Martiny lächelte in sich hinein. »Haben Sie die schon einmal gesehen?«

»Und Sie den Verstand? Wir Menschen sind glücklich, traurig, wir empfinden bei bestimmten Dingen etwas. Es berührt uns. Es macht uns nachdenklich. Wir können uns aber auch geborgen fühlen. Steckt da nicht eine bestimmte Sehnsucht dahinter?«

»Es sind immer wieder die gleichen Phrasen, die ich zu hören bekomme«, wiegelte Martiny ab.

»Die Menschen haben inzwischen erkannt, dass auch die Seele krank werden kann.«

»Das ist das einzige Argument, das ich als Beweis für die Existenz der Seele gelten lasse«, zeigte sich der Professor entgegenkommend.

Das war zugleich das Schlusswort.

Von der Dienststelle aus versuchte Lüder, Kontakt zum Generalvikariat in Hamburg aufzunehmen. Nach einer Weile wurde er mit Tschoppe verbunden. Der Mann erkannte ihn sofort wieder.

»Ich habe Ihnen alles erzählt. Außerdem haben Sie heute ausführlich mit Pater Konrad gesprochen. Mehr gibt es nicht zu sagen«, sagte der Mitarbeiter des Bistums unfreundlich.

»Ich habe Sie nicht um Ihre Meinung gebeten«, erwiderte Lüder. »Ich muss mit dem Bischof sprechen.«

»Ich habe Ihnen schon gesagt, dass das nicht möglich ist.«

»Dann verschaffen Sie mir eine Gelegenheit dazu.«

»Nein. Seine Exzellenz ist nicht zu sprechen.«

»Dann werden wir eine offizielle Vorladung schicken.«

»Das kann ich mir nicht vorstellen.«

»Ihr Vorstellungsvermögen ist offenbar begrenzt.«

»Seine Exzellenz ist in Rom«, bequemte sich Tschoppe zu erklären.

»Irgendwann wird er zurückkommen. Spricht man in der Kurie über den missglückten Exorzismus in Seedorf?«
Es knackte in der Leitung. Tschoppe hatte aufgelegt.
»Ich fahre jetzt nach Hassee. Das ist zwar nicht Rom, aber da wohnen nette Menschen.« Lüder führte Selbstgespräche, bevor er seinen Arbeitsplatz aufräumte und nach Hause fuhr.

SECHS

Lüder hatte es in den Nachrichten erfahren, die er auf dem Weg von der Wohnung zur Dienststelle im Auto gehört hatte. Ihm war klar, dass es einen Zusammenhang zu seinem aktuellen Fall geben musste. Unterwegs besorgte er sich die Morgenzeitungen, die aber noch nicht darüber berichteten. Er vergaß, sich einen Kaffee zu holen.

Edith Beyer erschien erstaunt in seinem Büro. »Keinen Kaffee?«

Lüder entschuldigte sich. »Etwas Brandheißes«, sagte er. »Im wahrsten Sinne des Wortes.«

Ihm dauerte es zu lange, bis er die einschlägigen Berichte im Internet fand. Eine Ewigkeit verging, bis die Seiten aufgerufen waren. Die Tagesschau, der Spiegel und andere Nachrichtenmagazine, aber auch die Boulevardzeitung berichteten darüber. Nicht jeden Tag drangen Unbekannte in eine Kirche ein, tränkten das Kreuz mit Brandbeschleuniger und zündeten es an. Und das ausgerechnet in der kleinen und schmucklosen St.-Ansgar-Kirche in Seedorf.

Lüder versuchte, Pfarrer Zorn zu erreichen. Zunächst war ständig besetzt. Dann nahm niemand mehr ab. Der Pastor wird genervt sein von den zahlreichen Anrufen, dachte Lüder. Er konnte es verstehen. Seine nächsten Telefonate galten dem Polizeirevier Ratzeburg. Dort bestätigte man ihm, dass ein Spaziergänger kurz nach Mitternacht Feuerschein in der Kirche wahrgenommen hatte. Der Mann hatte die Feuerwehr alarmiert. Der Anruf war in der Leitstelle Süd eingegangen. Von dort aus hatte man die Freiwillige Feuerwehr Seedorf sowie die Polizei in Ratzeburg benachrichtigt. Die Feuerwehr konnte den Brandherd relativ schnell löschen und verhinderte so ein Ausbreiten des Feuers. Personen waren keine zu Schaden gekommen. Die Kripo aus Ratzeburg hatte die Ermittlungen aufgenommen und um

Unterstützung der Bezirkskriminalinspektion Lübeck nachgesucht. Die Brandermittler seien vor Ort.

Lüder versuchte erneut, Pfarrer Zorn zu erreichen, aber das Gespräch wurde nicht angenommen. Er entschloss sich, nach Seedorf zu fahren. Unterwegs hörte er in allen Nachrichtensendungen vom Anschlag auf die Seedorfer Kirche. Man war sich ziemlich sicher, dass es sich um einen Brandanschlag handelte. Mehr Informationen lagen noch nicht vor. Lüder fand es gut, dass man sich nicht in Spekulationen zu den möglichen Hintergründen erging.

Für die knapp einhundertzwanzig Kilometer benötigte er fast zwei Stunden. Als er vor der Kirche eintraf, wollte ihn ein Streifenpolizist weiterschicken.

»Die Presse«, sagte der junge Beamte genervt. »Die versuchen es mit allen Tricks«, fügte er hinzu, nachdem Lüder sich ausgewiesen hatte.

Rund um die Kirche war ein Absperrband gezogen worden. Dahinter hatte sich noch ein halbes Dutzend Schaulustiger versammelt. Für Gaffer gab es nichts mehr zu sehen. In der Luft hing ein beißender Geruch von verbranntem Holz.

Lüder ließ sich zum Ermittlungsleiter führen. Hauptkommissar Guthknecht, wie er sich vorstellte, war in einen weißen Schutzanzug gehüllt. Ein rundes Gesicht mit einem Walrossbart lugte aus der Öffnung heraus.

»Sie sind aber fix«, sagte der Brandermittler.

Lüder erklärte ihm in wenigen Worten die vermuteten Zusammenhänge. »Ich habe in der vergangenen Woche mit dem hiesigen Pfarrer gesprochen. Wir kennen das Motiv für den Mord am Hamburger Dompropst noch nicht, aber dessen Name taucht in Verbindung mit einem älteren Vorfall in Seedorf auf.«

»Sie meinen, es könnte sich um dieselben Täter handeln? Erst ermordet man einen Geistlichen, dann fackelt man ein Kreuz ab? Gibt es Krieg gegen die Kirche?«

»Ich hoffe nicht«, erwiderte Lüder. »Mich interessieren auch vage Vermutungen Ihrerseits.«

»Noch ist nichts abgesichert.« Der Beamte wischte sich mit

dem Ärmel durchs Gesicht. »Der oder die Täter sind durch das Hauptportal gekommen. In der Tür gibt es ein Sicherheitsschloss der Machart, das mit einer Büroklammer geöffnet werden kann. Wir konnten ein paar Kratzspuren sicherstellen, die uns aber nicht weiterführen dürften. Wir haben uns auch die Steinfliesen von der Tür bis zum Altarraum angesehen. Da ist aber die Feuerwehr herumgetrampelt. Wie hätten sie sonst löschen sollen? Die Brandstifter ...«

»Mehrzahl?«, unterbrach Lüder.

»Es könnte auch einer gewesen sein. Also. Der Täter hat Brandbeschleuniger über das Holzkreuz gekippt und es dann angezündet. Ich gehe von Benzin aus. Das Holz des Kreuzes war ausgetrocknet. Es hat sofort Feuer gefangen. Neben dem Kreuz sind Altargegenstände verbrannt. Dekorationsmaterial würde ich es nennen. Wir konnten den Pastor nicht davon abhalten, einen vergoldeten Kasten mitzunehmen, der äußerlich beschädigt war. Da sind die Hostien drinnen.«

»Das Tabernakel«, sagte Lüder.

»Richtig. So hatte es der Pfarrer bezeichnet. Das Tabernakel steht jetzt in seinem Wohnhaus. Kameraden von der Feuerwehr haben es rübergebracht. Wir haben das Tabernakel vorher auf Spuren untersucht und sind auch fündig geworden. Wir müssen nachher noch Vergleichsabdrücke vom Pastor und von seinen Helfern nehmen, die den Behälter auch oft angefasst haben. Zum Glück sind es nicht viele. Das scheint eine kleine Gemeinde zu sein. Man wundert sich, dass es so etwas heute noch gibt.«

Ohne die Zuwendungen der Familie von Schwichow wäre St. Ansgar in Seedorf mit Sicherheit schon profaniert, dachte Lüder.

Hauptkommissar Guthknecht versprach, Lüder eine Ausfertigung des Berichts zukommen zu lassen. Dann ging Lüder zum Gemeindehaus hinüber, das dem Pastor auch als Wohnhaus diente.

Lüder musste mehrfach klingeln, bis sich die Tür einen Spalt öffnete und Zorn hindurchlugte.

»Ach, Sie sind es«, sagte der Pfarrer und schloss die Tür. Lüder hörte, wie der Sperrriegel entfernt wurde. Dann schwang die Tür auf, und Zorn trat zur Seite. »Kommen Sie rein«, sagte er und warf noch einen Blick nach draußen, ob nicht ein Pressevertreter durch die Öffnung schlüpfen würde. Der Pfarrer führte Lüder in den Raum, der auch als Gemeindesaal diente.

»Entschuldigung, aber die Reporter können ganz schön lästig sein. Ich kann ihre Fragen nicht beantworten. Und die der Polizei auch nicht. Sie sehen mich erschüttert. Wer tut so etwas? Es ist schon schlimm genug, dass Leute in Kirchen einbrechen und Opferstöcke ausrauben. Wir müssen leider auch mit Vandalismus leben. Manchen scheint nichts mehr heilig zu sein. Aber wer verbrennt das Kreuz, an dem unser Herr Jesus Christus für uns gestorben ist?«

»Haben Sie früher schon einmal Drohungen erhalten? Oder hat man Andeutungen gemacht, dass man gegen die Kirche vorgehen würde?«

»Herr Lüders – wo leben Sie denn? Wir sind hier in einer ruhigen Gegend. Abgeschieden. Irgendwo im Nirgendwo. Auch nach dem Fall der Mauer, wir lagen ja unmittelbar an der Grenze, hat sich hier nicht viel getan. Ein paar Großstädter haben unser Dorf entdeckt. Aber das ist auch alles. Hier geht es friedlich zu. Ja – früher gab es noch die Gegensätze zwischen Katholiken und den anderen. Mein Vorgänger erzählte, dass es Eltern gab, die ihren Kindern verboten hatten, mit den Katholiken zu spielen. Aber das ist lange vorbei.« Der Pfarrer streckte die Hand aus und fuhr vorsichtig über das Tabernakel, das auf einer Decke stand, die man auf dem Besprechungstisch ausgebreitet hatte. »Wer versündigt sich an Gott, indem er den Leib unseres Herrn dem Feuer preisgeben will? Reicht es nicht, dass man ihn ans Kreuz geschlagen hat, um uns Menschen zu befreien?«

Das Tabernakel war angesengt, aber nicht verbrannt.

»Hat der Inhalt Schaden genommen?«, fragte Lüder.

»Zum Glück nicht. Es war ein Zufall, dass jemand aus dem Dorf noch unterwegs war und das Feuer in St. Ansgar entdeckte.

Es hätte sonst etwas passieren können. Ich mag es mir nicht ausmalen.« Zorn legte seine Hand auf das Tabernakel. »Aber das hier ... das wäre das Schlimmste gewesen.«

»Zum Glück konnte die Feuerwehr eine Ausbreitung des Brandes verhindern. Sie war schnell zur Stelle.«

»Ja«, bestätigte Zorn geistesabwesend.

»Bei allem Unglück – es wurde niemand verletzt.«

Noch einmal hauchte der Pfarrer: »Ja.«

»Die Kollegen gehen von Brandstiftung aus«, sagte Lüder. »Wie ist Ihr Verhältnis zu den anderen Kirchen vor Ort?«

»Gut. Wir Katholiken sind hier in der Diaspora. Ich habe einen guten Draht zu meinem evangelischen Amtsbruder. Wo es möglich ist, leben wir die Ökumene.«

»Da sind Ihnen als katholischer Geistlicher enge Grenzen gesetzt«, sagte Lüder.

Zorn winkte ab. »Man kann den Glauben so und so auslegen. Ich bin aus Überzeugung Priester geworden. Ich glaube an Gott, an Jesus Christus, an das, was uns seit zweitausend Jahren gelehrt wird. Gott ist in uns. Bei uns. Er führt uns durch Freud und Leid. Selbst bei Beerdigungen versuche ich die Kraft, die durch ihn vermittelt wird, auf die Hinterbliebenen zu lenken.«

»Hat Ihnen das schon einmal Ärger eingebracht?«

Pfarrer Zorn öffnete den Mund, schluckte die Worte aber unausgesprochen hinunter.

»Ich kann mir vorstellen, dass nicht jeder in der Kirche mit einer Haltung wie Ihrer konform geht.«

»Trotz der hierarchischen Struktur der katholischen Kirche ist sie vielseitig. Man kann ein guter Christ sein, auch wenn man manches als überkommen und erneuerungsbedürftig ansieht.«

»Ihr Patron, Paul von Schwichow, ist eher dem konservativen Flügel zuzuordnen?«

»Ein gläubiger Mensch«, wich Zorn aus.

»Also doch – ein Konservativer. Hat man Sie unter Druck gesetzt? Ihnen nahegelegt, sich wieder mehr an der Leitlinie der Kirche zu orientieren?«

»Ich habe nie etwas über meine Kirche gesagt oder ihr widersprochen. Wie käme ich dazu? Ich bin nur ein unbedeutender kleiner Landpfarrer. Man lässt mich hier gewähren. Ich sagte Ihnen schon bei Ihrem ersten Besuch: Wenn ich emeritiert werde, löst man St. Ansgar auf. Dabei bin ich mir sicher, dass Gott unsere kleine Kirche genauso im Blick hat wie den Mariendom in Hamburg oder den Petersdom in Rom.«

»Kennen Sie Michael Dornseif von den Progressiven Katholiken?«

Der Pfarrer nickte schwach. »Ein guter Mann mit zum Teil vernünftigen Ideen.«

»Dornseifs Vorschläge kommen nicht überall gut an. Er wird ausgebremst. Genauso wie Sie mit Ihrem Wunsch nach mehr Ökumene.«

»So ist das nicht«, erwiderte Zorn und legte erneut seine Hand auf das Tabernakel. »Die evangelischen Christen handeln in guter Absicht. Aber bei ihnen ist – nur um ein Beispiel zu nennen – das Abendmahl eine symbolische Geste, während dem katholischen Priester durch die Weihe in direkter Folge Jesu Christi die Fähigkeit übertragen wurde, in der Messe die Hostie in das Fleisch und den Wein in das Blut unseres Herrn zu wandeln. Das ist der entscheidende Unterschied.«

»Hat man Sie schon einmal seitens des Bistums abgemahnt?«, wollte Lüder wissen.

Zorn hob vielsagend eine Hand.

»Versetzt man einen Priester, der sich nicht streng an der Leitlinie orientiert?«

Zorn dachte lange nach. »Es ist vorgekommen, dass man mich als Verräter bezeichnet hat.«

»Wer?«

Ein müdes Lächeln zeigte sich auf dem faltigen Antlitz des alten Pfarrers. Lüder verstand. Er würde keine Antwort erhalten.

»Ihre Haltung dürfte dem Bistum nicht verborgen geblieben sein. Hat man Josef Kellermann geschickt, um Sie wieder auf Kurs zu bringen? Ist das eine der Aufgaben des Dompropsts?«

»Ich glaube, Ihre Phantasie geht mit Ihnen durch«, erwiderte Zorn leicht gereizt. »Wir sind nicht mehr im Mittelalter. Unser Erzbischof steht mit beiden Beinen mitten im Leben.«

»Sie haben meine Frage nicht beantwortet: Hat Kellermann mit Ihnen gesprochen?«

»Natürlich hatten wir Kontakt zueinander. Wir haben im Erzbistum über vierhunderttausend Gläubige, aber nur noch rund einhundertfünfzig Priester. Da kennt man sich.«

»Wollen Sie meine Frage nicht beantworten, ob Kellermann geschickt wurde, um Sie zu maßregeln?«

»Der Prälat ist ein weltoffener und kluger Mann. Gewesen«, fügte Zorn mit einem Stoßseufzer an.

»Und trotzdem hat er sich für den tragischen Exorzismus eingesetzt, dem Hans Kramarczyk zum Opfer gefallen ist.«

»Ich darf nicht darüber reden«, sagte der Pfarrer so leise, dass Lüder ihn kaum verstand. »Bitte ...« Es klang flehentlich.

»Gut. Dann erzähle ich Ihnen, was ich bisher ermittelt habe: Die Eltern haben sich in ihrer Not an den alten Gutsherrn Paul von Schwichow gewandt. Der hat Sie unter Druck gesetzt. Dafür spricht auch die Geldzuwendung, die er der Gemeinde hat zufließen lassen. Wenn Sie nicht mitgemacht hätten, hätte von Schwichow direkt mit dem Erzbistum gesprochen. Genug Verbindungen dürfte er haben. Also haben Sie es übernommen, mit dem Bistum zu sprechen. Da auch Sie kein Gehör beim Bischof fanden, war Ihr Ansprechpartner der Dompropst. Man hat den Fall geprüft, sich vielleicht von der in Aussicht gestellten Spende beindrucken lassen und der Teufelsaustreibung zugestimmt. Wie damals, als die Ablasskrämer durchs Land zogen und das Seelenheil gegen Geld verkauften.«

»Das ist alles falsch«, protestierte Zorn.

»Dann sagen Sie mir, wie es wirklich war.«

»Ich kann nicht.«

»Ich respektiere Ihren Glauben, Ihre Überzeugung und Ihre Verpflichtung zur Verschwiegenheit. Verstehen Sie aber bitte auch mich. Wir haben ein Mordopfer. *Ihren* Dompropst. Und ich werde nicht eher Ruhe geben, bis die Schuldigen vor Gericht gestellt werden. Vor ein irdisches Gericht. Dabei stoße ich auch immer wieder auf die alte Sache mit dem Exorzismus. Wer waren die beiden beteiligten Priester? Der Exorzist und sein Gehilfe – sagt man so? War es Kellermann?«

Pfarrer Zorn schüttelte sich. »Sie dürfen mich nicht unter Druck setzen. Ich bin an mein Schweigen gebunden.«

»Leidet Ludwina Kramarczyk unter religiösen Wahnvorstellungen? Ist sie in Behandlung? Sie hat ein seltsames Verhalten an den Tag gelegt, als ich mit ihr sprechen wollte.«

»Was Sie religiöse Wahnvorstellungen nennen, ist nichts anderes als ein tief verwurzelter Glaube«, antwortete Zorn. »Und jetzt bitte ich Sie, zu gehen.«

»Ich komme wieder«, sagte Lüder und ließ es unterschwellig wie eine Drohung klingen.

Der Pfarrer begleitete ihn zur Haustür, die er rasch hinter Lüder zufallen ließ.

Lüder fuhr nach Kiel zurück und suchte das katholische Verbindungsbüro auf. Der Leiter, Pater Konrad, zeigte sich über den Besuch erstaunt. Er ließ zunächst durch eine Mitarbeiterin ausrichten, dass er unabkömmlich sei.

»Dann sagen Sie Herrn Bissinger«, erwiderte Lüder, »dass ich dem Generalvikariat in Hamburg mitteile, dass die Kieler Vertretung die Ermittlungen blockiert.«

Die Angestellte tat ihm ein wenig leid. Sie pendelte zwischen Lüder und dem Pater hin und her und musste jeweils die Botschaft des anderen überbringen. Als sie zurückkehrte, forderte sie Lüder mit einem gequälten Lächeln auf, ihr zu folgen.

Konrad Bissinger residierte in einem schlichten, funktionell ausgestatteten Büro. Hinter ihm an der Wand hing ein Porträt des Papstes. In deutschen Amtsstuben fand man das des Bundespräsidenten. Lüder war nicht überrascht, auch nicht über das schlichte Holzkreuz, das an der gegenüberliegenden Wand hing. Der Pater trug die gleiche Kleidung wie bei ihrer ersten Begegnung.

Vor seinem Schreibtisch saß ein jünger wirkender Mann. Er hatte tiefschwarzes gelocktes Haar und dunkle stechende Augen. Das Gesicht mit dem braunen Teint war ebenmäßig geschnitten. Der Mann war eine südeuropäische Schönheit, ein Apoll – wenn ich als Mann so etwas feststellen darf, dachte Lüder. Schlanke gepflegte Hände und eine sportliche, durchtrainierte Figur würden ihn zu einem Hingucker an den Mittelmeerstränden werden lassen. Manche deutsche Urlauberin mochte ihren Blick vom übergewichtigen Begleiter auf der Bademattean ihrer Seite sehnsuchtsvoll auf den Adonis richten, wenn ... Ja – wenn er nicht mit einer schwarzen Soutane gekleidet wäre.

Das knöchellange schwarze Gewand wurde von Priestern seit langer Zeit getragen. In Deutschland, so hatte Lüder erfahren, trat der weltliche Klerus in dezenter Kleidung auf, die ihn nicht unbedingt als Priester auswies. In katholischen Ländern wie Italien oder Polen erkannte man die Geistlichen an der Kleidung. Der Mann trug ein schwarzes Zingulum, ein breites Band aus edlem Stoff, als Gürtel. Die Soutane schloss am Hals mit dem Kollar ab, dem weißen ringförmigen Stehkragen.

»*Vigil Germanus est*«, sagte Pater Konrad zu dem Fremden.

Stimmt, dachte Lüder. Ich bin ein deutscher Polizist. Er wollte nicht zu erkennen geben, dass er Latein verstand. Wir »alten Juristen« mussten das noch lernen, setzte er seinen Gedanken fort.

Er steuerte auf den Mann zu und streckte ihm die Hand entgegen.

»Lüders.«

Der Mann blieb sitzen, hatte die Beine übereinandergeschlagen und musterte Lüder aus zusammengekniffenen Augen, als würde er ihn taxieren. Die Hände hatte er gefaltet in den Schoß gelegt. Er schwieg, ohne Lüders angebotene Hand zu ergreifen.

»Der Händedruck ist eine deutsche Eigenheit«, erklärte Pater Konrad.

»Und Ihr Gast ist ...?«

»Nicht von hier.«

»Das habe ich mir gedacht. Seine Arbeitsbekleidung weist darauf hin. Italien?«

Bei »Arbeitskleidung« hatte Pater Konrad die Augenbraue missbilligend in die Höhe gezogen. Er bestätigte aber nicht Lüders Frage nach der Herkunft.

»Wie ist Ihr Name?«, wandte sich Lüder an den Priester.

»*Qui vult scire nomen tuum domne*«, übersetzte Pater Konrad. Hochwürden? Lüder war erstaunt. Pater Konrad erwies dem anderen seinen Respekt.

»Gebietet es nicht die Höflichkeit, sich vorzustellen?«, sagte Lüder, an Pater Konrad gewandt. »Oder haben Sie etwas zu verbergen? Das regt meine Phantasie an. Ich komme zu Ihnen, um mit Ihnen über den Brandanschlag auf das Kreuz in der Seedorfer Kirche zu sprechen. War Herr Dittert schon hier? Der Journalist von der Boulevardzeitung hat ein ausgesprochenes Gespür für Sensationen und recherchiert gern auf eigene Faust. Und das höchst unkonventionell.«

Konrad Bissinger verstand den Wink, den man auch als versteckte Drohung deuten konnte.

»Das ist Signore Mezzanotte«, erklärte er.

»Aus Italien. Ich nehme an, sein Dienstsitz ist Rom, oder genauer gesagt: der Vatikanstaat.«

Pater Konrad bestätigte Lüders Vermutung durch sein Schweigen.

»Was verschweigen Sie uns, Herr Bissinger? Da wird ein hoher Geistlicher rituell ermordet. Dann brennt das Kreuz in der Kirche. Wer macht dort Jagd auf die katholische Kirche? Gibt es Drohungen, von denen wir noch nichts wissen? Sind es Kirchenhasser? Gibt es eine radikale Gruppierung, die gegen das Christentum antritt, repräsentiert durch die katholische Kirche, die nach eigenem Verständnis in direkter Linie von Christus begründet wurde? Alle anderen christlichen Kirchen sind Abspaltungen.«

Pater Konrad holte tief Luft. »Es macht uns erschrocken, was derzeit geschieht. Wir können es uns nicht erklären.«

»Das verstehe ich. Deshalb haben Sie Unterstützung vom Vatikan angefordert. Läuft etwas schief im Erzbistum, dass sich Rom einschaltet?«

»Unser Herr, Jesus Christus, wurde verfolgt und gekreuzigt. Dann kam die Zeit der Christenverfolgung. Sie hält in Teilen der Welt bis heute an. Denken Sie an die schrecklichen Morde, die man an unseren koptischen Brüdern und Schwestern verübt. Immer wieder. Leider gibt es auch bei uns Strömungen, die antichristlich wirken. Manche möchten das Kreuz in Schulen und Krankenhäusern abhängen, andere wollen die Kirche zu einem Verein wie für den Sport oder ein anderes privates Freizeitvergnügen zurückstufen, Dritte wiederum rufen zur Christenverfolgung bis hin zum Mord auf.«

Lüders Blick streifte den italienischen Priester in seiner Soutane. Er erinnerte sich an den Jungen, den man in Kiel-Gaarden geköpft hatte, weil er dort als orthodoxer Jude extremistische Gruppierungen angeblich provoziert hatte. Ging es wieder um mörderische Auseinandersetzungen zwischen religiösen Weltansichten? Der Mord am Dompropst – die Polizei war noch auf der Suche nach dem Motiv. Das konnte auf verschiedenen Ursachen beruhen, möglicherweise auch aus dem privaten Umfeld des Opfers. Aber ein Brandanschlag auf ein Kreuz in einer christlichen Kirche – das hatte einen anderen Hintergrund. Er war sich nicht sicher, ob sein Gesprächspartner ihm Informationen vorenthielt. Doch! Pater Konrad verschwieg etwas. Was hatte die Kirche zu verbergen? Oder zu befürchten? Es war eine bekannte Polizeiweisheit, dass Erpressungsopfer sich oft weigerten, mit den Behörden zusammenzuarbeiten, weil dann eigene unliebsame Tatsachen ans Licht kommen könnten. Traf das in diesem Fall auch zu? Josef Kellermann hatte Zugriff auf erhebliche Vermögenswerte, die er ohne Fremdkontrolle verwaltete. Hier war Lüder der Zugriff auf jegliche Information versperrt. Blieb Kellermanns Rolle beim Exorzismus. Auch darüber deckten alle Beteiligten den Mantel des Schweigens. Der Exorzismus wiederum hatte einen spirituellen Hintergrund.

Exorzismus – ritueller Mord – brennendes Kreuz. War das der Schlüssel?

»Es gibt noch einen anderen Faden, den ich verfolge«, sagte Lüder und legte eine Kunstpause ein.

Er ließ sich nichts anmerken, als Pater Konrad es für den Italiener übersetzte. Dieses Mal sprach der Geistliche Italienisch. Lüder konnte den Inhalt nur sinngemäß verstehen. Seine Sprachkenntnisse reduzierten sich auf ein paar Brocken.

»Sì, è«, radebrechte er. Die Finte war erfolgreich. Pater Konrad sah ihn erstaunt an.

»Sie sprechen Italienisch?«

Lüder nickte heftig.

»Wir müssen die heilige Sprache wählen«, sagte Pater Konrad zu dem Italiener auf Latein.

Lüder sah ihn aus großen Augen an und zog fragend die Augenbrauen in die Höhe.

»Das versteht er nicht«, schob der Geistliche nach.

Mezzanotte nickte. »Latein ist etwas für Gebildete. Was will er?«

Pater Konrad warf Lüder einen kurzen Seitenblick zu. »Die Polizei hat nur Vermutungen. Natürlich darf man sie nicht unterschätzen. Er da meint, dass es einen Zusammenhang zwischen der Ermordung des Dompropstes und dem Anschlag auf die Kirche gibt.«

»Weiß er, weshalb?«

Pater Konrad schüttelte leicht den Kopf. »Nein. Aber der Polizist glaubt, dass es einen Zusammenhang wegen der Teufelsaustreibung geben könnte.«

»Was weiß dieser Mensch vom Exorzismus?« Die Stimme Mezzanottes klang eine Spur angespannter.

»Nichts. Schon während der Gerichtsverhandlung gegen die Eltern wurde Stillschweigen gewahrt.«

»Es wäre in der gegenwärtigen schwierigen Situation, in der sich unsere heilige Kirche befindet, nicht gut, wenn Details ans Tageslicht kämen, von denen die Menschen nichts verstehen.

Ein Nichtgläubiger versteht nicht, dass Dämonen die Menschen beherrschen und sie nur mit Gottes Hilfe ausgetrieben werden können.«

»Das bleibt innerhalb unserer heiligen Mauern«, versicherte Pater Konrad.

»Alles andere würde Rom nicht gefallen. Seine Eminenz, der Kardinal, hat sich absolute Diskretion ausbedungen. Deshalb hat sich die Kurie selbst eingeschaltet.«

Sanctae Romanae Ecclesiae Cardinalis – Kardinal der Heiligen Römischen Kirche. Lüder hatte Mühe, seine Überraschung zu verbergen. Pater Konrad hatte den jugendlich wirkenden Italiener vorhin nahezu unterwürfig angesprochen. Mezzanotte schien im Auftrag eines Kardinals, der Mitglied der Kurie war, in Norddeutschland zu sein. Die römische Kurie war das Leitungs- und Verwaltungsorgan des Heiligen Stuhls für die gesamte römisch-katholische Kirche. Salopp formuliert würde man sagen: Das kommt von ganz oben. Zu gern hätte Lüder nachgefragt, welcher Kardinal gemeint war. Aber er musste den Unwissenden spielen.

»Ich würde gern wissen, worüber Sie sich unterhalten haben«, warf er ein.

»Ich habe Hochwürden vom Inhalt unseres Gesprächs berichtet.« Pater Konrad verstieß gegen das achte Gebot – du sollst nicht lügen.

»So umfangreich?«

»Latein ist eine tote Sprache, in der man vieles umschreiben muss«, erklärte der Pater.

»Wir haben es mit einem toten Priester zu tun. Da sind prägnante Fakten oft hilfreicher. Was führt einen italienischen Geistlichen in die tiefste Diaspora nach Kiel?«

»Unsere heilige Kirche ist auf der ganzen Welt zu Hause.«

»Warum missioniert Ihr gewichtiger römischer Amtsbruder nicht in Gegenden, in denen die Verbreitung des Glaubens wichtiger wäre?«

»Gottes Wort zu verkünden ist überall bedeutsam.« Der Pater

war ein kluger und auf diplomatische Floskeln trainierter Repräsentant des Erzbischofes am Kieler Regierungssitz, stellte Lüder fest. Er ließ sich nicht aufs Glatteis führen.

»Noch einmal: In wessen Auftrag ist Signore Mezzanotte in Norddeutschland? Welchen Auftrag hat er?«

»Was will er wissen?«, mischte sich der Italiener ungeduldig ein.

»Er interessiert sich dafür, mit welchem Auftrag Hochwürden hier ist«, erklärte der Pater auf Lateinisch.

»Hat er eine Vermutung?« Die Stimme klang wieder angespannt.

»Keine konkrete«, beruhigte Pater Konrad den Italiener. »Sie können Seiner Eminenz, Kardinal Bacillieri ...«

»Um Gottes willen«, fuhr der Italiener dazwischen. »Keine Namen!«

»Er versteht doch nicht, worüber wir sprechen. In Deutschland gibt es nur noch eine Schmalspurbildung. Kaum jemand lernt noch Latein in der Schule. Und ein Polizist schon gar nicht«, versuchte Pater Konrad den Italiener zu beruhigen. »Sonst hätte er schon lange nachgehakt. Dumm ist er nicht – aber es fehlt eben doch etwas.«

»Meine Mission ist noch nicht abgeschlossen. Sie wissen, dass Rom sehr viel daran gelegen ist. Es geht um vieles.«

»Das kann ich mir denken«, antwortete der Pater. »Auch wenn ich nicht um die Hintergründe weiß.«

Mezzanotte ging nicht darauf ein. Lüder schloss aus dem Dialog der beiden, dass auch Pater Konrad, der im Übrigen gut informiert schien, nicht mit allen Einzelheiten vertraut war. Lüder hätte zu gern gewusst, ob es einen Zusammenhang zur Romreise des Erzbischofs gab.

Ein abwegig erscheinender Gedanke schoss ihm durch den Kopf. Wenn es im Hintergrund doch Drohungen gegen die Kirche gab, hatte man möglicherweise den Bischof zu dessen Sicherheit nach Rom beordert. Dompropst Kellermann konnte als dessen spiritueller Vertreter angesehen werden. Hatte er deshalb sterben müssen? Hatte Kardinal Bacillieri seinen Vertrauten Mezzanotte zur Erkundung nach Schleswig-Holstein geschickt?

»Ich werde dem Ministerium berichten müssen, dass Sie sich nicht sehr kooperativ zeigen«, sagte Lüder zum Abschied. »Das werde ich auch dem Erzbistum in Hamburg mitteilen, verbunden mit dem Hinweis, dass die Polizei sich außerstande sieht, in angemessener Weise für den Schutz führender Persönlichkeiten und wertvoller Kultur- und Sachgüter der Kirche zu sorgen. Sie sind sich hoffentlich Ihrer Verantwortung bewusst.«

»Wir vertrauen uns Gott an«, erwiderte der Pater.

»Der hindert die Täter aber nicht, Mitglieder des Klerus rituell zu ermorden oder verabscheuungswürdigen Vandalismus in geweihten Stätten auszuführen.« Lüder schwenkte den Zeigefinger. »Wünschen wir uns, dass es zu keinen weiteren Taten kommt. Und ob es einen Zusammenhang mit dem Exorzismus gibt ... Ihnen sei versichert – ich finde es heraus.«

»Sprach er von der Teufelsaustreibung?«, fragte Mezzanotte dazwischen.

»Nur allgemein«, erwiderte der Pater auf Lateinisch. »Glauben Sie mir, Hochwürden. Er hat keine Ahnung.«

Dat glöövst aver nur, dachte Lüder. Ich danke meinem alten Lateinlehrer am Sophie-Scholl-Gymnasium in Itzehoe.

»Ich werde auf jeden Fall versuchen, Kontakt zum Erzbischof selbst aufzunehmen. Dabei werden Sie keine gute Note von mir erhalten. Sie werden Ihrem Chef selbst erklären müssen, weshalb Sie in seinem Auftrag Druck auf die Ermittlungsbehörden ausüben, selbst aber unsere Arbeit boykottieren. Tschüss.«

Damit verließ er das Büro.

Lüder fuhr zum Landeshaus, fragte nach dem Abgeordneten Dornseif und hatte Glück, dass der im Hause war. Dornseif holte ihn persönlich am Empfang ab und begrüßte ihn mit einem festen Händedruck.

»Ich habe mich über Sie erkundigt. Bei unserem ersten Gespräch wusste ich gar nicht, mit welchem Star unserer Landespolizei ich gesprochen hatte. Sie haben einen richtig guten Ruf im Innenministerium. Man sagt, der frühere Innenminister wäre von Ihnen sehr angetan gewesen und Sie hätten einen guten Draht zu ihm gehabt.«

Lüder bestätigte es. »Ein guter Mann, der sehr viel hinter den Kulissen getan hat.«

Michael Dornseif legte ihm vertraulich die Hand auf den Oberarm. »Kommen Sie, gehen wir ins Asperge und trinken einen Kaffee.«

Der Abgeordnete ging die paar Stufen zum Innenhof voran, den man durch die Sicherheitsschleuse betrat. Er war nach oben durch eine Glaskuppel abgeschlossen und beherbergte die modern und sachlich eingerichtete Kantine. Sie suchten sich einen freien Tisch, und Dornseif besorgte zwei Becher des aromatischen Getränks. Dann fragte er nach dem Grund von Lüders Besuch.

»Geht es immer noch um den Mord am Dompropst?«

Lüder bestätigte es. »Die katholische Kirche ist nicht sehr kommunikativ«, sagte er. »Ich hatte einen Fall, der die Freimaurerei betraf. Auch dort zeigte man sich in mancherlei Hinsicht sehr verschlossen. Es gibt nur den feinen, aber entscheidenden Unterschied, dass die Freimaurer in der Rechtsform eines Vereins organisiert sind und sich in bestimmten Dingen den Behörden öffnen müssen. Die Kirche hingegen kann sich ganz legal hinter eine Mauer des Schweigens zurückziehen.«

»Das hat in manchen Dingen seine Berechtigung«, sagte Dornseif.

»Für einen Protestanten wie mich sind allein die Strukturen und die Begrifflichkeiten der katholischen Kirche schwer durchschaubar«, gestand Lüder. »Ich hoffe, Sie können behilflich sein, ein wenig Licht in die Dunkelheit meiner Ermittlungen zu bringen.«

Der Abgeordnete lachte. »Das ist salbungsvoll formuliert. Durch meine Funktion als Bundesvorsitzender der Progressiven Katholiken habe ich mich mit dem Thema beschäftigt und kenne auch diesen oder jenen.«

»Sagt Ihnen Kurienkardinal Bacillieri etwas?«

Dornseif blies die Wangen auf. »Da haben Sie aber ein schweres Kaliber herausgefischt. Potz Blitz. Der Kardinal ist ein mächtiger Mann in der Weltkirche. Er ist Sizilianer. Sie müssen wissen, dass auf Sizilien über siebenundneunzig Prozent der Bevölkerung katholisch sind. Streng katholisch.«

»Wie verträgt sich das mit der Hochburg der Mafia auf der Insel?«

Dornseif verzog das Gesicht zu einem Grinsen und drehte die Hände im Gelenk. Er beließ es bei dieser Antwort.

»Ein Kirchenfürst hat dort eine besondere Stellung inne. Das erklärt auch, mit welcher Hausmacht Bacillieri ausgestattet ist. Um es ganz zu verstehen, muss man wissen, dass die Kirche in Italien so groß ist, dass es dort einhundertfünfundfünfzig Diözesen gibt. Die sind in Kirchenregionen unterteilt. Eine der einflussreichsten ist Sizilien, das de facto vom Erzbischof von Agrigent dominiert wird. Das war Kardinal Bacillieri, bis er durch Papst Benedikt nach Rom berufen wurde. Dort leitete er zunächst die päpstliche Kommission ›Ecclesia Die‹. Ihnen sagt der abtrünnige Bischof Lefebvre etwas? Der hat die traditionalistische Priesterbruderschaft St. Pius X. gegründet, die sich gegen die modernistischen Reformen des Zweiten Vatikanischen Konzils gewehrt hat. Lefebvre war der Wortführer jener, die am Althergebrachten festhalten und eine Anpassung an die Moderne verhindern wollten. Als er eigenmächtig ohne Zustimmung des Papstes vier Priester zu Bischöfen weihte, wurde er exkommuniziert. Lefebvre meinte, das Bewahren der katholischen Riten und Glaubenssätze aus der Zeit Pius' X. sei das Beste für die Kirche. Er folgte Pius in der Meinung, man müsse den Modernismus verdammen und den Feinden Christi den Kampf ansagen. Nun kommt Kardinal Bacillieri, ebenfalls ein Konservativer, ins Spiel. Benedikt machte ihn zum Leiter der päpstlichen Kommission ›Ecclesia Die‹, die unter anderem den Ausgleich zu den Lefebvre-Anhängern suchen sollte. Wir können heute abschätzen, dass Benedikt alles andere als ein Erneuerer war. So wundert es auch nicht, dass ausgerechnet Benedikt XVI. den alten Messritus wieder erlaubte und die Exkommunikation der von Lefebvre unerlaubt geweihten Bischöfe zurücknahm. Man kann vermuten, dass dieses auf Betreiben von Kardinal Bacillieri erfolgte. Der stieg danach zum Präfekten der Glaubenskongregation auf, die die Glaubens- und Sittenlehre in der ganzen katholischen Kirche fördern und schützen soll. Um es salopp zu formulieren: Sie bestimmt, was ›katholisch‹ ist.«

»Ich erinnere mich«, unterbrach Lüder den interessanten Vortrag. »Papst Franziskus, der Reformer, hat Bacillieri vor Kurzem von diesem Amt entbunden.«

Michael Dornseif lächelte hintergründig. »Wenn Spitzenkräfte gehen müssen, wird das unterschiedlich verklausuliert. Die Wirtschaft nennt es ›Man trennt sich im gegenseitigen Einvernehmen‹ oder der Geschasste ›sucht neue Herausforderungen‹. Ein Staatssekretär wird in den einstweiligen Ruhestand versetzt. Franziskus hat sich nicht solcher Plattitüden bedient. Es war ein Eins-a-Rausschmiss.« Dornseif stach mit dem Zeigefinger in Lüders Richtung. »Wissen Sie, was pikant ist? Die ersten Kardinäle der heutigen Glaubenskongregation waren als Großinquisitoren tätig.«

Ob es hier eine Verbindung zum Exorzismus gab?, fragte sich Lüder. Er unterdrückte die Frage. Er wusste nicht, ob er seinem Gegenüber vertrauen konnte. Laut sagte er: »Dann ist Bacillieri einer der mächtigsten Männer im Vatikan.«

Dornseif nickte heftig. »Wenn man den Begriff Kirchenfürst auf jemanden anwenden kann, dann auf ihn. Allerdings ist eine kleine Korrektur an dieser Feststellung angebracht. Der Kardinal *war* einer der mächtigsten Männer.«

»Stellte er eine potenzielle Gefahr für Papst Franziskus dar?«

Dornseif wiegte den Kopf. »Wie soll man diese Frage beantworten? Nominell geht alle Macht vom Papst allein aus. Bis zur Wahl von Johannes Paul II. hatten wir jahrhundertelang nur Italiener auf dem Stuhl Petri. Die haben sich im Kardinalskollegium gegenseitig die Mehrheit beschafft und sie gehalten. Dann kam der Pole. Anschließend ein Deutscher. Und nun der Argentinier, der alles neu organisiert. Da werden Seilschaften zerrissen, Erbhöfe geschleift. Es geht um Macht, Einfluss und Pfründen. Franziskus baut das Kardinalskollegium gezielt um. Schon lange werden die Erzbischöfe bestimmter Diözesen nicht mehr automatisch Kardinäle. Stellen Sie sich vor, dass eines Tages womöglich ein Asiat oder gar ein Dunkelhäutiger Papst wird. Das versuchen bestimmte Kreise hinter den Kulissen zu verhindern. Aber – warum interessiert Sie das?«

»Sie kennen sich in Ihrem Heimatbistum gut aus. Wo ist das einzuordnen? Unterstützt man dort die Reformbestrebungen des Papstes? Was sucht der Priester Mezzanotte – Sie kennen ihn? –, ein enger Vertrauter Kardinal Bacillieris, im Norden?«

»Eine gute Frage«, sagte Dornseif. »Wir als Progressive Katholiken würden uns wünschen, dass Papst Franziskus sich nicht von seinem Kurs, die Kirche zu erneuern, abbringen lässt. Das Erzbistum Hamburg spielt in Deutschland eine untergeordnete Rolle. Es ist noch relativ neu und gehört nicht zu den etablierten. Köln, nur um ein Beispiel zu nennen, hat ein ganz anderes Gewicht. Erzbischof Dr. Hubert Malcherek ist ein besonnener Mann, der weiß, dass man mit der Brechstange nichts bewirken kann. Sie können nicht erwarten, dass er öffentlich Stellung gegen die konservativen Wortführer der Deutschen Bischofskonferenz bezieht.«

»Er ist aber Neuerungen gegenüber aufgeschlossen?«

»Durchaus. Es sind die kleinen Nadelstiche. Mal hier ein Zeichen setzen, mal dort einen Schritt wagen.«

»Und sein Dompropst Kellermann?«

»Die beiden waren ein Dreamteam. Prälat Kellermann war ein aufgeschlossener Geistlicher, der seine Spielräume ausgelotet hat. Er war aber klug genug, dass er stets im Windschatten manövrierte und seinen innerkirchlichen Gegnern keine Breitseite bot.«

Lüder stutzte. »Er hatte Gegner?« Das hörte er zum ersten Mal.

»Das bleibt nicht aus«, erwiderte Dornseif.

»Können Sie Namen nennen?«

Erneut zeigte Michael Dornseif sein jugendliches Lachen. »Jemand wie ich wird nicht eingeweiht. Wir Progressiven gehören auch nicht zu denen, die hinter die Kulissen sehen dürfen. Man spricht mit uns ...«

»Wer?«, unterbrach Lüder den Abgeordneten.

»Dompropst Kellermann.«

»Dann kannten Sie ihn gut?«

Dornseif überlegte einen Moment. Er spitzte die Lippen. »Etwa so, wie man einen Geschäftspartner kennt. Wir haben uns auf einer bestimmten Ebene gemocht. Nein! Eher respektiert, würde ich es nennen. Prälat Kellermann hat unsere Anliegen angehört.«

»Aber nicht diskutiert oder Ihnen zugestimmt?«

Jetzt verfiel Dornseif in ein helles Lachen und erregte damit die Aufmerksamkeit von anderen Gästen.

»Haben Sie es immer noch nicht verstanden? Wir sprechen von der katholischen Kirche.«

»Wie würden der Erzbischof und sein Dompropst mit der Frage nach einem Exorzismus umgehen, wenn diese an sie herangetragen würde?«

»Das kann ich Ihnen nicht sagen«

»Kennen Sie Pfarrer Egbert Zorn?«

Dornseif schüttelte den Kopf. »Wer soll das sein? Nie gehört. Die haben heutzutage keinen leichten Stand. Was *oben* politisch verbeutelt wird, müssen sie in der Gemeinde ausbügeln. Dabei machen sie trotz des großen Stresses einen guten Job. Darüber spricht niemand. Wie würde unsere Welt ohne Kirche aussehen?« Der Abgeordnete legte die Stirn in Falten. »Ich bekenne mich zu Gott, zu meiner Religion. Sie gibt mir Halt und Geborgenheit, aus ihr schöpfe ich Kraft in Bedrängnis, bei Kummer und Leid. Jesus Christus hat uns das Heil gebracht. Ich kenne viele Pastoren, die vor Ort für die Menschen da sind.«

Dornseif sah auf seine Uhr. »Oh – verdammt. Das Gespräch mit Ihnen war so interessant, dass ich einen Termin mit unserem Fraktionsvorsitzenden versäumt habe. Das kostet je zehn Minuten Verspätung eine Flasche Rotwein.« Erneut lachte er. »Unser Fraktionschef hat sich heute einen glatten Leberschaden eingehandelt.«
Er sprang auf und verabschiedete sich von Lüder mit einem festen Händedruck.

Lüder kehrte ins Landeskriminalamt zurück und fand einen umfassenden Bericht von Hauptkommissar Ehrlichmann vor. Die Lübecker hatten gute Arbeit geleistet. Man hatte Günter Kramarczyks soziales Umfeld durchleuchtet und war fündig geworden.
Er hatte einen Arbeitskollegen, mit dem er auch in seiner Freizeit verkehrte. Der Mann war türkischer Abstammung und bekennender Muslim, ohne bisher in irgendeiner Weise auffällig geworden zu sein. Er besuchte regelmäßig eine Moschee, die als moderat galt und über die die Behörden nichts Nachteiliges gehört hatten.
Der Arbeitskollege aber war mit einem alten Kunden der Polizei befreundet. Bassam El-Khoury lebte seit vier Jahren in Deutschland und wartete auf die Anerkennung seines Asylantrages. Er kam aus dem Libanon. El-Khoury war schon mehrfach mit dem Gesetz in Konflikt geraten. Er hatte gestohlen, sich bei Demonstrationen Auseinandersetzungen mit der Polizei geliefert, und derzeit lief ein Verfahren wegen Körperverletzung gegen ihn. Man war sich nicht sicher, aber möglicherweise gehörte er zum erweiterten Umfeld radikalisierter Muslime. Die Verdachtsmomente reichten aber nicht für eine engmaschige Überwachung aus.
»Wir hatten bereits mehrere Fälle, in denen Leute aus der anscheinend zweiten Reihe plötzlich als gefährliche Attentäter zu Massenmördern wurden«, murmelte Lüder halblaut vor sich hin. Er griff zum Telefon und rief Geert Meenchen vom Ver-

fassungsschutz Schleswig-Holsteins an. Nach einigen privaten Worten fragte Lüder nach Bassam El-Khoury. Der Regierungsamtmann musste nachsehen. Ad hoc war ihm der Name nicht geläufig.

»Wir haben ihn auf unserer Beobachtungsliste«, sagte Meenchen schließlich. »Aktiv ist er noch nicht als Gefährder in Erscheinung getreten. Nach den bisherigen Erkenntnissen gilt er auch nicht als hochgradig radikal, auch wenn er sich durchaus mitreißen lässt, wenn Schmähungen oder gar Drohungen gegen Deutsche und besonders Christen skandiert werden.«

Lüder wollte etwas zu El-Khourys Kontakten wissen, die dem Verfassungsschutz vorlagen, und erfuhr die Namen eines Imams, der grenzwertige Predigten verkündete und auf der »scharfkantigen Abgrenzung zu den Ungläubigen«, wie Meenchen es formulierte, bestand.

»Können Sie sich vorstellen, dass dort im Verborgenen etwas heranreift, das zu einer Welle der Gewalt gegen christliche Kirchen und ihre Repräsentanten wird?«

Meenchen ließ ein meckerndes Lachen hören. »In unserem Metier kann ich mir mittlerweile alles vorstellen. Haben Sie etwas in der Pipeline?«

Lüder berichtete von den Ermittlungen im Mordfall des Dompropstes.

»Davon habe ich gehört«, warf Meenchen ein. Auch das brennende Kreuz in Seedorf war dem Regierungsamtmann bekannt. »Ich habe mir bereits Gedanken gemacht. Der Kirchenfrevel im Herzogtum Lauenburg ist mit Sicherheit kein Dummejungenstreich. Unsere Arbeit hat sich in den letzten Jahren erheblich gewandelt. Haben wir es früher mit Anarchisten und linken Revoluzzern, aber auch mit Rechtsradikalen zu tun gehabt, müssen wir jetzt einen Großteil unserer Aufmerksamkeit dem radikalmuslimischen Sektor zuwenden.«

Sie versicherten einander, in Kontakt zu bleiben.

Die Lübecker hatten aber noch etwas herausgefunden. Die Spurensicherung hatte festgestellt, dass das Tor zur Scheune, in der Josef Kellermann verblutet war, nicht gewaltsam geöffnet worden war. Offensichtlich hatte jemand aus dem Täterkreis Zugang gehabt.

Ehrlichmann schloss seinen Bericht mit der Anmerkung, dass man sich Günter Kramarczyk vornehmen und ihn befragen wolle. Die Lübecker hatten auch Bassam El-Khoury ins Visier genommen.

Ich werde jetzt auch ohne Gottes oder der Kirche Segen Feierabend machen, dachte Lüder und rollte eine halbe Stunde später durch das bürgerliche Hassee.

Zu Hause fand er nur Sinje vor, die wenig Begeisterung für ihre Hausaufgaben zeigte, die ihr »jegliche persönliche Freiheit und Entfaltungsmöglichkeit« nahmen. Jonas, der später hinzukam, sprach sogar von einer erschreckenden Perspektivlosigkeit junger Menschen, wenn sie eingepfercht von schulischen Zwängen, die in Wahrheit ja gesellschaftliche Zwänge wären, mutlos vor dem Berg sinnloser Beschäftigungstherapien stünden, nur damit sie keine Gelegenheit fänden, den Lehrern am Nachmittag auf dem Golfplatz zu begegnen.

»Bist du im Leistungskurs ›Kritische Gesellschaftskunde‹?«, fragte ihn Lüder. Und als sein Sohn ihn fragend ansah, ergänzte er: »Du spielst kein Golf, also wirst du auch keinem Lehrer begegnen. Oder tollen sich die Pädagogen auch in der Chill-Area?«

»Hähä«, meinte Jonas und zog es vor, sich der Diskussion mit seinem Vater durch die Flucht in das Obergeschoss zu entziehen. Eine Viertelstunde später kehrte Margit zurück und setzte die prall gefüllten Einkaufstüten in der Küche ab.

Lüder nahm sie in den Arm. »Musst du dich damit abschleppen?«

»Die Lebensmittel wachsen nicht im Garten«, erwiderte Margit müde.

Sie war blass, die Wangen eingefallen. Dunkle Ringe lagen unter ihren Augen. Seit der Geiselnahme ging es ihr nicht mehr gut.

Es verging kaum eine Nacht, in der sie nicht hochschreckte. In der Folge lag sie stundenlang wach und wagte kaum, zu atmen, weil sie Lüder nicht wecken wollte.

»Hier sind genug Leute, die dir zur Hand gehen können«, sagte Lüder.

Dabei plagte ihn selbst das schlechte Gewissen. Zu oft hinderte ihn sein Beruf daran, Margit eine wirksame Stütze zu sein. Sie klagte nie, sondern versuchte still im Rahmen ihrer Möglichkeiten und Kräfte, den Haushalt und die Familie zu versorgen. Ihre eigene Halbtagsbeschäftigung, die zum knappen Familienbudget etwas beigesteuert und ihr viel Selbstbestätigung gegeben hatte, musste sie bereits vor einiger Zeit aufgeben. Die lebensfrohe und immer ansprechbare Margit war nur noch ein Schatten ihrer selbst.

Lüder zog sich schnell um und ging ihr zur Hand. Dabei stellte er sich bewusst ungeschickt an, fragte viel und versicherte mehrfach, dass ohne sie nichts in dieser Familie laufen würde. Alle seien sich bewusst, dass Margit ihr Ankerpunkt war.

Es bedurfte eines gewissen Drucks, dass Jonas nicht mit seinem Abendessen auf sein Zimmer verschwand, sondern es gemeinsam mit Margit, Lüder und seiner Schwester einnahm. Lüder hätte sich nicht gewundert, wenn Jonas auch noch die Forderung erhoben hätte, man möge ihm das Essen auf seinem Zimmer servieren.

Sie erledigten die Aufräumarbeiten zusammen, und auch bei Sinje zeigte sich Licht am Horizont, da sie ihre Schularbeiten entgegen allen Befürchtungen doch vor dem Erreichen des Pensionsalters abgeschlossen hatte.

Den Abend verbrachten sie vor dem Fernseher. Lüder kommentierte den dort laufenden Krimi und freute sich über das Kommissarsduo und dessen Deputy, der nicht nur die Spurensicherung, die Forensik und die Autopsie durchführte, sondern auch noch das Passwort des Gangsterrechners knackte.

»Jetzt fehlt nur noch, dass er den Wagen holen muss«, lästerte Lüder und streckte mit Begeisterung den Arm vor. »Am besten gefallen mir immer die Vorgesetzten. Alle sind zu blöde zum Milchholen. Der Scheiß-Starke kann doch nicht universell als Vorbild gedient haben?«

Nein! Dumm war Dr. Jens Starke nicht, nur mit einem fragwürdigen Charakter ausgestattet.

Lüder hatte sich noch ein drittes Glas Rotwein gegönnt, während Margit an ihrem nur genippt hatte. Nach dem Krimi zogen sie sich ins Bett zurück. Vielleicht war es der Rotwein, der Lüder schnell einschlafen ließ.

Im Traum wurde er von verschiedenen Bildern gepeinigt. Auf dem Supermarktparkplatz fand er mit dem vollen Einkaufwagen sein Fahrzeug nicht mehr. Immer wenn er es entdeckt hatte und ansteuerte, verschwand es wieder. Dann schlich sich die Nachbarin in den Lüder'schen Garten und rupfte die Mohrrüben aus der Erde.

Als Lüder kurz erwachte und an den merkwürdigen Traum dachte, fiel ihm ein, dass sie gar kein Gemüse angepflanzt hatten. Er achtete einen Moment auf Margits unregelmäßige Atemzüge, bevor ihn der Schlaf wieder übermannte.

Lüder konnte nicht sagen, wie lange er geschlafen hatte, als ein ohrenbetäubender Lärm ertönte. Er versuchte, sich zu orientieren und den Traum zu ordnen, als ihm bewusst wurde, dass die hämmernden Geräusche real waren. Er drehte seinen Kopf zu Margit um. Die hatte sich unter der Bettdecke verkrochen. Nur das Gesicht lugte hervor. Sie sah ihn aus weit aufgerissenen Augen an.

Es mochten nur ein paar Herzschläge vergangen sein, bis Lüder aus dem Bett sprang und die Treppe hinunterstürzte. Der Lärm hatte genauso abrupt aufgehört, wie er begonnen hatte. In der Stille der Nacht war die Wirkung noch stärker. Er stolperte auf der vorletzten Stufe, hörte, wie oben eine Zimmertür aufgerissen wurde und Jonas brüllte: »Eh, was soll der Scheiß mitten in der Nacht!«

Lüder wandte sich zur Seite und lief ins Wohnzimmer. Fahles Licht drang aus dem Garten herein. Alles wirkte friedlich. Er hastete zur Terrassentür und stellte fest, dass sie verschlossen und unversehrt war. Hier war niemand zu sehen.

In der Stille heulte ein Motor auf. Dann vernahm er den unverkennbaren Sound eines startenden Motorrades, das sich mit einem die Nacht durchdringenden Lärm Richtung Aubrook entfernte. Lüder zerrte an der Tür. Sie war verschlossen. Hastig suchte er nach dem Schlüsselbund, fingerte den Schlüssel ins Loch und stand schließlich im Freien. Inzwischen hatte Jonas das Erdgeschoss erreicht.

»Was war das?«, fragte er verstört.

Lüder trat vor die Tür. Die angenehm kühle Nachtluft empfing ihn. Über den Dächern der gegenüberliegenden Häuser schimmerte das Licht des nahen Gewerbegebiets, das sich nur undeutlich von der Lichtkuppel der Großstadt abhob. In einigen Nachbarhäusern wurde Licht angemacht. Vereinzelt lugten Leute durch einen Gardinenspalt. Gegenüber öffnete sich die Haustür, und der Nachbar sah zu ihnen herüber.

»War das ein Bekloppter, der wie verrückt gegen unsere Tür gedonnert hat?«, fragte Jonas. »Sind die nicht ganz dicht?«

»Vermutlich«, erwiderte Lüder und sah sich die Fassade des Hauses an.

Er konnte nichts entdecken. Auf dem Rückweg wollte er die Tür in Augenschein nehmen und nach Beschädigungen suchen. Da sah er es. Mitten auf das Türblatt war ein hölzernes Kreuz genagelt worden. Es war aus hellem Holz, ohne Figur. Der stabile Zimmermannsnagel war nicht ganz eingeschlagen worden und ragte noch gut zwei Zentimeter heraus. Es sollte keine handwerklich perfekte Aktion sein, dachte Lüder. Man wollte damit ein Zeichen setzen. Für ihn bestand kein Zweifel, dass es mit seinem aktuellen Fall zusammenhing. War es eine Warnung?

Jonas hatte das Kreuz auch entdeckt.

»Ganz schön schrill«, meinte der Junge. »Na ja. Mal was anderes. Statt Hakenkreuzschmierereien schlägt das Universum zurück.« Er knuffte Lüder gegen den Oberarm. »Hast du Stress mit unserem Pastor? Oder die Kirchensteuern nicht überwiesen?«

»Alles okay«, sagte Lüder und winkte dem Nachbarn von gegenüber zu.

Dann verschloss er die Haustür und verriegelte sie. Am oberen Treppenabsatz hatte sich Sinje hingekauert.

»Was war das, Papa?«, fragte sie verschlafen.

»Ein blöder Streich«, antwortete Lüder und fuhr seiner Jüngsten beruhigend über den Kopf. »Leg dich wieder hin. Alles in Ordnung.«

»Das war ein Lover von dir«, sagte Jonas grinsend.

»Doofmatz«, erwiderte seine Schwester und zeigte ihm den ausgestreckten Mittelfinger. Dann verzog sie sich in ihr Zimmer.

»Schlaf gut«, rief Lüder seinem Sohn hinterher, der mit einem undefinierbaren Brummlaut ebenfalls in sein Reich abtauchte.

Dann kehrte er ins Schlafzimmer zurück. Margit lag immer noch zusammengekauert unter der Bettdecke.

»Ein dummer Streich«, sagte er beruhigend und wollte in sein Bett kriechen, als er ihr stoßweises Röcheln vernahm.

»Was ist mit dir?«, fragte er sorgenvoll und knipste die Nachttischlampe an. Sie starrte an ihm vorbei ins Leere. Ihr Gesicht war kalkweiß.

»Ist dir nicht gut?«

Sie antwortete nicht.

Lüder legte die Handoberfläche auf ihre Stirn. Die war kaltschweißig.

»Margitmaus. Was ist los? Hörst du mich?«

Sie bewegte sich nicht. Vorsichtig fuhr er mit dem ausgestreckten Zeigefinger vor ihren weit geöffneten Augen hin und her. Sie folgte ihm nicht.

Lüder suchte unter der Bettdecke ihren Puls und fühlte ihn. Er spürte ihr Herzrasen. Für einen Moment hielt er ihre Hand fest und tätschelte sie. Dann suchte er mit der anderen Hand sein Handy auf dem Nachttisch und wählte den Notruf.

»Ich brauche einen Notarzt«, sagte er und versuchte, mit ruhiger Stimme zu sprechen. »Ich vermute bei meiner Frau einen Schock. Da sie unter einer posttraumatischen Belastungsstörung leidet, ist ärztliche Hilfe erforderlich.«

Er beantwortete noch ein paar Fragen des Disponenten aus der Notrufzentrale. Dann wählte er Jonas' Telefonnummer an.

»Hast du Langeweile?«, meldete sich sein Sohn mit müder Stimme. »Mensch, lass mich pennen.«

»Jonas. Es ist ein Notfall. Komm mal rüber in unser Schlafzimmer.«

Es knackte in der Leitung, und kurz darauf stand Jonas im Raum. Mit einem Blick erfasste er die Situation.

»Mist«, knurrte der Junge. »Und nun?«

Lüder sagte, er habe den Rettungsdienst angerufen und Jonas solle ihn vor dem Haus in Empfang nehmen.

»Okay«, erwiderte Jonas knapp und verschwand.

Lüder zog sich an und versuchte dabei immer wieder, Margit anzusprechen. Er strich ihr vorsichtig über den Kopf und tupfte ihr den Schweiß von der Stirn. Ihr Atem kam noch immer stoßweise, aber sie bekam Luft.

Es schien eine gefühlte Ewigkeit zu vergehen, bis die Notfallsanitäter der Kieler Berufsfeuerwehr eintrafen. Lüder war froh, dass die Profis sich ruhig und besonnen seiner Frau annahmen.

»Frau Lüders?«, fragte der Mann in der Rettungsdienstjacke.

»Sie heißt Dreesen«, sagte Lüder. »Margit Dreesen.«

Wenig später traf der Notarzt ein, ein grauhaariger Mittfünfziger. Er ließ sich von Lüder kurz die Ereignisse schildern.

»Meine Frau hat vor einiger Zeit eine Entführung erlebt. Bis heute leidet sie unter posttraumatischen Belastungsstörungen und ist deshalb auch in psychiatrischer Behandlung«, erklärte Lüder, während der Arzt Margit untersuchte.

Er leuchtete ihr mit einer Taschenlampe ins Auge.

»Keine Reaktion«, murmelte der Arzt. »Sie reagiert nicht auf Ansprache.« Er hob ihren Kopf, dann die Arme an. Sie blieben in der gleichen Position. »Sie ist katatonisch«, stellte der Arzt fest. »Völlig verkrampft. Ich werde ihr einen Zugang legen.«

Margit ließ es widerstandslos geschehen.

Der Arzt sah nicht auf, als er erklärte: »Der Stupor, also die Starre des ganzen Leibes, ist deutlich erkennbar. Auch das beharrliche Schweigen weist auf eine Katatonie hin.« Er sah Lüder an. »Wo war Ihre Frau in Behandlung?«

»In der Uniklinik.«

»Gut«, sagte der Arzt. »Dorthin werde ich sie jetzt einweisen. In die Psychiatrie. Vorher gebe ich ihr noch vier Milligramm Dormicum. Das enthält den Wirkstoff Midazolam und hat eine sedierende und anxiolytische, also angstlösende Wirkung. Außerdem ist es muskelrelaxierend.«

»Ich begleite sie in die Uniklinik«, sagte Lüder und trat zur Seite, als die Notfallsanitäter Margit aus dem Bett hoben und mit der Trage zum Rettungswagen brachten.

Mitten auf der Straße stand der VW Bulli, das Einsatzfahrzeug des Notarztes. Trotz der nächtlichen Stunde hatten sich Schaulustige versammelt, angelockt vom zuckenden Blaulicht der Einsatzfahrzeuge.

Lüder stieg in den rot-weißen Mercedes Sprinter der Berufsfeuerwehr. Er hatte keinen Blick für die auf Laien verwirrend wirkende Einrichtung des Fahrzeuges. Dann fuhren sie durch das nächtliche Kiel zur Notaufnahme der Uniklinik Schleswig-Holstein.

»Warten Sie bitte hier«, wies ihn ein Pfleger an und zeigte auf eine Gruppe von Stühlen auf dem Flur, während man Margit in einen Raum schob und die Tür schloss.

Es war eine schlimme Zeit, die er auf dem Flur verbrachte. Die Wanduhr schien ihn höhnisch anzulachen, weil sie sich nicht vom Fleck bewegte. Lüder zählte die Sekunden. Er kam auf zweiundachtzig, bis sich der Zeiger auf die nächste Minutenposition schob. Einmal tauchte eine Krankenschwester auf. Lüder unterdrückte den Wunsch, sie anzusprechen. Endlich erschien ein Arzt.

»Herr Dreesen?«

»Lüders.«

»Sie sind der Ehemann?«

Würde er die Frage verneinen, bekäme er keine Auskunft, schoss es ihm durch den Kopf. Automatisch nickte er.

»Wir haben Ihre Frau ruhiggestellt. Sie schläft jetzt. Das ist im Augenblick das Beste, was wir für sie tun können. Organisch ist alles in Ordnung. Ich habe mir die Krankenakte angesehen, die uns hier vorliegt. Ich gehe davon aus, dass es ein erneuter Schub der bekannten posttraumatischen Belastungsstörung ist, verursacht durch die seinerzeitige Geiselnahme. Gab es einen aktuellen Anlass – ich meine, dieses Mal?«

Lüder bestätigte es. »Kann ich zu ihr?«

»Ja, aber sie ist nicht ansprechbar.«

Der Arzt führte ihn in ein Behandlungszimmer. Margit lag auf einer Trage, eine Decke hatte man ihr bis ans Kinn hochgezogen. Sie hatte die Augen geschlossen und schlief. Ihr Atem ging ruhig und gleichmäßig.

Lüder strich ihr sanft über den Kopf.

»Mach's gut, Liebes«, sagte er, bevor er sich abwandte, ein Taxi rief und nach Hause fuhr.

SIEBEN

Es waren zwei unruhige Stunden, die Lüder geschlafen hatte. Immer wieder war er hochgeschreckt. Er quälte sich aus dem Bett, erledigte die Morgentoilette und versuchte, die Kinder zu versorgen. Ihre Fragen konnte er nur unzureichend beantworten. Alle waren merkwürdig still. Dafür versuchten Jonas und Sinje, mit anzupacken.

Nachdem sie das Haus verlassen hatten, fotografierte Lüder noch einmal das Kreuz an der Haustür, bevor er es abnahm und in eine Papiertüte steckte. Er würde es der Kriminaltechnik aushändigen. Die Spurensicherung zu bestellen wäre überflüssig. Dafür würde er vom Büro aus das zuständige Revier bitten, eine Streife zum Hedenholz zu schicken. Die Kollegen sollten die Nachbarn befragen. Viel versprach er sich nicht davon.

Lüder informierte Edith Beyer, dass er heute später auf der Dienststelle erscheinen und nicht an der Morgenbesprechung teilnehmen würde. Einen Grund nannte er nicht.

Sein Weg führte ihn in die Uniklinik. Man hatte Margit in einem Zweibettzimmer untergebracht. Ihr Gesicht war fahl, die Haut schien fast durchsichtig zu sein. Auf ihrem Nachttisch stand ein kleines Frühstück. Zwei Scheiben Weißbrot mit Marmelade. Sie hatte es nicht angerührt.

»Hallo«, sagte sie matt, als Lüder das Zimmer betrat und die andere Patientin mit einem Kopfnicken begrüßte.

Er gab ihr einen Kuss auf die Stirn und wollte wissen, wie es ihr gehe.

»Gut«, sagte sie. »Was ist heute Nacht geschehen?«

»Du hast schlecht geträumt«, behauptete er und wusste sofort, dass er einen Fehler gemacht hatte.

»Ich halte das nicht mehr aus. Dein Beruf zerstört uns. Dich. Die Kinder. Mich. Alle.«

»Das hat nichts mit meinem Beruf zu tun«, sagte er. »Ein

saublöder Scherz. Vielleicht war es ein abgewiesener Verehrer Vivekas.«

Margit schüttelte kaum merklich den Kopf.

Lüder ergriff ihre Hand. »Ich verspreche dir, dass ich sofort mit dem Ministerpräsidenten und dem Bundesinnenminister sprechen werde. Der gesamte Polizeiapparat wird den Jugendlichen suchen, der uns heute Nacht geweckt hat. Übrigens – zu Hause ist alles okay. Alle haben mit angepackt. Und ich soll dir viele liebe Grüße von den Kindern ausrichten. Ich hatte Mühe, sie heute Morgen zur Schule zu bekommen. Sie wollten dich besuchen.«

Margit lächelte matt. Dann fielen ihr die Augen zu.

»Ich komme heute Abend wieder«, sagte er und fuhr ins Landeskriminalamt.

Dort lag eine Bitte um Rückruf aus Lübeck vor.

»Wir haben uns gestern Günter Kramarczyk geholt«, begann Ehrlichmann, nachdem Lüder ihn angerufen hatte. »Er hat uns Erstaunliches erzählt. Zunächst hat er bestätigt, dass er über seinen türkischen Arbeitskollegen Bassam El-Khoury kennengelernt hat. Das sei ein ›entfernter Kumpel‹, so seine Wortwahl, aber kein Freund. Das gelte auch für den Arbeitskollegen. Er weiß nicht viel vom Libanesen, auch nicht, dass er vorbestraft ist. El-Khoury hat das Scheunentor aufgeschlossen. Den Schlüssel hatte ihm Kramarczyk überlassen. El-Khoury wollte dort am Wochenende ein Auto reparieren. Kramarczyk hat sich nichts dabei gedacht, insbesondere nicht, weil El-Khoury ihm den Schlüssel am Sonntag zurückgebracht und abends noch ein Bier ausgegeben hatte.«

»Ist die Geschichte glaubwürdig?«, fragte Lüder.

»Das ist schwer zu sagen. Es könnte sein. Kramarczyk ist nicht so intelligent, dass er strategische Überlegungen anstellen könnte. Er schien auch überrascht, als wir ihn abgeholt haben. Es wirkte nicht so, als hätte er sich die Story vorher zurechtgelegt, weil er damit rechnete, dass wir auf ihn stoßen.«

»Immerhin gibt es eine Verbindung zwischen Kramarczyk und dem Mordopfer, aber auch zur geschändeten Kirche in Seedorf«, sagte Lüder. »Und der Bruder des Exorzismusopfers hat keinen Hehl daraus gemacht, wie er über die Beteiligten denkt. Seine Eltern, die Priester, die Familie von Schwichow ... Welchen Eindruck hat El-Khoury auf Sie gemacht?

»Tja«, druckste der Hauptkommissar herum. »Den wollten wir auch befragen. Zum einen sollte er uns die Geschichte mit der Autoreparatur bestätigen. Wir hätten uns auch gern den Wagen angesehen. Für mich ist das aber nur vorgeschoben. Wenn Sie mich fragen – El-Khoury steckt da irgendwie mit drin. Er ist uns nicht als glühender Christenhasser oder radikalisierter Islamist bekannt, aber irgendwann fängt jeder einmal an. Wenn Kramarczyk, der gern einmal etwas über den Durst trinkt, von seinem Groll gegenüber der katholischen Kirche gesprochen hat, könnte auf Initiative von El-Khoury der Plan gereift sein, etwas gegen die Kirche zu unternehmen. Kramarczyk könnte eingewilligt haben, allein um seinen Bruder zu rächen.«

»Und?«

»Wir haben Bassam El-Khoury noch nicht erreicht. Er ist offenbar untergetaucht. Er steht aber auf unserer Liste ›wünschenswerter Gesprächspartner‹ ganz oben«, versicherte Ehrlichmann, »zumal wir seine Fingerabdrücke am Scheunentor sichern konnten.«

»Wie sieht es mit DNA aus?«, wollte Lüder wissen.

»Die Auswertung läuft noch. Von Bassam El-Khoury liegt uns keine DNA vor. Seine bisher verübten Straftaten haben keine DNA-Speicherung gerechtfertigt.«

»Der Rechtsstaat ist wie ein Leichtathlet«, sagte Lüder. »Oft muss er über Hürden springen, um ins Ziel zu gelangen.«

Als er aufgelegt hatte, gähnte er herzhaft. Die durchwachte Nacht forderte ihren Tribut.

»So ist es richtig«, meldete sich Friedjof von der offenen Bürotür. »Als Beamter kannst du ungestraft deinen Büroschlaf nehmen, während ich als Angestellter über die Flure toben muss.«

»Ach, Friedjof, lass es gut sein«, erwiderte Lüder.
Der Bürobote kam näher. »Friedjof? Nicht Friedhof? Ist etwas nicht in Ordnung?«, fragte er besorgt.
»Meine Frau«, erklärte Lüder. »Es geht ihr nicht gut.«
»Was Ernstes?«
»Ich hoffe nicht.«
»Gute Besserung«, wünschte Friedjof, legte die Post auf die Schreibtischecke und verzog sich wieder.

Lüder nahm Kontakt zum dritten Polizeirevier auf. Man bestätigte ihm, dass sich eine Streife am Hedenholz erkundigt hätte. Einige Bewohner hatten ein Motorrad wahrgenommen, aber gesehen hatte es keiner. Es gab keine verwertbaren Zeugenaussagen.

In Kriminalfilmen ist es immer so einfach, dachte Lüder grimmig. Dort greift man auf zahlreiche Überwachungskameras zurück und kann den Weg des Motorrades verfolgen. Natürlich gibt es auch Informationen zum Kennzeichen. In diesem Fall gab es keine nächtlichen Radarkontrollen, durch die das Krad mit überhöhter Geschwindigkeit hindurchgefahren war.

Lediglich ein Autofahrer hatte erbost bei der Polizei angerufen und sich über ein Motorrad beschwert, das ihm an der Einmündung Uhlenkrog/Hasseeer Straße die Vorfahrt genommen hätte. »Und der Sozius hatte keinen Helm auf«, hatte der Autofahrer angemerkt. Ein Kennzeichen konnte er nicht nennen. »Das Motorrad war groß und schwarz.«

Prima, überlegte Lüder. Geben wir eine Fahndung nach einem schwarzen Motorrad heraus. Große Hoffnung verband er nicht mit seinem Versuch, unter den bisher im Zusammenhang mit dem Fall aufgetretenen Personen den Halter des Motorrades zu finden. Lediglich Justus Holzapfel, der Sohn der Geliebten von Kellermann, besaß ein Motorrad. Es mochte sein, dass der Zahntechniker sich durch Lüders Befragung gestört fühlte und es ihm unangenehm war, dass Lüder ihm die mögliche Sorge um einen Verlust des Erbes vorwarf, aber dem ermittelten Kriminalbeamten deshalb ein Kreuz an die Haustür zu nageln schien Lüder doch zu abwegig.

Lüder rief erneut im Generalvikariat Hamburg an und fragte, ob der Erzbischof endlich zu sprechen sei. Er wurde mit »Tschoppe« verbunden.

»Ich habe Ihnen oft genug erklärt, dass Seine Exzellenz für ein Verhör nicht zur Verfügung steht«, sagte Tschoppe genervt.

»Es geht nicht um ein Verhör, sondern um ein Gespräch.«

»Der Herr Erzbischof hat dafür keine Zeit. Was denken Sie, mit wem Sie es zu tun haben?«

»Mit jemandem, dem sehr daran gelegen sein dürfte, dass der Mord an einem seiner engsten Mitarbeiter aufgeklärt wird. Aus Ihrer Sicht dürfte auch die Kirchenschändung in Seedorf Gewicht haben.«

»Dazu kann Seine Exzellenz nichts sagen.«

»Und das wissen Sie?«, fragte Lüder spöttisch.

»Der Erzbischof ist darüber genauso irritiert wie viele andere Menschen. Man hat uns in vielfältiger Weise die Betroffenheit bekundet.«

»Ist Dr. Malcherek noch in Rom? Versteckt er sich dort, weil er bedroht wird? Das ist für uns eine wichtige Frage. Es könnte sein, dass stellvertretend für ihn Dompropst Kellermann zum Opfer wurde. Oder muss er dort Rechenschaft ablegen, weil in seinem Bistum merkwürdige Dinge geschehen? Schließlich hat Kardinal Emanno Bacillieri seinen engen Vertrauten Mezzanotte hierhergeschickt, um sich ein Bild zu machen. Oder ist es Rom unangenehm, dass beim Exorzismus an Hans Kramarczyk etwas schiefgelaufen ist? Möglicherweise sind Leute unterwegs, die Hans rächen wollen.«

»Sie sind auf dem Holzweg«, behauptete Tschoppe. »Lassen Sie Ihre absurden Phantasien.«

»Och, davon habe ich noch mehr im Köcher. Josef Kellermann hatte eine Geliebte.«

»Ich sagte Ihnen schon einmal, dass wir jede Äußerung dazu mit allen juristischen Mitteln verfolgen werden.«

Lüder nickte vergnügt vor sich hin. »Von der Juristerei habe ich auch schon einmal etwas gehört. Ich stelle mir gerade vor, wie Ihr Anwalt vor Gericht erscheint und sich in Gegenwart einer interessierten Presse die unwiderlegbaren Fakten anhören muss. Ich könnte mit handfesten Zeugen auftreten, während Sie nur Ihren Wunsch nach Diskretion vorbringen können. Belassen wir es dabei, Tatsachen auch als solche zu benennen. Glauben Sie mir, die Erde ist keine Scheibe mehr.«

Das war eine Boshaftigkeit, dessen war sich Lüder bewusst, aber Tschoppe unternahm alles, um die Ermittlungsarbeiten zu boykottieren. Dazu trug auch das Verhalten des Kieler Statthalters Pater Konrad bei. Natürlich handelte der im Auftrag des Hamburger Erzbistums.

»Welche Funktion üben Sie eigentlich aus?«, wollte Lüder von seinem Gesprächspartner wissen. Tschoppe blieb ihm die Antwort schuldig. »Da Sie sich mit Frauen in bestimmten Funktionen schwertun, vermute ich, dass Sie eine Art männliche Sekretärin sind.«

Ob Tschoppe nicht registriert hatte, dass Lüder die feminine Form gewählt hatte? Der Mann ging nicht darauf ein, er verabschiedete sich knapp und beendete das Telefonat.

Lüder erinnerte sich, dass Mezzanotte während des Besuchs bei Pater Konrad auf Lateinisch gefragt hatte, was »er« – Lüder – über den Exorzismus wisse. Es klang so, als befürchte man, dass die Behörden mehr über dessen Verlauf herausfinden könnten, als im Prozess gegen die Eltern bekannt geworden war. Was hatte man zu verbergen? Die Kirche erwies sich als hartnäckig verschwiegen. Dabei hatte Lüder, als er vor ein paar Jahren den Mord am Itzehoer Richter Ulrich von Herzberg aufgeklärt hatte, gedacht, diese Eigenschaft würde nur auf die Freimaurerei zutreffen.

Lüder wollte das Klingeln des Telefons ignorieren, aber der Anrufer war hartnäckig. Wenn er durch Zeitablauf aus der Leitung flog, wählte er erneut.

Schließlich nahm Lüder ab.

»Martiny«, meldet sich der Philosoph. Es klang hastig. »Ich habe etwas für Sie. Sie werden staunen.«

Lüder wollte wissen, was dem Professor so wichtig erschien, dass er es ihm zeigen musste.

»Ich bin in den Besitz eines heimlich gedrehten Videos eines Exorzismus gelangt. Wollen Sie es sehen?«

Lüder fuhr nach Fleckeby, dem Hauptort von Südschwansen. Er hatte seinen Wagen noch nicht verlassen, als Martiny bereits die Haustür öffnete. Der Professor schien ungeduldig auf ihn gewartet zu haben.

»Das hat aber lange gedauert«, sagte er vorwurfsvoll.

Lüder erklärte ihm, dass er nicht allein auf den Straßen unterwegs war.

»Kommen Sie.« Martiny zerrte an Lüders Ärmel und zog ihn in den Raum, den Lüder von seinem ersten Besuch kannte. Auf dem Tisch stand ein Notebook, dessen Lüfter leise surrte.

»Woher haben Sie das Video?«, fragte Lüder.

»Aus einer vertrauenswürdigen Quelle.«

»Nennen Sie sie mir.«

»Nein. Das ist inoffiziell. Deshalb bekommen Sie auch keine Kopie. Würde das herauskommen, hätte mein Informant mit schwerwiegenden Konsequenzen zu rechnen.«

»Ist er Insider?«, vermutete Lüder.

»Geben Sie es auf. Ich erteile keine Auskünfte.«

»Es geht nur um die Glaubwürdigkeit«, sagte Lüder.

»Das, was ich Ihnen zeige, ist authentisch. Sie können wieder gehen, wenn Sie wollen. Ich will Ihnen nur den Ablauf eines Exorzismus zeigen. Dabei ist nichts strafrechtlich Relevantes passiert. Dummheit und Aberglaube sind nicht justiziabel.«

»Woher rührt Ihr Bestreben, Material gegen die katholische Kirche zu sammeln?«, wollte Lüder wissen.

»Ich bin auf der Suche nach der Wahrheit.«

»Kann die nicht auch im christlichen Glauben stecken?«

»Zeigen Sie mir Fakten«, erwiderte Martiny. »Weshalb ist die Kirche so erpicht darauf, mich kaltzustellen? Jeder, der sich kritisch äußert, wird aus dem Weg geräumt. Nehmen Sie

Hans Küng, Professor und geweihter Priester, der sich für die Ökumene einsetzte und sich für die Beziehung der christlichen Konfessionen zueinander, später aber auch zu den anderen Weltreligionen starkmachte. Er engagierte sich für ein gemeinsames Weltethos. Was ist daran verwerflich? Oder Eugen Drewermann, ebenfalls geweihter Priester. Küng hat man die Lehrerlaubnis entzogen, Drewermann suspendiert. Beide sind bekannte Kirchenkritiker. Und ich? Mich hat man auch ausgeschaltet.«

»Basiert Ihr Feldzug gegen die Kirche auf Rache?«

»Quatsch«, widersprach Martiny. »Ich heiße mit Vornamen David. Und die Kirche ist Goliath. Aber nun kommen Sie endlich. Sie werden staunen«, versprach er und schob Lüder zu einem Stuhl vor dem Bildschirm. Dann startete er das Programm.

Es war ein Dorf zu sehen, das einen bäuerlichen Eindruck vermittelte. Die Häuser waren älter. Man sah ihnen an, dass sie lange Zeit nicht renoviert worden waren. Das galt auch für die Straße, die einem Flickenteppich glich. Es gab keine weiteren Anhaltspunkte. Kein Geschäft, keine Kneipe, keine Bushaltestelle und keinen Straßennamen.

»Wo ist das?«, fragte Lüder.

»Irgendwo«, erwiderte Martiny einsilbig.

»Es sieht aus wie im ländlichen Bereich, irgendwo in Mecklenburg-Vorpommern.«

Der Professor antwortete nicht. Die Aufnahme war schlecht. Das Bild wackelte, als würde eine Kamera in einer Tasche getragen, die unruhig hin- und hergeschwenkt wurde. Dann zeigte die Kamera einen mit Waschbetonplatten ausgelegten Weg, der durch einen ungepflegten Vorgarten zu einer Haustür führte. Bisher lief alles ohne Ton. Von der Tür blätterte die Farbe ab. Sie schwang zur Seite und gab den Blick auf einen mausgrauen Rock frei, der bis über die Knie einer Frau reichte. Darunter waren dunkle Nylonstrümpfe zu sehen. Oder war es eine Strumpfhose?

Martiny stoppte plötzlich die Aufnahme. »Bevor wir weitermachen, muss ich Ihnen etwas über Okkultismus erzählen. Dieser Exorzismus dient der Befreiung von okkulter Behaftung.«

»Ich weiß, was Okkultismus ist«, behauptete Lüder.

Martiny widersprach energisch. »Nicht so, wie es die Kirche interpretiert. In deren Sinne gehören alle Praktiken dazu, die der Lehre Gottes entgegengesetzt sind. In Gottes Augen ist Okkultismus ein Gräuel. Wer sich ihm hingibt, dient Götzen und lässt sich mit Dämonen ein.«

»Das erinnert mich ein wenig an Goethes ›Faust‹«, warf Lüder ein.

Der Professor nickte nachdenklich. »Im Alten Testament stand darauf die Todesstrafe. Und wer Okkultem nachgeht, kann Gottes Reich nicht betreten. Nicht nur das. Auch Zaungäste sind davon betroffen. Allein pure Neugier zieht Gottes Zorn auf sich. Noch schlimmer. Die Kinder werden mit einbezogen, sofern der okkulte Einfluss nicht gebrochen wird.«

»Woran erkennt man das?«, wollte Lüder wissen.

»Betroffene können nicht mehr beten, empfinden Abneigungen gegen die Bibel, Geweihtes, die Kirche, Weihwasser oder die Heiligen. Sie gehen nicht mehr zum Gottesdienst.«

»Das trifft auf die Mehrheit der Bevölkerung zu«, sagte Lüder.

»Theoretisch sind alle mit den Folgen behaftet: Angst. Depressionen. Alpträume.«

Margit war seelisch krank. Man kannte die Auslöser. Aber niemand würde ernsthaft behaupten, sie sei vom Teufel besessen.

»Das ist nicht Ihr Ernst.«

»Nicht jeder Priester wird es Ihnen so erklären. Auch beim Klerus gibt es solche und solche. Ich gehe sogar davon aus, dass die Mehrheit über diesen Unfug nur den Kopf schüttelt. Spuk. Neurosen. Schizophrenie und Epilepsie sollen im Okkulten ihre Ursache haben. Es führt dann zur Besessenheit mit allen Symptomen von physischen, psychischen und psychiatrischen Krankheiten, bei denen die ärztliche Heilkunst und die üblichen Medikamente versagen. Erbkrankheiten, Nikotinmissbrauch, perverse Sexualität und Selbstmordwahn sind die Folgen.«

»Sie binden mir einen Bären auf«, sagte Lüder.

»Leider nicht. Es gibt diesen Wahnsinn. Und die Betroffenen enden im Irrenhaus, dämmern in Schwermut dahin, begehen Selbstmord, oder ihnen widerfährt ein tödlicher Unfall. Und das alles nur, weil sie spirituelle Praktiken wie Totenerscheinungen, Stühlerücken oder Trancereden pflegen. Auch Kartenlegen, Tarot, Handlesen und Astrologie gehören dazu, ebenso wie Horoskope und Pendeln. Das ist aber noch nicht alles. Geistheilung, magisches Besprechen, Hexentum, Zauberei, Satanismus, Hypnose, transzendentale Meditation, Yoga ... Wer sich auf so etwas einlässt, öffnet sich für die Einflussnahme des Satans. Um die Menschen zu schützen, hat Gott deshalb jede Kontaktaufnahme mit bösen Geistern verboten.«

»Gottes Verbote haben schon im Paradies nicht gefruchtet«, sagte Lüder. »Sonst hätte Eva nicht den Apfel gegessen.«

»Aber wie bei der Erbsünde weiß die Kirche auch hier Rat. Wo alle anderen Mittel versagen, hilft die Macht Jesu Christi. Wer sich bewusst vom Teufel und seinen Dämonen abwendet, kann gerettet werden. Das geschieht zum Beispiel im Taufgelübde. Kennen Sie es?«

Lüder musste gestehen, dass er es nicht kannte.

»Sie müssen auch alle für okkulte Zwecke gebrauchten Gegenstände vernichten und Wohnungen und Häuser durch priesterlichen Exorzismus oder zumindest eine Haussegnung reinigen. Dann müssen Sie an Jesus Christus und seine Kirche glauben und das durch das Beten des Glaubensbekenntnisses bekunden.«

»Hm«, sagte Lüder. »Wenn ich die ganze Vorrede ausblende, kann ich nachvollziehen, dass Menschen sich durch Beten des Glaubensbekenntnisses ihrer Religion verbunden fühlen.«

»Zum Christsein gehören noch mehr Dinge«, fuhr Martiny fort. »Die Taufe befreit das unschuldige Neugeborene von der Erbsünde.« Der Professor fuhr mit einem Finger in der Luft herum. »Ist das ein gnädiger Gott, der Babys den Zutritt zum Himmel versagt, nur weil Eva einen Apfel geklaut hat? Wer war überhaupt Eva, wenn wir Darwin Glauben schenken? Irgendwo in der Entwicklung, in der Evolution, muss das passiert sein. Sind die Menschen mit der Erbsünde behaftet, weil ein Halbaffe Äpfel gegessen hat? Gott meint es aber gut mit den Menschen. Zumindest den katholischen. Er hat ihnen die Sakramente geschenkt, die Beichte und die Eucharistie. Das heißt aber nicht, dass Katholiken munter drauflossündigen dürfen in der Gewissheit, alles im Beichtstuhl wieder abladen zu können. Sie müssen regelmäßig die Sakramente empfangen, täglich beten, idealerweise einen geweihten Gegenstand bei sich tragen und sich segnen lassen. Sie können aber um Hilfe bitten: bei der Muttergottes, den Engeln und den Heiligen. Wichtig ist, dass Sie die Gebote Gottes einhalten. So weit – so gut. Sie müssen aber auch die Gebote der Kirche einhalten. Und die sind hausgemacht. Wenn Sie sich nicht daran halten, droht Ihnen laut Lukasevangelium Folgendes: Der unreine Geist kehrt mit sieben anderen zurück, zieht in den Menschen ein und lässt sich dort nieder. So wird es mit diesem Menschen am Ende schlimmer werden als vorher. Das vorweg, denn nun kommt der Exorzist ins Spiel, den Sie im schlimmsten Fall über Ihren Priester oder den Bischof erreichen.«

So schließt sich der Kreis, dachte Lüder. Jetzt sind wir bei Hans Kramarczyk, seinen strenggläubigen Eltern, bei Pfarrer Zorn und Dompropst Kellermann.

Der Professor startete das Programm, und die verdeckte Filmaufnahme wurde fortgesetzt. Eine Gruppe von vier Leuten betrat das Haus, die Frau eingeschlossen. Es mussten insgesamt fünf sein, überlegte Lüder. Derjenige, der heimlich die Aufnahmen gemacht hat, wird sich nicht selbst ins Bild gebracht haben.

»Können Sie sich vorstellen«, kommentierte Martiny, »dass es in Rom eine Kirche gibt, in der der berühmteste aller Exorzisten, Pater Gabriele Amorth, zweimal wöchentlich den Exorzismus betreibt? Regelmäßig am Dienstag und am Freitag. Angeblich soll er mehr als zwölftausend Exorzismen ausgeführt haben.«

Die Gruppe betrat ein Wohnzimmer, wie Lüder es von den Großeltern in Erinnerung hatte. In dem Haus schien die Zeit stehen geblieben zu sein. Jetzt waren die Männer deutlich zu erkennen. Ein weißhaariger Priester in Ordenstracht begrüßte eine vielleicht fünfunddreißigjährige Frau mit Handschlag. Auf einem mit einer Spitzendecke abgedeckten runden Tisch platzierte ein anderer Mann, der ebenfalls als Ordensmann erkennbar war, ein kleines Deckchen und stellte ein Gefäß darauf ab.

»Das Weihwasser«, erläutert Martiny.

Der Gehilfe des Exorzisten, zumindest unterstellte Lüder dem Mann diese Funktion, legte ein Kruzifix daneben. Der Exorzist hatte sich in der Zwischenzeit eine violette Stola umgelegt. Er segnete das Weihwasser. Dann sprach er ein paar Gebete, besprietzte die kleine Gruppe mit Weihwasser und setzte sich der Frau gegenüber. Einer seiner Gehilfen hatte dort einen Stuhl hingestellt.

»Schade«, sagte Lüder, »dass die Aufnahme ohne Ton ist.«

Martiny zuckte nur mit den Schultern, ohne dabei den Blick vom Bildschirm zu lassen.

Der Exorzist nahm eine kerzengerade Haltung ein. Die Hände hatte er flach auf die Oberschenkel gelegt. Es sah aus, als würde er eine lockere Plauderei mit der Frau führen. Hatte diese zuvor noch angespannt gewirkt, löste sich diese Verkrampfung. Sie sah ihr Gegenüber an. An ihrem Gesichtsausdruck war zu erkennen, dass sie seinen Worten aufmerksam folgte. Zwischendurch nickte sie ein paarmal. Dann öffnete sie die Lippen und sagte etwas. Lüder versuchte, es abzulesen. Es ergab keinen Zusammenhang. Dann sprach wieder der Exorzist. Hatte die Frau für einen Augenblick beinahe locker gewirkt, trat jetzt erneut die Körperspannung ein. Sie neigte sich vor und sah den Priester an. Dann sagte sie etwas.

»Das ist nicht Deutsch«, stellte Lüder fest. »Das Dorf könnte in Vorpommern liegen. Ich bin aber der Überzeugung, es ist irgendwo dort oben.« Gebannt starrte er auf den Bildschirm. »Das ist Polnisch«, sagte er schließlich. »Die sind auf der anderen Seite der Grenze. Logisch. In Vorpommern gibt es kaum Katholiken. Fünfundvierzig Jahre DDR sind nicht folgenlos geblieben. Aber nebenan, in Polen, da spielt die Kirche noch eine große Rolle.«

Martiny ließ den Einwurf unkommentiert.

Der Exorzist legte der Frau die Enden seiner Stola über die Schultern, mit den Händen berührte er ihr Haupt. Seine Lippen bewegten sich gleichmäßig, fast monoton.

»Er betet«, sagte Lüder. »Für mich wirkt es wie Latein.«

Es war eine endlose Litanei. Zunächst hatte die Frau noch aufmerksam zugehört. Dann schienen ihre Augenlider schwer zu werden. Sie fielen ihr zu, obwohl es ihr anzumerken war, dass sie gegen die Müdigkeit ankämpfte. Es sah aus, als sei sie eingeschlafen. Ihr Brustkorb hob und senkte sich gleichmäßig. Die Situation strahlte Ruhe und Frieden aus.

»Sie ist in Trance«, stellte Lüder fest. »Davon bin ich überzeugt. Der Typ hat sie hypnotisiert.«

Der Priester hatte seine Litanei beendet. Er bespritzte die Frau, in deren halb offenen Augen die Pupillen nicht mehr zu erkennen waren, erneut mit Weihwasser. Plötzlich, ohne jede Vorankündigung, durchzuckte es die Frau, als wäre ein Stromstoß durch sie gefahren. Sie wurde unruhig, bewegte sich fast ekstatisch. Die Bewegungen wurden immer hektischer. Jetzt griffen die beiden Gehilfen des Exorzisten zu. Sie packten die Schultern und Arme der Frau und drückten sie mit Kraft nieder. Man sah ihnen an, dass sie dazu Mühe aufwenden mussten. Inzwischen bebte der ganze Körper. Die Priester fixierten die Beine, um die Frau festzuhalten, die mit großer Energie tobte und schrie. Schaum trat ihr vor den Mund. Sie hatte die Augen weit aufgerissen. Lüder glaubte, Panik in ihrem Blick zu erkennen. Sie wollte sich losreißen, der Tortur entfliehen, aber die beiden Priester hielten sie eisern fest.

Der Exorzist betete indessen unbeirrt weiter, als sei er in das Geschehen nicht involviert.

»Der ist nur so cool, weil ihm der Ablauf geläufig ist«, kommentierte Lüder. »Der ist Profi. Der macht das oft. Man könnte meinen, die haben der Frau eine Droge eingeflößt. Wenn der Film nicht geschickt geschnitten ist, haben wir davon allerdings nichts bemerkt.«

»Sie haben recht mit Ihrer Vermutung, dass das Medium hypnotisiert wurde«, bestätigte Martiny.

Der Exorzist betete noch eine Weile weiter, dann griff er erneut zum Weihwasser und besprenkelte die Frau. Sein Zeigefinger tauchte in einen Tiegel ein. Mit einer Art Salbe zeichnete er das Kreuz auf die Stirn der Frau.

»*Fugite partes adversae*«, las Lüder dem Priester von den Lippen ab. »Flieht, ihr diabolischen Kräfte«, übersetzte er halblaut für sich. Die Kamera konzentrierte sich einen kurzen Moment auf das Gesicht des Exorzisten. Lüder konnte keine Regung in dem faltigen Antlitz erkennen. Es schien, als würde er alles mit stoischem Gleichmut und ohne innere Anteilnahme ausführen.

»Woher nimmt er das Recht, die Frau so zu malträtieren?«, fragte Lüder.

»Das darf nicht jeder. Dazu bedarf es der ausdrücklichen Ernennung zum Exorzisten durch einen Bischof, noch besser durch einen Kardinal. Der Bischof muss seine Einwilligung zu jedem einzelnen Exorzismus erteilen.«

»Mein Gott«, sagte Lüder. »Das sind intelligente Leute, die lange studiert haben. Und dann veranstalten die einen solchen Hokuspokus? Ich habe ganz viel Respekt vor Menschen, die sich für ihren Glauben einsetzen und ihn leben. Ich akzeptiere uneingeschränkt Gebete und andere spirituelle Riten. Aber das hier … Das ist unfassbar. Vor allem grenzt es fast an Schizophrenie. Da wird behauptet, jemand sei vom Teufel besessen. Als Indizien gelten Merkmale, die andere Menschen als ganz normal zu ihrem Leben gehörig betrachten. Das interpretiert man dann als Hinwendung zum Okkulten. Genau mit solchen okkulten Maßnahmen aber versucht man die Teufelsaustreibung. Jetzt weiß ich, woher der Spruch ›Den Teufel mit dem Beelzebub austreiben‹ stammt. Sind wir eigentlich noch im zivilisierten Teil der Welt?«

Martiny hatte still zugehört. »Das ist es, was ich anprangere«, sagte er. »Ich bin kein Kirchenhasser, wie man es mir vorwirft.

Aber weshalb muss man die Gläubigen mit solchem Zauberkram verwirren?«

Lüder schüttelte nur stumm den Kopf. Er mochte kaum glauben, was er sah.

Inzwischen hatte sich die Frau wieder ein wenig beruhigt. Ihr Atem ging nicht mehr stoßweise. Die beiden Gehilfen lockerten den Griff, und als sie registrierten, dass die Frau ruhig blieb und keinen neuen Anfall bekam, ließen sie ganz von ihr ab.

»Das war's«, sagte Martiny und wollte den Rechner abschalten, als die Kamera sich senkte und auf den Fußboden richtete. Dielenbretter, auf denen ein Teppich lag. Lüder sah nur mit halbem Auge hin, als er bemerkte, wie die Kamera Schuhspitzen einfing.

»Stoppen Sie die Aufnahme«, rief er hastig.

Die Szene war vorbei, bevor der Professor reagieren konnte. Fast widerwillig spulte er die Aufnahme zurück, bis die Fußspitzen erneut zu sehen waren.

»Was ist damit?«, wollte der Professor wissen. »Das ist doch der unspektakulärste Teil des Films.«

Martiny mochte recht haben. Doch Lüder glaubte, die Schuhe wiedererkannt zu haben. Er vermied es, Martiny einzuweihen. Es schienen Prälat Kellermanns Schuhe zu sein, die unfreiwillig mit aufgenommen worden waren. Die hatte die Lübecker Spurensicherung in der Scheune auf dem Gelände des Eutiner Freilichttheaters sichergestellt. Kellermann hatte die heimlichen Aufnahmen gemacht. Wie kam der Dompropst nach Polen? Weshalb hatte er einer solchen Prozedur beigewohnt? War es für ihn eine Art Generalprobe, eine Demonstration, um den Exorzismus an Hans Kramarczyk oder die Genehmigung dazu vorzubereiten? Wurde er für seine Mitwirkung daran ermordet? Also doch Rache. Oder sollte ein Mitwisser ausgeschaltet werden? Im Prozess um den Tod des Behinderten hatten alle geschwiegen. Die an der Ausführung des Exorzismus beteiligten Geistlichen waren nicht identifiziert worden. War es deshalb nicht gelungen, weil sie aus Polen kamen? War der Priester in dem Film zufällig derselbe, der mitverantwortlich für die unterlassene Hilfeleistung war, die zu Hans Kramarczyks Tod geführt hatte?

Lüder war immer noch verwirrt, als er zu seinem BMW zurückkehrte. Er war so sehr in Gedanken versunken, dass er erst beim wiederholten Mal das Klingeln seiner Mobilbox bemerkte, nachdem er das Handy wieder eingeschaltet hatte. Pfarrer Egbert Zorn hatte sich gemeldet und bat um Rückruf. Er habe lange mit seinem Gewissen gefochten, hatte der Geistliche als Nachricht hinterlassen, aber nun sei es an der Zeit, Lüder etwas Wichtiges mitzuteilen.

Lüder war versucht, den Pfarrer anzurufen. Noch mehr drängte es ihn aber, Margit zu besuchen. So verschob er den Anruf und fuhr zur Uniklinik.

Man wollte ihn zunächst nicht aufs Patientenzimmer lassen. Auf anderen Stationen sei es unproblematisch, meinte die Schwester, die er ansprach, aber hier benötigten die Patienten Ruhe. Und nochmals Ruhe. Lüder versuchte es mit einer Charmeoffensive. Wenn er sich auf einen kurzen Besuch beschränken würde, räumte die Schwester ein, dann ... Aber! Es sei eine Ausnahme.

Margit lag im Bett und hatte die Augen geschlossen. Erst als er sanft ihren Arm berührte, sah sie ihn an. Es dauerte Sekunden, bis sie ihn erkannte und mit einem matten »Hallo« begrüßte.

Sie wechselten nur wenige Worte. Er fragte bewusst nicht, wie es ihr ging. Was hätte sie antworten sollen? Das, was er sah, verriet ihm genug. Sie stand offenbar unter dem Einfluss von Medikamenten. So beschränkte er sich auf Allgemeinplätze. Das Wetter. Langweilige Büroarbeit. Lüder vermied es, von zu Hause zu erzählen. Es irritierte ihn auch, dass sie nicht nachfragte. Zwischendurch fielen ihr immer wieder die Augen zu.

Mit einem Kuss auf die Stirn verabschiedete er sich. Sein Versuch, einen Arzt zu sprechen, war erfolglos. Derzeit stand keiner zur Verfügung.

Er wusste Margits Zustand immer noch nicht einzuschätzen,

als er sein Haus erreichte. Erst auf den zweiten Blick bemerkte er den Farbklecks auf der Haustür, genau an der Stelle, an der sich das Loch von dem Nagel befunden hatte, mit dem das Kreuz angeschlagen worden war. Als er die Tür öffnete, schlug ihm eine blaue Wolke entgegen. Es roch angebrannt. Die Rauchschwaden waberten aus der Küche heraus. Dort traf er Jonas und Sinje an.

»Das war Sinje«, sagte Jonas zur Begrüßung.

»Ich wollte doch nur etwas zum Abendbrot kochen«, entschuldigte sich das Nesthäkchen kleinlaut. »Weil Mama doch nicht da ist.«

Lüder nahm seine Tochter in den Arm. »Ist gut, meine Kleine. Das ist ganz lieb von dir.«

»Da wir gerade dabei sind«, setzte Jonas an.

»Was ist denn?«, fragte Lüder.

»Ich wollte die Haustür reparieren. Ich – das Loch. Ich glaube, die Farbe, die ich im Keller gefunden habe, passt nicht so ganz.«

Was sollte Lüder darauf antworten?

»Genau«, mischte sich Sinje ein. »Auch die Sache mit der Wäsche.«

Jonas winkte ab.

»Was ist damit?«

»Na ja«, druckste der Sohn herum. »Das lag ein großer Berg im Keller. Ich habe ihn in die Waschmaschine gestopft.«

»Und?«

»Ich dachte, wenn man es mit der höchstmöglichen Temperatur macht, wird es bestimmt sauber.«

Lüder schwante Böses. »Hast du Buntwäsche zu heiß gewaschen?«

»Was heißt hier ›Buntwäsche‹?«, sagte Sinje. »Er hat alles zusammengeworfen und dann in die Maschine gestopft. Jetzt hat alles die gleiche Farbe.«

So ist es, dachte Lüder, wenn die Hausfrau und Mutter ausfällt.

Auch er machte sich Vorwürfe. Für alle war es eine Selbstverständlichkeit, dass Margit diese Dinge organisierte und sich um alles kümmerte. Er selbst hatte durch Abwesenheit geglänzt. Die Kinder hatten ihren guten Willen beweisen wollen. Das war schiefgegangen.

Lüder fuhr beiden über den Kopf. Dann nahm er sie in die Arme und drückte sie.

»Ihr seid super«, sagte er.

»Und Frau Mönckhagen auch«, ergänzte Sinje. »Als ich heute aus der Schule kam, hat sie mich vor der Tür abgefangen. Ich musste mit zu ihr und mittagessen.« Sinje schüttelte sich leicht. »Die Suppe schmeckte scheußlich.«

»Das ist aber nett von der Nachbarin«, sagte Lüder. »Und vergiss nicht, dass Frau Mönckhagen schon eine alte Frau ist.«

Es war großartig, wie selbstverständlich und ungefragt die Nachbarin ihre Hilfe einbrachte.

Sinje nickte. »Ich habe es ihr auch nicht gesagt, dass sie nicht kochen kann«, versicherte die Kleine treuherzig.

Kinder, dachte Lüder im Stillen. Auch in Bezug darauf, dass beide nicht wissen wollten, wie es Margit ging. Dann besprachen sie, wie sie die nächsten Tage den Haushalt und das Familienleben organisieren könnten.

Es war spät am Abend, als ihm der Anruf von Pfarrer Zorn wieder einfiel. Lüder wählte die Rufnummer in Seedorf an. Sofort meldete sich der Anrufbeantworter:

»Hier ist die katholische Gemeinde St. Ansgar in Seedorf. Wir sind im Augenblick nicht zu sprechen. Bitte hinterlassen Sie eine Nachricht auf dem Band. Vielen Dank.« Dann ertönte ein Piepton.

ACHT

Sie hatte die Strecke, wie seit Jahren, mit dem alten Fahrrad zurückgelegt. Im Winter, bei Regen oder Nebel war es manchmal beschwerlich. An diesem Morgen war ihr der Weg nicht schwergefallen. Das frühe Aufstehen war sie von Kindheit an gewohnt, ebenso das harte Arbeiten. Sie fuhr auf den Kirchplatz, kam ein wenig ins Straucheln, als sie mit ihrem wadenlangen Rock über den Rahmen stieg, und stellte das Fahrrad gegen die Mauer des Gotteshauses. Mit müden Schritten ging sie zum Pfarrhaus, kramte aus ihrer Kitteltasche den Schlüssel hervor und wunderte sich, dass die Tür nicht verschlossen war.

»War den Farrosch wieda latschig«, murmelte sie, weil sie den Pfarrer für die Nachlässigkeit verantwortlich machte.

Der alte Herr Pfarrer führt ein gutes Leben, nicht so wie wir, schoss es ihr durch den Kopf. Er wohnte in einem gemütlichen Heim. Die Anzahl seiner Schäfchen war überschaubar und damit auch seine Arbeitszeit. Ob er gestern wieder vom Messwein probiert hatte? Viele im Dorf wussten, dass der Alte manchmal zu Hause saß und sich ein Glas Rotwein gönnte. Ein Glas? Das war eher eine symbolische Umschreibung. Nein, er übertrieb es nicht. Warum sollte ein Mann in seinem Alter im beginnenden Herbst des Lebens sich nicht gelegentlich einen edlen Tropfen gönnen? Und wenn keine der seltenen Beerdigungen oder eine Messe anstand, schlief der Herr Pfarrer gern etwas länger.

»Mir solscht recht sei«, sagte sie leise und suchte den Kirchenschlüssel am Holzbrett, das auf dem Flur hinter der Tür angebracht war. »Nanu?«

Sie stutzte. Der grobe Holzklotz, an dem der Schlüssel mit einem Stück Band befestigt war, fehlte. Was soll's. Sie ging in die Küche. Siehste. Da stand ein Glas, auf dessen Boden angetrockneter Rotwein zu sehen war. Also doch. Sie öffnete die Tür zur Kammer, holte den Eimer und den Wischer heraus, füllte

Reinigungsmittel hinein und ließ warmes Wasser einlaufen. Sie nahm eines der gefalteten Wischtücher und hängte es über den Eimerrand. Das sollte an einem Donnerstag reichen. Sie würde einmal grob durchwischen. In der Woche kamen keine Besucher in die Kirche, die zumeist abgeschlossen war. Für die paar Euro, die ihr Paul von Schwichow für diese Arbeit in die Hand drückte, müsste sie sich nicht mehr krummlegen. Mit ihren siebenundsechzig Jahren hatte Ludwine Kramarczyk genug und hart gearbeitet. Ihr Ehemann Pankraz war acht Jahre jünger. Aber er war von der schweren Landarbeit gezeichnet. Die karge Rente reichte für den Lebensunterhalt nicht aus.

Die von Schwichows bekundeten stets ihre Gottesfurcht und ihre soziale Verantwortung gegenüber den Arbeitern, aber Reden und Verwirklichen waren zweierlei Dinge. Vielleicht war das gottgewollt. Sie würde drüben in der Kirche, bevor sie mit dem Putzen begann, ein schnelles Gebet sprechen. Gott hatte ihnen ein schweres Los aufgebürdet, ein entbehrungsreiches. Und er hatte es zugelassen, dass der Teufel in ihren Großen – Hans – gefahren war. Das war die Strafe für Ludwines Sünden.

Heute hatte sie ein von Falten durchzogenes Gesicht, in dem sich Warzen breitgemacht hatten. Ihre Angst vor dem Zahnarzt hatte sie mit einem löchrigen Gebiss bezahlt. Das war nicht immer so gewesen. Als junges Mädchen war sie ein wenig pummelig gewesen, aber die weiblichen Attribute waren an den richtigen Stellen verteilt.

Adolf von Schwichow, obwohl siebzehn Jahre älter und Gutsherr, wie man es in der alten Heimat Schlesien nannte, hatte sich an sie herangemacht. In unbeobachteten Momenten hatte er sie in die Ecke gedrängt und geküsst. Aber nicht nur das. Er hatte sie auch unkeusch berührt. Wenn die Erregung in ihm hochgekocht war, hatte er stets behauptet, das sei ein uraltes Recht des Gutsherrn. Sie musste Adolf dann oft mit der Hand Erleichterung verschaffen, etwas, das sie ihrem Mann Pankraz nie geschenkt hatte. Diese Dinge hatten schon vor langer Zeit ein Ende gefunden. Und Adolf hatte nie erfahren, dass seinem älteren Bruder Paul eine Gunst zuteilgeworden war, die sie ihm stets versagt hatte. Mit Paul, der ein Vierteljahrhundert älter war als sie, hatte sie sogar richtig …

Nein! Sie wollte das Wort nicht aussprechen. Es war nicht oft gewesen. Aber damals brach eine Welt für sie zusammen, als sie die Veränderung an sich bemerkte. Ein Kind war unterwegs. Hans. Bis heute wusste Ludwine nicht, wer der Vater war. Paul von Schwichow oder ihr Ehemann Pankraz.

Sie war verzweifelt gewesen und hatte sich dem damaligen Pfarrer Nepomuk Mair in der Beichte anvertraut. Der hatte ihr geraten, mit beiden Männern zu sprechen. Aber das konnte sie nicht. So trug sie schwer an diesem Geheimnis.

Und dann kam Hans' Treppensturz, die Strafe Gottes. Aber nicht nur das. Als sie ihre Sünden immer noch nicht öffentlich bekundete, ergriff der Teufel Besitz von Hans und fuhr in ihn hinein. Seine Seele musste vor der ewigen Verdammnis gerettet werden. Sie hatte mit Paul von Schwichow darüber gesprochen, und der hatte zugesichert, alles unternehmen zu wollen, um seinen Sohn von der Besessenheit zu befreien. Ludwine wusste, dass Paul von Schwichow Einfluss auf die Ortskirche und ihren Pfarrer hatte. Sein Arm reichte darüber hinaus noch weiter bis hin zum Bischof.

Ludwines geschundene Seele fand erst Ruhe, als sie die Zusage erhielt, dass alles gut werden würde. Die heilige Kirche würde einen Gottesmann schicken, der den Satan austreiben würde. Sie vertraute den Geistlichen und Paul von Schwichow. Die verstanden mehr von dieser Welt als sie. Und dann geschah das Unfassbare. Hans starb. Man tröstete Ludwine und Pankraz mit der Feststellung, Gott habe den weisen Ratschluss getroffen, sein Kind Hans in sein Reich zu holen. »Du weißt, meine Tochter«, hatte der Priester ihr gesagt, »dass Gott für uns Menschen sogar seinen eigenen Sohn geopfert hat. Deine Seele findet nun Frieden, da er das Gleiche auch für deinen Hans vorgesehen hat.«

Merkwürdig, dass Pfarrer Zorn immer auswich, wenn sie ihn darauf ansprach. Er leugnete nie die Allmacht Gottes, aber direkt bestätigen wollte er sie auch nicht, selbst wenn sie ihn danach fragte, was der Pater, der den Exorzismus durchgeführt hatte, damals versicherte. Nun gut, dachte sie. Ich werde zunächst in der Kirche ein Vaterunser für Hans sprechen. Und eins für den Exorzisten. Und eins für …

Oder doch nicht? Schließlich warteten noch andere Arbeiten auf die Erledigung.

Leicht gebeugt schleppte sie den vollen Eimer über den Kirchplatz. In der anderen Hand hielt sie den Schrubber. Das Wischtuch hatte sie in den Eimer geworfen. Sie achtete nicht darauf, dass das Wasser überschwappte und sie nasse Füße bekam.

Sie stellte den Stiel ab und öffnete die schwere Holztür, von der die Farbe abblätterte. Dann stellte sie ihr Bein davor und schob damit die Tür so weit auf, dass sie hindurchschlüpfen konnte. Sie atmete die Luft ein. Es roch immer noch verbrannt. Wer lud sich eine solche Sünde auf und verbrannte das Kreuz? Ludwine stellte den Eimer ab und bekreuzigte sich. Dann griff sie den Eimer, drehte sich mit dem Rücken zum Altar, fischte das Wischtuch aus der Flüssigkeit und schlang es um den Schrubber. Sie tauchte das Reinigungsgerät ins Wasser und begann, mit weit ausholenden Bewegungen die Fliesen des Gotteshauses zu wischen. Auf das vorhergehende Fegen hatte sie verzichtet. Langsam ging sie dabei rückwärts.

Sie sorgte schon seit Langem für die Sauberkeit der Kirche und kannte die Ausmaße. Deshalb war sie überrascht, als sie mit den Fersen gegen etwas stieß. Erschrocken drehte sie sich um. Eiskalt kroch ihr das Entsetzen den Rücken empor. Eine eiserne Faust umklammerte ihr Herz und presste es zusammen, sodass sie keine Luft zum Atmen fand. Der Kreislauf versagte, und sie schwankte. Sie öffnete die Hand, sodass der Schrubber herausrutschte und auf den Boden fiel. Ludwine griff zur Rückwand der ersten Bankreihe und hielt sich daran fest.

Auf dem Fußboden, direkt vor dem Altar, lag ein schlichtes Holzkreuz, etwas größer als ein Mensch. Auf dem war ein Wesen angenagelt, so wie der Herr Jesus Christus seinerzeit gestorben war. Durch die Füße und die Hände waren große Nägel getrieben. In der linken Brustseite klaffte eine Wunde. Nur mühsam gelang es ihr, noch einmal hinzusehen. Dann packte sie die Panik.

Sie kannte den, der dort am Kreuz gestorben war. Es war der Teufel. Er sah genauso aus, wie Ludwine ihn auf zahlreichen Abbildungen gesehen hatte. Ein rotes Gesicht und die Hörner.

Sie drehte sich um und wankte aus der Kirche hinaus, indem sie sich an jeder Bankreihe abstützte. Nur mühsam konnte sie das kurze Stück von der letzten Reihe bis zur Tür überwinden. Es kostete sie enorme Kraft, die unendlich schwer erscheinende Tür zu öffnen. Dann stand sie im Freien und pumpte die frische Morgenluft in ihre Lungen. Sie blickte um sich. Niemand war zu sehen. Mit letzter Kraft schleppte sie sich ins Pfarrhaus. Sie musste den Pastor benachrichtigen. Sie wollte rufen, bekam aber keinen Ton über die Lippen. Ihre Stimme versagte. Stolpernd erklomm sie die Treppe und trommelte gegen die Tür des Schlafzimmers. Nichts rührte sich. Entschlossen drückte sie die Türklinke herab und fand – nichts.

Ludwine war verzweifelt. Was sollte sie machen? Irgendwie gelangte sie auf die Straße. Die war menschenleer. Sie schaffte es bis zum Nachbarhaus und trommelte mit beiden Händen gegen die Tür, bis ein verschlafen wirkender Mann, unrasiert und im Morgenmantel, öffnete.

»Was soll das zu nachtschlafender Zeit?«, sagte er unwirsch.

Ludwine zeigte zur Kirche. »Da drüben ... da ... da ist der Teufel gekreuzigt worden.«

»Ich kenne mich da nicht aus«, sagte der Mann, »aber immerhin weiß ich, dass Christus gekreuzigt wurde.«

Nachdem die Frau sich nicht beruhigte und nur unzusammenhängende Wortfetzen von sich gab, schlurfte er in Pantoffeln hinter ihr her zur Kirche.

Eine Viertelstunde später traf der erste Streifenwagen ein. Es dauerte eine weitere Dreiviertelstunde, bis die Beamten der Bezirkskriminalinspektion Lübeck vor Ort waren. Zunächst nahmen die Spurensicherer ihre Arbeit auf. Es dauerte noch eine

Weile, bis Hauptkommissar Ehrlichmann anordnen konnte, dass dem Opfer die Teufelsmaske vom Gesicht genommen wurde.
Die Anwesenden starrten auf das Gesicht.
»Das ist der Pfarrer«, sagte ein Streifenbeamter mit kreideweißem Gesicht. »Ich kenne ihn.«

Lüder hatte es in den Nachrichten auf dem Weg zur Dienststelle gehört. Nur mit Mühe konnte er verhindern, beim Abbiegen in den Westring dem Vordermann ins Auto zu fahren. Der Nachrichtensprecher auf NDR Welle Nord hatte keine Namen genannt, aber Lüder war klar, es konnte sich nur um Pfarrer Egbert Zorn handeln.

Was war in Schleswig-Holstein los? Wer betrieb eine mörderische Jagd auf katholische Geistliche? Bei grauenvollen Attentaten konnten sich die Terroristen dieser Welt nicht schnell genug in der Öffentlichkeit zu Wort melden und das blutige Geschehen für sich reklamieren. Bisher hatte sich niemand für diese Morde verantwortlich erklärt. Wusste man im Bistum mehr? Warum mauerte man dort und verweigerte die Zusammenarbeit mit den Behörden?

Lüder trommelte ungeduldig auf dem Lenkrad herum. Der morgendliche Berufsverkehr in der Landeshauptstadt war nicht vergleichbar mit dem Chaos, das in anderen Metropolen herrschte. Dennoch schien es ihm, als hätten sich alle anderen Verkehrsteilnehmer gegen ihn verschworen. Er wäre fast ungerechtfertigt unfreundlich gegen den Mitarbeiter am Zugang zum Polizeiareal Eichhof geworden, nur weil der pflichtgemäß das Fahrzeug vor Lüder kontrollierte.

Nachdem er geparkt hatte, hastete er die Treppe zu seiner Dienststelle empor. Auf dem Flur herrschte eine ungewohnte Betriebsamkeit. Beamte eilten hin und her, und inmitten des Chaos versuchte sich ein aufgeregter Kriminaldirektor als Dirigent der Kakofonie.

Lüder erwischte Kriminaloberrat Gärtner auf dem Flur. Im Vorbeilaufen berichtete der Kollege, dass die Lage noch undurchsichtig sei. Man könne nicht mehr sagen als das, was die Medien berichtet hätten. Gärtner konnte nur bestätigen, dass es sich bei dem Opfer um Egbert Zorn handelte. Der Abteilungsleiter hatte in zehn Minuten den Führungsstab einberufen. Lüder beschloss, der Sitzung fernzubleiben. Mehr als Allgemeinplätze konnten dort nicht verkündet werden. Man würde eine Sonderkommission bilden, der er nicht angehören würde. Sein Platz in der »Hochleistungszentrale zur Kriminalitätsbekämpfung«, wie man das LKA auch spöttisch nannte, war der eines Einzelgängers.

Lüder erinnerte sich an seinen Besuch im Pfarrhaus in Seedorf. Egbert Zorn hatte einen jovialen Eindruck gemacht und sich erstaunlich freimütig zur Situation der katholischen Kirche geäußert. Der Pfarrer hatte nicht mit Kritik gespart und die aus seiner Sicht dringend notwendigen Reformen offen angesprochen, auch wenn er keinen Zweifel an seiner Loyalität aufkommen ließ. Erst als Lüder auf den Exorzismus zu sprechen kam, hatte Zorn abweisend reagiert und Lüder praktisch hinausgeworfen. Weder im Prozess gegen die Eltern noch Lüder gegenüber hatte sich Zorn dazu äußern wollen. Seine Rolle bei der Teufelsaustreibung blieb im Dunkeln. Es schien erwiesen, dass sich die Eltern zunächst an ihn als Ortsgeistlichen gewandt hatten. Lüder ging davon aus, dass Zorn die Angelegenheit an das Bistum weitergereicht hatte. Und hier kam Kellermann ins Spiel. Beide waren tot. Ermordet. Sie konnten keine Auskunft mehr geben und hatten ihr Geheimnis mit ins Grab genommen. Beiden war gemein, dass sie rituell ermordet worden waren. Und Mezzanotte hatte in Gegenwart von Pater Konrad sorgenvoll auf Lateinisch gefragt, was Lüder über den Exorzismus wisse.

An der Aufklärung des Mordes arbeitete die Sonderkommission. Die erfahrenen Beamten würden keinen Stein auf dem anderen lassen, die Nachbarn und Dorfbewohner befragen, jedes Blatt Papier im Pfarrhaus lesen, Telefonlisten und Konten auswerten und die Kirche und deren Umgebung nach verwertbaren Spuren absuchen. Ob sie auch etwas über Zorns kritische Haltung erfahren würden? Der Landpfarrer hatte sich mit diesen

Gedanken auf dem Terrain bewegt, auf dem sich auch Michael Dornseif und seine Progressiven Katholiken tummelten. Lüder erreichte den Abgeordneten in dessen Büro im Landeshaus.

»Gehört Egbert Zorn, der Gemeindepfarrer von St. Ansgar in Seedorf, zu den Reformern?«, fragte Lüder, nachdem er Platz genommen hatte.

»Ich kannte den Priester nicht, habe auch nie etwas über ihn gehört. Daher kann ich Ihre Frage nicht beantworten.«

»Wie geht man in der Kirche mit Reformern um?«

Dornseif wiederholte die Frage für sich selbst. Dann legte er die Fingerspitzen gegeneinander. »Das ist nicht leicht zu beantworten. Bei der Priesterweihe gelobt man unbedingten Gehorsam. Das spiegelt sich auch im Alltag wider. Verzeihen Sie den Vergleich, aber in radikalen Diktaturen findet sich ein ähnliches Phänomen. Natürlich muss niemand bei einem Widerspruch um sein Leben oder seine Gesundheit fürchten. Wer aber aus innerer Überzeugung Priester geworden ist, und das sind sie alle, übt schließlich nicht irgendeinen Job aus, sondern verliert den Inhalt seines Daseins, wenn man ihn exkommunizieren würde.«

»Wird Widerspruch stets so schlimm geahndet?«

»Nicht unbedingt. Es geht auch anders. Wir, die Vereinigung, der ich vorstehe, nehmen in Deutschland eine besondere Position ein. Das wird nicht von allen gutgeheißen. Man beäugt uns kritisch. Diese Ideen werden aber nicht nur hier diskutiert. Auch in anderen Ländern gibt es Katholiken, die über eine moderne Ausprägung nachdenken. So gab es in Österreich eine reformorientierte Pfarrerinitiative, der ein Priester vorstand. Der hatte mit seiner Initiative den ›Aufruf zum Ungehorsam‹ gestartet und damit ein großes Medieninteresse geweckt. Schüller, so heißt der Mann, hatte angekündigt, das Predigtverbot für kompetent ausgebildete Laien zu missachten. Außerdem forderte seine Initiative, Frauen und Verheiratete zum Priesteramt zuzulassen. Trotz des Drucks der Kirche hat die Initiative den Aufruf nie zurückgenommen.«

»Und? Wie hat die Kirche reagiert?«

»Schüller wurde zum damaligen Wiener Kardinal Schönborn zitiert, der ihm kurz und bündig mitteilte, dass man dem Priester den päpstlichen Ehrentitel Monsignore aberkannt habe. Eine Begründung wurde nicht gegeben. Schüller hatte damals gesagt, das sei für ihn keine Katastrophe. Das gilt aber lange nicht für alle Mitglieder des Klerus. Man glaubt nicht, wie weit die Eitelkeit unter ihnen verbreitet ist. Viele sind ganz wild auf päpstliche Ehrentitel. Deshalb sind sie auch nicht gut auf Papst Franziskus zu sprechen. Der Papst hat alle derartigen Ernennungen auf Eis gelegt. In den Bistümern wurden die angesetzten Zeremonien, die ja auch ein öffentlicher Auftritt waren, abgesetzt. Übrigens war Franziskus selbst nie Monsignore oder Prälat. Man nimmt dem Papst die von ihm ausgerufene neue Bescheidenheit ebenso krumm wie die Kurienreform.« Dornseif zeigte ein jungenhaftes Lachen. »Der Klerus übt in vielen Bereichen alles andere als Bescheidenheit und Demut. Es wird von Kurienkardinälen berichtet, die in ungewöhnlichem Prunk leben, sei es von der Wohnung über die Luxuslimousine bis hin zum Hofstaat an dienstbaren Geistern. Da passt es nicht, wenn Franziskus selbst die Verpflichtung zur Einfachheit ausruft. Es ficht manchen Priester an, dass man heute nicht mehr wie einst Don Camillo zum Monsignore ernannt wird. Die neue katholische Kirche des Papstes ist eben die des Don Camillo, nicht die des Monsignore Camillo.«

»Rumort es in der Kirche?«

»Mächtig«, sagte Dornseif, »auch wenn nicht viel nach außen dringt. Aus der Sicht führender Kleriker war es ein großer Fehler, jemanden wie den Argentinier zum Papst zu wählen.«

»Es ist ein vielleicht nicht passendes Bild«, schränkte Lüder ein. »Aber könnte der Verlust an Macht, Ansehen und Glamour in gewissen Kreisen nicht den Gedanken an einen Staatsstreich reifen lassen? In autoritären Staaten putscht manchmal eine Truppe, wenn ihnen die Führung durch den absoluten Souverän nicht gefällt.«

Dornseif zeigte sich amüsiert. »Das ist wirklich ein lustiger

Gedanke. Eine Revolte im Vatikan.« Er malte mit seinen Händen eine imaginäre Schlagzeile in die Luft. »Konservative übernehmen die Macht. Kardinal Soundso ernennt sich zum neuen Papst. Franziskus flüchtet in die saudische Botschaft.«

Lüder musste bei diesem Gedanken auch lachen.

»So weit wird es wohl nicht kommen«, war Dornseif überzeugt.

»Jeder phantasievollen Geschichte wohnt ein Funken Wahrheit inne«, meinte Lüder.

»Wir sind nicht mehr im Mittelalter, wo sich Päpste gegenseitig abgesetzt und in die Verbannung gejagt haben.«

»So einig, wie Sie Ihre Kirche gern sehen, ist sie aber nicht. Es gab immer wieder Abspaltungen. Luther hat sicher eine der bedeutendsten herbeigeführt. Denken Sie an die anglikanische Kirche, die Evangelikalen, die Freikirchen, die Altkatholiken, die Kopten und die große Anzahl der Orthodoxen.«

»Die Ostkirche ist eine in sich sehr unterschiedliche Familie, die auch national geprägt ist wie die griechisch- oder die russisch-orthodoxe Kirche. Die haben ein gemeinsames Verständnis für die Sakramente, den Gottesdienst und die Lehren, aber jede verwaltet sich selbst.«

»Könnte es nicht auch mit der Macht und dem Ansehen des jeweiligen Patriarchen zusammenhängen? Das sind auch nur Menschen, zumindest solange sie hier auf Erden sind. Heilige werden sie erst später.«

Dornseif dachte einen Moment nach. »Bei denen gibt es keinen Papst, auch wenn der Patriarch von Konstantinopel eine besondere Ehre als *primus inter pares* genießt. Er hat keine Macht über die anderen Orthodoxen.«

»Im Unterschied zur absolutistischen Herrschaft des Papstes. Da sind wir wieder am Ausgangspunkt: die Kritik an Papst Franziskus.«

»Es gibt andere Differenzen zwischen der orthodoxen und der katholischen Kirche. So behaupten die Orthodoxen, die einzig wahre Kirche Jesu Christi zu sein. Sie sehen ihre Herkunft direkt bei den Aposteln, bewiesen durch eine ununterbrochene Kette in der apostolischen Nachfolge. Gemeinsam mit uns Katholiken ist der Glaube an die Dreifaltigkeit, an Jesus als Gottes Sohn und die Worte der Bibel und andere biblische Lehren. Einige orthodoxe Denker lehnen den geistlichen Status der römischen Katholiken allerdings ab und bezeichnen uns als Häretiker, also Ketzer.«

»Könnte man sich vorstellen, dass es einige wenige gibt, die auch vor einem Aufruf zur Gewalt nicht zurückschrecken würden?«

Dornseif wiegte nachdenklich den Kopf. »Ich bin nur ein theologischer Laie. Die Frage kann ich Ihnen nicht beantworten.«

»Im Namen der Religion wurde schon oft in der Geschichte gemordet. Es sind nicht nur islamistische Hassprediger, die dazu aufrufen. Selbst im zivilisierten Europa ist es noch gar nicht lange her, dass sich in Nordirland Katholiken und Protestanten blutige Auseinandersetzungen lieferten. In Belfast finden Sie noch heute hohe Schutzzäune, die die Wohngebiete der beiden Gruppen voneinander trennen.«

»Das ist leider wahr«, bestätigte Dornseif. »Wie schön wäre es, wenn alle Menschen friedlich und tolerant miteinander umgehen würden. Natürlich bin ich nicht objektiv. Ich bin der festen Überzeugung, dass mein Glaube der richtige ist. Er gibt mir Kraft und Zuversicht. Jeder von uns gerät einmal aus den verschiedensten Gründen in eine persönlich schwierige Situation. Mir hat das Gebet immer geholfen. Ist es nicht ein wenig absurd, dass Menschen die Existenz Gottes leugnen, sich über Jesus Christus lustig machen, aber in der Stunde der Not nichts Eiligeres zu tun haben, als um Gottes Beistand zu flehen? Manchmal geht es auch zu weit. Oder glauben Sie, dass Gott sich bei einem wichtigen Fußballspiel auf die Seite derer schlägt, die inbrünstiger für den Sieg gebetet haben? Ich kann nur jedem raten, dass er sich im stummen Zwiegespräch mit Gott unterhalten soll. Sie werden sehen – es hilft.«

Ob ich dabei eine Antwort finden würde, warum es die früher so lebensfrohe Margit getroffen hat?, dachte Lüder. Aber ich kann Gott nicht für alles auf der Welt verantwortlich machen.

»Wo sehen Sie das Erzbistum Hamburg?«

Dornseif dachte eine Weile nach. »Das kann ich schwer einschätzen. Unter den deutschen Bistümern gibt es welche, die einen konservativen Ruf haben. Das liegt häufig am Bischof. Köln eilt dieser Ruf voraus. Fulda und Regensburg gehören meines Erachtens auch dazu. Hamburg ist ein junges und kleines Bistum, dessen Stimme kein allzu großes Gewicht hat. Ich kann mir vorstellen, dass man es im Rahmen der Weltkirche in Rom nur am Rande wahrnimmt.«

Wie kommt es, dachte Lüder im Stillen, dass Rom dennoch einen Beauftragten zum Erkunden der Situation schickt? Mezzanotte tritt fast wie ein Geheimagent auf. Er lachte in sich hinein. Ein Priester als Agent.

»Könnte es sein, dass im Hamburger Erzbistum etwas im Verborgenen erblüht, das an den Grundfesten der Weltkirche rüttelt?«

Dornseif sah ihn an, als hätte Lüder ihm gerade eröffnet, er stamme von Marsmännchen ab. Dann brach er in ein schallendes Gelächter aus. Das war so heftig, dass sich der Abgeordnete den Bauch halten musste. Als er sich wieder etwas beruhigt hatte, wischte er sich die Tränen aus den Augen.

»So etwas Köstliches habe ich noch nie gehört. Sie sollten ein eigenes Kabarettprogramm ausrichten. Kabarett? Nein. Das ist Comedy und Slapstick zusammen. Hamburg als Keimzelle der religiösen Weltrevolution.«

Er brach erneut in Gelächter aus.

So hatte ich es nicht formuliert, dachte Lüder. Aber die Reaktion seines Gegenübers war ihm Antwort genug.

»Rein spekulativ – welches Motiv könnte es geben, einen unbekannten Landpfarrer wie den aus Seedorf rituell zu ermorden? Ihn zu kreuzigen?«

Dornseif wurde schlagartig ernst. »Das fragen sich wohl Millionen von Menschen rund um den Globus. Und jeder hat eine andere Antwort.«

Leider hatte er recht, dachte Lüder. Der Fall dürfte es wirklich in die Medien in aller Welt geschafft haben. Und ich, der kleine Kieler Kriminalrat, soll ihn aufklären. Plötzlich spürte er eine ungeheure Last auf seinen Schultern. Die fiel auch nicht ab, als er sich verabschiedet hatte und zu seinem Auto zurückkehrte.

Im Landeskriminalamt ging es zu wie in einem Bienenstock. Für Außenstehende sah es wie ein planloses Hin und Her aus. Es war eine Sonderkommission unter Leitung von Jens Starke gebildet worden.

Lüder zog sich in sein Büro zurück und schloss die Tür, die sonst immer geöffnet war. Er schaltete sein Handy wieder ein. Prompt meldete sich Leif Stefan Dittert.

»Sag mal, Lüders, was läuft da?«, wollte der Journalist des Boulevardblattes wissen.

»Meinten Sie Lüders oder Herrn Dr. Lüders?«, erwiderte Lüder.

»Lassen Sie doch die Förmlichkeiten, wenn es brennt. Brennt? Wenn die Welt aus den Fugen gerät. Mensch, Lüders. Wer zettelt da einen Krieg gegen die Katholiken an? Soll der Klerus jetzt ausgerottet werden? Nacheinander. Sollen die Köpfe rollen, wie die Dominosteine fallen? Aber warum in Schleswig-Holstein?«

»Dittert. Wir haben eine exzellente Pressestelle. Fragen Sie dort nach.«

»Da ist permanent besetzt. Das wissen Sie doch selbst. Also, was geht da ab? Mensch. Ich bin doch Ihr Freund.«

»Davon wüsste ich etwas«, entgegnete Lüder.

»Die ganze Welt interessiert sich für das, was hier los ist. Selbst in irgendwelche afrikanischen Lehmhütten wird übertragen, dass hier eine Hetzjagd auf Priester stattfindet. Meine Kollegen von Presse, Funk und Fernsehen belagern das Innenministerium, die Staatskanzlei, Ihre Pressestelle sowieso und das Generalvikariat in Hamburg. Ich habe einen Tipp für Sie: Gehen Sie nicht vor die Tür. Dort hält Ihnen mit Sicherheit ein schlitzäugiger Japaner ein Mikro vor das Gesicht und will etwas wissen. Mensch, Lüders. Da sind Sie bei mir besser aufgehoben.«

»Kennen Sie Dr. Weidner?«

»Weidner? Nee. Wer soll das sein?«

»Ein hervorragender HNO-Arzt, spezialisiert auf Hörprobleme. Wollen Sie seine Adresse?«

»Lassen Sie diesen Quatsch. Ich habe es auch schon in Kiel versucht. Geheimtipp. Beim katholischen Verbindungsbüro. Aber der Bissinger ist vermutlich mit seinem Motorrad abgedüst. Na ja«, seufzte Dittert ins Telefon. »Die Kirche ist auch nicht mehr das, was sie mal war. Früher gab es für die Festangestellten das Keuschheitsgelübde …«

»Festangestellten? Sie meinen die Priester.«

»Sag ich doch. Und wenn sie in einem Orden waren, kam noch das Armutsgelübde hinzu. Und heute?«

»Was wollen Sie damit andeuten?« Wusste Dittert etwas über Kellermanns Verhältnis zu Karin Holzapfel?

»Tschüss«, sagte Lüder knapp und legte auf. Er vernahm lediglich das lang gezogene protestierende »Ehhh«, bevor die Leitung tot war.

Lüder schlug sich mit der flachen Hand an die Stirn. Pater Konrad! Den hatte er nicht auf der Liste, als er Beteiligte an diesen Fällen suchte, die Halter eines Motorrades waren. Er wurde schnell fündig. Auf Konrad Bissinger war eine Moto Guzzi V7 III Stone zugelassen. Eine italienische Maschine.

»Direkt aus dem Vatikan?«, sagte Lüder mit einem sarkastischen Unterton.

Aber weshalb sollte der Geistliche nachts ein Kreuz an Lüders Haustür nageln? Pater Konrad war ein zäher Gesprächspartner. Für einen Dummejungenstreich hielt er ihn aber für zu solide. Das ergab keinen Sinn. Der Zeuge aus Lüders Nachbarschaft hatte zudem zwei Männer gesehen. Wer war der zweite? Lüder lachte laut auf, als er sich vorstellte, dass sich Mezzanotte mit wehenden Rockschößen im Talar auf dem Sozius des Paters festkrallte, als beide flohen.

Er rief Hauptkommissar Ehrlichmann auf dessen Handy an und wollte hören, ob man schon etwas über die Todesursache herausgefunden und brauchbare Spuren entdeckt hatte. Der Lübecker schien beschäftigt zu sein. Er nahm das Gespräch nicht an, sondern drückte Lüder gleich weg.

Nach einer halben Stunde meldete sich Ehrlichmann. »Wir sind in Action«, sagte Ehrlichmann ein wenig atemlos. »Die vermutliche Todesursache könnte ein Stich mit einem breiten Gegenstand unter dem linken Rippenbogen ins Herz gewesen sein. Das ist aber noch nicht endgültig sicher. Zur toxikologischen Untersuchung liegen natürlich noch keine Ergebnisse vor.

»Haben Sie inzwischen eine Spur von Bassam El-Khoury?«, fragte Lüder.

»Leider nicht. Unsere Erfahrung zeigt, dass solche Leute über ein Netzwerk verfügen, das sich uns nicht erschließt. Es gibt noch einen weiteren triftigen Grund für El-Khoury, abzutauchen. Er wird von der örtlichen Polizei gesucht, weil er im Eutiner Kirsten-Bruhn-Hallenbad zwei fünfzehnjährige Schülerinnen sexuell bedrängt und betatscht haben soll. Nun fürchtet er wohl, dass er ausgewiesen werden soll.«

»Wir müssen ihn aber finden.«

»Das weiß ich auch«, erwiderte Ehrlichmann ungehalten. »Aber ich kann ihn nicht aus dem Hut zaubern. Für das LKA ist es immer sehr einfach, vom Schreibtisch aus solche Forderungen zu stellen. Glauben Sie nicht, dass wir alles in unserer Macht Stehende unternehmen, um ihn zu finden? Außerdem bindet die Kreuzigung des Pfarrers im Augenblick alle unsere Kapazitäten.«

Lüder versicherte dem Hauptkommissar, dass er von der guten Arbeit der Dienststelle überzeugt sei.

»Wir gehen davon aus, dass El-Khoury einer der Mörder Josef Kellermanns sein könnte. Darauf weisen Fingerabdrücke hin, die die Spurensicherung sicherstellen konnte. Aber wer war dabei?

Allein wird er es nicht gemacht haben. Und wer steckt dahinter? Ist El-Khoury der Kopf? Gibt es doch einen radikalislamischen Hintergrund?«

»An der Beantwortung dieser Frage arbeiten wir noch«, bestätigte Lüder und wünschte den Lübeckern weiterhin viel Erfolg.

Im LKA herrschte ein heilloses Durcheinander. Es wäre sinnlos gewesen, hätte Lüder versucht, mit einem Beamten der Sonderkommission zu sprechen. Dr. Starke war ohnehin nicht erreichbar. Er beschloss, ins Zentrum zu fahren und eine Kleinigkeit für Margit zu kaufen. Aber was? Sie hatte ihm früher einmal erklärt, dass Männer in diesem Punkt oft ideenlos waren. Margit hatte darauf verzichtet, ihn direkt anzusprechen. Aber er wusste darum.

Weihnachten und ihr Geburtstag – das waren für ihn immer Tage voll schwieriger Entscheidungen. Er beschloss, sich heute vom Angebot inspirieren zu lassen, und fuhr konzeptionslos zum Sophienhof, Kiels Vorzeige-Shoppingcenter, das die Haupteinkaufsstraße mit dem Bahnhof verband. Er fand einen Platz im Parkhaus Hopfenstraße und betrat das Center in der Rotunde am Übergang zum Hauptbahnhof. Unentschlossen machte er sich auf den Weg, warf einen Blick in den Laden mit Accessoires, die er eher als »Schnickschnack« bezeichnen würde, und reihte sich auf der Rolltreppe ins Obergeschoss ein.

Wäre ein Buch etwas für Margit? Aber fand sie Konzentration zum Lesen? Wenn Dr. Starke früher auf Vorgängen mit roter Schrift »b. R.« notiert hatte, was »bitte Rücksprache« heißen sollte, hatten die Mitarbeiter der Abteilung daraus ein »bin ratlos« gemacht. Jetzt war er »b. r.«.

Am anderen Ende des Sophienhofs befand sich eine große Buchhandlung. Dort wollte er sich umsehen. Das Einkaufszentrum war gut besucht. Frauen, einzeln und in Gruppen, oder ganze Familien machten ein zügiges Vorankommen unmöglich. Zufällig warf er einen Blick über den Lichthof auf den Gang auf der anderen Seite. Dort befand sich eine Trattoria, die italienische Spezialitäten anbot. Plötzlich stutzte Lüder.

An einem der Holztische saß ein Mann mit südländischem Aussehen. Er trug eine enge Hose und ein auf Passform geschnittenes Hemd, dessen obere Knöpfe geöffnet waren und den Blick auf die dunkle Brustbehaarung freigaben. Die schwarzen Haare waren zurückgekämmt und glänzten. In ihnen steckte eine Sonnenbrille. Der Mann hatte die Beine übereinandergeschlagen und beobachtete das vorbeiziehende Publikum. Wenn ihn bewundernde Blicke von Frauen trafen, lächelte er zurück. Ein Womanizer. Mit spitzen Fingern hielt er eine Espressotasse und nippte daran, während er über deren Rand weiter das Geschehen beobachtete.

Dann schien er auch Lüder entdeckt zu haben, hielt die Tasse einen Moment unentschlossen in der Schwebe und setzte sie vor sich ab. Welche äußerliche Veränderung der Wechsel der Kleidung ausmacht, dachte Lüder. Fast hätte er den Priester Andrea Mezzanotte nicht erkannt. Bei ihrer Begegnung in Pater Konrads Büro hatte der Italiener in seiner Soutane sehr konservativ gewirkt.

Hier erweckte er den Eindruck eines Sonnyboys. Das interessierte ihn. Lüder versuchte, sich durch das Gewusel hindurchzuzwängen. Der Gang im Obergeschoss hatte keine Überbreite. Deshalb verstand er nicht, dass Menschen sich den Weg blockierten und in ein heftiges Palaver verfielen.

Mit sanftem Druck, begleitet von Verwünschungen von einer Handvoll Frauen mit Kinderkarren, erreichte er den Verbindungssteg zur anderen Seite, quetschte sich zwischen den Tischen der Außengastronomie hindurch und eilte zur Trattoria zurück. Auf dem Tisch stand die Espressotasse. Mezzanotte war verschwunden. Lüder suchte die Umgebung ab, warf einen Blick in die benachbarten Läden, aber er konnte den Mann nirgends entdecken.

Weshalb war der Italiener ihm ausgewichen, hatte die Flucht angetreten?

Lüder kehrte zur Trattoria zurück und konnte eine verdutzte Bedienung gerade noch daran hindern, die Tasse anzufassen.

Auch als er ihr mehrfach erklärte, er sei von der Polizei, sagte sie wiederholt »Ja, aber ...«

Ein weiterer Mitarbeiter kam hinzu und war ebenso überrascht, dass Lüder die Tasse mitnehmen wollte. Erst als er bereit war, sie zu bezahlen, bekam er eine Serviette, um das Trinkgefäß darin transportieren zu können. Dann begab er sich auf direktem Weg zum Parkhaus.

Als er auf das Gelände des Polizeizentrums Eichhof abbog, fiel ihm wieder ein, dass er etwas für Margit besorgen wollte. Wieder einmal hatte er die Prioritäten zugunsten seines Berufs gesetzt.

Lüder suchte die Kriminaltechnik auf und bat darum, DNA-Spuren von der Tasse zu sichern.

»Ist das Ihr Ernst?«, wollte der Zivilangestellte wissen, der den Wunsch entgegennahm. »Im Augenblick ist hier der Teufel los.«

»Genau den verfolge ich, da er als Täter unter dringendem Tatverdacht steht«, erwiderte Lüder und ließ einen ratlos dreinblickenden Techniker zurück.

Von seinem Büro aus rief er beim katholischen Verbindungsbüro an und ließ sich mit Pater Konrad verbinden.

»Haben Sie Neuigkeiten?«, wollte der Pater wissen.

»Alle verfügbaren Kräfte sind im Einsatz«, erwiderte Lüder ausweichend.

»Mit welchen Ergebnissen?«, ließ Pater Konrad nicht locker.

»Die müssen noch konsolidiert werden. Wir machen uns Sorgen um involvierte Personen. Ist Mezzanotte bei Ihnen?«

»Der ist nicht anwesend.«

»Wo steckt er?«

»Ich weiß es nicht«, antwortete Pater Konrad. »Ich nehme an, er betet das Brevier.«

»Was ist das?«

»Das ist das Stundengebet. Hochwürden Mezzanotte nimmt seine Berufung sehr ernst und achtet die uns auferlegten Regeln und Gebote gewissenhaft. Der Sinn des Stundengebets ist es, die

Tageszeiten mit ihren Besonderheiten zu würdigen und Gott darin zu suchen. Da diese Pflicht allen Priestern rund um den Globus auferlegt ist, reißt das Gebet der Kirche zu Gott nie ab. Damit wird die Forderung ›Betet ohne Unterlass‹ erfüllt. Seit dem Zweiten Vatikanischen Konzil gilt das Stundengebet als die Heiligung des Tages.«

»Und dazu zieht sich Mezzanotte zurück?«

»Ich vermute es«, erwiderte Pater Konrad.

Lüder unterließ es, ihn nach seinem Motorrad zu fragen. Er würde auch keine Antwort auf die Frage, wer der geheimnisvolle Priester war und weshalb er vor Lüder geflüchtet war, bekommen.

»Weshalb erkundigen Sie sich nach Hochwürden Mezzanotte?«, wollte Pater Konrad wissen.

Lüder lachte. »Ich kann mir vorstellen, dass so ein Brevier eine trockene Angelegenheit ist. Deshalb hat Mezzanotte dazu einen Espresso getrunken. Aber wieso betet er mitten im Sophienhof?«

»Ihre lästerhaften Anspielungen sind unangemessen«, belehrte ihn Pater Konrad. »Sie werden vieles nicht verstehen. Das gibt Ihnen aber nicht das Recht, in dieser Weise darüber zu reden.«

»Sie verweigern jegliche konstruktive Mitarbeit bei der Aufklärung der Straftaten gegen Ihre Kirche. Sie drohen mir, weil ich Josef Kellermanns Liebesleben aufgedeckt habe. Und jetzt erzählen Sie mir auch noch einen vom Pferd. Ihr italienischer Kollege saß eben noch in einer Trattoria im Einkaufszentrum, ließ sich den Espresso munden und ergriff das Hasenpanier, als ich mich mit ihm unterhalten wollte. Übrigens war er in gediegenem Zivil unterwegs. Das alles ist nicht verwerflich. Einzig Ihre überzogene Geheimniskrämerei ist erschreckend. Mensch, Bissinger. Begreifen Sie es endlich. Das ist kein Spiel. Sie dürfen tun und lassen, was Sie wollen. Aber nur so lange, wie Sie unsere Gesetze achten. Ob es Ihnen passt oder nicht – unser weltliches Recht hat Vorrang.«

»Wir werden keinen Konsens finden«, sagte Pater Konrad anklagend.

»Das will ich auch nicht. Ich achte Ihre ganzen spirituellen Riten, wenn dabei kein Mensch zu Schaden kommt. Also! Reden Sie endlich Klartext mit mir. Das wollte Ihr Amtsbruder Egbert Zorn auch. Nun ist er tot. Musste er deshalb sterben?«

Für einen Moment war es still in der Leitung.

»Für einen Außenstehenden sind manche Dinge nicht verständlich«, sagte Pater Konrad zögerlich. Es klang fast ein wenig kleinlaut.

»Ich kann zuhören, schweigen und verstehen«, erwiderte Lüder.

Dieses Mal erhielt er keine abwehrende Antwort. »Unser Bistum ist in eine Situation hineingeraten, die schwierig ist.«

»Sie können mir mehr Einzelheiten anvertrauen«, forderte Lüder ihn auf.

Als Antwort kam nur ein Stoßseufzer über die Leitung.

»Geht es um den missglückten Exorzismus? Gibt es Ungereimtheiten in den für Außenstehende undurchsichtigen Finanzkonstruktionen des Bistums? Werden Mitglieder des Klerus bedroht? Oder liegen andere schwerwiegende Bedrohungen über dem Bistum?«

Pater Konrad atmete schwer ein und aus.

»Ich kann nicht mit Ihnen darüber reden«, murmelte er schließlich kaum verständlich. »In einer Weltkirche wie unserer gibt es festgefügte Strukturen. Jeder hat seinen Platz. Und ich weiß, wo meiner ist. Es geht wirklich nicht.«

»Deshalb hat sich Rom eingeschaltet«, sagte Lüder. »Der mächtige Kardinal Emanno Bacillieri hat seinen Adlatus Andrea Mezzanotte geschickt. Was wird Mezzanotte seinem Chef berichten? Was hat er entdeckt, das im Erzbistum schiefläuft? Jedenfalls ist mächtig Dampf unterm Dach. Sogar der Erzbischof muss in Rom antreten. Wer hat ihn aus dem Verkehr gezogen?«

»Es ist alles anders, als Sie denken«, versuchte Pater Konrad zu widersprechen. Es klang halbherzig.

Lüder schenkte dem keinen Glauben.
»Wir sind auf dem richtigen Weg«, versuchte er den Geistlichen zu ermuntern.
»Vielleicht haben Sie einen kleinen Zipfel des Rätsels in Händen«, deutete Pater Konrad an.
Lüder war überrascht. So viel Entgegenkommen hatte noch kein Mitglied der Kirche gezeigt. Pfarrer Egbert Zorn hatte bei seinem letzten Anruf angedeutet, dass er Lüder etwas erzählen wollte. Aber was? Dann hatte man Zorn ermordet. Wer wusste von Zorns Vorhaben? Wollte man den alten Pastor zum Schweigen bringen? Wenn der Pfarrer gegenüber einem Dritten erwähnt hatte, dass er mit der Polizei sprechen wollte, wäre das möglicherweise ein Motiv. Aber Zorn hätte sich mit Sicherheit nur jemandem anvertraut, den er gut kannte. Das musste ein Mitglied des Klerus sein.
Dann war da noch die heimliche Filmaufnahme vom Exorzismus, die offensichtlich Josef Kellermann in Polen getätigt hatte. Lüder hätte zu gern gewusst, wie Professor Martiny in deren Besitz gelangt war. Wie gut kannten sich der Philosoph und der selbst ernannte Progressive Katholik Dornseif, der Lüder gegenüber stets so jovial auftrat? Der Landtagsabgeordnete hatte den Kontakt zu Martiny hergestellt. Was hatte Kellermann bewogen, den polnischen Exorzismus heimlich zu filmen?
»Die Kirche ist in große Bedrängnis geraten«, riet Lüder. »Man hat heimliche Aufnahmen von einem Exorzismus in Polen nahe der deutschen Grenze getätigt. Die sind in die falschen Hände geraten. Werden Sie erpresst?«
»Woher wissen Sie …?«, stammelte Pater Konrad. Kurz darauf fügte er an: »Wir werden nicht erpresst.«
»Josef Kellermann hat die Aufnahmen gemacht. Wenn nicht die Kirche, so hat man den Dompropst vielleicht erpresst. Ich könnte mir vorstellen, dass man seine Liaison mit Karin Holzapfel ans Licht der Öffentlichkeit bringen wollte. Das wäre eine Katastrophe für Kellermann, aber auch für das Bistum geworden. Kirchengegner und Kritiker hätten sich darauf gestürzt. Vor

allem aber die Boulevardpresse. Alle wären der Lächerlichkeit preisgegeben worden. Aber mit der Weitergabe der Aufnahme haben Sie noch etwas viel Größeres losgetreten. Das war so nicht beabsichtigt.«

»Kennen Sie die Aufnahme?«, fragte Pater Konrad leise dazwischen.

»Ja«, bestätigte Lüder. »Das ist aber noch nicht alles. Ich weiß auch, wer den missglückten Exorzismus an Hans Kramarczyk ausgeübt hat. Das war die polnische Exorzistentruppe, die auch auf dem Video zu sehen ist.«

»Sie haben keine Vorstellung, was dort im Moment los ist«, sagte Pater Konrad.

»Doch«, behauptete Lüder. »Die polnischen Pater haben etwas versiebt, das nun dem Erzbistum Hamburg angelastet wird.«

Ob Kellermann an der Rehabilitation seines Bistums gearbeitet hat?, fragte sich Lüder. Wollte der Dompropst mit dem heimlichen Video etwas beweisen? Und nachdem man Kellermann aus dem Verkehr gezogen hatte, wollte Pfarrer Zorn das Schweigen brechen. Beide waren tot. Ermordet.

»Sie machen es sich zu einfach. Die katholische Kirche kennt durchaus den inneren Dialog. Nicht alles wird universell gutgeheißen«, sagte Pater Konrad.

»Ich verstehe. Es ist also so, dass die Polen etwas getan haben, das unter allen Umständen nicht an die Öffentlichkeit dringen durfte. Man hat den Beteiligten Stillschweigen auferlegt. Den unbedarften Eltern mit der Autorität der Kirche gedroht. Und dem Klerus ist das Schweigen von oben verordnet worden. Aber Kellermann und auch Pfarrer Zorn konnten das nicht mehr mit ihrem Gewissen vereinbaren. Ihnen ist schon klar, weshalb die beiden sterben mussten. Aber wer steckt hinter diesen Taten? Ich gehe davon aus, dass Sie nicht Ihre eigenen Priester ermorden lassen oder gar das Kreuz abfackeln. Sprechen Sie endlich. Es wird Zeit. Mit den beiden Mordopfern haben wir genug Tote. Wollen Sie noch mehr Leichen in Ihren Kellern?«

»Der Exorzismus ist im katholischen Glauben fest verankert«, sagte Pater Konrad leise. »Er ist Teil unserer Religion. Aber wie viele Dinge auf der Welt können Sie manches in unterschiedlichen Sprachen erklären.«

»Ah«, verstand Lüder. »Zum Beispiel auf Polnisch. Der Exorzismus ist gar nicht auf Geheiß des Erzbistums durchgeführt worden, sondern man hat polnische Pater dazu gebracht. Aber wer hat diese Verbindung hergestellt? Pfarrer Zorn? Oder hat die Familie von Schwichow ihre Kontakte spielen lassen? Viele Jahre nach dem Kriegsende und der Flucht scheut man sich nicht, alte Verbindungen wieder zu beleben.«

Es folgte ein langes Schweigen im Hörer.

»Ich habe Ihnen mehr gesagt, als gut ist«, sagte Pater Konrad schwer atmend.

»Ich kann auch zwischen den Worten etwas heraushören. Das Erzbistum hat sich gegen den Exorzismus ausgesprochen. Deshalb hat – ich vermute – Rom die polnischen Pater geschickt. Am Ordenshabit habe ich es eingrenzen können«, log Lüder.

»Das Habit der Kartäuser ist unverkennbar«, bestätigte Pater Konrad. »Ohne Prälat Kellermanns Film wäre das geheim geblieben.«

Danke!, dachte Lüder. Mehr würde er von Pater Konrad nicht erfahren.

Nach dem Telefonat suchte er im Internet nach Standorten des Ordens in Polen und war überrascht, dass es nur noch einen gab. Die Kartause Jakuba, zu Deutsch Jakob, war in Świnoujście, dem ehemaligen Swinemünde, auf der Insel Usedom beheimatet.

»Swinemünde«, murmelte Lüder. »Manche bezeichnen es auch als das vierte Kaiserbad neben Ahlbeck, Heringsdorf und Bansin.«

Dann recherchierte er zum Kartäuserorden. Der Orden, erfuhr er, hatte sich als Einziger das hochmittelalterliche Ideal eines strikt kontemplativen Lebens bewahrt. Andere ursprünglich kontemplative Orden, wie Benediktiner und Zisterzienser, hatten sich im Laufe ihrer Geschichte der Welt geöffnet und Aufgaben vor allem in den Bereichen Seelsorge und Lehre übernommen. Die besitzlosen Mönche lebten unter einem Dach, streng von der Außenwelt abgetrennt. Die Ordnung ging dem Grunde nach auf den Soldatenberuf zurück. Deshalb erinnerten die Regeln ein wenig an straffe militärische Vorgaben. Diese Grundhaltung würde erklären, weshalb Pater dieser polnischen Abtei den Exorzismus durchgeführt hatten, und das möglicherweise gegen den Widerstand des Erzbistums.

Lüder sprang auf. Er hatte vor, dem Kloster einen Besuch abzustatten, und suchte den Abteilungsleiter auf.

»Der ist nicht da«, erklärte Edith Beyer. »Ich habe ihn schon den ganzen Tag nicht gesehen. Der ist voll in Action, rast von einer Sitzung zur nächsten.«

»Wie kann ich ihn erreichen?«

Die Abteilungssekretärin zuckte mit den Schultern. »Wenn Sie das herausgefunden haben, lassen Sie es mich wissen.« Sie zeigte auf ein Dutzend gelber Haftzettel. »Die wollen alle etwas von ihm.«

»Gut. Dann werde ich einen weiteren Zettel hinzufügen«, sagte er, ließ sich Papier und Schreiber aushändigen und schrieb: »Bin am Freitag in Polen. Lüder.«

»Urlaub?«, fragte Edith Beyer, als sie einen Blick darauf geworfen hatte.

»Dienstlich.«

Dann fuhr er ins Krankenhaus und wechselte ein paar Worte mit Margit. Er war über ihre Teilnahmslosigkeit erstaunt. Nicht mit einem Satz erkundigte sie sich nach den häuslichen Verhältnissen oder wollte wissen, wie es ihm und den Kindern ging.

Als er anschließend den Hedenholz erreichte, staunte er über das Auto mit dem Itzehoer Kennzeichen vor der Haustür. Im Flur wurde er von seiner Mutter empfangen.

»Kind«, sagte die alte Dame und stemmte resolut die Fäuste in die rundlichen Hüften. »Weshalb hast du nichts gesagt, das mit Margit und so?«

»Ich …«, stammelte Lüder. »Wo kommt ihr denn her?«

»Aus Kellinghusen. Du hast einen klugen Sohn. Jonas hat uns angerufen. Da haben wir uns sofort auf den Weg gemacht. Papa ist im Garten.«

»Schön, dass er sich ein wenig ausruht.«

»Ausruht? Der arbeitet wie ein Wilder.«

Wie auf Kommando tauchte Vater Lüders auf. Er trug eine blaue Latzhose, hatte die Ärmel hochgekrempelt und sah seinen Sohn über den Rand der Hornbrille an. Die grauen Haare hingen ihm schweißnass in die Stirn.

»Da haben wir viel Geld in deine Ausbildung investiert. Alles vergeblich. Jurist ist der Jung geworden, anstatt was Vernünftiges zu lernen. Sonst hättest du dich mehr um den Garten gekümmert.« Er gab Lüder einen freundschaftlichen Knuff auf den Oberarm. »Mama und ich werden jetzt das Heft in die Hand nehmen.«

Das fürchtete Lüder im Stillen. Trotzdem freute er sich, als ihn sein Vater in den Arm nahm.

NEUN

Lüder schien die Fahrerei ewig zu dauern. Er war bereits um fünf Uhr aufgestanden und hatte versucht, sich auf Zehenspitzen zu bewegen, aber seine Mutter hatte es mitbekommen.
»Kind, ich lass dich doch nicht ohne Frühstück aus dem Haus.«
Für die Fahrt von Kiel ins Ostseebad Ahlbeck benötigte Lüder fast fünf Stunden. Er hatte sich entschlossen, vom Kaiserbad aus mit dem Fahrrad über die polnische Grenze ins benachbarte Swinemünde zu fahren. Er war nicht in offizieller Mission unterwegs und wusste nicht, wie die östlichen Nachbarn in der derzeit angespannten politischen Lage reagieren würden, wenn dort ein deutscher Kriminalbeamter auftauchen würde.
In Ahlbeck herrschte bei bestem Urlaubswetter Hochbetrieb. Die Sonne strahlte vom tiefblauen Himmel, die Ostsee glitzerte, und Menschenmassen schoben sich über die Promenade und auf die Seebrücke, wenn sie nicht den weißen Sandstrand bevölkerten und einen der bunten Strandkörbe in Beschlag genommen hatten.
Es war noch Hochsaison. Hier zeigte sie sich in allen ihren Schattierungen. Erst beim dritten Fahrradverleih gelang es Lüder, ein Rad zu mieten. Es wies zahlreiche Rostflecken auf, hatte keine Lichtanlage, und die Bremse funktionierte auch nur ansatzweise. Auch das Tretlager war ausgeschlagen. Unterwegs sah er, weshalb er mit diesem unbrauchbaren Rad abgespeist worden war. Auf den Radwegen war mehr Betrieb als am Freitagnachmittag auf der Leverkusener Brücke.
Lüder strampelte an den wunderbar zurechtgemachten Häusern der Bäderarchitektur vorbei, fuhr durch den Wald und überquerte die Grenze mit der interessant gestalteten Plastik, die die beiden Länder miteinander verband. Noch immer zog sich ein breiter Streifen zwischen den Waldgebieten entlang. Ob es auch

zwischen den ehemaligen kommunistischen Bruderstaaten einen Todesstreifen gab?

Nach wenigen Kilometern erreichte er Swinemünde. Hinter dem Wohngebiet mit villenartigen Häusern hatten die Polen eine kilometerlange Promenade errichtet, die von modernen Bauten gesäumt wurde. Hier reihten sich Geschäfte und Restaurants, Eisdielen und Imbisse in nicht enden wollender Kette aneinander, jedes warb mit großen Stelltafeln für sein spezielles Angebot.

Er versuchte, sich anhand der Karte auf seinem Handy zu orientieren. Das erwies sich als schwierig, da die polnischen Straßenbezeichnungen nicht nur unaussprechlich, sondern auch schwer zu lesen waren. Was sollte man mit »ul. Uzdrowiskowa« anfangen? Er hatte das Ende der Promenade erreicht und wurde von einem polnischen Streifenpolizisten herangewinkt, der ihm eine unmissverständliche Belehrung darüber zuteilwerden ließ, dass man in Polen nicht mit dem Rad auf Gehwegen fahren dürfe. Ein Strafmandat stand nicht zur Diskussion. Mit guten Wünschen für einen schönen Aufenthalt in Swinemünde entließ ihn der Beamte.

Lüder hatte sich in der Altstadt verfahren und warf nur nebenbei einen Blick auf die eigentümliche Mischung aus hässlichen Plattenbauten und wunderbar restaurierten Häusern. Polnische Handwerker waren berühmt dafür, dass sie die Städte wieder in einen solchen restaurierten Zustand versetzten, als wären sie nie im mörderischen Krieg niedergebrannt worden. Nachdem er mehrfach gefragt hatte, fand er das Kloster in einem Waldgebiet am Rande des eigentlichen Stadtgebietes. Von der Straße aus war nur eine hohe Mauer zu sehen, deren Putz an vielen Stellen schadhaft war. Immerhin gab es eine Glocke.

Nachdem er mehrfach geklingelt hatte, öffnete sich der schmale Durchlass in der breiten Holztür, durch den Besucher schlüpfen konnten. Vom Holz war die Farbe abgeblättert. Ein dumpfes verblichenes Grün erinnerte an alte Zeiten.

Ein Mann in einem weißen Habit öffnete die Pforte. Das Skapulier, den Überwurf, trug er über dem Zingulum. An den Seiten wurde es durch breite Stoffstreifen, die Bandolen, zusammengehalten.

Lüder starrte in das hagere Gesicht mit den tief liegenden Augen, die im Schatten der Kapuze lagen. Trotzdem hatte er den Mann wiedererkannt. Ihn und seine Ordenstracht. Er hatte ihn im heimlich gedrehten Film über den polnischen Exorzismus gesehen. Er war dort als Gehilfe des Exorzisten aufgetreten.

Der Mann sagte etwas auf Polnisch.

Lüder entschuldigte sich. »Sprechen Sie Deutsch?«

»Nicht viel.«

»Ich würde gern mit dem Abt sprechen.«

»Das geht nicht.«

»Mit seinem Vertreter?«

»Niemand spricht mit den Padres.«

Aus dieser Bemerkung schloss Lüder, dass ihm ein Laienbruder gegenüberstand. Er versuchte, am Pförtner vorbei einen Blick in das Innere der Anlage zu werfen. Aber sein Gegenüber hatte sich so positioniert, dass es unmöglich war.

»Bieten Sie in Ihrem Orden Exerzitien an? Kann man ein paar Tage der Besinnung buchen?«

Beim »Buchen« zuckten die Augenlider des Mönchs. »Wir leben ausschließlich für Gott«, erklärte er kurz angebunden.

Die Kartäuserorden wurden nie reformiert. Die Mönche galten immer schon als sehr religiös und standfest im Glauben, führten ein spartanisches Leben, ernährten sich ausschließlich vegetarisch und unterbrachen auch die Nachtruhe für das Gebet. Deshalb gehörten sie bei der Christenverfolgung stets zu den ersten Opfern. Sie widersetzten sich in England König Heinrich VIII., der sie brutal verfolgte und auf grausame Weise hinrichten ließ. Wer in der Geschichte selbst oft Opfer war und für eine besonders ausgeprägte Spiritualität steht, wird nicht die Hand gegen andere Menschen erheben, dachte Lüder.

»Man hat mir gesagt, einer Ihrer Pater kann mir bei Gedanken über den Teufel hilfreich sein.«

»Pater Roman?« Der Ordensmann schüttelte den Kopf. »Niemand spricht mit Ihnen. Unser Leben ist gottgeweiht. Und nun gehen Sie. Gott sei mit Ihnen.«

Das war nicht sehr ergiebig, überlegte Lüder, auch wenn er die Bestätigung gefunden hatte, dass die Exorzisten aus diesem Kloster kamen. Pater Roman! War das der ältere Mönch, der den Exorzismus ausgeführt hatte?

Er starrte auf die geschlossene Holztür, hinter der sich möglicherweise ein Geheimnis verbarg. Es war unbefriedigend. An dieser Stelle kam er nicht weiter. Die polnischen Behörden würden keine Amtshilfe leisten, schon gar nicht mit den vagen Angaben, die Lüder bereitstellen könnte.

Ein wenig hilflos stand er vor der Mauer, als er das Geräusch eines startenden Autos vernahm. Kurz darauf rumorte es hinter der Tür. Ein Sperrriegel wurde umgelegt, dann öffneten sich die beiden Torflügel. Ein älterer Lieferwagen kam heraus, ein Seat Inca mit polnischem Kennzeichen. Hinter der Scheibe konnte Lüder zwei Mönche erkennen. Am Steuer saß der zweite Gehilfe des Exorzisten. Und auf dem Beifahrersitz kauerte der ältere Priester, der den Exorzismus durchgeführt hatte. Um den Kopf trug er einen Verband. War das Pater Roman? Lüder war davon überzeugt. Kaum hatte der Wagen das Klostergelände verlassen, schloss sich die Pforte wieder. Lüder sah dem Lieferwagen hinterher, der sich Richtung Stadtmitte entfernte.

Es machte keinen Sinn, dem Wagen mit dem klapprigen Fahrrad folgen zu wollen. So trat er den Rückweg nach Ahlbeck an, suchte dort ein Restaurant auf der Promenade in der Nähe der Seebrücke auf und ließ sich ein herzhaftes Mittagessen schmecken, bevor er den langen Heimweg antrat.

Er nutzte den Rückweg für verschiedene Telefonate. Zunächst erfuhr er von Hauptkommissar Ehrlichmann, dass die Lübecker Kripo einen Zeugen ausfindig gemacht hatte. Dem Einwohner Seedorfs war ein polnischer Lieferwagen aufgefallen. Eine Nummer? Nein. Die hatte er sich nicht gemerkt. Obwohl man sich bei unbekannten polnischen Autos das Kennzeichen stets notieren sollte, hatte der Mann vorurteilsbehaftet gesagt. Dafür hatte er sich aber an die Farbe erinnert: schmutzig weiß. Es sei ein Seat Inca, ein Kastenwagen, gewesen. Das wisse er genau, weil der Wagen baugleich mit dem VW Caddy sei. Und noch etwas ... Drei Männer hätten in dem Auto gesessen. Finstere Gestalten. Die hätten bestimmt etwas auf dem Kerbholz gehabt.

Es gab auch einen vorläufigen Bericht der Rechtsmedizin. Egbert Zorn war an einer Stichverletzung gestorben. Man hatte dem alten Pfarrer einen spitzen Gegenstand – eine Art Lanze? – unter den linken Rippenbogen in den Körper gerammt und bis zum Herzen vorgestoßen. Am Handrücken hatte der Rechtsmediziner Einstiche vorgefunden. Man wusste noch nicht, ob sie von einer ärztlichen Behandlung herrührten, der sich der Pfarrer ausgesetzt hatte, oder ob er von seinen Mördern betäubt worden war.

Hoffentlich Letzteres, dachte Lüder.

Man müsse das toxikologische Gutachten abwarten. Aber das, meinte Ehrlichmann, könne noch eine Weile dauern. Die Nägel, mit denen Zorn ans Kreuz geschlagen worden war, waren erst post mortem angebracht worden. Ehrlichmann hatte aber noch eine Überraschung parat.

»Wir stellen immer wieder fest, dass die Täter an kleinen Unachtsamkeiten scheitern. Ein pfiffiger Mitarbeiter der Kriminaltechnik hat sich erinnert, dass man Ihnen ein Kreuz an die Tür genagelt hat.«

»Ja? Und?«

»Es ist die gleiche Sorte Nagel, mit der Pfarrer Zorn ans Kreuz geschlagen wurde.«

»Ein solider Zimmermannsnagel. Den hat nicht jeder Hobbyheimwerker im Werkzeugkasten.«

»Er ist handelsüblich. Daran haben wir auch gedacht. Den bekommen Sie auch in Baumärkten. Nach dem Käufer zu suchen ist nahezu aussichtslos. Das ist der Fluch der Selbstbedienung.«

»Schade«, erwiderte Lüder und berichtete, dass er herausgefunden hatte, wem der polnische Kastenwagen gehörte, und dass er die drei Ordensmänner gefunden hatte, die vermutlich am Exorzismus beteiligt gewesen waren. »Der eigentliche Exorzist heißt eventuell Pater Roman.«

Ehrlichmann teilte Lüders Begeisterung nicht.

»Was können wir damit anfangen? Nicht viel«, gab er sich selbst die Antwort.

Lüder musste ihm recht geben. Er selbst war auch schon zu der Erkenntnis gelangt, dass die polnischen Behörden sie nicht unterstützen würden. Es war fraglich, ob man jenseits der Grenze auch zu dem Schluss kommen würde, dass eine unterlassene Hilfeleistung ursächlich für den Tod Hans Kramarczyks gewesen war. Und ein Video, das Lüder zudem nicht vorweisen konnte, kam neben seinen Beobachtungen in Swinemünde als Beweis nicht in Betracht.

Entsprechend einsilbig fiel Ehrlichmanns Verabschiedung aus.

Ein weiterer Punkt beschäftigte Lüder. Es war sicher kein Zufall, dass der Nageltyp, den man bei der Ermordung Egbert Zorns und bei ihm zu Hause benutzt hatte, identisch war.

Von einem Parkplatz vor Bad Segeberg versuchte Lüder, Michael Dornseif zu erreichen. Aber der Landtagsabgeordnete nahm nicht ab.

Kurz entschlossen fuhr Lüder nach Fleckeby zur Wohnung von Professor Martiny. Vor dem Haus stand ein dunkelblauer Audi mit Ratzeburger Kennzeichen.

Lüder klingelte. Niemand öffnete, obwohl er glaubte, aus dem Inneren Geräusche gehört zu haben. Auch auf wiederholtes Klingeln erfolgte keine Reaktion. Er probierte es telefonisch. Martiny nahm nicht ab. Lüder kehrte zu seinem BMW zurück und versuchte nicht, sein Interesse für das Haus zu verbergen. Offen beobachtete er es und gewahrte, wie sporadisch jemand hinter der Gardine einen Blick auf die Straße warf. Martiny sollte wissen, dass Lüder von seiner Anwesenheit wusste. Hatte der Professor Besuch, dem Lüder nicht begegnen sollte? Lüder startete eine Halteranfrage nach dem Ratzeburger Audi. Die Überraschung war groß. Das Fahrzeug war auf Michael Dornseif zugelassen, den Landtagsabgeordneten, der sich auch als Vorsitzender der Progressiven Katholiken engagierte. Was hatte Dornseif mit dem Kirchenkritiker Martiny zu besprechen, dass man versuchte, dieses Treffen vor Lüder geheim zu halten? Laien überblickten nicht die Kreativität und Möglichkeiten der Polizei. Es war illusorisch, zu versuchen, diese Aktivitäten vor Lüder zu verbergen.

Lüder kramte sein Smartphone hervor und checkte seinen Posteingang. Kriminaldirektor Starke hatte ihm einen Bericht weitergeleitet, der sensationelle Neuigkeiten enthielt. Bei der Durchsuchung der Hamburger Wohnung des Dompropstes hatte man ein Notebook gefunden, das mit einem Passwort gesichert war.

Den Wissenschaftlern des Kieler Landeskriminalamts war es aber gelungen, sich Zugang zu dem Gerät zu verschaffen. Es hatte eine Weile gedauert, bis man den Mailverkehr ausgewertet hatte, insbesondere, da er in verschiedenen Sprachen abgefasst war, darunter Latein. Dr. Starke hatte sich in diesem Bericht auf das Thema Exorzismus konzentriert.

Josef Kellermann hatte sich in einer Mail an den Erzbischof beklagt, dass aus Rom die Anweisung zum Exorzismus erteilt worden war. Er hatte sich auch darüber verwundert gezeigt, auf welchem Weg Rom eingeschaltet worden war. Im Erzbistum hatte man nicht klären können, wie die Anforderung den Vatikan erreicht hatte. Man war in Hamburg verärgert darüber, dass entgegen der von Dompropst Kellermann ausgesprochenen Empfehlung, keinen Exorzismus an Hans Kramarczyk auszuüben, Rom doch die Austreibung des Teufels vorschrieb.

Lüder erfuhr auch, dass Erzbischof Dr. Malcherek ausdrücklich mit Kellermann übereinstimmte, dass in diesem Fall eine Erkrankung vorlag, die in die Hand von erfahrenen Ärzten gehörte. Rom hatte sich über die Empfehlung des Diözesanbischofs hinweggesetzt und den Exorzismus organisiert. Lüder wusste inzwischen, dass man sich dazu des polnischen Paters Roman und seiner Assistenten aus dem Kartäuserkloster in Swinemünde bedient hatte.

Kellermann hatte weiterhin versucht, diese Maßnahme zu stoppen, und dagegen votiert. Das hatte ihm einen strengen Ordnungsruf aus Rom eingebracht. Der war in lateinischer Sprache abgefasst und forderte den Dompropst auf, seinem Gelübde der Gehorsamkeit treu zu bleiben.

Lüder war nicht überrascht, als er las, dass Kardinal Bacillieri sich des Vorgangs angenommen und die Hamburger zurechtgewiesen hatte. Bacillieri schien ein mächtiger Mann im Vatikan zu sein. War Erzbischof Malcherek vielleicht gar nicht vor vermeintlichen Attentätern in Sicherheit gebracht, sondern nach Rom berufen worden, um seinen Gehorsam und den seiner Priesterschaft einzufordern?

Aber wer hatte den Vatikan eingeschaltet? Irgendjemand musste Verbindungen dorthin haben. Egbert Zorn? Kaum, überlegte Lüder. Das war ein kleiner Landpfarrer, der in Rom mit Sicherheit kein Gehör fand. Der Erzbischof und sein Dompropst waren es jedenfalls nicht.

Natürlich hatte Lüder keinen Überblick über die Seilschaften im Erzbistum. Er kannte nur eine Person mit einem, so vermutete er, möglichen Einfluss: Pater Konrad Bissinger. Oder reichte der Arm der Familie von Schwichow, der ja sehr am Exorzismus gelegen war, bis in den Vatikan? Eine Antwort würde er heute nicht finden.

Dann schalt er sich selbst wegen der Nachlässigkeit, nicht hinterfragt zu haben, welchen Wahlkreis Michael Dornseif im Kieler Landtag vertrat. Es war der Wahlkreis 34 – Lauenburg-Nord. Dornseif musste mit den dortigen Gegebenheiten vertraut sein, möglicherweise kannte er sogar Pfarrer Egbert Zorn, auch wenn er es bestritten hatte. Im Herzogtum Lauenburg gab es nicht viele Katholiken. Und wenn sich jemand wie Dornseif für seine Kirche engagierte, musste er dort viele Kontakte haben.

Bei seinen Überlegungen hatte Lüder Martinys Haus nicht

aus den Augen gelassen. Nichts rührte sich. Lüder stieg aus und versuchte es erneut mit Klingeln. Vergeblich. Er ging um das Haus herum und klopfte an die Fensterscheiben. Auch das blieb erfolglos.

Dann stellte sich bei ihm ein menschliches Problem ein. Auch ein Polizeibeamter kann sich der Natur nicht ewig widersetzen. Der Kaffee, den er im Laufe des Tages getrunken hatte, begann unerbittlich auf Entsorgung zu drängen. Der Not gehorchend stieg er ins Auto, um eine Möglichkeit zu suchen. Als er zurückkehrte, war Dornseifs Auto verschwunden.

Lüder legte seinen Finger auf den Klingelknopf und beließ ihn da, bis die Tür aufgerissen wurde und Professor Martiny erschien.

»Sind Sie von allen guten Geistern verlassen?«, brüllte er Lüder an.

Der grinste zurück. »Immerhin unterstellen Sie mir, dass ich noch welche besessen habe. Bei Ihnen scheint es in diesem Punkt Fehlanzeige zu sein.«

»Das ist Staatsterror«, erwiderte der Professor schon ein wenig entspannter.

»Und Sie sind ein unwürdiger Mitmensch, weil Sie Besucher vor der Tür stehen lassen. Ich hätte so gern mit Ihnen und Michael Dornseif einen flotten Dreier aufs Parkett gelegt. Rein intellektuell«, fügte er an.

»Dornseif?«, fragte Martiny. Sein Gesichtsausdruck verriet, dass er erschrocken war.

»Richtig. Ihr Besucher. Es hat uns nur Zeit gekostet, weil Sie mir den Namen Ihres Besuchers vorenthalten wollten.«

»Woher wissen Sie ...?«

Lüder grinste erneut. »Weil ich ein kluger Polizist bin. Nix mit Staatsterror, sondern Big Brother. Haben Sie Orwell gelesen?« Lüder bewegte die Hand hin und her. »Vergessen Sie es. Der Mann hatte keine Phantasie. Wir sind viel weiter.«

»Glückwunsch«, knurrte der Professor. »Und? Was soll der Lärm vor meinem Haus?«

»Ich möchte wissen, worüber Sie sich mit Dornseif unterhalten haben. Der ist zwar progressiv, aber ein bekennender Katholik. Und Sie sind der Antichrist. Zumindest führen Sie sich so auf.«

»Antichrist.« Martiny bleckte seine Zähne. »Tolles Kompliment. Gott ist nicht unfehlbar.« Er tippte sich an die Stirn. »Sonst hätte er dem Menschen keinen Verstand mitgegeben.« Dann trat er zur Seite. »Kommen Sie rein«, forderte er Lüder auf und führte ihn ins Arbeitszimmer. Dort standen eine Thermoskanne und zwei Kaffeebecher. Der Professor hob die Kanne an und schüttelte sie. »Für einen Schluck müsste es reichen«, sagt er und holte einen weiteren Becher, den er füllte und Lüder gab.

Lüder nahm einen Schluck. Dann sah er den Professor über den Rand des Trinkgefäßes an. »Also? Worüber haben Sie gesprochen? Einen neuen Komplott geschmiedet?«

»Haha.« Martiny schien sich zu amüsieren. »Wissen Sie, was ein Gotteslohn ist?«

Lüder antwortete nicht, dachte aber an die Zuwendungen Paul von Schwichows an die St.-Ansgar-Gemeinde und das Erzbistum. Lüder hatte vermutet, dass von Schwichow damit den Exorzismus erkaufen wollte.

Der Professor lachte laut auf. »Manchmal trifft es auch den Richtigen. Oder sollte man es Echo nennen?« Er suchte Lüders Blick und wollte erkunden, ob der mit diesen Ausführungen etwas anfangen konnte.

Lüder hielt ihm stand und versuchte, jede Regung zu unterdrücken.

»Sie haben keine Ahnung«, sagte Martiny triumphierend. »Der polnische Zauberkünstler, also dieser angebliche Teufelsaustreiber, hat ordentlich etwas auf die Zwölf bekommen. Er ist mit seiner Magie in irgendeinem Dorf in der polnischen Provinz angetreten und wollte dort tätig werden. Dabei ist etwas schiefgegangen. Zum Glück nicht mit so gravierenden Folgen wie bei Hans Kramarczyk.«

»Woher kennen Sie den Namen und die Einzelheiten des Falls?«, unterbrach ihn Lüder.
Martiny lächelte hintergründig. »Sie unterschätzen mich offenbar.«
»Ist Michael Dornseif Ihr Informant?«
Der Professor bestritt es, aber das Zucken seines Augenlides verriet ihn. »Aber – weiter zum Vorfall in Polen. Da hat man das Misslingen nicht so einfach weggesteckt wie bei uns in Seedorf. Die ganze Geschichte wurde vom Dorfpfarrer mit viel Brimborium angekündigt. Entsprechend groß war die Anteilnahme. Als der angeblich Besessene in eine medizinische Notlage geriet, hat man Rettungskräfte alarmiert und dem Exorzisten eins übergebraten.«
Stammte daher der Kopfverband, den Lüder heute in Swinemünde beim älteren Mönch bemerkt hatte? Das könnte ein weiterer Beweis dafür sein, dass er auf der richtigen Spur war und die Beteiligten identifiziert hatte.
»Das Ganze hat ein juristisches Nachspiel«, stellte Lüder fest.
Martiny sah ihn an, als hätte Lüder das Gesetz zum Aufheben der Schwerkraft entdeckt.
»Mensch. Das ist *Polen*. Da läuft nichts gegen die katholische Kirche. Schon gar nicht seit Papst Johannes Paul II. Und wenn Sie jetzt darauf anspielen, dass Polen ein Mitglied der Europäischen Gemeinschaft und der Rechtsstaatlichkeit verpflichtet ist, so ist diese temporär außer Kraft gesetzt. Zumindest in mancherlei Hinsicht fragwürdig«, schwächte Martiny ab.
»Und solche Dinge diskutieren Sie mit Dornseif?«
Der Professor war aufgestanden und wanderte im Raum umher.
»Glauben Sie mir, ich bin kein Kirchenhasser, sondern von Haus aus tolerant. Jeder soll nach seiner Fasson selig werden. Wer jeden Freitag seinen Rücken in der Moschee beugt … bitte sehr. Möge Allah ihn erhören. Wenn alte Leute mit gesundheitlichen Problemen trotzdem am Sonntag auf schmerzenden Knien in der Kirche beten … auch das sei ihnen gegönnt. Ich bin über-

zeugt, der Glaube dieser Menschen, gleich welcher Religion sie angehören, schenkt ihnen viel Kraft. Das ist gut so.« Martiny seufzte. »Ich habe auch manchen Tiefpunkt im Leben erwischt. Ehrlich. Da habe ich die Menschen bewundert, denen ihr Glaube Kraft und Mut gegeben hat. Mit dem Intellekt allein kommen Sie schwerer aus einer Krise heraus. Ich finde es auch abscheulich, wie manche Gesellen mit Vorurteilen durch die Lande reisen. Alle Friseure sind schwul. Die Purser sowieso. Und der Pöbel weiß auch genau, dass alle Priester homosexuell oder pädophil sind. Im Idealfall beides. Nein! Mit solchen abstrusen Vorurteilen kommen wir nicht weiter. In unserer aufgeklärten Gesellschaft ist Homosexualität nichts Abnormes mehr. Wir akzeptieren sie. Und das ist gut so. Weshalb soll man nicht auch Verständnis für Priester haben, die sich zur Homosexualität bekennen? Ein schwuler Bürgermeister, Außenminister oder Nationalspieler ist ja auch Normalität. Zum Glück. Nur die Kirche spielt da nicht mit. Sagt Ihnen der Name Krzysztof Charamsa etwas?«

Lüder verneinte. »Das klingt polnisch.« Schon wieder Polen, dachte er im Stillen.

Martiny nickte bedächtig. »Ein polnischer Priester, der im Vatikan tätig war. Charamsa hat sich öffentlich zu seiner Homosexualität bekannt und wurde umgehend von seinen Aufgaben freigestellt. Der Theologe wollte in der Kirche die Diskussion darüber entfachen, dass ein Leben in sexueller Abstinenz unmenschlich sei. Ich persönlich habe große Hochachtung vor solchen Menschen, die sich in aller Öffentlichkeit zu ihrem Partner bekennen. Charamsa hat gesagt: ›Ich möchte, dass die Kirche und meine Gemeinde wissen, wer ich bin: ein schwuler Priester, der glücklich und stolz ist auf seine Identität.‹ Damit hat er einen Shitstorm entfacht, wie man heute wohl sagen würde. Charamsa war nicht irgendwer. Er war Mitglied der einflussreichen Glaubenskongregation und hat an der Päpstlichen Universität Theologie gelehrt. Deshalb hatte sein Bekenntnis besondere Schlagkraft, zumal er in seiner Umgebung als sehr beliebt galt. Sein Coming-out hatte der Priester zu Beginn der Weltbischofssynode im Vatikan. Drei Wochen wurde dort über die Rolle der Familie in der katholischen Welt gesprochen. Man debattierte auch über Homosexualität und Ehe. Übrigens«, flocht Martiny ein, »plädieren über siebzig Prozent der deutschen Katholiken für die Anerkennung gleichgeschlechtlicher Paare. Der Pole trug strahlend vor, dass das öffentliche Bekenntnis zu seiner sexuellen Orientierung und seinem Partner ihn von einem enormen Druck befreit und zu einem besseren Priester gemacht habe.«

»Das klingt interessant, aber was hat es mit unserem Fall zu tun? Wollen Sie andeuten, dass hinter den Kulissen ein Aufstand homosexueller Geistlicher stattfindet?« Josef Kellermann hatte eine Beziehung zu einer Frau gefunden. Und über Egbert Zorns Orientierung lagen keine Informationen vor.

»Sie müssen es im Zusammenhang verstehen«, erklärte Martiny. »Charamsa wollte seiner Kirche helfen. Er hat zu keiner Zeit Zweifel aufkommen lassen, dass er zu ihr steht und Priester aus Überzeugung ist. Er vertritt die Auffassung, dass es nicht hinnehmbar ist, noch weitere fünfzig Jahre zu warten, bis man gläubige Homosexuelle akzeptiert und versteht, dass ein Leben in totaler Abstinenz und ohne Liebe unmenschlich ist. Der Pole sprach von einer zurückgebliebenen und paranoiden Kirche.«

»Starke Worte«, warf Lüder ein.

»Der Vatikan hat Charamsa umgehend des Amtes in der Glaubenskongregation enthoben. Sein Verhalten sei schwerwiegend und unverantwortlich, meinte ein Sprecher des Vatikans. Über seine Zukunft als Priester sollte sein Bischof entscheiden. So weit die konservative Linie des Vatikans. Und nun kommt Papst Franziskus ins Spiel. Liberale Christen …«

»So wie Michael Dornseif.«

»Genau. Die waren entsetzt, als sich Franziskus in Kentucky mit der homophoben Standesbeamtin Kim Davis traf. Sie meinten, mit dieser Begegnung würde der Papst die schwulenfeindliche Haltung Davis' unterstützen. Das Entsetzen traf aber auch die Gegenseite, als der Papst seinen alten Freund Yayo Grassi und dessen Lebensgefährten besuchte und freimütig einräumte, dass ihm Grassis sexuelle Orientierung seit Langem bekannt sei und er sie nie verurteilt habe. Sehen Sie – das ist es, was innerkirchlich zu enormen Spannungen führt. Papst Franziskus, der Erneuerer. Das passt den Konservativen nicht. Aber sie können den Papst nicht einfach abwählen oder ins Exil schicken. Wir beide haben kaum eine Vorstellung davon, was hinter den Kulissen tobt.«

»Geht es um unterschiedliche Ansichten zur Ausprägung des Glaubens? Oder steckt etwas anderes dahinter?«

Professor Martiny wiegte nachdenklich den Kopf. »Vermutlich beides. Manchen fällt es schwer, sich vom Althergebrachten zu trennen. Teile des Klerus verstanden sich schon immer als eine besondere Kaste. In früheren Zeiten rekrutierte sich der hohe Klerus, also Bischöfe und Äbte, überwiegend aus dem Adel. Man blieb unter sich. Wenn Sie so wollen … So haben sich auch die Italiener als Elite verstanden und über Jahrhunderte das Amt des Papstes als ihren Erbhof angesehen. Dann kam der ›Betriebsunfall‹ mit dem überaus beliebten Polen, danach der Deutsche. Und nun – ganz übel für die Konservativen – der Südamerikaner. Plötzlich wird offen über Frauen im Priesteramt diskutiert, über die Zulassung Geschiedener zu den Sakramenten, der Zölibat wird in Frage gestellt. Der Papst mahnt Bescheidenheit an, und – das trifft seine Gegner besonders hart – er lebt sie auch. Er spricht nicht nur von der Liebe zu den Menschen, der Gottes und der Menschen untereinander, er praktiziert sie. Immer mehr Mutige aus dem Klerus melden sich zu Wort, wie am Beispiel des sich zur Homosexualität bekennenden Priesters zu sehen ist.«

»Solche Richtungskämpfe hat es schon früher gegeben.«

»Stimmt. Mangels historisch exakter Quellen kann man die Zahl der Gegenpäpste nur schätzen. Immerhin spricht man von bis zu vierzig.«

Professor Martiny war in seinem Element. Seine Ausführungen wurden durch eine lebhafte Gestik begleitet. Er hatte sich in Rage geredet. Ein Indiz dafür war sein geröteter Kopf.

»Der Sedisvakantismus behauptet, die letzten Päpste einschließlich Franziskus seien Häretiker. In ihren Augen ist Pius XII. der letzte rechtmäßige Papst gewesen. Man kann darüber lachen, dass sich manche der Wortführer selbst zum Papst ernannt haben. Sagt Ihnen Gregor XVII. etwas, Petrus II. oder ein gewisser Lucian Pulvermacher, der meint, Pius XIII. gewesen zu sein? Es gibt auch Michael I. oder Viktor von Pentz alias Linus II.«

»Die beiden letzten klingen eher wie Karnevalsprinzen«, warf Lüder ein.

Martiny nickte. »Richtig. Es handelt sich um skurrile Gruppierungen wie die palmarianisch-katholische Kirche oder die True Catholic Church. Die werden nicht wirklich wahrgenommen. Überlebenswichtig für die Einheit der katholischen Kirche ist aber der Kampf, der hinter den Kulissen stattfindet. Franziskus ist in den Augen mancher Konservativer zu reformfreudig und entfernt sich vom jahrhundertealten überlieferten Glauben. Er muss weg. Wenn sich sein Weg verfestigen sollte, droht vielleicht der nächste Südamerikaner. Oder noch schlimmer – ein dunkelhäutiger Afrikaner. Das geht gar nicht.«

Martiny hatte den Kopf schief gelegt und grinste.

»Franziskus sollte nur ein Übergang sein, bis sich die Konservativen wieder gesammelt haben. Aber zum Schrecken derer entpuppt er sich als hartnäckiger Reformer. Er wagt es, eine Kurienreform zu starten und die Macht der Kardinäle zu brechen, indem er päpstliche Räte zusammenlegt. Der kluge Südamerikaner sagt zwar, es sei vorläufig, aber er greift durch. Er bricht auch die Macht der alten Männer, Kardinäle, die Leiter von Dikasterien oder die Inhaber von Sekretärsämtern müssen jetzt mit dem Erreichen des fünfundsiebzigsten Lebensjahres ihren Rücktritt anbieten. Für mich sind die Weihnachtsansprachen des Papstes immer sehr ergiebig. 2014 sprach er von ›Krankheiten und Versuchungen‹, die die Hingabe zum Dienst Gottes erlahmen ließen. Merkwürdig, dass in der Öffentlichkeit wenig darüber diskutiert wurde, als der Papst die Kurie angriff und von ›existenzieller Schizophrenie‹ oder ›geistlichem Alzheimer‹ sprach. Franziskus hat damit angedeutet, dass es im Vatikan erheblichen Widerstand gegen Reformpläne gibt. 2016 führte er aus, dass es in der Kurie Angst, Trägheit und böswillige Widerstände gebe, die einem verqueren Geist entspringen. Die Reformverweigerung komme oft im Schafspelz daher und flüchte sich in Traditionen, Schein, Formalitäten und Althergebrachtes.«

»Ihre Worte klingen so, als würde hinter den Kulissen ein erbitterter Machtkampf herrschen«, sagte Lüder nachdenklich.

Martiny nickte. »Das ist sicher zutreffend. Nur können sie heutzutage nicht mehr eine Kirchenspaltung im großen Stil durchführen. Das wäre auch von Übel. Wir brauchen eine starke katholische Kirche in der Welt.«

Der Professor lachte laut auf, als Lüder ihn irritiert ansah.

»Erstaunliche Worte eines Kirchengegners? Nein. Ich habe mich nie gegen die Religion oder die Kirche gewandt, nur gegen ihre Auswüchse. Ein überzeugendes Christentum ist in der heutigen Welt wichtiger denn je. Und wer anders sollte sie repräsentieren als ein Papst, der deutlich macht, dass der Vatikan nicht mehr glaubt, die Erde sei eine Scheibe.«

»Das alles klingt ungemein interessant.«

Lüder wollte fragen, weshalb ihm der Professor von den Geschehnissen hinter den Kulissen erzählte. Bevor er die Frage formulieren konnte, kam er selbst darauf. Josef Kellermann war eine der führenden Persönlichkeiten im Erzbistum. Tschoppe, von dem er immer noch nicht wusste, welche Funktion er bekleidete, und Pater Konrad hatten Lüder gedroht, falls er Lügen über Kellermanns Privatleben in Umlauf bringen würde.

Für die Kirche existierte kein Verhältnis zwischen einem Priester in einer gehobenen Position und einer Frau, schon gar nicht, wenn es von Liebe geprägt war. Wenn das an die Öffentlichkeit käme, würden sich der Boulevard und die Kirchengegner genüsslich das Maul zerreißen. Das wäre Wasser auf die Mühlen derjenigen, die sich strikt gegen eine Lockerung vom Zölibat aussprachen und sich jeder anderen Neuerung verweigerten.

Dornseif und seine Progressiven Katholiken könnten dem

allerdings etwas abgewinnen. Wären sie mutiger, könnten sie antreten und sagen: »Seht her. Ein beliebter Priester, der nie Zweifel an seinem Bekenntnis zu Gott und seiner Kirche hat aufkommen lassen, demonstriert, dass beides funktioniert: Man kann Gott und eine Frau gleichzeitig lieben.«

Kellermann hatte gegen Gesetze seiner Kirche verstoßen. Offenbar gehörte er zu den Reformfreudigen. Mit dem Wissen um seine »Verfehlungen« hätte man ihn aus dem Amt entfernen können. Die Progressiven wiederum wussten offenbar um die Hintergründe des misslungenen Exorzismus. Wenn diese Details ans Tageslicht kämen, würde es ebenfalls ein schlechtes Licht auf die Kirche werfen. Daran war keiner Seite gelegen. Man neutralisierte sich gegenseitig.

Was sich im Kleinen im Erzbistum abspielte, spiegelte im Großen den Machtkampf im Vatikan wider. Martiny, der Lüder nachdenklich musterte, hatte es eben erklärt. Für Lüder gab es aber noch ein weiteres Problem. Wer steckte hinter den Morden und der Schändung der St.-Ansgar-Kirche? Gab es noch eine dritte Seite, die mitspielte, ohne allerdings von den anderen Dingen zu wissen?

Professor Martiny sah Lüder immer noch an, als erwarte er, dass Lüder seine Gedanken offenlegte. Das hatte er nicht vor. So interessant und aufschlussreich der Austausch mit ihm auch war – Lüder stand ihm als Ermittler in zwei Mordfällen gegenüber. Und Lüder war Polizist. Mit ganzer Seele. Das war *seine* Religion.

Warum versuchte man, der Polizei ein Gespräch mit dem Erzbischof zu verweigern? War Dr. Malcherek wirklich noch in Rom? Lüder hatte ebenfalls noch keine Antwort auf die Frage gefunden, ob es Unstimmigkeiten bei der Verwaltung der Vermögen gegeben hatte. Als Dompropst hatte Josef Kellermann Zugriff auf große Vermögenswerte gehabt. Lüder hatte das Gefühl, dass es noch viele offene Fragen gab.

Zu viele.

Martiny hatte registriert, dass Lüder mit seinen Gedanken

beschäftigt war, dass es in ihm arbeitete. War der Professor sein Verbündeter? Oder versuchte er mit einer geschickt vorgetragenen Mischung aus Fakten und Meinungen die Arbeit der Polizei zu beeinflussen? Wenn Martiny sein Gegner wäre, dann wäre er ein besonders hartnäckiger mit einer überragenden Intelligenz.

Lüder stand auf.

»Emanno Bacillieri«, sagte Lüder zum Abschied.

Professor Martiny sprach gar nicht mehr. Er klopfte Lüder einfach auf die Schulter, als er ihn zur Tür begleitete.

Es war ein abwegiger Gedanke. Nach der Warnung an Lüder, als das Kreuz an seine Tür genagelt wurde, waren die Täter mit einem Motorrad geflüchtet. Pater Konrad besaß eine Maschine. Weshalb sollte der Pater so etwas tun? Konrad Bissinger, wie er mit bürgerlichem Namen hieß, war ein Mann der Kirche, der sich mit Vehemenz für die Interessen des Erzbistums einsetzte. Dazu gehörte aber nicht, ermittelnde Polizeibeamte dadurch einzuschüchtern, dass man ihnen drastische Warnungen dieser Art zukommen ließ. Lüder hielt den Geistlichen schon gar nicht für den Mörder seines Amtsbruders Egbert Zorn aus Klein Zecher. Was ging hier vor?

Pater Konrad wohnte in Kiel-Gaarden. Lüder beschlichen ungute Erinnerungen an diesen Stadtteil, der bei einem früheren Fall »in Flammen« stand. Er wollte den Pater überraschen und fuhr in die Kaiserstraße. Pater Konrad wohnte in einem roten Ziegelbau, der nach Kriegsende hochgezogen worden war. Sicher war es Zufall, dass die Kirchenstraße die nächste Querstraße war.

Die Klingelschilder wiesen einen Querschnitt durch zahlreiche Nationen aus, zumindest klangen die Namen so.

Pater Konrad schien überrascht, als er öffnete und Lüder erblickte.

»Sie?«, fragte er und hielt sich die Hand vor den Mund. »Ich bin gerade beim Essen«, entschuldigte er sich.

»Es geht um Ihr Motorrad.«

Die Überraschung des Paters wurde noch größer.
»Was hat das mit Ihnen zu tun?«
»Das versuche ich herauszufinden.«
»Ich habe es schon länger nicht mehr benutzt.«
»Wann zuletzt?«
Pater Konrad blies die Wangen auf. »Genau kann ich das nicht sagen. Das ist Wochen her.«
»Letzte Woche?«
»Bestimmt nicht. Aber was ist damit? Weshalb fragen Sie?«
»Ein Autofahrer hat sich bei der Polizei beschwert, weil ihm die Vorfahrt genommen wurde. Außerdem waren Sie ohne Helm unterwegs.«
»Wann soll das gewesen sein?«
»Dienstag.«
Pater Konrad schüttelte den Kopf. »Bestimmt nicht. Aber deshalb bemüht man doch nicht das LKA.«
»Eigentlich nicht, aber alles, was im Augenblick mit Ihrem Namen im Zusammenhang steht, landet auf meinem Schreibtisch.«
»Überwachungsstaat«, murmelte Pater Konrad. »Nein! Ich war nicht mit dem Motorrad unterwegs. Außerdem würde ich nie ohne Helm fahren.«
»Der Autofahrer hat aber präzise Angaben gemacht«, behauptete Lüder.
»Dann muss er sich geirrt haben.«
»Ich fürchte, man wird dieser Anzeige nachgehen müssen.«
»Anzeige?«, fragte der Pater erschrocken.
»Das liegt im Ermessen des Autofahrers.«
»Hm.« Sie standen immer noch an der Wohnungstür. »Vielleicht habe ich einen Fehler gemacht, als ich das Motorrad verliehen habe.«
»Sie sind selbst damit gefahren«, unterstellte Lüder.
Pater Konrad sah ihn lange an. Dann öffnete er die Tür ganz und trat einen Schritt zur Seite.
»Kommen Sie herein«, sagte er.

Als Lüder sich umdrehte, sah er den dunklen Schatten am Türspion der gegenüberliegenden Wohnung.

»Stehen Sie unter Beobachtung?«

Der Pater zuckte achtlos mit den Schultern. »Gaarden ist multikulti. Meine Religion bildet hier eine absolute Minderheit. Und wenn man zudem von meinem Amt weiß, werde ich mit besonderem Interesse beäugt.«

»Sind Sie schon einmal bedrängt worden?«

»Nein. Aber ich versuche, jeder Konfrontation aus dem Weg zu gehen.«

Er führte Lüder in die Wohnküche. Auf einem kleinen Tisch, vor dem ein einzelner Stuhl stand, hatte sich der Pater sein Abendessen zubereitet. Ein Glas Rotwein begleitete das Schwarzbrot, auf dem zwei dicke Scheiben Tilsiter Käse lagen. Dazu gab es Cherrytomaten, Radieschen und zwei hart gekochte Eier.

Der Pater verschwand kurz und kehrte mit einem Klappstuhl aus Holz zurück.

»Bitte« sagte er zu Lüder. »Nun sagen Sie endlich, weshalb Sie sich für mein Motorrad interessieren.«

Lüder berichtete von dem Anschlag auf seine Haustür und dass man dort ein Kreuz angenagelt hatte.

»Ich verstehe es als Warnung«, ergänzte er. Dass es einen wahrscheinlichen Zusammenhang mit der Ermordung Pfarrer Zorns gab, verschwieg er. Lüder hatte Mühe, die aufkommende Wut zu bändigen, als er an die Folgen der nächtlichen Aktion für Margit und seine Familie dachte.

Pater Konrad sah ihn ungläubig an. »Das muss ein Irrtum sein«, sagte er leise.

»Sie wissen, wer mit Ihrem Motorrad unterwegs war?«

Der Pater unterdrückte die Antwort.

»Sie sind ein wichtiger Zeuge bei dieser Straftat. Ich werde Sie deshalb vorladen.«

Der Pater ließ sich nicht in die Irre führen.

»Das ist keine Straftat«, sagte er. »Es dürfte lediglich als

Dummejungenstreich gelten. Dafür können Sie keine großen Geschütze auffahren.«

Lüder kämpfte mit sich, ob er nicht doch die weiteren Zusammenhänge aufdecken sollte. Er war sich aber nicht sicher, ob sich sein Gegenüber ihm anvertrauen und den Namen preisgeben würde, wenn klar war, dass es sich um einen Mörder handelte.

»Weshalb sind Sie so erpicht darauf, denjenigen zu fassen zu bekommen, der Sie nachts aus dem Schlaf gerissen hat? Schön. Sie haben vielleicht eine Weile gebraucht, bis Sie wieder eingeschlafen sind. Und Ihre Familie ist auch betroffen. Aber deshalb lohnt doch der Aufwand nicht, und ich kann mir nicht vorstellen, dass Sie den Polizeiapparat wegen einer solchen Nickeligkeit zu einem persönlichen Rachefeldzug einsetzen.«

Nickeligkeit?, kochte es in Lüders Innerem, als seine Gedanken kurz zur Psychiatrie der Kieler Uniklinik abwichen.

»Die Öffentlichkeit hat bestimmte Vorstellungen davon, wie sich ein Ordenspriester verhält. Dazu gehört sicher nicht, dass er als nächtlicher Verkehrsrowdy auffällig wird. Da Ihr Motorrad nun einmal identifiziert ist, werden Sie von der Ordnungswidrigkeitenstelle aus Neumünster einen Anhörungsbogen bekommen. Dort müssen Sie den Fahrer benennen.«

»Wir werden sehen«, wich Pater Konrad aus.

Es war zum Verzweifeln. Dem Massenmörder Al Capone konnte man auch keine seiner Taten nachweisen. Der bekannteste Verbrecher Amerikas aus den zwanziger Jahren des letzten Jahrhunderts wanderte wegen Steuerhinterziehung ins Gefängnis. Konnte Lüder den Faden anhand einer Verkehrsübertretung voranbringen?

»Die Sache mit meiner Haustür und der nächtlichen Ruhestörung ... Das habe ich im Griff«, erklärte er. »Aber auf das Verkehrsdelikt habe ich keinen Einfluss. Das ist natürlich ein Leckerbissen für die Boulevardpresse. ›Repräsentant des Papstes bei der Kieler Regierung rast nachts in Lederkleidung durch die Landeshauptstadt. Untertitel: Saß der Schutzengel auf dem Sozius?‹«

Lüder hatte seine Worte durch eine wischende Handbewegung unterstrichen. Er war überrascht, als Pater Konrad blass wurde, den Mund öffnete und gleich wieder schloss. Der Adamsapfel hüpfte aufgeregt hin und her.

»Ich vertrete ...« Der Geistliche verschluckte sich. »Ich vertrete die Interessen des Erzbistums in Kiel, nicht den Papst. Das sind Schuhe, die mir nicht passen. Der Repräsentant des Papstes ist der Nuntius in Berlin.«

»Oh, natürlich. Aber Sie haben auch ein politisches Amt. Immerhin haben Sie versucht, über das Innenministerium Druck auf die Ermittlungsbehörden auszuüben. Und als Sie feststellten, dass wir dabei auch auf Fragen stießen, die der Kirche unangenehm sind, fingen Sie an zu mauern. Nein, Herr Bissinger. Ich kann nicht übers Wasser laufen, aber ich habe inzwischen die Steine gefunden, die knapp unter der Oberfläche liegen. Sie sind erschrocken, weil es wie ein Wunder aussieht. Keine Sorge, ich will mir nicht anmaßen, mit biblischen Taten zu glänzen. Ich habe mir nur vorgestellt, wie manche Presseorgane eine spannende Schlagzeile kreieren könnten. Es passt doch in die Serie der jüngsten Zeit. Mit all den schrecklichen Taten sind Sie mehr in den Medien, als Ihnen lieb ist. Ich vermisse ein deutliches Statement des Erzbischofs. Ach ja. Das geht ja nicht. Ihr Chef ist in Rom und weiß vielleicht gar nicht, was in seinem Bistum los ist.« Lüders Stimme troff vor Hohn. Dann legte er die Fingerspitzen seiner rechten Hand an die Stirn über der Augenbraue. »Der liebe Gott sieht alles. Das haben wir schon als Kinder gelernt. Und wenn er wirklich nicht in die verborgenen Winkel blicken kann, bedarf es irdischer Assistenz. Dafür sorgt Rom und schickt Mezzanotte. Der ist im Auftrag von Kardinal Emanno Bacillieri hier. Was hat Ihr italienischer Kollege herausgefunden? Gibt es im Vatikan eine Art Geheimdienst? Wo steckt er eigentlich?«

Pater Konrad war aufgestanden und sah aus dem Küchenfenster hinaus. Er hatte Lüder den Rücken zugewandt.

»Ihre Phantasie geht mit Ihnen durch. Der Vatikan ist das

Zentrum des Christentums. Dort geht es um den Erhalt des Glaubens, um den Fortbestand der Kirche. Die Waffen, wenn Sie es so martialisch beschreiben wollen, sind das Gebet und das Wort Gottes. Niemand käme auf die Idee, von einem Geheimdienst oder einer Armee zu sprechen.«

»Das ist die eine Seite«, erwiderte Lüder. »Es geht aber auch um die weltliche Macht. Nicht jedes Mitglied der Kurie ist mit der Politik des Papstes einverstanden.«

»Was Sie Politik nennen, ist nichts anderes als der Auftrag der Kirche, der Welt die Gnade Gottes zu vermitteln und sie vor der Verdammnis zu retten.«

»Da gibt es unterschiedliche Ansichten, wie man das bewerkstelligen kann. Jede Religion kennt ihren eigenen Weg.«

»Wir Christen versuchen, die Menschen von Gott zu überzeugen, davon, dass er der Schöpfer der Welt ist und allen gutwilligen Menschen seine Gnade zuteilwerden lässt.« Pater Konrad hatte sich umgedreht und streckte Lüder die Hand entgegen. »Und zwar ohne Schwert.«

»Und genau das Schwert wendet sich jetzt gegen die katholische Kirche. Lassen Sie uns zusammenarbeiten, Herr Bissinger. Wir haben ein gemeinsames Ziel: Wir suchen Mörder, die auch nicht davor zurückschrecken, Ihre Kirchen und das, was Ihnen heilig ist, zu schänden.«

Pater Konrad maß Lüder mit einem langen nachdenklichen Blick.

»Kann es sein, dass sich ein neuer Judas bei Ihnen eingeschlichen hat?«

Lüder war überrascht, als der Priester zusammenzuckte. Die Augenlider flatterten nervös. Plötzlich wusste er nicht mehr, wohin mit seinen Händen. Er steckte sie in die Taschen seiner dunklen Stoffhose, zog sie wieder heraus, knetete die Finger und legte die Hände anschießend an die Hosennaht.

»Ich weiß nicht, worauf Sie hinauswollen«, sagte Pater Konrad tonlos.

Bei ihren ersten Gesprächen war sein Gegenüber noch selbstbewusst, ja fast ein wenig arrogant wirkend aufgetreten. Jetzt machte er auf Lüder einen ratlosen Eindruck.

»Sagen Sie endlich, was hier vorgeht. Wer bedroht Ihre Kirche? Den Erzbischof? Was ängstigt Sie so, dass sich sogar der Vatikan einschaltet, um nach dem Rechten zu sehen?«

Pater Konrad öffnete mehrere Male den Mund, als wolle er zu sprechen beginnen. Es kam jedoch kein Laut über seine Lippen.

Lüder machte einen Schritt auf ihn zu.

»Es ist schade, dass Sie mir nicht vertrauen. Schön, dann muss ich andere Wege beschreiten. Wo finde ich Mezzanotte?«

»Warum interessiert es Sie?«, fragte der Geistliche verunsichert.

Lüder lachte bewusst gekünstelt auf.

»Sie verweigern jegliche vertrauensvolle Zusammenarbeit mit mir. Weshalb sollte ich es Ihnen erklären?«

»Gehen Sie«, forderte Pater Konrad Lüder auf.

»Wo steht Ihr Motorrad?«, antwortete der mit einer Gegenfrage.

»Weshalb wollen Sie das wissen?«

»Ich will es sicherstellen lassen und auf Spuren untersuchen lassen. Wenn Sie es mir nicht freiwillig sagen, fordere ich eine Hundertschaft an und lasse die Nachbarschaft in Gaarden durchsuchen. Und Sie bekommen eine Anzeige wegen Unterschlagung von Beweismitteln angehängt.«

»Was für Beweismittel?«

Lüder schüttelte energisch den Kopf. »Ich habe Ihnen angeboten, dass wir kooperativ miteinander verkehren. Sie wollten es nicht.«

»Ich verstehe nicht …«, setzte Pater Konrad an.

»Dafür verstehe ich jetzt umso mehr«, erwiderte Lüder. »Also! Wo ist das Motorrad?« Er zog sein Handy hervor.

»Ich habe eine Garage dafür angemietet. Hinterm Haus.«

Lüder streckte die Hand vor.

»Schlüssel«, forderte er.

Der Geistliche tapste aus dem Raum und kehrte mit einem Schlüsselbund zurück.

»Garage Nummer neun«, sagte er.

»Wo finde ich Mezzanotte? Oder soll ich ihn zur Fahndung ausschreiben?«

»Hochwürden hat nichts mit der Sache zu tun.« An der Tonlage erkannte Lüder, dass Pater Konrads Widerstand gebrochen war.

Lüder wählte auf seinem Handy die Nummer des Kriminaldirektors an.

»Starke«, meldete sich sein Vorgesetzter kurzatmig. »Ist es wichtig?«

»Sehr. Ich habe eine Spur, die zu den Mördern von Egbert Zorn führt.«

»Du hast – was?«

Dr. Starke war perplex. Lüder hätte ihm in diesem Augenblick gern gegenübergestanden, um die Verblüffung des Kriminaldirektors auszukosten.

»Wir müssen ein Motorrad sicherstellen, das möglicherweise für die Taten benutzt wurde.«

Aus den Augenwinkeln sah er, wie Pater Konrad kreidebleich wurde, schwankte und sich auf der Tischplatte abstützen musste, um nicht umzufallen.

Lüder erklärte Jens Starke, um welches Motorrad es sich handelte, wo es untergestellt war und wonach die Kriminaltechnik suchen sollte.

»Außerdem habe ich eine Person, die wir erkennungsdienstlich behandeln müssen. Es handelt sich um den Eigentümer der Maschine.« Er nannte die Adresse. »Und noch etwas. Wir müssen eine Fahndung nach Andrea Mezzanotte starten. Er ist …«

»Warten Sie«, unterbrach ihn Pater Konrad. »Hochwürden Mezzanotte ist in einer Wohnung des Bistums untergebracht, die wir für Gäste in Kiel unterhalten. Sie wird von unserer Propsteigemeinde St. Nikolaus verwaltet. Ich möchte ausdrücklich darauf hinweisen, dass St. Nikolaus nichts, aber überhaupt nichts, mit dem Folgenden zu tun hat«, betonte Pater Konrad. »Zur Gemeinde gehört auch die Liebfrauenkirche am Krusenrotter Weg.«

»Ich weiß«, bestätigte Lüder. »Nahe der Kreuzung Theodor-Heuss-Ring.«

Pater Konrad nickte stumm. »Dort wohnt Hochwürden Mezzanotte.«

»Mit welchem Auftrag ist er nach Kiel gekommen?«

Der Geistliche schüttelte den Kopf. »Ich habe schon zu viel gesagt.« Er presste die Lippen zu einem schmalen Strich zusammen.

»Gut«, sagte Lüder. »Packen Sie ein paar Sachen zusammen. Es könnte unter Umständen ein wenig länger dauern, bis Sie wieder nach Hause zurückkehren können.«

Lüder vertraute dem Pater, der aus der Wohnküche verschwand und einen kleinen Koffer packte. Er verzichtete auch darauf, den Inhalt zu kontrollieren. Das würden die Kollegen beim LKA übernehmen. Sie schwiegen, bis der Streifenwagen eintraf, der Pater Konrad zum Polizeizentrum Eichhof bringen sollte. Lüder wartete noch, bis die Kriminaltechnik das Motorrad abholte.

Er bestellte zur Unterstützung eine Streife zum Krusenrotter Weg. »Ohne Blaulicht und Signal«, gab er zusätzlich durch.

Als er auf der anderen Seite der Förde eintraf, warteten die uniformierten Kollegen bereits auf ihn. Sie hatten ihren Wagen auf dem Gehweg abgestellt, ließen sich seinen Dienstausweis zeigen und sich von ihm einweisen.

»Ist die Person als gefährlich einzustufen?«, wollte der jüngere Polizist, ein Kommissar, wissen.

Sein Kollege, ein grauhaariger Hauptmeister, lächelte versonnen über den Diensteifer seines Partners. Der zeigte sich ein wenig enttäuscht, als Lüder erklärte, sie würden nach einem italienischen Priester Ausschau halten.

»Kein verkappter Mafioso?«, fragte der Kommissar.

»Nein«, versicherte ihm Lüder. »Wenn er sich zur Wehr setzen sollte, wird er vermutlich mit Gebetbüchern werfen.«

Einer der Beamten leuchtete mit seiner Taschenlampe. Im Haus schien niemand zu wohnen. Sie probierten alle Klingelknöpfe aus, ohne dass sich etwas rührte.

»Es brennt auch nirgendwo Licht«, stellte der Hauptmeister fest, nachdem er das Haus umrundet hatte. »Und nun?«

Die Antwort nahm ihnen ein Mann mit fast kahlem Schädel ab. Er trug einen Jogginganzug. Die Füße steckten in Pantoffeln.

»Was'n los?«, fragte er den älteren Polizisten. Der zeigte stumm auf Lüder.

»Sie sind …?«, fragte Lüder den Mann.

»Ich hab zuerst gefragt.«

»Wir können aber nicht jedem Neugierigen die Fragen beantworten.« Lüder sah auf die nackten Füße in den Pantoffeln. »Erkälten Sie sich nicht.«

»Ich bin der Hausmeister. Nicht nur das. Ich bin für alles zuständig. Na – fast alles.«

Lüder zeigte auf die Haustür. »Haben Sie einen Schlüssel?«

»Kommt drauf an.«

»Worauf?«

»Ob Sie dürfen.«

»Wir sind die Polizei.«

»Na und? Die brauchen doch so'n Dingsbums, so'n Befehl.«

»Nicht, wenn Gefahr im Verzug ist.«

Der Mann zog die Stirn kraus. »Gefahr im Verzug. Ich lach mir 'nen Ast. Das Haus gehört der Kirche.«

»Ich weiß. Die Gästewohnung auch. Da wollen wir hin.«

»Geht nicht. Da wohnt einer. So'n Hoher ausm Vatikan. Direkt aus Rom.«

»Zu dem wollen wir.«

»Wieso'n das? Da is' nix. Alles okay. Sagt meine Frau. Die muss das wissen.«

»Hat die einen direkten Draht zum Vatikan?«

»Die macht da oben sauber.«

»Sehen Sie. Genau deshalb sind wir hier. Der Papst hat sich beschwert, dass sein Mitarbeiter in einer solchen Bude wohnen muss. Um keinen Ärger mit Rom zu bekommen, wollen wir kontrollieren, ob wirklich Mängel vorliegen.«

»Blödsinn. Ihr wollt mich verarschen.«

Lüder unterdrückte ein Lachen. Große Jäger hätte jetzt prompt mit »Ja« geantwortet. Er zeigte auf die beiden Polizisten.

»Die Kameraden haben ein Brecheisen im Kofferraum. Damit knacken wir jetzt die Schlösser.«

»Echt?«

Lüder nickte ernst.

Der Mann versenkte seine Hand in die Tasche seiner schlabbrigen Hose.

»Schon gut, Mann.«

Dann öffnete er die Tür, schaltete das Licht an und ging eine gewundene Holztreppe voran ins Obergeschoss. Es roch muffig. Offenbar war längere Zeit nicht gelüftet worden. Lüder unterdrückte eine Empfehlung an die putzende Ehefrau.

Der Hausmeister suchte am Bund nach dem passenden Schlüssel und öffnete. Hinter der Tür befand sich ein kleiner Flur. Von ihm gingen eine Küche, die eher einer Pantry glich, ein kleines, modern gestaltetes Bad sowie ein Wohn- und ein Schlafraum ab. Das Schlafzimmer hätte Professor Martinys Behauptung vom Ruch der Kirche widersprochen. Es war für eine Person eingerichtet. Im Wohnzimmer, das wie die anderen Räume durch die Dachschrägen noch enger wirkte, standen ein kleines Sideboard, zwei Sessel, ein runder Tisch sowie ein Schreibtisch. Natürlich durfte der Fernsehapparat nicht fehlen.

Lüder zeigte auf das Notebook. »Das stellen wir sicher.«

Im Wohnzimmer hing ein Porträt des Papstes an der Wand, ferner zwei Landschaftsbilder. Das Kreuz fand er im Schlafzimmer. Dort suchte er aus dem Kleiderschrank zivile Kleidung heraus und bat die Beamten, diese ebenfalls mitzunehmen. Am Hosensaum der Jeans meinte Lüder Ölspuren entdeckt zu haben. Der Kühlschrank war fast leer. Das Bad ergab auch keine Auffälligkeiten. Nirgends fanden sich persönliche Dinge Mezzanottes, weder Papiere noch Schriftwechsel oder Datenträger.

»Wann haben Sie den Italiener zuletzt gesehen?«, wandte sich Lüder an den Hausmeister.

Der zuckte gleichgültig mit den Schultern.

»Was weiß ich. Keine Ahnung. So'n Job in der Kirche ist nicht in acht Stunden abgetan wie bei so'm Beamten wie Sie. Da bin ich froh, wenn ich mal weggucken kann. Die sind ja groß genug, die Leute, die hier zu Gast sind, und könn'n schon selbst auf sich aufpassen.«

»Wo könnte der Italiener sein?«

Erneut bewegte der Hausmeister seine Schultern. »Ich krieg mein Gehalt von der Kirche, bin aber nur der Dödel. Jesus wusste alles. Bin ich Jesus?«

»Welche Kleidung trägt er jetzt?«

»Sagte ich schon – keine Ahnung. Wär er Araber, würde ich vermuten, er ist in so 'ner Art Nachthemd unterwegs.«

»Wollen Sie damit andeuten, dass er im Talar unterwegs sein könnte?«

»In diesem Job wundern Sie sich über nix mehr«, erwiderte der Hausmeister und verschloss die Wohnung hinter den Beamten wieder.

»Melden Sie sich bei uns, wenn der italienische Priester auftaucht«, trug ihm Lüder auf.

»Morgen ist Sonnabend. Da hab ich frei. Im Unterschied zu Ihnen muss ich dafür am Sonntag ran.«

Du hast gut reden, dachte Lüder und fuhr nach Hause.

ZEHN

Lüder hatte sich den Luxus erlaubt, am Sonnabendmorgen ausführlicher mit seinen Eltern und den beiden Kindern zu frühstücken. Sein Vater hatte es geschafft, dass Jonas und Sinje ohne Murren »zu so einer frühen Stunde« mit am Tisch saßen.

Lüders Mutter hatte ihr Unverständnis darüber ausgedrückt, dass er am Wochenende zum Dienst musste.

»Kind! Es gibt Wichtigeres als die Gangsterjagd. Du bist nicht der einzige Polizist. Da draußen laufen jede Menge herum. Warum können die das nicht machen?«

Lüder hatte darauf verzichtet, ihr eine Erklärung abzugeben.

»Alle anderen Kollegen sind auch im Amt«, hatte er gesagt.

»Haben die alle eine Frau im Krankenhaus?«

Lüder hatte nur hilflos mit den Achseln gezuckt und war ins LKA gefahren. Auch andere Beamte legten Sonderschichten ein. In seinem Büro fand er einen Bericht der Spurensicherung vor. Die Kollegen mussten die Nacht durchgearbeitet haben. Die Techniker hatten festgestellt, dass sich an Mezzanottes Jeans Ölspuren befanden, die von Pater Konrads Motorrad stammten. Das war aber nicht alles. Der italienische Geistliche war so unvorsichtig gewesen, keine Handschuhe zu tragen.

»Er ist eben kein professioneller Krimineller«, knurrte Lüder halblaut vor sich hin.

Mezzanottes Fingerabdrücke fanden sich auch auf dem Kreuz, das man an Lüders Haustür genagelt hatte. Selbst auf dem Kreuz in der Seedorfer Kirche, auf das man den ermordeten Pfarrer Zorn genagelt hatte, konnten seine Fingerabdrücke festgestellt werden.

Lüder war sprachlos. Man hatte nicht nur die Fingerabdrücke, sondern auch die DNA des Italieners identifiziert, die mit der übereinstimmte, die die Kriminaltechnik an der Espressotasse gefunden hatte, die Lüder in der Trattoria im Einkaufszentrum sichergestellt hatte. Damit war Mezzanotte überführt.

Er las die Berichte ein zweites Mal. Nein! Die wissenschaftlichen Ergebnisse ließen keinen Zweifel zu. Trotzdem blieben Lüder Zweifel. Mezzanotte war Priester. Und nun hatten ihn die Indizien des Mordes und der Kirchenschändung überführt. Das konnte nicht sein.

Tausend Gedanken schossen Lüder durch den Kopf. Wie konnte man die Beweismittel manipulieren? Gut. Das Kreuz an Lüders Haustür sollte eine Warnung sein. Dazu hatte sich Mezzanotte Pater Konrads Motorrad ausgeliehen. Die Zeugen hatten aber angegeben, dass auf dem Krad zwei Personen gesichtet worden waren. Pater Konrad selbst?

Als die beiden Priester sich in Lüders Gegenwart auf Lateinisch unterhielten, hatte der Italiener sorgenvoll gefragt, was der »deutsche Polizist« über den Exorzismus wisse. Wollte man Lüder eine versteckte Drohung zukommen lassen?

Die dramatischen Folgen dieses Aktes für Lüders Familie, Margits Zusammenbruch, das konnten die Täter nicht vorhersehen, war Lüder überzeugt, selbst wenn es ihm persönlich schwerfiel, in diesem Fall eine professionelle Objektivität zu wahren. Auch Polizisten waren Menschen. Väter. Ehepartner. Sie konnten sich nicht von Gefühlen frei machen. Die Spuren auf dem Kreuz, das Motorradöl an der Jeans ...

Für diese Tat hielt Lüder Mezzanotte überführt. Pater Konrad leugnete, etwas damit zu tun zu haben. Er bestritt, mit dem Krad gefahren zu sein. Wer war dann die zweite Person?

Die viel bedeutsamere Frage war, wer die Beweismittel so manipuliert hatte, dass der Mordverdacht auf Mezzanotte fiel? Es musste jemand sein, der strategisch denken und planen konnte und so geschickt war, die Polizei durch eine auf den ersten Blick lückenlose Indizienkette dazu zu bringen, den italienischen Priester für den Mörder von Pfarrer Zorn zu halten.

Ein unbekannter Dritter kam kaum in Frage. Wie hätte der Zugang zu den Zimmermannsnägeln haben können, die bei den Taten benutzt wurden? An einen Zufall mochte Lüder nicht glauben. Wer war das verbrecherische Genie, das im Hintergrund so geschickt die Fäden zog? Es konnte nur jemand aus dem Kreis der Eingeweihten sein. Lüder war ratlos. Ihm fielen nur wenige Namen ein. Professor Martiny. Dornseif. Und die Familie von Schwichow.

Lüder trommelte mit den Fingerspitzen auf der Schreibtischplatte. Er musste die Verdächtigen befragen, versuchen, einem von ihnen die Nähe zu Pater Konrad und Mezzanotte nachzuweisen. Bei einer flüchtigen Durchsuchung der Gästewohnung, in der der Italiener Unterschlupf gefunden hatte, wurden keine Zimmermannsnägel gefunden. Sie hatten auch den Hausmeister befragt. Der verfügte zwar über Werkzeug, das er aber nicht verliehen hatte. Und Nägel … Nein. Solche Nägel benötige er nicht.

Lüder ließ Pater Konrad vorführen. Der Priester sah übernächtigt aus. Er war blass. Die Augen lagen tief in den Höhlen. Lüder kannte dieses Phänomen. Menschen, denen diese Umgebung fremd war, wurden durch eine Nacht in der Arrestzelle beeindruckt.

Lüder versorgte Pater Konrad mit einem heißen Kaffee, den er aus dem Geschäftszimmer holte. Obwohl Sonnabend war, herrschte reger Betrieb in der Abteilung. Auch Edith Beyer war anwesend. Dann erkundigte er sich, ob der Geistliche gefrühstückt habe. Der Pater schüttelte den Kopf und erklärte, dass er nicht hungrig sei und auch keinen Bissen herunterbekommen würde. Er hatte sich nicht rasiert. Ein leichter Blauschimmer lag auf den eingefallenen Wangen.

»Wollen Sie nicht endlich ein Geständnis ablegen, dass Sie gemeinsam mit Mezzanotte auf Ihrem Motorrad unterwegs waren?«

»Ich habe Ihnen die Wahrheit gesagt. Ja. Hochwürden Mezzanotte …«

»Lassen Sie das ›Hochwürden‹. Der Mann hat gesündigt.«

»Vielleicht hat er gegen Bestimmungen der Straßenverkehrsordnung verstoßen. Auch die nächtliche Ruhestörung bei Ihnen ist nicht in Ordnung. Aber das sind doch keine schweren Sünden.«

»Kennen Sie Michael Dornseif?«

»Den Landtagsabgeordneten?«

Lüder nickte. »Er ist auch Vorsitzender der Progressiven Katholiken.«

»Ich hatte mit ihm zu tun.«

»Öfter?«

»Wir stehen im Dialog miteinander. Nicht persönlich, sondern offiziell. Eigentlich war das Bistum sein Gesprächspartner.«

»Kellermann?«

»Der Dompropst hat meistens die Gespräche geführt. Ich war in diesen Dialog nicht eingebunden.«

»Um was ging es da?«

»Dornseifs Leute haben bestimmte Vorstellungen von der Erneuerung der Kirche. Es ist sicher gut, wenn Laien in die Diskussion eingebunden werden. Das Thema ist aber so diffizil, dass sie es nicht in Gänze überblicken. Die katholische Kirche ist universell. Wenn Sie es modern ausdrücken wollen … global. Was in Deutschland vielleicht erstrebenswert und machbar erscheint, ist in konservativen Ländern nicht umsetzbar. Es ist unmöglich, in Deutschland Frauen zu ordinieren, in anderen Ländern aber nicht.«

»In Polen wäre das undenkbar«, warf Lüder ein.

»Stimmt«, pflichtete ihm der Pater bei.

»Und dann gibt es noch Professor Martiny, der mit seinen Ideen die Kirche gegen sich aufgebracht hat.«

»Der darf gern seinen eigenen Glauben haben. Aber warum ist er nicht so tolerant und lässt uns den unsrigen? Was versteht er schon von Religion oder Spiritualität?«

»Im Widerspruch zu Dornseif mit seinen Modernisierungsbestrebungen steht die Familie von Schwichow, die die Kirche großzügig finanziell unterstützt. Besonders die alte Garde, die Senioren, wehrt sich gegen jede Neuerung.«

»Die sind von einer tiefen Frömmigkeit beseelt«, sagte Pater Konrad. Immerhin hatte er nicht geleugnet, die von Schwichows zu kennen.

»Sie sind allen schon einmal persönlich begegnet? Auch in der jüngsten Zeit?«

Der Priester nickte.

»Hat Mezzanotte Sie dabei begleitet?«

Pater Konrad sah Lüder erstaunt an. »Weshalb interessiert es Sie?«

»Beantworten Sie einfach meine Frage.«

»Jaaa«, kam es gedehnt über die Lippen seines Gegenübers.

»Weshalb ist Mezzanotte aus Rom gekommen? Worüber haben Sie und er mit den anderen gesprochen?«

»Das kann ich nicht sagen.«

»Es ist für die Aufklärung des Falls wichtig.«

Pater Konrad grub die Zähne seines Oberkiefers fest in die Unterlippe. Deutlicher konnte er nicht bekunden, dass er schweigen würde.

Lüder ließ ihn in die Arrestzelle zurückbringen.

»Wann kann ich gehen?«, fragte der Priester von der Tür aus.

Lüder antwortete mit einem Schulterzucken.

In der Abteilung herrschte immer noch Hochbetrieb. Auf dem Flur eilte Kommissar Witte an ihm vorbei. Lüder hielt den jungen Kollegen am Ärmel fest.

»Gibt es einen Grund für die Hektik?«

Witte nickte. Er war noch nicht lange in der Abteilung. Deshalb unterdrückte Lüder einen spöttischen Kommentar über das vor Eifer gerötete Gesicht des Neulings.

»Es gibt einen Durchbruch bei den Ermittlungen. Die Identität des Mörders ist jetzt bekannt.«

»Sooo?«, fragte Lüder und dehnte das Wort unendlich.

»Ja. Es ist der italienische Priester.«

Lüder war nicht überrascht. Die Beamten der Sonderkommission unter Dr. Starkes Leitung hatten alle Spuren und Ermittlungsergebnisse ausgewertet und waren zum gleichen Schluss gekommen wie er selbst.

»Er ist zur Fahndung ausgeschrieben. Die Jagd nach ihm läuft mit Hochdruck.«

Lüder unterließ es, Witte zu korrigieren. »Jagd« war kein professioneller Ausdruck für einen Polizisten. Man suchte nach einem vermeintlichen Täter, aber kein Polizist würde einen Menschen jagen.

Auf seinem Rechner fand Lüder einen Bericht des Lübecker K1, der »Mordkommission«. Ehrlichmanns Leute hatten den Keller Bassam El-Khourys durchsucht. Man hatte dort einen Hammer und Brandbeschleuniger gefunden. Ehrlichmann hatte den Hammer zur Kriminaltechnik nach Kiel schaffen und untersuchen lassen.

Vom Hauptkommissar kam der entscheidende Tipp, dass man das Werkzeug auf Spuren hinsichtlich der Zimmermannsnägel untersuchen sollte. Es war ein Treffer. Der Hammer wies Mikrospuren der Metalllegierung auf, die zu den Nägeln passten, die bei Lüder und in Seedorf benutzt worden waren. Das war ein großartiger Ermittlungserfolg.

Diese neuen Fakten bremsten allerdings Lüders Euphorie. Hier im LKA setzte man alles daran, Mezzanotte zu suchen. Vieles sprach für eine Beteiligung des Italieners, auch wenn Lüder immer noch nicht glauben mochte, dass der Priester zum Mörder geworden war. Andererseits war es Lüders Theorie, dass ihm jemand die Beweise, auf die die Ermittler gestoßen waren, untergeschoben hatte.

Wie passte der Libanese El-Khoury in dieses Bild? Der Bekannte Günter Kramarczyks hatte sich in der Scheune aufgehalten, in der Josef Kellermann ermordet wurde. Es war nicht auszuschließen, dass El-Khoury vom Bruder des Exorzismusopfers angestachelt worden war und sie gemeinsam die missglückte Teufelsaustreibung gerächt hatten. Lüder hielt die beiden aber nicht für intelligent genug, Mezzanotte Beweismittel unterzuschieben. Der Mord an Pfarrer Zorn und die

Schändung des Kreuzes in der Seedorfer Kirche konnten auch Racheakte sein.

Aber wie passte das Kreuz an Lüders Haustür ins Bild? Es war zu viel »Zufall« für Lüder, dass in diesem Zusammenhang Mezzanotte mit dem Motorrad Pater Konrads durch seinen Kieler Stadtteil gekurvt war.

Ehrlichmann hatte angemerkt, dass man El-Khoury immer noch suchte. Man würde Günter Kramarczyk erneut zur Vernehmung nach Lübeck holen. Das sollte heute, am Sonnabend, geschehen.

Zu gern hätte Lüder mit seinem Abteilungsleiter über die möglichen Zusammenhänge gesprochen. Edith Beyer bedauerte, aber Dr. Starke sei für niemanden zu sprechen. Sie wusste auch nicht, wo sich der Kriminaldirektor im Augenblick aufhielt. Ob Lüder mit Oberrat Gärtner …?

Der war auch in Eile, bedauerte aber, dass Dr. Starke über allem schwebte, sich mit keinem der Mitarbeiter der Sonderkommission abstimmte, sondern nur Anweisungen gab. Man sei aber der Überzeugung, dass die Fakten gegen Andrea Mezzanotte sprechen würden. Die Beweislage war erdrückend. Deshalb hatte sich auch Gärtner für eine Fahndung nach dem Italiener ausgesprochen.

»Übrigens«, schloss der Oberrat, »Konrad Bissinger ist wieder auf freiem Fuß.«

Das überraschte Lüder nicht. Dem Pater war nichts vorzuwerfen. Bisher jedenfalls nicht.

Lüders Geduld wurde auf eine harte Probe gestellt. Immer wieder war er versucht, in Lübeck anzurufen und nach dem Stand des Verhörs zu fragen. Stattdessen meldete sich seine Mutter. Auf dem Display war Jonas' Name erschienen. Lüder war überrascht.

»Jonas hat gewählt und mir dann das Handy gegeben«, erklärte Mutter Lüders. »Kind!«, fuhr sie fort.

Lüder zuckte zusammen. Wie konnte er seiner Mutter klarmachen, dass er von dieser Anrede nicht begeistert war. Er würde der alten Dame nichts sagen. Sie hatte ja recht. Er war ihr Kind.

»Kommst du zum Mittag nach Hause? Es ist schließlich Sonnabend. Da hast du frei.«

»Nein, Mama. Das geht nicht. Wir arbeiten an einem schweren Fall.«

»Und der Verbrecher muss ausgerechnet zur Mittagszeit verhaftet werden?«

Lüder schwieg.

»Also nicht«, stellte seine Mutter fest. »Ich habe den ganzen Vormittag in der Küche gestanden und Kartoffeln gerieben. Mit der Hand. Es gibt Kartoffelpuffer.«

Ihre Kartoffelpuffer waren berühmt. Niemand verstand es besser, sie zuzubereiten. Früher hätte Lüder seine Seele dafür gegeben.

»Wir haben eine Küchenmaschine. Du hättest dir die Arbeit erleichtern können«, sagte er stattdessen.

»Damit kann ich nicht umgehen. Außerdem schmecken sie dann nicht so gut. Alle haben sich Kartoffelpuffer gewünscht.«

»Ich auch«, sagte er.

»Dann komm vorbei.«

Lüder erklärte, dass es leider nicht möglich sei. Als sie das Gespräch beendeten, war seine Mutter merklich verstimmt. Jonas und Viveka hatten sich früher auch einmal an Kartoffelpuffern versucht. Die arme Margit. Sie war – gefühlt – eine Woche damit beschäftigt, die Küche wieder sauber zu bekommen. Und jetzt? Sie lag in der Uniklinik. Was mochte sie im Augenblick machen? Mittagessen? Es war kein gutes Zeichen, dass sie sich nicht meldete. Sie hatte kein einziges Mal zum Telefon gegriffen und zu Hause oder bei ihm angerufen.

Es dauerte noch zwei weitere Stunden, bis der ersehnte Anruf aus Lübeck eintraf.

»Wir sind durch mit Kramarczyk«, sagte Ehrlichmann, dessen Stimme erschöpft klang. »Sie können mir glauben, dass wir ihm nichts geschenkt haben. Allerdings konnten wir nur einen Teilerfolg erzielen. Kramarczyk hat zugegeben, El-Khoury zu kennen. Dann hat er das wiederholt, was uns schon bekannt ist. Er hat dem Libanesen verbotenerweise den Schlüssel für den Schuppen gegeben. Natürlich ist er sauer auf die Kirche und deren ›Gedöns‹, wie er wörtlich sagte. Aber mit den Taten hat er nichts am Hut. Er hat mit El-Khoury über die Kirche gesprochen und sich anhören müssen, dass der christliche Gott immer schon ein Gewalttäter war, der ein falsches Spiel betreibt. Kramarczyk hat nichts auf diese ›Sprüche‹, so nannte er es, gegeben. So sind die Muslime eben, hat er gemeint.«

»Kann es sein, dass er die Unwahrheit gesagt hat?«, wollte Lüder wissen.

»Möglich ist alles. Aber ich glaube es nicht. Wir haben ihn zu dritt verhört. Er war danach ganz schön fertig. Ohne dass wir danach gefragt haben, hat er eine Trunkenheitsfahrt gebeichtet. Ich muss gestehen, dass wir im Augenblick ein bisschen ratlos sind. Wenn wir El-Khoury finden würden, wäre das hilfreich. Wir wollten auch von Kramarczyk wissen, ob er dessen Aufenthaltsort kenne. Fehlanzeige. Sie seien Bekannte, aber keine guten Freunde, hat uns Kramarczyk versichert. Jedenfalls haben wir ihn wieder laufen lassen.«

Lüder war ratlos. Immer wenn sie einen vermeintlichen Zusammenhang zwischen den Fakten hergestellt hatten, ergaben sich Aspekte, die dagegensprachen.

Lüder ging zur Kriminaltechnik. Auch dort wurde heute gearbeitet. Es bedurfte einer längeren Diskussion, bis er Gehör fand und einer der Mitarbeiter sich bereit erklärte, einen Abgleich der bisher sichergestellten Spuren vorzunehmen. Der anfängliche Missmut des Zivilangestellten verflog, als sie fündig wurden. Das Gesicht des Mannes hellte sich auf.

»Wie sind Sie darauf gekommen?«, wollte er von Lüder wissen.

»Ohne Sie hätten wir das nicht entdeckt«, gab Lüder zurück.

Nicht nur Andrea Mezzanotte, auch Bassam El-Khoury hatte seine Spuren auf dem Kreuz an Lüders Haustür und in der Seedorfer Kirche hinterlassen. Das war eine Sensation, die zugleich irritierte. Ein Irrtum war ausgeschlossen. Am Ergebnis der wissenschaftlichen Analyse gab es keinen Zweifel.

Wie kamen ein von Rom gesandter Geistlicher, der im Auftrag des Kardinals Bacillieri unterwegs war, und ein islamischer Asylbewerber, der keine Gelegenheit ausließ, gegen das Christentum zu hetzen, zusammen? Und wie fanden sich ihre gemeinsamen Spuren bei den Straftaten zusammen, die nicht nur die katholische Kirche erschütterten, sondern ein weit über Deutschland hinausgehendes Medienecho fanden und an deren Aufklärung in dieser Behörde fieberhaft gearbeitet wurde?

Es gibt offensichtlich Dinge auf der Welt, die unmöglich sind, dachte Lüder. Konnte es sein, dass Andrea Mezzanotte ein doppeltes Spiel trieb? Es schien Lüder undenkbar, dass der Italiener vorgab, als Priester treu seinem Gott und dem Vatikan zu dienen, im Inneren aber zum radikalen Islam konvertiert war und die Kirche, *seine* Kirche mit Allahs Schwert bekämpfte.

Lüder zog sich in sein Büro zurück. Er war Christ, getauft und konfirmiert, aber sein Wissen um die Theologie hielt sich in Grenzen. Wer war der Teufel? Luzifer. Satan. Der Teufel war der Inbegriff alles Bösen. Er war ursprünglich ein Engel, der gegen Gott rebellierte. War Mezzanotte ein Teufel? Wenn das zutraf, konnte das auch die furchtbaren Taten, die Morde, und das brennende Kreuz erklären. Und der Teufel sollte angeblich in Hans Kramarczyk gefahren sein. Dort hatte ihn der polnische Pater mit seinen Gehilfen wieder ausgetrieben. Hatten Josef Kellermann und Pfarrer Zorn doch für die Teufelsaustreibung votiert? Dann hätte Mezzanotte als vermeintlicher Satan einen triftigen Grund, die beiden Priester zu ermorden.

Lüder schüttelte heftig den Kopf. »Das ist Fantasy«, sagte er laut.

Absurd. Wohin kann die Beschäftigung mit Religion führen? Man würde ihn für verrückt erklären, wenn er solche Gedanken auch nur äußern würde. »Nein! Es gibt keine Geister, die morden oder in Menschen fahren.«

Hier waren Kriminelle mit einem nachvollziehbaren Motiv unterwegs. Aber das hatten sie noch nicht aufdecken können. Es war zum Verzweifeln. Außerdem hatte seine Mutter recht. Er war nicht der einzige Polizist auf dieser Welt.

Auf dem Flur rumorte es. Dort herrschte immer noch hektische Betriebsamkeit. Mochten die Kollegen weiter an der Aufklärung arbeiten. Zumindest für heute. Lüder würde jetzt in die Uniklinik fahren, Margit besuchen und anschließend zu Hause sein Glück versuchen. Ob man ihm noch Kartoffelpuffer übrig gelassen hatte?

Der Sonntag hatte in vielen Familien ein jeweils anderes Gesicht. Das traf auch auf das Haus Lüders zu. Lüder hatte sich früh aus dem Bett gestohlen, sich auf Zehenspitzen bewegt und den Durchgang durchs Bad leise absolviert. Als er die Nasszelle wieder verließ, hatte seine Mutter auf ihn gewartet. Sie hatte die Fäuste in die rundlichen Hüften gestemmt und ihn angesehen, wie es nur Mütter können.

»Kannst du nicht schlafen?«

»Ich muss zum Dienst«, hatte er hilflos geantwortet.

»Heute ist Sonntag.«

»Ich weiß, andere Menschen müssen auch am Wochenende arbeiten.«

»Aber du nicht.« Es klang entschieden.

»Doch.«

Seine Mutter hatte zu ihm hochgesehen und ihn mit einem festen Blick fixiert.

»Ist alles in Ordnung? Margits Erkrankung. Und du bist nie zu Hause. Sag mal …« Dann hatte seine Mutter eine Pause eingelegt, die nur schwer zu ertragen war. »Hast du eine andere?«

»Ich?«, hatte Lüder stammelnd geantwortet. »Blödsinn.« Dabei hatte er den Fehler gemacht, den Verdächtige oft begehen. Er war ihrem Blick ausgewichen. Mütter merken so etwas.

»Wenn da was läuft, dann ...« Sie hatte den Satz nicht vollendet.

Lüder hatte schweigend einen Becher Kaffee getrunken und eine Scheibe Brot gegessen. Bei jedem zweiten Bissen musste er mit Kaffee nachhelfen, so würgte er am Brot. Der Vorwurf hatte ihn tief getroffen. Wie sollte er Mutter Lüders erklären, welche Anforderungen an ihn und seine Kollegen gestellt wurden?

Unzufrieden hatte er sich auf den Weg nach Seedorf gemacht. Die Frage seiner Mutter hatte ihn die ganze Fahrt über beschäftigt. Obwohl die Straßen zu dieser frühen Stunde leer waren, hatte er Mühe, sich auf das Fahren zu konzentrieren.

Schließlich erreichte er die kleine Gemeinde. Der Ort wirkte wie ausgestorben. Keine Menschenseele zeigte sich auf der Straße, kein streunender Hund überquerte den Weg. Nicht einmal eine Katze schlüpfte durch das Loch im Zaun.

Lüder parkte direkt vor der kleinen St.-Ansgar-Kirche. Er fuhr zusammen, als die Kirchenglocke plötzlich zu läuten begann. Es war ein helles, fast hektisches Bimmeln, das die Gläubigen zum Gottesdienst rief. Ob der überhaupt stattfand?

Lüder stieg aus und öffnete die Kirchentür. Sie knarrte. Im Inneren roch es immer noch verbrannt. Als er die Kirche betrat, richteten sich die Blicke der wenigen Besucher auf ihn. Er erkannte Ludwine Kramarczyk. Ein wenig versetzt hinter ihr saß eine weißhaarige alte Frau mit einem zerfurchten Gesicht. Zwei Bänke dahinter drehte eine andere Frau den Kopf in seine Richtung. Lüder schätzte sie trotz der kurzen grauen Haare auf höchstens Mitte fünfzig. In der ersten Reihe entdeckte er Paul von Schwichow, begleitet von seiner Betreuerin Christine. Der Senior war der einzige Kirchenbesucher, der sich nicht neugierig umgedreht hatte.

Lüder nahm in der letzten Bankreihe Platz. Wenig später ertönte eine kleine Glocke, eine Tür öffnete sich, und ein dunkelhäutiger Priester, gekleidet in ein prächtiges Messgewand, trat aus der Sakristei, gefolgt von einem älteren Mann mit spärlichem

Haarwuchs und einem gepflegten weißen Bart, der dem Geistlichen als Messdiener zur Hand ging.

Die Kirchenbesucher standen auf. Nachdem der Priester an den Altar getreten war und mit den ersten rituellen Handlungen begonnen hatte, drehte sich der Messdiener um, verkündete die Nummer des Liedes, das nun gemeinsam gesungen werden sollte, und stimmte die Melodie an.

Lüder fiel auf, dass es weder eine Orgel noch eine andere musikalische Begleitung gab. Der Gesang der Gottesdienstbesucher war dünn. Aus Sicht der katholischen Kirche befand man sich hier wirklich am Ende der Welt. Ob Rom von der Existenz dieses Gotteshauses wusste? Was hatte Mezzanotte in diese Einöde geführt? Sicher konnte man eine Kirche nicht mit einem Wirtschaftsunternehmen vergleichen, aber jeder Mittelständler hätte diese »Filiale« schon lange wegen Unrentabilität geschlossen.

Der dunkelhäutige Priester hatte eine gutturale Aussprache. Lüder hatte den Eindruck, dass er nur wenige Brocken Deutsch konnte. Eine Predigt gab es nicht, die etwas längeren Gebete wurden vom Messdiener vorgetragen. Lüder folgte der Liturgie schweigend, ohne sich am Gesang oder an den Wechselgebeten zu beteiligen. Er blieb sitzen, als sich selbst der alte Paul von Schwichow niederkniete und der Priester die Wandlung von Hostie und Wein zu Jesu Leib und Blut vollzog. Lüder war auch der einzige Kirchenbesucher, der nicht die Kommunion empfing.

Nach der Messe verließen der Priester und der Messdiener den Kirchenraum in die Sakristei, während die anderen Besucher sich vor der Tür versammelten und einander die Hand reichten.

Ludwine Kramarczyk hatte ihn wiedererkannt. »Er ist ein Ketzer«, sagte sie und zeigte auf Lüder.

Die anderen Gemeindemitglieder musterten Lüder neugierig, aber nicht feindselig. Schließlich trat die grauhaarige Frau an ihn heran.

»Sie sind nicht katholisch«, stellte sie fest. »Was führt Sie zu uns nach St. Ansgar?«

»Ihre Kirche hat über Deutschland hinaus Aufmerksamkeit erregt«, erwiderte Lüder ausweichend.

Die Frau seufzte.

»Traurig«, sagte sie. »Niemand versteht es, was mit unserem Pfarrer passiert ist. Wer tut so etwas? Unfassbar. Nur Gott selbst wird wissen, warum.«

»Wer war der Priester, der die Messe gehalten hat? Ich dachte, Pfarrer Zorn war allein in der Gemeinde.«

»Das war Kaplan Moussa Latoundji. Er stammt aus Afrika, aus Benin, und springt hier in der Gegend ein, wenn sich kein anderer Priester findet. Und der Priestermangel ist allgegenwärtig. Wir sind dankbar, dass der Kaplan die Messe liest und die Sakramente spendet, auch wenn ich mir natürlich einen richtigen Gottesdienst mit Predigt und so wünschen würde. Wer das möchte, muss nach Ratzeburg oder Mölln fahren. Ratzeburg hat übrigens eine wunderschöne katholische Kirche.«

»Sie gehen aber hier in Seedorf zur Messe.«

»Ja«, sagte sie geistesabwesend. »Die Gemeinde ist sehr klein. Und kaum jemand besucht die Messe. Sie haben heute die Stammbesucher erlebt.«

»Waren das alle?«

Sie nickte. »Ja. Die Polin ...«

»Sie meinen die Pflegerin des alten Gutsherrn?«

»Nein, Frau Kramarczyk. Sie kümmert sich um die Kirche, macht sauber und ist so eine Art Küsterin. Ich habe gehört, dass sie nicht von der Kirche bezahlt wird, sondern die Familie Schwichow steckt ihr etwas zu. Sie ist eine sonderbare Frau. Ich kann sie nicht einschätzen. Für mich ist sie übertrieben religiös. Ständig bekreuzigt sie sich.«

»Kommt ihr Mann nicht in die Kirche?«

»Ihr Mann?«, wiederholte sie. »Den habe ich hier noch nie gesehen. Frau Marhenke, das ist die alte Dame, kommt jeden Sonntag. Wenn er gesund ist, taucht der alte von Schwichow mit seiner Pflegerin auf. Und dann ist da noch Herr Hörchel.«

»Der war heute nicht da?«

»Doch.« Sie lächelte. »Er war früher Lehrer. Sie haben ihn als Messdiener gesehen.«

»Wie war das Verhältnis zu Pfarrer Zorn?«

Sie überlegte einen Moment und legte die Stirn in Falten. »Wissen Sie«, begann sie vorsichtig, »ich bin katholisch getauft, habe die Erstkommunion empfangen und bin gefirmt. Aber dann habe ich den Kontakt zur Kirche verloren. Irgendwie. Mein Mann war im Straßenbau tätig. Niemand hat darauf geachtet oder es in den Anfängen mitbekommen, dass er sich eine Teerlunge eingehandelt hatte. Er ist nur vierzig Jahre alt geworden und über Jahre Stück für Stück erstickt. Ein grausames Schicksal. Ich habe lange gebraucht, um darüber hinwegzukommen. Schließlich habe ich einen neuen Partner kennengelernt. Der ist nach einer langen Leidenszeit im vergangenen Jahr an Lungenkrebs gestorben. Raucher«, fügte sie hinzu. »Ich habe mit dem Schicksal gehadert und geglaubt, dass ein gütiger Gott so etwas nicht zulassen kann, und habe mich auf die Suche nach der Wahrheit begeben. So habe ich den Weg zurück zur Kirche gefunden.«

»Und dabei hat Ihnen Pfarrer Zorn geholfen?«

Sie zögerte mit der Antwort.

»Ja«, sagte sie leise. »Er hatte nichts von dem Demagogischen an sich, das man bei manchen Priestern findet. Der Pfarrer stand mit beiden Beinen im Leben. Er hat zugehört und gesagt, dass mancher Zweifel an Gott und seinem Werk angebracht ist. Vieles, so hat er mir erklärt, haben die Menschen der Religion angefügt und sich ihren Gott so geschaffen, wie es ihnen in den Kram passte. Dabei hat er auch den Klerus nicht ausgenommen. Dort gibt es viele Vertreter, die nicht Gottes Wort verkünden wollen, sondern das Priesteramt als eine Art Karriere sehen. Nicht in den Gemeinden, sondern in den Spitzenämtern. Das sind oft keine Priester mehr, sondern Funktionäre.«

»Das waren Egbert Zorns Worte?«, fragte Lüder erstaunt.

»Ja. Der Pfarrer hat keinen Zweifel daran gelassen, dass sich etwas ändern muss. Er sprach davon, dass die Kirche einen neuen

Martin Luther benötigen würde, der sie aufrüttelt, ohne sie zu spalten.«

Paul von Schwichow war zu ihnen getreten. Er stützte sich auf dem Arm seiner Pflegerin ab.

»Zorn war ein Ketzer, ein Gotteslästerer, ein Abtrünniger«, sagte er mit brüchiger Stimme. »So wie viele andere auch, die falsches Zeugnis ablegen, auch wenn sie sich die Priesterweihe erschlichen haben. Zweitausend Jahre haben die Menschen gewusst, wie man zu Gott betet und seinen Geboten folgt. Immer mehr Menschen, aber auch Priester entfernen sich von der Glaubenswahrheit. Als aufrichtiger Christ, und nur der Katholik besitzt die Gnade Gottes, dem richtigen Glauben zu folgen, muss man erkennen, dass der Weg Zorns ein falscher war. Es ist Gotteslästerung, wenn ein Priester die Kommunion an Ungetaufte ...«

»Moment«, unterbrach ihn die Frau, »ja. Das hat der Pfarrer gemacht, aber es waren evangelische Christen.«

»Papperlapapp. Die sind nicht richtig getauft. Zorn wollte die Kommunion auch an wiederverheiratete Geschiedene austeilen. Das ist unvereinbar mit der Unauflöslichkeit der Ehe. Es ist Ehebruch, wenn man in ungeordneten Verhältnissen lebt. Das ist aber noch nicht alles. Zorn hat viele Dinge getan und gesagt, die sich nicht mit den Geboten der Kirche vereinbaren lassen.«

»Und deshalb haben Sie sich an den Bischof gewandt?«, warf Lüder ein. Er hatte keinen Beweis für diese Vermutung.

Von Schwichow tat ihm den Gefallen und bestätigte es.

»Es ist der Untergang der Kirche und damit des Abendlandes, wenn die heilige Kirche von solchen Leuten unterwandert wird, die nicht mehr an Gott glauben und sich weigern, die Messen und Gebete in der richtigen Weise durchzuführen.«

»Und der Bischof wollte Ihr Ansinnen, einen Exorzismus durchzuführen, auch nicht unterstützen?«

Der alte Mann funkelte Lüder böse an. Dann hob er seinen Arm und schwenkte seinen knochigen Zeigefinger hin und her.

»Die Menschen haben immer noch nicht begriffen, dass Gott unter uns weilt. Er ist nicht irgendwo da oben, sondern uns immer nahe. Er lässt Zeichen und Wunder geschehen. Wir wissen aus dem Alten Testament, dass Gott auch mit Feuer und Schwert straft.«

Lüder war elektrisiert. In dieser Kirche war ein Kreuz verbrannt worden. Feuer! Und Egbert Zorn war am Kreuz gestorben. Man hatte ihm eine Art Lanze unter dem Rippenbogen in den Leib gestoßen und bis zum Herzen vorgetrieben. Stand das symbolisch für das Schwert?

»Wie straft Gott?«, fragte er Paul von Schwichow.

Der alte Mann hatte die Augen zu ganz kleinen Schlitzen zusammengepresst, als er Lüder ansah.

»Es war nicht der Satan, sondern der Erzengel Michael, der immer mit dem Schwert abgebildet wird. Der hat den ungläubigen Pfarrer Zorn ans Kreuz genagelt.«

»Dazu müssen Sie mehr sagen«, forderte Lüder ihn auf.

Von Schwichow wankte leicht. Sein Atem ging rasselnd. Es war offensichtlich, dass das Gespräch ihn überanstrengt hatte. Auch seine Pflegerin hatte es bemerkt. Sie packte den alten Mann am Ellbogen und zog ihn sanft weg.

»Gnä' Herr«, sagte sie bestimmt. »Wir müssen gehen. Ihre Medikamente.«

Wortlos ließ sich von Schwichow davonführen.

Lüder sah keine Möglichkeit, den Alten weiter zu befragen. Was wusste er? War es Zufall, dass er von Feuer, Schwert und dem Erzengel Michael sprach, der Pfarrer Zorn gerichtet hatte?

»Du Judas«, kam es Lüder über die Lippen. »Pharisäer«, setzte er nach und erntete einen fragenden Blick der Frau.

Er wollte ihr nicht verraten, welch verlogenes Subjekt der alte Mann war. Laut sprach er von der Verdammnis der Menschen, die sich scheiden ließen, um an der Seite eines anderen das ersehnte Lebensglück zu finden. Dabei verschwieg er aber, in welcher Weise er seine Machtposition als Gutsherr ausgenutzt hatte, um die junge Ludwine Kramarczyk sexuell zu nötigen oder möglicherweise sogar zu missbrauchen. Eventuell war er der Vater des Exorzismusopfers.

Nachdenklich machte Lüder sich auf den Heimweg. Wenn aus politischen oder religiösen Gründen gemordet wurde, tauchten im Allgemeinen sofort Bekennerschreiben auf. Oft sogar von mehreren Seiten, die behaupteten, für das Verbrechen verantwortlich zu sein. In diesen Fällen fehlte jeglicher Hinweis. Daher hielt Lüder es für unwahrscheinlich, dass eine radikale Gruppierung Gewalt gegen die katholische Kirche ausübte. Die Beteiligung Mezzanottes schien sicher nachgewiesen.

Die Aussagen der wenigen Kirchenbesucher vorhin hatten Pfarrer Zorn in einem anderen Licht erscheinen lassen. Sie deckten sich mit Lüders Vermutung, dass Zorn sich gegen den Exorzismus ausgesprochen hatte. Sein Gegenspieler in dieser Frage, der alte von Schwichow, hatte offenbar auch im Erzbistum keine Zustimmung gefunden.

Über Wege, die Lüder nicht bekannt waren, hatte er es aber geschafft, Rom einzuschalten. Mezzanotte war im Auftrag des Vatikans unterwegs. Pater Konrad, der sich Lüder gegenüber zunächst sehr selbstbewusst gegeben hatte, trat dem Italiener nahezu devot entgegen.

Der Vatikan, überlegte Lüder weiter, hatte in der hierarchisch strukturierten katholischen Kirche so viel Macht, dass er Anweisungen erlassen konnte, denen sich die Bistümer nicht widersetzen durften. Gab es hier Kreise im Vatikan, die an der offiziellen Linie vorbei etwas bewegen wollten? Im Zuge seiner Ermittlungen war Lüder immer wieder darauf gestoßen, dass gewissen Kreisen die Reformfreude des Papstes missfiel. In diesem Zusammenhang tauchte oft der Name des Kardinals Bacillieri auf, in dessen Auftrag Mezzanotte im Norden unterwegs war.

Die beiden Mordopfer hatten sich als reformfreudige Geistliche erwiesen. Zorn war sicher unbedeutend, wenngleich ein Ärgernis. Auch Kellermann schien offen für neue Gedanken gewesen zu sein. Dafür sprach auch sein Verhältnis zu Karin

Holzapfel. Er verstieß damit gegen alle Gebote der konservativen Kreise des Klerus. Durch die Weigerung des Bistums, dem Exorzismus zuzustimmen, musste man in Rom den Eindruck gewonnen haben, das Erzbistum Hamburg sei aufsässig, würde möglicherweise sogar konspirativ an einer Abspaltung arbeiten. Hatte man deshalb den Erzbischof in den Vatikan bestellt? Und Mezzanotte sollte den Sachverhalt vor Ort klären und ausbügeln.

Ausbügeln! Was für ein Wort, schoss es Lüder durch den Kopf. Wenn etwas an diesen unglaublichen Vermutungen wahr sein sollte, geschah derzeit Ungeheuerliches. Natürlich war allen Beteiligten daran gelegen, keine Informationen an die Öffentlichkeit dringen zu lassen. Und jemand wie Pater Konrad saß zwischen den Stühlen. Ob der Progressive Katholik Dornseif etwas davon wusste? Oder der erstaunlich gut informierte Professor Martiny?

Lüder steuerte einen Parkplatz an und wählte die Handynummer des Lübecker Hauptkommissars. Niemand meldete sich. Es war Sonntag. Er war erstaunt, als wenige Minuten später sein Mitarbeiter Beugert zurückrief.

»Der Chef ist noch im Verhör«, erklärte der Kommissar. »Es sieht aber gut aus.«

»Immer noch Kramarczyk?«

»Der scheint aus dem Schneider zu sein«, erwiderte Beugert. »Nein! Wir haben Bassam El-Khoury erwischt.«

»Sie haben – was?«

»Er ist heute Nacht der Bundespolizei in Flensburg ins Netz gegangen, als er mit dem Zug nach Dänemark wollte. Wir haben ihn sofort nach Lübeck bringen lassen. Jetzt sitzt er dem Chef im Verhör gegenüber.«

»Hat er schon geplaudert?«, wollte Lüder wissen.

»Noch ist er beim Einsingen. Ich gehe davon aus, dass es nicht mehr lange dauert.«

»Großartig«, sagte Lüder und beschloss, sein Fahrtziel zu

ändern. Am Autobahnkreuz Lübeck verließ er die A 20 und bog auf die A 1 in Richtung der altehrwürdigen Hansestadt ab.

Die Bezirkskriminalinspektion war in einem Hochhauskomplex an der Bundesstraße 75 untergebracht. Bis zum historischen nördlich gelegenen Stadtzentrum waren es nur eineinhalb Kilometer. Es erwies sich als schwierig, ins Gebäude und zu den Räumen der BKI zu gelangen. Überall herrschte fast gespenstische Sonntagsruhe. Wenig später stand er einem erschöpften, aber strahlenden Hauptkommissar gegenüber.

»Nanu?«, sagte Ehrlichmann. »Sie? Und das am Sonntag? Ich dachte immer, das LKA arbeitet nur montags, mittwochs und freitags und dann auch nur am Vormittag.« Er streckte einen Daumen in die Höhe. »Wir haben ihn. Ich hätte nicht gedacht, dass es so schnell geht. El-Khoury wollte nach Dänemark. Ihm war nicht bewusst, dass die Wikinger besonders strenge Grenzkontrollen durchführen. Sonst hätte er sich wohl in eine andere Richtung abgesetzt. Wir mussten im Verhör nur ›Do-Re-Mi‹ anstimmen, dann fing er an zu singen. Ganze Arien.«

»War er in unseren Fall involviert?«

Ehrlichmann lachte laut auf. »Wenn ich Ihnen die Story erzähle, werden Sie es nicht glauben. So aberwitzig klingt es. Also. Günter Kramarczyk ist ein ›Kumpel‹, wie El-Khoury es ausdrückte. Kramarczyk hat oft über die ›Scheißpfaffen‹ geklagt. Sie hätten seinen Bruder auf dem Gewissen und seinen Eltern den Kopf mit diesem blöden Getue verdreht. Sein Lamentieren fiel bei El-Khoury auf fruchtbaren Boden. Gemeinsam haben sie ausgeheckt, dass man es dem alten Pfarrer heimzahlen müsse. Kramarczyk hielt Egbert Zorn für den Verantwortlichen. Er war der Meinung, der Ortsgeistliche hätte alles in die Wege geleitet. Kramarczyk war zuvor immer wieder bei Zorn erschienen, hatte ihm Vorhaltungen gemacht und ihn bekniet, die Wahrheit zu sagen, bis der alte Priester schwach geworden war und etwas über den polnischen Pater Roman und seinen Exorzismus ausgeplaudert hatte. Das habe ich nicht von El-Khoury, aber ich vermute, Zorn hatte ein schlechtes Gewissen Kramarczyk gegenüber. Er kannte ihn und auch die Familie von klein auf. Also wollten Kramarczyk und El-Khoury dem Alten einen Denkzettel verpassen und haben sich auf den Weg nach Seedorf gemacht. Kramarczyk hat aber kalte Füße bekommen und ist abgehauen, als dort ein Fremder auftauchte. Der hat El-Khoury erwischt. Das war kein Deutscher, sagte El-Khoury. Die Verständigung war schlecht. Man kommunizierte auf Englisch und mit ein paar Brocken Italienisch, die der Libanese während seiner Zeit in Italien aufgeschnappt hatte. Der Fremde hat schnell erkannt, wem er dort begegnet war. El-Khoury war auf der Flucht, weil er eine Strafe wegen des Schwimmbadzwischenfalls befürchtete. Ihm war der Stimmungswechsel in der deutschen Bevölkerung nicht entgangen, dass man sich offen gegen ausländische Straftäter aussprach, insbesondere, wenn es um sexuelle Übergriffe ging. Er hatte Angst, in den Libanon abgeschoben zu werden. Damit hatte offenbar auch der Unbekannte gedroht, den El-Khoury aber bald einen ›tollen Freund‹ nannte. Er war erschrocken und wollte flüchten, als sein neuer Freund einen Mann anschleppte, dem sie, so hieß es zunächst, einen Schreck einjagen wollten. Sie haben ihn gefesselt und kopfüber in der Scheune aufgebaumelt. Nach eigenen Aussagen packte El-Khoury die Panik, als der Fremde plötzlich ein großes Messer hervorzog und ihrem Opfer den Hals durchschnitt. Radebrechenderweise hatte der andere erklärt, dass der Mann, den sie ermordeten, ein bekannter Rassist war, der Jagd auf alle islamischen Menschen machte. Es war nur gerecht, ihn zu schächten. Die Leiche hatten sie dann in der Theaterkulisse entsorgt, damit eine möglichst große Menschenmenge vom Tod des Verbrechers erfuhr. Später sind sie in die Kirche eingedrungen und haben das Kreuz verbrannt. Eine Aktion, die El-Khourys volle Zustimmung fand. Danach haben sie sich noch zwei Mal getroffen. Einmal haben sie in Kiel ein Kreuz an die Tür eines christlichen Verräters genagelt – ich nehme an, damit sind Sie gemeint. Schließlich haben sie die Todesstrafe an Pfarrer Zorn vollstreckt. Sie haben den Priester in seinem Haus überfallen. Der Fremde hat ihm etwas gespritzt, dann hat er ihm eine Art Schwert in den Leib gestoßen, bevor er ans Kreuz genagelt wurde.«

»Und wer war der Fremde?«, fragte Lüder, obwohl er es ahnte.

»El-Khoury sprach nur von dem ›Fremden‹. Er wusste weder dessen Namen noch Wohnsitz. Wir werden ihm unseren Zauberkasten präsentieren, mit dem wir Phantombilder basteln können. Das klappt aber erst morgen.«

Lüder war sprachlos. Es klang plausibel, wenn er es auch immer noch nicht glauben konnte. Was für eine merkwürdige Allianz – der Islamist und der Priester aus Rom. Er schüttelte ungläubig den Kopf. »Das passt doch nicht zusammen«, murmelte er.

Enttäuschung zeichnete sich auf Ehrlichmanns Gesicht ab. »Für mich klang es glaubwürdig, was El-Khoury von sich gegeben hat. Er verfügte eindeutig über Täterwissen.«

»Aber die Zufälle, die die beiden zusammengebracht haben ...«

Ehrlichmann zuckte mit den Schultern. »Müssen wir einen Mathematiker fragen, wie groß die Wahrscheinlichkeit ist?«

Lüder winkte ab. »Es ist nur so unwirklich, dass ein von Rom gesandter Priester mordend durch die Lande zieht. Mir fehlt immer noch das eindeutige Motiv.«

»Manches ist unergründlich in unserem Beruf«, konstatierte der Hauptkommissar. »Ich habe schon öfter in die Seele von Leuten geblickt, die mir so rätselhaft vorkamen.«

»Aber in diesem Fall ...«, ließ Lüder den Satz offen und bestätigte dem Lübecker, dass er und seine Leute hervorragende Arbeit geleistet hätten. Dann bat er, das Telefon benutzen zu dürfen. Er rief in Fleckeby an und musste eine Weile warten, bis sich Professor Martiny meldete.

»Es ist Wochenende«, knurrte Martiny. »Aber wenn es sein muss ... Kommen Sie vorbei.«

Unterwegs übermannte Lüder der Hunger. Er hatte seit dem Morgen nichts gegessen oder getrunken. So steuerte er das Rasthaus Schackendorf bei Bad Segeberg an, ein blitzsauberes Gasthaus mit freundlicher Bedienung und einem hervorragenden Angebot. Trotzdem schlang er den kleinen Imbiss eilig hinunter. Die innere Unruhe trieb ihn an. Er musste unbedingt das Gespräch mit Martiny führen.

Der Professor empfing ihn unfreundlich. »Sie haben aber lange gebraucht.«

»Es herrschte viel Verkehr«, erwiderte Lüder.

»Müssen Sie unbedingt an einem Sonntag die Welt retten und benötigen dazu meine Mithilfe?«

»Ja«, antworte Lüder und erntete dafür einen fragenden Blick Martinys.

Der Professor forderte ihn auf, hereinzukommen. »Sie kennen sich ja mittlerweile aus, sind schon eine Art Stammgast.«

Nachdem sie im Arbeitszimmer Platz genommen hatten, meinte er: »Ich dachte immer, ich bin ein kritischer Geist in Bezug auf die katholische Kirche. Sie scheinen es aber noch verbissener zu betreiben.« Martiny zog die Stirn kraus. »Ich frage mich, welche Motivation Sie antreibt.«

»Es ist mein Beruf, Straftaten aufzuklären.«

»Suchen Sie immer noch den Mörder der beiden Geistlichen?«

»Die Hinweise verdichten sich«, wich Lüder aus und war dankbar, dass Martiny nicht nachfragte. »Seitens der Kirche ist man sehr verschwiegen. Die sprechen nicht einmal über …«, Lüder suchte nach einem geeigneten Begriff, »Flügelkämpfe«, fiel ihm ein.

Martiny lachte laut auf. »Die gibt es auch nicht in einer Institution, die von oben geführt wird. Nicht offiziell. Was treibt führende Spitzen der katholischen Kirche an? Sie glauben doch nicht, dass es die Frömmigkeit ist. Neeein.« Er lachte laut auf. »In der Kurie herrscht eine mörderische Konkurrenz.«

Bei der »mörderischen Konkurrenz« durchfuhr Lüder ein heftiges Stechen. War das wörtlich zu nehmen?

»Das interessiert mich«, sagte er ausweichend.

Martiny legte die Fingerspitzen zu einem Dach zusammen. »Sie müssen auch einmal etwas anderes als die Sportnachrichten lesen«, sagte er spöttisch. »Sagt Ihnen der Name Pietro Falduto etwas?«

Lüder verneinte.

»Das ist das Merkwürdige. Dahinter steckt ein Skandal sondergleichen, aber kaum ein Presseorgan hängt es an die große Glocke. Falduto ist ein italienischer Kurienkardinal. Salopp formuliert könnte man sagen, er ist ein Kumpel vom entmachteten Emanno Bacillieri. Er hängt sozusagen in dessen Seilschaft. Bacillieri wäre selbst gern Papst geworden. Aber nein!« Dabei schlug Martiny leicht mit der Faust auf den Tisch. »Stattdessen wählt man den komischen Argentinier, der auch noch Reformen beginnt und der Kurie auf die Finger sieht. Um wieder ungehindert an die Fleischtöpfe zu kommen, die der Macht und auch die der Pracht, muss der Argentinier weg. Dummerweise erfreut sich der alte Herr aber bester Gesundheit und ausgesprochener Vitalität. Nun könnte man meinen, seine irdische Zeit ist begrenzt. Das trifft leider auch auf Bacillieri und seine Clique zu.«

Martiny neigte den Kopf ein wenig zur Seite und grinste. Er streckte den Zeigefinger in die Höhe, als würde er Lüder auf etwas Besonderes aufmerksam machen wollen.

»Wenn der Papst Geburtstag feiert, wird auch Bacillieri ein Jahr älter. Und wenn Franziskus weitere Dinge aufdeckt, die sich die Kurie erlaubt, ist deren Überleben in den Spitzenämtern fraglich. Jetzt hat es Falduto erwischt.«

Der Professor streckte die fünf Finger einer Hand in die Luft und den Daumen der anderen dazu.

»Ein Gönner hat einen sechsstelligen Eurobetrag für die päpstliche Kinderklinik gespendet. Das Geld ist aber umgeleitet worden in die Renovierung des Luxusapartments Faldutos. Vierhundertzwanzigtausend Euro. Das ist kein Einzelfall. Der Luxus und die Verschwendungssucht, die sich manche Kurienmitglieder leisten, sind unglaublich. Wer dort oben ankommt, hat nicht am eifrigsten gebetet. Es wird vieles unternommen, um an die Spitze zu gelangen. Im Sport gewinnt nicht immer der Trainingsfleißigste die Goldmedaille. Wir wissen alle, dass dort unverhohlen gedopt wird. Ein anderes Beispiel finden Sie bei den Spitzenpolitikern. Adenauer hat gegen seinen potenziellen Nachfolger gewettert und kein gutes Haar an ihm gelassen. Strauß hat jeden Kandidaten politisch gemeuchelt. Denken Sie an den Kampf Seehofers gegen Söder. Und auch Frau Merkel hat wie beim Spargel darauf geachtet, wo sich irgendwelche Köpfe zeigten. Falls ja – schwups. Die wurden abgestochen.«

Jetzt unterstrich Martiny seine Worte durch das Zusammenklappen von Zeige- und Mittelfinger, als würde eine Schere zuschnappen.

»Das ist im Vatikan nicht anders. Und dann kommt Franziskus mit kruden Ideen. Der meint es ernst mit der Demut und der Sorge um die Armen. Er will alles modernisieren. Dagegen wehren sich manche in Rom. Sie sehen ihre Pfründen und Erbhöfe schwinden. Der amerikanische Kardinal Leo Burke hat 2014 auf der Bischofssynode laut gerufen: ›Das ist Verrat!‹ Burke will die seiner Meinung nach laue Christenheit aufschrecken. Er kämpft gegen die Homo-Agenda, verweigert Politikern, die Abtreibungsgesetze unterstützen, die Kommunion. Burke hat sich offen gegen den Papst gestellt und sich zum Verteidiger der nicht verhandelbaren Werte aufgeschwungen. Er meint, die Kirche darf nicht zu einer den päpstlichen Launen unterworfenen Mode degenerieren.«

Der Professor tippte sich lebhaft an die Stirn.

»Er fordert die Rückkehr zum lateinischen Ritus in den Gottesdiensten und bekämpft reformfreudige Katholiken wie Dornseif und seine Leute mit dem Schlachtruf: ›Über die Glaubenswahrheit wird nicht abgestimmt.‹ Bacillieri hat sich gegen Burkes Abschiebung vom Amt des Präfekten zum unbedeutenden Ehrenrang eines Kardinalpatrons des Malteserordens ausgesprochen. Burke hat vordergründig die Position des Herausforderers des Papstes angenommen.«

»Ich denke, da steckt Bacillieri dahinter?«
»Der Amerikaner ist der Schreihals. Bacillieri versucht, Papst Franziskus aus dem Untergrund zu meucheln.«
Lüder zog eine Augenbraue in die Höhe.
»Zu meucheln?«
»Na ja«, relativierte Martiny. »Nehmen Sie das nicht wörtlich.«

Doch. Das tat Lüder, als er auf dem Heimweg war. War das Leben des Papstes wirklich in Gefahr? Franziskus lebte mit seiner offenen Art, mit seiner Zuwendung zu den Menschen und dem Verzicht auf jegliche Distanz offenbar gefährlich. Aus seiner Zeit als Personenschützer wusste Lüder, wie gefährdet solche Personen sein können. Hoffentlich helfen die Gebete für den Papst, dachte Lüder.

Interessant war auch die Einschätzung des Professors gewesen, dass er das Erzbistum Hamburg zu den reformfreudigen zählte. Man stand auf der Seite von Papst Franziskus. Hatte Kardinal Bacillieri seinen Adlatus Mezzanotte deshalb in den Norden geschickt, um das Bistum und dessen Führung wieder auf seinen Kurs zu trimmen? Dann könnte die Weigerung des Bistums, einem Exorzismus an Hans Kramarczyk zuzustimmen, der berühmte Tropfen gewesen sein, der das Fass zum Überlaufen gebracht hatte. So passte auch dieses Steinchen in das große Puzzle. Mit Sicherheit war Mezzanotte nicht der Auftrag erteilt worden, zu reformfreudige Priester zu ermorden. Der Italiener gehörte zur Seilschaft des Kardinals, allerdings weit unten. Wie überall kam man nur voran, wenn man durch besondere Leistungen und Taten auffiel.

Vermutlich wollte Mezzanotte den Auftrag, das Erzbistum wieder auf die konservative Spur zu schieben, perfekt ausführen. Aus dem Vatikan war er bedingungslosen Gehorsam gewohnt. Umso überraschter musste er gewesen sein, als er hier vor Ort auf Widerstand stieß. Dann war die Sache aus dem Ruder gelaufen.

Zufrieden fuhr er nach Hause. Es würde kein beschaulicher Abend werden. Lüder würde sich seiner Mutter gegenüber für seine Abwesenheit verantworten müssen. Mit Sicherheit würden seine Gedanken auch immer wieder zu seinem Fall abschweifen. Für seine Theorie hatte er mit Ausnahme der Indizien, die gegen Mezzanotte sprachen, und der Aussage El-Khourys keine Beweise, schon gar nicht für die Seilschaft um Bacillieri. Das traf leider auch auf die Vorgänge um den Exorzismus zu. Den polnischen Exorzisten würde mit Sicherheit kein Gerichtsverfahren drohen.

ELF

Meteorologisch war dieser Montag ein Tag auf der Schwelle zum Herbst, kalendarisch herrschte noch Sommer. Das Wetter schien aber nicht auf den Kalender geachtet zu haben. Leider hatte »Meeno«, der beliebte Wetterfrosch im Regionalfernsehen, recht behalten. Es war ein Sommertag »à la Kiel«, oder, wie Lüder den Regen umschrieb, es war staubfrei.

Bei Schmuddelwetter schien eine Veränderung mit den Autofahrern vorzugehen. Sie krochen förmlich durch die Straßen der Landeshauptstadt. Nach einer gefühlten Ewigkeit hatte er das Polizeiareal Eichhof erreicht. Mit hochgeschlagenem Kragen und eingezogenem Kopf sprintete Lüder vom Parkplatz zur Eingangstür. Entgegen seiner Gewohnheit hatte er darauf verzichtet, sich verschiedene Tageszeitungen zu besorgen. Die Nachrichten von NDR Welle Nord und Radio Schleswig-Holstein hatten nichts zu seinem aktuellen Fall gebracht.

Das war ein gutes Zeichen. Offensichtlich waren keine Informationen oder Gerüchte bis zu den Medien durchgedrungen. So spektakulär der Fall auch war, nach ein paar Tagen verschwand er aus den Nachrichten. Das Neue, das Außergewöhnliche war von Interesse. Höchstens bei der Ergreifung des Täters schaffte es ein solcher Fall noch einmal in die Medien.

Als Erstes suchte er das Büro des Abteilungsleiters auf. Edith Beyer bedauerte, dass Dr. Starke nicht zu sprechen sei. »Der ist unterwegs.« Sie sah auf die Notizen auf ihrem Schreibtisch. »In aller Frühe war er beim Leiter.«

»Des LKA?«

»Ja. Jetzt ist er ins Innenministerium.«

»Mit wem hat er dort einen Termin?«

»Keine Ahnung. Sie kennen ihn ja. Er ist Alleinunterhalter.«

Das zeigte sich auch, als Lüder versuchte, den aktuellen Sachstand in Erfahrung zu bringen. Alle vorliegenden Beweise sprachen für Mezzanotte als Täter. Davon war die Sonderkommission überzeugt. Lüder konnte dem nur zustimmen. Mit welchen Informationen Dr. Starke ins Ministerium geeilt war ... Keiner wusste es.

»Gibt es Vermutungen zum Motiv?«

Kommissar Witte, der ihm die Auskunft erteilte, bedauerte. Der junge Kollege hielt Daumen und Zeigfinger in die Höhe und ließ nur einen winzigen Spalt dazwischen. »Ich bin nur so ein kleines Licht.«

Das war Oberrat Gärtner nicht. Aber auch er konnte Lüder nicht weiterhelfen. Mit wem sollte er seine Theorie besprechen? Jochen Nathusius, fiel ihm ein. Der stellvertretende LKA-Leiter hatte, so erfuhr Lüder, morgens an der Besprechung mit Dr. Starke teilgenommen.

»Den Inhalt kenne ich nicht«, sagte die Mitarbeiterin im Vorzimmer. »Jetzt ist Herr Nathusius auf dem Weg nach Wiesbaden. Beim BKA treffen sich die Vertreter der LKAs mit den Repräsentanten der Verfassungsschutzbehörden.«

Lüder versuchte, Nathusius auf dem Handy zu erreichen. Es sprang sofort die Mobilbox an. Lüder kehrte in sein Büro zurück und erkundigte sich nach dem Stand der Fahndung nach Mezzanotte. Nichts. Der Italiener war wie vom Erdboden verschwunden.

Es war nervig, nach einer Zeit höchster Anspannung plötzlich zum Warten, zum Nichtstun verurteilt zu sein. Auch das Telefonat mit Tschoppe vom Erzbistum in Hamburg trug nicht zur Verbesserung der Stimmung bei. Der Mann wollte nicht verraten, ob Dr. Malcherek aus Rom an seinen Bischofssitz zurückgekehrt sei. Ebenso unergiebig war der Versuch, Pater Konrad zu erreichen. Der Leiter des katholischen Verbindungsbüros war entweder nicht vor Ort oder ließ sich verleugnen. Die Fahndung nach dem vermutlichen Mörder war der Abteilung 5, Operativer Einsatz und Ermittlungsunterstützung, übertragen worden. Lüder erkundigte sich dort, ob man bei der Suche nach Mezzanotte auch Konrad Bissinger befragt hatte.

»Den, den Hausmeister, den regionalen Bäcker und die Pizzaboten. Im Augenblick verhören die Kollegen gerade den Papst«, antwortete ein knurriger Mitarbeiter der Abteilung.

Lüders Stimmung verfinsterte sich noch mehr, als er versuchte, Margit oder zumindest die Station in der Uniklinik zu erreichen. Es waren alles Fehlversuche.

Die Unzufriedenheit änderte sich schlagartig, als Gärtner in der wie immer offenen Bürotür erschien und ihm kurz zurief, dass man Mezzanotte geortet hatte.

»Wo?«, rief Lüder, aber der Oberrat war schon wieder verschwunden.

Lüder schaltete sich in den Polizeifunk ein und konnte mitverfolgen, dass sich Passanten bei der Polizei gemeldet hatten. Ein offensichtlich verwirrter Mann habe sich trotz des immer noch strömenden Regens als Priester verkleidet und laufe durch die Fußgängerzone Holstenstraße in Richtung Alter Markt.

Die Leute hatten ihn angesprochen, ob er Hilfe benötige, aber er hatte durch sie hindurchgesehen und war weitergegangen. Gefährlich wurde es, als er am Berliner Platz bei Rotlicht die vielspurige Holstenbrücke überquerte und nur knapp einem Unfall entging. Zu seinem Schutz hatte man einen Streifenwagen in Marsch gesetzt.

Lüder lief zu seinem Auto, montierte das mobile Blaulicht auf dem Dach und beeilte sich, quer durch die Stadt zum Alten Markt zu gelangen. Der Regen und die mangelnde Einsicht anderer Verkehrsteilnehmer, ihm freie Fahrt zu gewähren, steigerten seine Unruhe. Als er schließlich durch die Fußgängerzone den Alten Markt erreichte, hatte sich dort trotz des schlechten Wetters eine Menschenansammlung eingefunden. Der Alte Markt war früher die höchstgelegene Stelle des historischen Kiel und bis heute Mittelpunkt der Stadt. Der Platz war in den siebziger Jahren umgestaltet worden. In der Senke waren Pavillons errichtet worden. Rundum hatten sich zahlreiche Gastronomiebetriebe angesiedelt. Bis heute prägt die Nikolaikirche den Alten Markt. Die evangelische Hauptkirche war das älteste Gebäude der Landeshauptstadt.

Nach schweren Zerstörungen im Zweiten Weltkrieg erfolgte der Neuaufbau in großen Teilen in neuzeitlichen Formen und Konstruktionen. Jetzt hatte man ein Gerüst am Turm von St. Nikolai errichtet. Dort starrten die Menschen hinauf.

Lüder steuerte zwei Uniformierte an und musste sich dazu durch eine Wand protestierender Gaffer schieben.

»Wie ist die Lage?«, fragte er.

»Gehen Sie weiter«, knurrte ihn ein Polizeihauptmeister an.

»Lüders. LKA.«

»Und ich bin der Town Marshal«, erwiderte der Beamte. »Los. Ziehen Sie weiter.«

Erst als Lüder seinen Dienstausweis zeigte, entschuldigte sich der Mann.

»Sorry, Herr Kriminalrat. Sie haben keine Ahnung, was sich Gaffer alles einfallen lassen.« Dann berichtete er, dass die Streife durch die Holstenstraße gefahren war und nach dem angeblich Verwirrten Ausschau hielt. Sie hatten ihn am Alten Markt entdeckt. Auch er hatte die Polizei gesehen und war auf das Baugerüst geflüchtet. »Kennen Sie den?«

Lüder nickte. »Ein Italiener namens Mezzanotte. Wir suchen ihn.«

»Ist das SEK unterwegs? Oder wer soll bei dem Regen auf das glitschige Gerüst klettern?«

Lüder unterdrückte ein »Das ist deine Aufgabe« und sah nach oben. Mezzanotte hatte haltgemacht. Er befand sich ungefähr zwischen den beiden Rundbogenfenstern, die die Vorderseite des Turmes prägen.

»Wir haben die Feuerwehr und den Rettungsdienst verständigt«, ergänzte der Polizist.

Kurz darauf traf der VW Bulli der Berufsfeuerwehr mit der Aufschrift »Höhenrettung« ein. Fast zeitgleich folgten der Rettungswagen, ein Mercedes Sprinter, sowie das Notarzteinsatzfahrzeug. Ihm folgte das Hubrettungsfahrzeug von der Hauptfeuerwache am Westring, das ein Laie als Drehleiter mit Korb bezeichnen würde.

Die Besatzung brachte das Fahrzeug in Stellung und fuhr die Seitenstützen aus. Währenddessen berieten die Männer ihre Vorgehensweise. Zwei Mitglieder der Höhenrettung sollten sich über das Gerüst nähern, während die Besatzung des Hubretters die Leiter mit dem Korb ausfahren wollte.

»Ist er suizidgefährdet?«, wollte der Einsatzleiter von Lüder wissen.

»Die Frage kann ich nicht beantworten.«

Mezzanotte tat es. Als er sah, dass die Beamten das Baugerüst erklimmen wollten, lehnte er sich vor und hielt sich nur mit einer Hand am Gestänge fest.

»Stopp«, rief Lüder.

Daraufhin blieben die beiden Höhenretter am Boden.

Am Fuß des Gerüstes hatten die Feuerwehrleute das Sprungpolster, das man umgangssprachlich als Sprungkissen kennt, aufgebaut.

»Wir fahren zu zweit hoch und versuchen, mit dem Mann zu reden«, entschied der Einsatzleiter und stieg als einer von zweien in den Korb.

Inzwischen hatte sich eine stattliche Menschenansammlung eingefunden.

»Nun spring endlich«, rief jemand aus der Menge. »Wie lange sollen wir bei dem Scheißwetter noch warten?«

Er erntete jubelnde Zustimmung.

»Das ist ein Fake«, erkannte ein anderer. »Reality-TV. Und zwischen zwei Werbeblöcken für Kukident und Abführmittel will man es uns als echte Sensation verkaufen.«

Gelächter begleitete seine Ausführungen.

»Ich kenne den«, fügte ein Dritter an. »Der hat Ähnlichkeit mit … mit … Aus der Serie … äh, Dings. Das ist ein Stuntman. Tolle Show.«

Heiteres Lachen brandete auf.

Inzwischen hatte der Korb mit den Feuerwehrleuten Mezzanotte erreicht. Lüder sah, wie die Rettungskräfte versuchten, Kontakt zu ihm aufzunehmen. Das dauerte ungefähr fünf Minuten. Dann knarrte es im Funkgerät, und der Einsatzleiter gab durch: »Der versteht uns nicht. Der kann weder Deutsch noch Englisch. Was für einen Dolmetscher sollen wir besorgen?«

Lüder übernahm das Funkgerät.

»Genau habe ich das nicht verstanden. Es klang wie ›*Il padre, il padre*‹. Und dann irgendetwas mit Konfession«, berichtete der Einsatzleiter.

»*Confessio?*«, fragte Lüder.

»Der Mann auf der Leiter stimmte sich kurz mit seinem Begleiter ab.

»So ähnlich. Es könnte *confessione* heißen. Übersetzen Sie das mal.«

Das musste Italienisch sein. Lüder versuchte, es ins Lateinische zu übertragen.

»*Pater. Pater. Confessio.*« Genau. Er glaubte, Mezzanottes Forderung verstanden zu haben. Der Italiener verlangte einen Priester, einen Pater, um die Beichte abzulegen. Lüder wandte sich an den Polizeihauptmeister, mit dem er zuerst gesprochen hatte.

»Schnell. Organisieren Sie, dass ein gewisser Konrad Bissinger hierherkommt. Schicken Sie Streifenwagen zu ...« Er nannte die Adresse vom Verbindungsbüro und Pater Konrads Privatwohnung in Gaarden. »Es eilt. Ein Menschenleben ist in Gefahr.«

Der Polizist handelte sofort und ohne Nachfrage. »Ist unterwegs«, sagte er kurz darauf.

Dann begann eine nervenaufreibende Zeit des Wartens. Weitere eingetroffene Streifenwagenbesatzungen versuchten, die Gaffer zurückzudrängen. Vereinzelt kamen noch blöde Kommentare. Andere Schaulustige schienen aber den Ernst der Lage erkannt zu haben und wiesen die Zwischenrufer in ihre Schranken.

Lüder warf einen Blick auf Ernst Barlachs berühmte Skulptur »Der Geistkämpfer«, einen schwerttragenden Engel, der vor der Kirche seinen Platz gefunden hatte. War das der Erzengel Michael? Oder der zum Satan mutierte Engel, der sich gegen Gott erhoben hatte? Lüder erinnerte sich, dass der »Geistkämpfer« die Erhabenheit und den Sieg des Geistes über das Böse symbolisierte. Die im Dritten Reich als entartete Kunst entfernte Plastik schien heute aktueller und wichtiger denn je zu sein.

Zwischendurch sah Lüder immer wieder nach oben. Er war froh, dass sich nichts rührte. Dann versuchte der Einsatzleiter erneut, beruhigend auf Mezzanotte einzureden. Es war gut gemeint, aber der Italiener musste ihn missverstanden haben.

Plötzlich begann er unter dem »Ah« und »Oh« der Gaffer weiter nach oben zu klettern, bis er über die Uhr hinaus das untere Ende des Turmhelms erreicht hatte. Die Feuerwehr wollte ihm mit dem Rettungskorb folgen, aber Lüder erteilte durch das Funkgerät die Anweisung, davon Abstand zu nehmen.

»Das regt ihn nur weiter auf. Wir versuchen eine andere Lösung.«

Nicht jeder verstand, weshalb man sich um das Leben eines zweifachen Mörders sorgte. Wie gut, dass die Menschen auf dem Alten Markt nicht um den Hintergrund wussten. Mit Sicherheit wäre die Stimmung umgeschlagen.

Schließlich traf ein Streifenwagen mit Pater Konrad ein.

»Wir haben den Mann in seinem Büro angetroffen«, erklärte der Polizist. »Er ist sofort mitgekommen und hat nicht einmal eine Jacke übergezogen. Nur den bunten Schal hat er sich noch gegriffen.« Der »bunte Schal« war eine Stola, die Pater Konrad zusammengefaltet in Händen trug. Der Priester trat auf Lüder zu.

»Man sagte mir, es ginge um ein Menschenleben.«

Lüder zeigte auf das Baugerüst. »Mezzanotte ist da oben.«

»Hochwürden? Was macht er da?« Pater Konrad war ein wenig atemlos.

»Er wollte mit einem Pater sprechen. So hat es zumindest die Feuerwehr verstanden, die versucht hat, ihn von da oben wieder herunterzuholen. Man meinte auch, er wolle beichten.«

»Ich verstehe nicht ...«

»Wir auch nicht«, fiel Lüder dem Priester ins Wort. »Wollen

Sie mit ihm über Funk sprechen? Versuchen Sie, ihn zu überreden, hinabzusteigen?«

Der Pater sah auf seine Stola. »Nicht über Funk. Da hört ganz Kiel zu.«

Lüder musterte Pater Konrad eindringlich. »Wollen Sie mit der Feuerwehr im Rettungskorb nach oben fahren?«

Der Geistliche überlegte kurz. Er schien unentschlossen. »Ich klettere hoch«, sagte er schließlich.

»Ausgeschlossen«, erwiderte Lüder. »Das ist zu gefährlich. Sie sind ungeübt.« Er unterließ es, zu sagen, dass auch der Polizist wenig Neigung gezeigt hatte, nach oben zu steigen.

Pater Konrad zögerte. Sein Blick wanderte am Baugerüst aufwärts. Inzwischen war er vom Regen ebenso durchnässt wie Lüder. Beiden tropfte das Wasser aus den feuchten Haaren ins Gesicht.

»Es ist meine Pflicht, einem Menschen zu helfen. Sie sagten, er wolle beichten?«

»So hat es die Feuerwehr verstanden.«

»Dann muss ich zu ihm und ihm das Sakrament der Beichte spenden.«

»Ich achte und respektiere Ihre Religion«, sagte Lüder. »Aber Sie riskieren Ihr Leben. Das kann ich nicht dulden.«

»Und was ist mit Hochwürden?«

Lüder sah nach oben. Der ist freiwillig hochgeklettert, dachte er. Ein zweifacher Mörder. »Wir wollen nichts unversucht lassen, um diese Sache ohne Blutvergießen abzuschließen.«

Sie wurden durch einen kollektiven Aufschrei abgelenkt. Die Menschen sahen nach oben. Mezzanotte war auf dem Baugerüst bis zur Ecke gegangen. Vermutlich war er auf dem glitschigen Metall ausgerutscht und ins Straucheln geraten. Im letzten Moment hatte er das Geländer zu fassen bekommen und sich festhalten können.

»Sie sehen es. Das ist Wahnsinn, wenn Sie da hinaufwollen.« Lüder hatte den Pater fast angeschrien.

»Von allein kommt der nicht runter. Christen wissen um

die Bedeutung der Beichte. Sie verschafft ihnen Trost und Erleichterung. Wenn seine Seele belastet und sein Herz schwer ist, ist ihm das Leben gleichgültig. Hochwürden ist Priester und weiß deshalb umso mehr von der heilenden Kraft der Beichte. Ohne die werden Sie Hochwürden nicht überreden können, das Gerüst zu verlassen. Wollen Sie schuld an seinem Tod sein? Können Sie das mit sich ausmachen? Über einen langen Zeitraum?«

»Ich denke, Katholiken ist der Selbstmord verboten. Das müsste doch gerade ein Priester wissen. Sie versagen Selbstmördern doch auch ein christliches Begräbnis.«

»Das war früher zutreffend«, antwortete Pater Konrad. »Aber Papst Franziskus hat 2016 das Jahr der Barmherzigkeit ausgerufen. Seitdem kann in bestimmten Fällen auch Selbstmördern der kirchliche Segen zuteilwerden.«

Immer wieder, dachte Lüder, begegne ich Reformen, die dieser wunderbare Papst in die Wege geleitet hat. Er ist wirklich jemand, der das Christentum aus der Seele heraus praktiziert. Barmherzigkeit. Kirche der Armen. Er macht sich Gedanken um die Zukunft seiner Kirche. Und Mezzanotte, der sich in seiner Seilschaft gegen diesen Papst verschworen hat, will nun dessen Hinweis auf Barmherzigkeit für sich in Anspruch nehmen. Was ist das für eine verlogene Welt?

Pater Konrad hatte sich die Stola um den Hals gelegt. Er machte ein paar Schritte auf das Baugerüst zu. »Von allein kommt er nicht runter. Ich rette jetzt sein Leben und seine Seele.«

»Gut«, sagte Lüder. »Ich begleite Sie.«

»Da muss ich allein hoch.«

Lüder überholte den Pater und baute sich vor ihm auf.

»Nein! Gleich, was Sie sagen. Das lasse ich nicht zu. Es ist ein großes Entgegenkommen, dass ich es Ihnen überhaupt gestatte.«

Pater Konrad überlegte einen Moment. »Ihr letztes Wort?«

Lüder nickte grimmig.

»Dann lassen Sie uns gehen.«

Ein Feuerwehrmann kam angelaufen. »Sie dürfen da nicht

rauf«, sagte er und zeigte auf den Rettungskorb. Er schwenkte das Funkgerät. »Unser Zugführer hat es verboten.«

»Ein kluger Mann, Ihr Boss«, antwortete Lüder. »Aber es gibt keine andere Möglichkeit. Los.« Das galt Pater Konrad. »Tun wir das machen.«

Ein leichtes Lächeln huschte über Lüders Gesicht, als er den Ausspruch des Husumers Mats Cornilsen anbrachte. Er ließ dem Pater den Vortritt. Falls der abrutschten sollte, konnte Lüder ihn abstützen. Im selben Moment schalt er sich einen Narren. Wie sollte das funktionieren? Dann würden sie beide in die Tiefe stürzen.

Pater Konrad packte die beiden Geländer der Leiter und setzte vorsichtig einen Fuß auf die Sprosse. Dann folgte der zweite. Als seine Hacken auf der Höhe von Lüders Gesicht waren, tat der es dem Geistlichen gleich. Das Metall war unangenehm kalt. Die Feuchtigkeit tat ihr Übriges. Alles war rutschig. Nach ein paar Sprossen wollte Lüder die Aktion abblasen, aber der Mann vor ihm erklomm bedächtig Stufe um Stufe. Kurz darauf hatten sie die erste Etage erreicht. Es mochten vielleicht drei Meter gewesen sein, die Lüder aber wesentlich höher erschienen.

Der Priester sah sich um, umklammerte das Geländer und schob die Füße mehr, als dass er ging, auf dem schmalen Metall vorwärts. Sie mussten ein Stück auf dem Gerüst gehen, bevor die nächste Leiter ansetzte, die weiter nach oben führte. Etage um Etage ging es aufwärts. Sie hatten schon ordentlich an Höhe gewonnen, als Pater Konrad von einer nassen Sprosse abrutschte und nach unten durchsackte. Sein Fuß kam schlagartig in Richtung Lüders Kopf. Nur knapp konnte der sich zur Seite wegdrehen. Lüders Vordermann verharrte einen Moment in der Position. Dann setzte er die Kletterei fort.

Wer das Herumturnen auf Baugerüsten, zumal auf nassen, nicht gewohnt war, empfand die Höhe als unangenehm. Lüder fühlte Unbehagen, wenn er eine Hand vom Geländer lösen musste, um sie etwas höher wieder zum Halten zu benutzen. Im Inneren empfand er Hochachtung vor den Arbeitern, die sich täglich auf diesen schwankenden Bauwerken bewegen mussten. Oder vor den Feuerwehrleuten, die auch nicht gefragt wurden, ob sie dort hinaufwollten.

Endlich hatten sie die Etage erreicht, auf der Mezzanotte kauerte. Erneut blieb Pater Konrad einen Augenblick stehen und verschnaufte. Dann ging er langsam in Richtung des Italieners, bis sie einen Meter vor ihm stehen blieben. Während Pater Konrad und Lüder beide Hände zum Halten nutzten, umklammerte Mezzanotte das Metall nur mit der rechten Hand. Sein schwarzer Talar war völlig durchnässt. Aus den Haaren lief das Wasser. Die Augen glänzten wie im Fieber. Lüder kam der Blick wie der eines Irren vor, wie eine inszenierte Szene aus einem entsprechenden Film.

»Was hast du auf dem Herzen, mein Sohn?«, fragte Pater Konrad in erstaunlich ruhiger Tonlage auf Lateinisch.

»Er soll gehen. Ich will beichten.«

»Der Polizist hat mich zu dir geführt. Ohne ihn hätte ich nicht kommen können, um dich von deinen Sünden zu erlösen.«

Mezzanotte sah abwechselnd Lüder und seinen Beichtvater an. »Ein Polizist. Der darf bei der Beichte nicht anwesend sein.«

»Du weißt, dass er die Sprache unserer heiligen Kirche nicht versteht«, tröstete ihn Pater Konrad. »Befreie dich von deinen Sünden, wie es uns Jesus gelehrt hat. Gott vergibt dir, wenn du aufrichtig bereust.«

Mezzanotte warf Lüder einen skeptischen Blick zu, dann begann er stockend zu sprechen: »Vor Gott dem Allmächtigen bereue ich meine Sünden und die tiefe Schuld, die ich auf mich geladen habe. Ich habe den Namen unseres Herrn missbraucht und geschändet, indem ich das Kreuz angezündet habe.«

»Das sind schwere Sünden gegen unseren Herrn«, sagte Pater Konrad, nachdem Mezzanotte schwieg. »Ist das alles?«

Es entstand eine längere Pause.

»Ich habe gegen das fünfte Gebot verstoßen.«

»Du sollst nicht töten.«

Mezzanotte nickte kaum wahrnehmbar.

»Du weißt, dass du deine Sünden aussprechen musst.«

Der Italiener würgte. Lüder fürchtete, dass er sich übergeben müsse. Dann kam es doch zwischen seinen Lippen hervor. »Ich habe zwei abtrünnige Priester getötet, die den Namen unseres Herrn verunglimpft haben und seine heilige Kirche zerstören wollten. Sie haben gegen die Gebote der Kirche verstoßen.«

»Hast du die beiden allein getötet?«

»Nein. Ich habe noch jemanden zur Mithilfe angestiftet.«

Lüder stockte der Atem, während Pater Konrad ohne erkennbare Erregung weitersprach.

»Woher hast du gewusst, dass die Männer sich gegen die Gebote unserer Kirche versündigt haben?«

»Ich habe es gesehen.«

»Was hast du gesehen?«

»Das, was ich sehen sollte.«

»Wer hat dich beauftragt?«

Mezzanotte zögerte. Er kämpfte mit sich, mit seiner Loyalität. Dann warf er Lüder einen Seitenblick zu.

»Ich kann es nicht sagen. Der Polizist hört mit.«

»Du kannst es umschreiben«, schlug Pater Konrad vor. »Ich bin gegenüber jedermann an das Beichtgeheimnis gebunden.«

»Seine Eminenz, mein Kardinal, hat mich beauftragt, nach dem Rechten zu sehen und zerstörerische Umtriebe, die sich gegen unsere heilige Kirche wenden, zu unterbinden.«

»Das beinhaltet aber nicht, dass du gegen das fünfte Gebot verstößt. Das Leben eines Menschen ist heilig. Du hast schwere Schuld auf dich geladen.«

»Ich weiß, Vater. Ich bereue meine Sünden aus ganzem Herzen. Gott möge mir verzeihen, aber auch in der Bibel steht, dass Opfer gebracht werden müssen, um die Menschen zu retten. Gott hat seinen Sohn geopfert. So wie ich hier bin, sind andere Beauftragte des Kardinals in aller Welt unterwegs, um die Kirche vor einem Irrweg zu bewahren, den der neue Reformator beschreiten will.«

»Es steht geschrieben, dass du nicht abfällig über unseren

Papst sprechen darfst. Er ist der Stellvertreter unseres Herrn auf Erden.«

»Er wird sich vor dem Angesicht Gottes für seine Sünden, die er hier auf Erden begeht, verantworten müssen. So wie ich, Vater. Ich bereue meine Sünden aus ganzem Herzen.«

»Dann will ich dir die Absolution erteilen und dir Buße auferlegen. Du wirst dich den irdischen Behörden stellen und dein weiteres Leben gottgefällig gestalten. Bete für die Seelen der Menschen, die du getötet hast. Sage dich los von den Versuchungen.«

Mezzanotte nickte.

Pater Konrad löste eine Hand vom Geländer, trat einen Schritt näher an den Italiener heran und legte ihm die Hand auf den Kopf.

»Gott, der barmherzige Vater, hat durch den Tod und die Auferstehung seines Sohnes die Welt mit sich versöhnt und den Heiligen Geist gesandt zur Vergebung der Sünden. Durch den Dienst der Kirche schenke er dir Verzeihung und Frieden. So spreche ich dich los von deinen Sünden im Namen des Vaters und des Sohnes und des Heiligen Geistes.«

Dann beteten sie gemeinsam das Vaterunser.

»Es ist alles in Ordnung«, sagte Pater Konrad, nachdem er sich umgedreht hatte. »Wir können hinab.«

Lüder ging bis zur Leiter vorweg und trat zur Seite, damit die beiden Priester vor ihm hinunterklettern konnten. Mit jedem Schritt, den sie dem Erdboden näher kamen, fühlte er sich wohler. Als sie wieder unten standen, winkte Lüder die Polizisten herbei und zeigte auf den Italiener.

»Der ist vorläufig festgenommen. Er steht im Verdacht, die beiden Geistlichen Josef Kellermann und Egbert Zorn getötet zu haben.« Dann wandte er sich zu Mezzanotte um. »*Suus super, Mezzanotte. Te per comprehensionem.*«

»Es ist vorbei, Mezzanotte. Sie sind verhaftet«, übersetzte Pater Konrad überrascht, während der Italiener stutzte, Lüder aus blutunterlaufenen Augen ansah und nur durch massiven Einsatz der beiden Polizisten daran gehindert werden konnte, sich auf Lüder zu stürzen.

»Woher weiß er …?«, schrie Mezzanotte. »Er versteht die Sprache unserer heiligen Kirche.«

Lüder grinste. »Wir nennen es Latein.«

Auch Pater Konrad war überrascht. »Sie können … Das haben Sie verschwiegen.«

»Ich habe zu keiner Zeit gelogen. Sie haben mich nie gefragt.«

Pater Konrad fasste sich sehr schnell. »Es gilt das Beichtgeheimnis. Sie dürfen das Gehörte nicht verwenden.«

Lüder schüttelte den Kopf. »Das gilt für Sie, Herr Bissinger. Ich bin kein Priester, sondern Polizist. Für mich gelten die Gesetze unseres Landes. Und Mord ist nicht nur nach den Zehn Geboten verboten, sondern auch nach unserem Recht.«

Der Pater versuchte, weiter auf Lüder einzuwirken, aber der ließ sich nicht beirren. Freunde waren sie nicht geworden, als sie sich voneinander verabschiedeten.

ZWÖLF

Die Aktion des Vortages war den Medien natürlich nicht entgangen. Im Regionalteil erschien ein kurzer Artikel über einen vermeintlich kranken Selbstmörder, den ein katholischer Priester zur Aufgabe überreden konnte.

Lüder hatte einen Bericht verfasst und das Gespräch auf dem Baugerüst niedergeschrieben. Andere Beamte hatten Andrea Mezzanotte verhört. Der gab zu, die beiden Geistlichen gemeinschaftlich mit El-Khoury getötet zu haben. Er gestand auch das Schänden des Kreuzes. Zu seinem Motiv und seinen Auftraggebern schwieg er. Kein Wort zu den Kardinälen Bacillieri und Falduto kam über seine Lippen.

Lüder saß mit Jochen Nathusius und Dr. Starke zusammen.

»Ein außergewöhnlicher Fall«, stellte Nathusius fest. »Ein Prozess wird große Aufmerksamkeit im In- und Ausland erregen. Der katholischen Kirche wird ein immenser Schaden entstehen. Wenn es zur öffentlichen Schlammschlacht ausartet und zum offenen Kampf zwischen dem Papst und seinen Widersachern kommt, droht wirklich eine Kirchenspaltung. Daran kann niemandem weltpolitisch gelegen sein. Die größte christliche Kirche und die einzige, die weltweit gehört wird, muss als Gegengewicht zum sich radikalisierenden Islam erhalten bleiben. Und als moralische Instanz. Vieles in der Welt wäre düster, wenn sich die Menschen nicht an ihrem christlichen Glauben orientieren könnten. Deshalb wird man einen Weg beschreiten müssen, der es nicht dazu kommen lässt.«

»Wir leben in einem Rechtsstaat«, warf Dr. Starke ein.

Lüder pflichtete ihm bei. »Es wäre Rechtsbeugung, wenn man die Morde nicht ahnden würde.«

Nathusius lächelte weise. »Natürlich haben Sie beide recht. Es gibt aber noch einen dritten Weg. Man könnte zu der Überzeugung kommen, dass Mezzanotte die Taten in einer Art religiösem Wahn begangen hat. Er hat sich in irgendetwas hineingesteigert. Man wird ihn für nicht zurechnungs- und damit für nicht schuldfähig erklären und in die Psychiatrie einweisen. Ein unerklärlicher Einzelfall. Das Ganze wird diskret behandelt, ohne dass die Details an die breite Öffentlichkeit gelangen. Nach einer angemessenen Schamfrist dürfte Mezzanotte dann zur *weiteren Behandlung* in sein Heimatland ausgeliefert werden. Mit einer solchen Vorgehensweise ist allen gedient.«

»Toll«, stellte Lüder entrüstet fest. »Ist das unsere gemeinsame Vorstellung von einem Rechtsstaat?«

»Es ist ein weiser Vater Staat«, sagte Nathusius.

»Und die Drahtzieher im Hintergrund?«

»*Quod demonstrandum sit*«, stellte Jochen Nathusius fest.

»Was zu beweisen wäre«, antwortete Lüder resigniert.

Dichtung und Wahrheit

Die Handlung und alle Figuren sind frei erfunden und haben, mit Ausnahme der Personen der Zeitgeschichte, keine realen Vorbilder. Mein Dank gilt dem Pfarrer em. Wolfgang J. Kroker, der für seine außergewöhnliche Sammlung zur Polizeigeschichte mit dem Bundesverdienstkreuz am Bande ausgezeichnet wurde. Wolfgang Kroker hat mir die Strukturen der katholischen Kirche, die Funktionen und Aufgabenbereiche und die Dienstbezeichnungen und Ehrentitel erläutert. Ich möchte ausdrücklich darauf hinweisen, dass er *nicht* in die Romanhandlung eingebunden war und bis zur Veröffentlichung des Buches keine Kenntnis vom Inhalt hatte.

Der Bestseller »Der Kämpfer im Vatikan« von Andreas Englisch hat mir wertvolle Einblicke in das katholische Machtzentrum und die Bestrebungen des Papstes, die verkrusteten Strukturen und Seilschaften aufzulösen, vermittelt.

Die Zitate von Helmut Schmidt entstammen dem Buch »Helmut Schmidt – die späten Jahre« von Thomas Karlauf (S. 274).

Mein Dank für die medizinische Beratung gilt Dr. Christiane Bigalke und meinem Sohn Leif. Birthe war mit ihren Anmerkungen zum Manuskript wie immer eine wertvolle Hilfe, und ohne meine Lektorin Dr. Marion Heister würde dem Roman der letzte Schliff fehlen.

 Lust auf mehr? Laden Sie sich die »LChoice«-App runter, scannen Sie den QR-Code und bestellen Sie weitere Bücher direkt in Ihrer Buchhandlung.

Die Erfolgsserie des Bestsellerautors Hannes Nygaard:

Alle Titel sind auch als eBook erhältlich.

Hinterm Deich Krimis:

Tod in der Marsch
ISBN 978-3-89705-353-3

Vom Himmel hoch
ISBN 978-3-89705-379-3

Mordlicht
ISBN 978-3-89705-418-9

Tod an der Förde
ISBN 978-3-89705-468-4

Tod an der Förde
Hörbuch, gelesen von Charles Brauer
ISBN 978-3-89705-645-9

Todeshaus am Deich
ISBN 978-3-89705-485-1

Küstenfilz
ISBN 978-3-89705-509-4

Todesküste
ISBN 978-3-89705-560-5

Tod am Kanal
ISBN 978-3-89705-585-8

Der Tote vom Kliff
ISBN 978-3-89705-623-7

www.emons-verlag.de

Der Inselkönig
ISBN 978-3-89705-672-5

Sturmtief
ISBN 978-3-89705-720-3

Schwelbrand
ISBN 978-3-89705-795-1

Tod im Koog
ISBN 978-3-89705-855-2

Schwere Wetter
ISBN 978-3-89705-920-7

Nebelfront
ISBN 978-3-95451-026-9

Fahrt zur Hölle
ISBN 978-3-95451-096-2

Das Dorf in der Marsch
ISBN 978-3-95451-175-4

Schattenbombe
ISBN 978-3-95451-289-8

Flut der Angst
ISBN 978-3-95451-378-9

Biikebrennen
ISBN 978-3-95451-486-1

Nordgier
ISBN 978-3-95451-689-6

Das einsame Haus
ISBN 978-3-95451-787-9

www.emons-verlag.de

Stadt in Flammen
ISBN 978-3-95451-962-0

Nacht über den Deichen
ISBN 978-3-7408-0069-7

Im Schatten der Loge
ISBN 978-3-7408-0200-4

Hoch am Wind
ISBN 978-3-7408-0275-2

Niedersachsen Krimis:

Mord an der Leine
ISBN 978-3-89705-625-1

Niedersachsen Mafia
ISBN 978-3-89705-751-7

Das Finale
ISBN 978-3-89705-860-6

Auf Herz und Nieren
ISBN 978-3-95451-176-1

Kurzkrimis:

Eine Prise Angst
ISBN 978-3-89705-921-4

www.emons-verlag.de